"在去见叶斯的路上，偶遇一片麦田，穿过它，看见懒洋洋的太阳。"

"只要那道呼吸声还在，我的学生时光就好像永远走不到尽头。我希望我的人生，能在这道呼吸声中，走得更慢一点。"

姓名：
考生号：
座位号：

物理
练习册

小霄 著

心跳重置

长江出版社
CHANGJIANG PRESS

图书在版编目（CIP）数据

心跳重置 / 小霄著 . -- 武汉：长江出版社，2024.
9. --ISBN 978-7-5492-9702-3

I. I247.5
中国国家版本馆 CIP 数据核字第 20245HE442 号

心跳重置 / 小霄 著
XINTIAO CHONGZHI

出　　版	长江出版社
	（武汉市解放大道 1863 号）
出版统筹	曾英姿
选题策划	黄　欢
市场发行	长江出版社发行部
网　　址	http://www.cjpress.cn
责任编辑	罗紫晨
印　　刷	湖南天闻新华印务有限公司
版　　次	2024 年 9 月第 1 版
印　　次	2024 年 9 月第 1 次印刷
开　　本	710mm×980mm　1/16
印　　张	20
字　　数	423 千字
书　　号	ISBN 978-7-5492-9702-3
定　　价	52.80 元

版权所有，侵权必究。如有质量问题，请与本社联系退换。
电话：027-82926557（总编室）027-82926806（市场营销部）

我曾偏执轻狂地认为，自己知道人生的最优解是什么。那时如果有人问我是否后悔过，我会回答，从未。

目录
Contents

⌈ • REC

- 001　第一章
  开启一场盛大的梦境

- 011　第二章
  热身考是什么"劫难"

- 038　第三章
  原来你是这样的何修

- 057　第四章
  欢迎加入603

- 074　第五章
  十万伏特

- 087　第六章
  藏不住的小尾巴

- 106　第七章
  青春啊青春

- 131　第八章
  皮卡丘和妙蛙种子

第九章 160
那年夏天的人仰马翻

第十章 186
来啊，穿红白的球衣啊

第十一章 204
嘿哈只是一种执念

第十二章 221
未来一定会有的

第十三章 235
瓢泼大雨时我会去接你

第十四章 259
因你而亮的那盏蛋壳灯

第十五章 286
后退是为了更好的前进

第十六章 298
是放在心里的梦境

独家番外 309
遗落的糖果

00:12:03

我不确定他到底是不是从现实世界进来的，但我觉得冥冥之中，在这场盛大的、真实的梦境中，只有他能懂我。

第一章
开启一场盛大的梦境

"明天八点二十分进考场,大家提前十分钟到考点。文具会发,主要是身份证和准考证,一定不要忘记。"

班主任的语气很平静,声音里却有一丝压不住的微颤,不知是激动还是感慨。她长叹一声,双手撑在讲台两边:"同学们,虽然你们不指望靠高考出头,但考场就是学生的战场,你们是战士!哪怕明天有再多不会的题目,也请大家尽可能地多蒙、多写,不要放弃!"

底下开始有人嘟囔:"蒙也蒙不对。"

教室太吵,大家把书桌里的东西掏出来,一股脑儿地塞进被满地踢来踢去的大垃圾桶。

班主任叹了口气。这个班,她真的尽力了。

"好了,把字条塞进讲台上的箱子里,清理好个人物品,今天值日生不用留了。"

丁零零——

刺耳的铃声犹如解开封印,走廊内外突然沸腾起来。脚步和奔跑声放肆地滚过,教室里的桌椅被离开的人拖来拖去,唯独坐在最后排靠窗的男生没动。

他从刚才就一直趴在桌上,头压着左侧胳膊,露出一截白皙修长的脖颈,衣服后背印出肩胛的轮廓。黑发清爽蓬松,蓬松到有些参毛。

叶斯过了好一会儿才抬头,耳机里还在狂放地嘶吼着:"青春啊青春!青春啊青春!"

"叶神!"一只手把他右边的耳机拽了下来,"走了啊,现在走还能吃顿烧烤再回去。"

叶斯把耳机线往下一扯,理顺卷起来揣兜里,清澈明亮的眸中透着不耐烦:"明天高考,还吃什么烧烤啊?"

宋义笑着拍了叶斯一下:"别装了,高考完我们一滚,'学渣榜'可就要换榜了,不提前庆祝一下你从榜首光荣退休?"

叶斯的肋骨下边像是闪了一下,皱眉道:"我今天不太舒服,你别碰我。"

说完,他低头看了一眼锃亮的书桌,又笑了:"一代传说归隐江湖,我终于要下榜了,走走走。"

宋义"哦"了一声，撑着地上散乱的课桌连续起跳，几个翻身就蹿到了讲台前，拔腿往外跑："我去通知他们，烧烤摊见，你别忘了塞那字条！"

"德行！"叶斯笑骂了一句。

教室里没别人了，只剩下满地乱七八糟的桌椅。

叶斯看着那些桌子有点心疼。论身手，在英中他说第二就没人敢认第一。他平时走路也基本靠翻桌，但这天心脏真的不太得劲，算了。

叶斯叹了口气，抓起桌上的字条绕开课桌往外走去。

毕业字条是英中的传统，高考前大家匿名原创，写完了，每个班塞进一个箱子里。到返校填志愿那天，全年级的箱子都倒出来，一把火点了。

对青春的盛大告别。

叶斯觉得这玩意儿有点傻，但不得不说（18）班的都是人中龙凤，有说"我遇到的每个游戏账号都记得，回头和他们一起玩"；有说"我写了我青春痘的名字，一把火永别那些青春符号"；还有个狠的写了室友的智齿，准备填志愿那天送室友无痛拔牙……

叶斯被大家感动了，于是也写了。

他捏着字条走上讲台，对着箱子上的窄缝顿了顿，还是忍不住骂了句："幼稚死了。"

也不知他是骂这项活动的发起人，还是骂跟着犯傻的自己。

那张字条上写着六个字——先天性心脏病。

叶斯把字条塞进去，书包往背后一甩，大步离开这间乌烟瘴气的教室。

"我，叶斯，走了！"

像个英雄。

"青春啊青春——你坐北朝南——听阳光普照！青春啊青春——"

叶斯给自己奏着乐，从走廊这头晃荡到另一头。整个年级都走得差不多了，走廊空荡荡的，连楼梯口那个天天拖堂的精英（4）班都没动静了。

在叶斯眼里，学校有三种人：惹是生非的"学渣"，特立独行的"杀马特"，还有闷头学习的"乖宝宝"。三类人泾渭分明，十分好辨认。

（4）班就是"乖宝宝"的聚集地，比如那个传说中的"英华之光"何修，校草学神，却十分高冷。叶斯高一、高二跟他同班了两年，有内容的对话都不超过十次，见面打招呼一般还由叶斯发起。

"嘿！"

何修通常会看他一眼，点头："嗯。"

看吧，这人真的无聊，怎么着也得回一句"哈"啊。

——我说嘿，你说哈。

嘿！

哈！

江湖规矩罢了。

叶斯大步路过（4）班，余光里忽然闯进一个刚刚还在他脑海里一闪而过的身影。

很打眼的身材，差不多一米八几的个子，宽肩、窄腰、长腿。虽然还是带着和叶斯一样的属于这个年纪的瘦削，却掩盖不住周身的气质。那人穿着校服白衬衫，正独自站在讲台上。

何修不像叶斯那样连头发丝都透着张扬、锋利的帅气，他的五官是那种沉静的好看，和内敛稳重的气质非常融洽。

英华素来有"校草无双"的传说。"双"是因为校草有两个人，（4）班的何修，（18）班的叶斯。"无双"是因为这两个人的存在没什么意义，叶斯太混，而何修太冷，但聊胜于无。

（4）班也空了，只剩何修，手里拿着字条悬在秘密箱的缝上边，还没撒手。

叶斯停住脚步，甚至往回倒退了两步，偷偷瞄着那家伙。

他本以为何修要对着箱子吟两句诗再松手，没想到对方注视字条片刻后突然收手，把字条夹进了怀抱着的练习册里，而后转过身往外走去。

两个人突然打照面，叶斯一阵尴尬，但还是正面迎客，冷酷地瞟他。

"嘿！"

何修竟然没"嗯"，不仅没"嗯"，还停下脚步冲他笑了一下。

叶斯险些崴到脚。

"好久没见着你了。"何修边整理抱着的习题册边说道，语调悠闲、微微上扬，有点欠揍。

和陌生同学强行寒暄的尴尬涌上心头，叶斯还没想好怎么回答，何修已经淡定地抬脚走了。他走了两步，突然又停住，回过头来："叶斯。"

叶斯不明所以："啊？"

"想好考哪里的学校了吗？"何修没什么情绪地问。

叶斯被问得发蒙："高考还没考，想那么早干吗？难道你想好了？"

何修的表情很严肃："是。"

叶斯沉默了一会儿："那你挺牛的。"

何修叹口气，摆手："行吧，高考后以前的班级也要聚，到时候见。"

叶斯看着他走远，过了一会儿才"啊"了一声。

叶斯站在原地迷茫，手机响了好几声，"混子大队"微信群里的人开始催他，他才赶去会合。

他快走到校门口时，忽然看见地上有张毕业字条，上面没有脚印，是刚掉的。

他捡起来一看，原本吊儿郎当的表情凝固了一瞬。

"高二暑假，摆平'太岁'的是我。很爽，不后悔。"

字体嚣张，笔锋顿挫，力透纸背。

叶斯感觉这字有些眼熟，但想不起来在哪儿看过。

"高二哪儿来的暑假？"叶斯把字条几下撕碎扔进旁边的垃圾桶，"考完期末考试一个星期就开学了。装酷都不会，装得稀碎。"

高考前一天，所有人都回家备考，只有"混子大队"还在烧烤摊上挥霍青春。

叶斯这天不得劲，只是埋头吃肉，可平时能吃三十串肥瘦相间的羊肉串，眼下嚼了两口就觉得有些反胃。

"叶哥，叶神，庆祝你下榜呗。"宋义晃着一大杯冰可乐，一只脚踏在凳子上，手指绕着桌边的几个哥儿们指了一圈，"大家都静一静！今天，我们英华学渣榜榜首，叶斯同学，江湖人称叶无勾、叶神，光荣退休了！"

叶斯懒洋洋地起立，接过杯子仰头就往喉咙里灌。大得可怕的玻璃杯口几乎把他的脸完全罩住，修长脖颈上的喉结上下滚动，仿佛下一秒就要挣脱出来。

因为医生叮嘱，叶斯平时一般很少吃糖，但这天是个痛快日子，他咬咬牙，把一杯可乐全干了。

"哐"的一声，叶斯把空杯往桌上一摔："下榜啦！"

叶斯到最后都不知道自己是怎么回的家。貌似是有人把他塞进出租车，出租车司机把他交给了小区门口的保安，保安帮他找到了家门，他晃晃悠悠连滚带爬地进了卧室，而后将自己砸在床上。

家里一如既往空荡，父亲给他发了条语音消息："儿子！明天高考别紧张，考完爸接你去玩，欧洲、美国、东南亚，自己定！"

叶斯翻了个身，嘟囔道："就算知道我不看重高考，嗝——可你也太不看重……嗝——高考了吧？有没有点儿当……嗝——爸爸的觉悟。"

他有些难受，伸手扯了扯T恤的领子，翻身睡了。

午夜，一股剧烈的疼痛突然从叶斯的胸腔深处传来。他猝然睁开眼，下意识地想要坐起，然而脊椎刚一发力，就有一股电流在胸腔内产生，又突然停止，空洞的白噪声在耳边炸响，就像医院心电图波峰归零时的声音。

而后那种空洞的震颤被放大，越放越大，他全身的体力迅速流失，身体瘫成一团，意识沉入前所未有的疲乏和坠落感之中。

叶斯半天没反应过来，等他终于想起自己的心脏病时，意识已经如指缝间的散沙，飞快地随风流去。

他最后一个念头是——我竟然死在高考前夕了？

学渣榜上永远名垂青史？

白庆祝了？

仿佛过了有一个世纪那么漫长，一个陌生的声音突然在他脑海中响起——

"叶斯，醒醒。

"睁开眼，坐起来。

"叶斯，坐起来。"

叶斯的意识缓缓回笼，精神从空洞逐渐拉回现实。

没死啊，命被谁捡回来了？现在在……医院吗？

叶斯睁开眼，面前却不是料想中的雪白墙壁，而是熟悉的窗台。窗外夜空宁静，玻璃上贴着一张巨大的海报，一个穿着黑裤头、花马褂的男人正嚣张地瞪着他。

是一个乐队的主唱——龙哥。

叶斯挺喜欢这个乐队，要是没记错，这海报他去年就嫌遮光给撕了。

这不是医院，是他的卧室。

令叶斯感觉错乱的不仅是复刻的曾经，还有……他无法支配身体，无法起身，连眨眨眼、咽一口唾沫都做不到。

只有一个躺在床上的视角。

那个声音又突兀地开始说道："宿主大脑检索完毕，你身处的记忆是发病前一年的六月二十日，高三开学前一天。没想到你脑内能量波动最大的竟然是这一天……"

叶斯听得云里雾里，但发现自己似乎可以用意念和那个声音对话："你是谁？"

那个声音不答反问，声音有些幸灾乐祸："你现在一只脚踩在太平间，一只脚被我捉住，只要我触发放弃指令，你就立刻归西。怎么样？惊不惊喜，刺不刺激？"

叶斯深吸一口气，把目光移向天花板，声音是从上方传来的。虽然天花板上什么也没有，像一片雪洞一样白。

"你是谁？"

对方仍然没有回答叶斯的问题，例行公事般地开始朗读资料："叶斯。高三学生，在英华中学霸占'学渣榜'第一名长达三年。最好的朋友是宋义和吴兴，'天敌'是永平街的社会混子'太岁'。在高考前夕，原本正因即将毕业逃离'学渣榜'而扬扬得意……可惜，逃离失败。上天为了防止你逃榜，宁可让你死。你在深夜心脏病发作，如果没有我及时捉住你，你现在已经凉了。"

叶斯半天都没出声。他消化了全部的信息，却身处更大的谜团。他喘了两口粗气，问道："你救了我？你到底是谁？"

"我即将开始进行自我介绍——"那声音说道，"我是一个绝顶保密级别的社会秩序维护系统，我主要有两大功能，一是医疗唤醒，二是认知修正。我的使命是帮助对社会有益的人、干预可能造成混乱的人，让所有人能更好地服务社会。"

叶斯蒙了："什么？"

在系统没有回答的两秒间隙，叶斯突然明白了："因为我是对社会有益的人，所以你对我进行了……医疗唤醒？"

系统沉默了很久才说道："宝贝，清醒一点。真要归类，你也应该算可能造成混乱的人。"

叶斯顿时有些蔫，那双黑眸中有翻涌而出又瞬间被压下的不甘："你懂什么？算了。"

他顿了顿，问道：“医疗唤醒，认知修正，这玩意儿有点超过我的知识范畴，高中学过吗？”

"没有。"系统的声音有些无语，"简单介绍一下治疗期间会发生什么——为了对我的存在保密，在整个医疗唤醒过程中，你和我将存在于你的脑世界，脑内时间流速与外界不同，你可以将这当成一场梦中的游戏。在我成功将你唤醒前，无论经过多久，你醒来时现实世界仍停留在高考前一晚。"

时间流速不同……

叶斯怔了许久，喃喃地道："梦中的游戏，我可以把接下来直到苏醒前发生的事，当成一场……梦？我变成了你这个系统中的一串数据？"

"没错。你很上道。"系统欣慰地说道。

"我以为……"叶斯的声音有些干涩，"你只是一个AI（人工智能）。"

那个声音又笑了："AI是什么低级科技，也能和我相提并论？你对这个世界尚未公开的科技水平一无所知。"

叶斯还没说话，那个声音突然又严肃起来："被选中是你的幸运，但你必须知道，第一，目前的你毫无造福社会的潜力；第二，如果放你死在今晚，你也不会对社会秩序造成干扰，所以你本来不在我的目标候选人中。"

"那为什么选我？"叶斯怔怔地问道。

"因为……"系统停顿了一会儿，才回答，"你只是一粒沙，也许沙子会有困惑，可整个沙盘的使命是清晰的。"

还挺文艺。

叶斯听得似懂非懂。

"但——"那个声音话锋一转，"就我自己而言，我没有做公益的权限。直白地说，你必须要在我唤醒你之后，成为一个合格的目标宿主。先上车后补票，要让我看到你未来有高效回报社会的潜力。"

叶斯想了半天，问道："我能稳稳地盘住'学渣榜'，不让其他人承受这份耻辱。只要有我在，世界上就少一个自卑的小可怜，这个算吗？"

"你觉得呢？这样吧。"系统飞快地说道，"根据计算，在你脑世界高考的前一天，我刚好可以完成修复。我们做个约定，如果我判定你能凭自己真本事考上全国排名前二的大学，就会将你唤醒。如果不能，哪怕我已经完成百分之九十九点九九的唤醒工作，也会在最后一瞬放弃，放任你在现实世界中死去，如何？"

"凭真本事考上排名前二的大学？"叶斯大受震撼，"我吗？"

"没错。"系统倒是很笃定，"你的智商评估没问题，但考虑到你几乎为负的自律性，难度确实过大，我要为你增加一点学习动力。嗯……再来一点……好的……这样你的成功率就从百分之零提升到百分之零点零零一。叶斯，你愿意接受吗？"

这个成功率提升得好大哟……

叶斯麻木了："我有其他选择吗？"

"有啊。"系统很强硬，"我撒手，你去死呗。"

"好吧，接受。"

系统清了清嗓子——

"代号'沙雕'，简称 SD，申请对宿主叶斯进行医疗唤醒测试。

"唤醒作业期限：脑内时间，从高三开学前一天，到高考前一晚。

"现实世界苏醒时间：高考前一晚。

"治疗目标：再无先天性心脏病困扰。"

再无……心脏病……

叶斯的意识忽然颤了一下："苏醒后，我会拥有完全健康的心脏？"

"是的。"系统坚定地回答道，"但不是苏醒后，而是马上。因为你现在是在脑内意识世界里活动，梦中的游戏嘛，所以我可以为你免除心脏病的困扰，这只需要一个小小的设定，不费吹灰之力……好了，已经设定好了。让我看看还有什么设定可以起到一些激励你的作用……嗯……"

叶斯难以描述自己此刻的心情，只听见自己立刻说了句"谢谢"。

"接下来的规则，你要铭记，很重要。"系统说道。

"合格判定，凭借真才实学考上全国排名前二的大学，以 SD 对宿主的能力判定为准。

"在接下来的脑内时间里，SD 会一边治疗宿主，一边留意宿主的动态，随时为宿主提供建议。听不听随宿主意，有没有惩罚随 SD 意。

"SD 体谅宿主自制力缺陷，为了激励宿主，为宿主做出了一项重要的属性调整——在高考之前，宿主会在部分临场考试情景中觉醒学霸属性，相信大幅度上升的名次能为你吸引来老师和同学们的关注，给你更多压力……考场上的才思敏捷和日常学习中的懒散拖沓是反差极强烈的两种体验，相信可以最大程度地激励你每天上进。

"也就是说，你拥有了一项游戏增益。但这个增益并不会对你最终胜负判决带来任何帮助，它只会让你的游戏体验更加紧张，你会每天活在惶恐中，推动自己不断进步。

"这种学霸属性虽然会激励你，但容易影响其他人的心态，为了维持平衡性，这个属性增益会受到限制。例如：在解决困难的大题时，你的思维会出现间断问题，即便你想通了最后的答案，但大脑会在运转中丢失掉绝大多数思考过程。

"无论在何种情况下，当宿主觉醒了学霸属性，必须对待每一个问题诚实作答，不得藏拙。如有违规，测试终止，宿主自然死亡。

"指令输入完毕，测试立即开始。"

话音刚落，叶斯突然觉得后背很麻。他愣了一下，而后猛地坐起来，看着自己的身体和腿。

叶斯抬手搭着颈侧，听着心跳，一下一下，沉稳有力。

这真的是梦吗？梦里的世界和现实世界一样真实。

虚空中仿佛有一根手指在背后戳了叶斯一下："魂呢？"

房间里安静了好一会儿，叶斯才缓缓下床，对着龙哥的海报喘了半天粗气，想要抬手把它撕掉，但刚刚抠开一个角，又改变主意重新按回去。

"最坏的结果，其实也无非是原定的死亡。"

SD"嗯"了一声："再拼一年，确实好过原地暴毙。就算最后没有成功，你至少还有这健康的一年时间。哪怕……它只是你的意识。"

叶斯"嗯"了一声。

摆在叶斯面前的是一年没有心脏病的时光，虽然短暂，虽然只是一场漫长的"梦"，但也是他从未拥有过的彻底自由的生命。

"你说的惩罚是什么？"他问道。

"一种精神提示。"SD说，"不严酷，但能让你浑身一震，重新思考。"

叶斯皱眉："是什么？"

"电击，很小的电流。"SD停顿了一会儿突然像是想起什么似的，说道，"对了，有一件事忘了提醒你。"

"什么？"

"正如磁场、电场的存在，人与人的脑电波也能编织出一种场，将人放进脑意识世界、调整对时间流速的感知，这些都会对你周边的脑电波场造成巨大干扰，你的一言一行都会影响到其他人的认知。"

叶斯似懂非懂："我的梦，会影响现实？"

"是的，但只会影响与你有交集的人。"SD说道，"而且只有当我确认将你成功唤醒，你的脑内世界才会与现实世界并线，否则不会造成影响。我的存在是为了维护社会稳定，而不是为了危害社会，所以我必须要提醒你谨言慎行，作风端正，一旦由你造成的任何变化被判定为对社会有负面作用，我也会放弃唤醒。"

"好的。"叶斯点头，"这个没什么好担心的，我不是坏人。"

"我知道。"SD轻声说。

"现在是高三开学前一天。友情提醒，明天是英华中学高三开学前的热身考，一个月后是分班考。你曾在分班考中以六科总分一百六十六分的成绩打破自己的下限，滚进（18）班。这一次，希望你能有更好的结局。那么，我们这一场生死博弈的梦境游戏，就此开始。"

叶斯点了点头，便转身往浴室走去。

"干吗去？"SD问道。

"洗澡。"叶斯说道，"好好治我，不要偷看。"

SD在空中嘻嘻一笑："我不看，我还是个孩子。"

隔着一道浴室门，叶斯刚打开水龙头，却忽然感觉房间空了。

原本也只有他自己，但此刻那种空荡的感觉非常突兀，大概是因为SD离开了。

安静的夜空中，一个白色光点在他家上空闪过，转瞬即逝。几乎同时，英华中学上空也呼应似的闪了一下，闪得不如这边快，像是拖着一道懒洋洋的影，以至于被两个半夜在宿舍楼底下纳凉的男生看见了。

其中一个揉了一下眼睛："谁在学校里放烟花啊？这么大胆？"

旁边那人也跟着抻了抻脖子："流星吧，可以许个愿。"

两个人原地站成横排，双手抱拳放在眼前，虔诚地许了两个愿望。

男生宿舍值班室的窗户"哗啦"一下被拉开，一个粗犷的女声喷出来："哪个寝室的？大半夜不睡觉明天还考不考试了？我现在就把电子门给你们开两秒，跑不进来就在外面站到明天进考场吧！"

这个威胁不吓人，但深更半夜的吼叫太吓人。两个男生一边狂喊"大妈，对不起"，一边拔腿往回跑。电子门"呼啦"一声拉开，两秒钟后猛地往回弹，在要夹到其中一个人身上之前又顿了下，放他们过去了。

大妈还在表演狮吼绝活："你们两个兔崽子！再看到一次我就告到你们主任那里去，听没听到？！"

奔跑声一路席卷上六楼，从走廊一头跑到另一头，闯进挨着的两个寝室。

走廊中间挂着"603"牌子的寝室里，男生们被吵得睁了睁眼，嘟囔着骂了一句后翻身又睡了。

两分钟后，男生宿舍楼重新安静下来，然而603室窗户左侧床上的人却忽然无声地掀开了被子。

男生手长脚长，瘦削而挺立。他从上铺下来，目光投向桌上未开封的矿泉水，片刻后他伸手拧开，喝了两口。

他的黑眸内敛而沉静，瞳孔却似乎在不经意地收缩，试图隐藏起伏的情绪。

那情绪里带着一丝新奇，还有一丝从未有过的激动。

常人也许无法相信何修刚才经历了什么，哪怕他熟知电场、磁场和引力场理论，也完全无法解释刚才脑海里的那段对话。

一个代号BB、声称要推动社会更好发展的系统，在高考前一晚闯入他的脑海，用慵懒的口吻剧透了他被推测判定的一生。

名校硕士、银行高管、投资巨擘，但大学毕业没多久就陷入抑郁。他的抑郁症不重，却反反复复，一生都未能治愈。他终生未婚，孤独终老，死后捐建了一百多所希望小学和图书馆。

BB评价何修："潜力极高的精英，本可以为科技或人文做出更大贡献，但前半生平静如死水，后半生沉于抑郁，并没有发挥你本应有的潜力。"

BB陈述完这一切后，问何修有什么感受。他想了很久之后说："虽然我现在身心健康，但如果说之后会抑郁，我好像也不是很意外……我的高中有很多遗憾，如果早知道这一生都这么无聊，我大概会换种活法。"

BB闻言，如释重负地叹气："那可太好了。你既然愿意主动修正，我也会尽我最大可能帮助你，让你摆脱原定的轨迹，也从根源上避开患抑郁症的可能。"

紧接着他就被猛灌了一通暂居脑世界、让系统修正认知的好处，这中间他曾好奇过控制脑世界时空流速的科学原理，却被对方打马虎眼把话题转移掉了。

以至于何修最后点头同意时，心里对这个东西其实很不信任。

BB走之前精疲力竭地说："我其实超级随缘的，对你也没太多要求，你应该是有史以来最轻松愉快的宿主了。你得到我的帮助不需要付出任何条件，想怎样就怎样，你高兴就是我的快乐。只要你别再问我什么宇宙粒子，我真心没听过那玩意儿。"

看吧，非常不严谨。

室友突然响起的呼噜声让坐在椅子上望窗外的男生回神。

借着月光，何修看向自己桌上摊开的练习册。他伸手把练习册合上，目光落在扉页——《高二物理冲刺先锋》。

第二章
热身考是什么"劫难"

英中高一、高二活动多，还不按成绩分班。但随着高二期末考试结束，学校就像换了张嘴脸，大菜小碟一道一道地往学生面前摆。

先是一道杀威棒"热身考"，让学生不得不老老实实地接受暑假补课；而后是正式开学的分班考，一个名次一个坑，谁也别想作弊。

距离期末考试才过去一个星期，校服刚洗完晾干，又穿回身上，所有人心里都有不满之意，这种不满直接显示在散着的校服领口和胡乱挽起的裤脚上。

叶斯不一样。他根本就没穿校服，只套了件红色半袖，T恤胸前嚣张地印着一个白色的"叉"，一撇一捺像两道爪痕。

红衣服显得叶斯皮肤更白，白得发冷，在炎炎夏日里自带一股冰碴子气息。

一条胳膊忽然从背后揽住他的脖子，他骂人的话还没出口，宋义那大嗓门儿就在他的右耳朵边开始尖叫："啊——叶神！我们又走在蝉联榜单的路上了！"

"叶无勾又要重出江湖了。"另一个明显没睡醒的声音在他左边响起，吴兴打了个哈欠，眯着眼看叶斯，"早啊。"

"早。"叶斯没好气地说，把挂在身上的宋义扯下来，"你上辈子是个钥匙扣啊，逮哪儿挂哪儿？"

宋义原地往上蹦了两下，膝盖不打弯，两条胳膊神经兮兮地晃荡。

"动一动，哎，抖一抖，进考场前把我们身上的晦气都驱散，说不定就能有个幸运儿向前挺进一名。"

吴兴又打了个哈欠："我的成绩混个本科足够了，你说自己别带上我。"

宋义"啧"了一声："20考场的不要太嚣张啊，你不是还没进第1考场吗？和我们36考场的没区别。是不是，叶哥？"

叶斯灵活地往后退了一步，让本要挂他脖子上的家伙一只手搂空，险些把旁边的吴兴砸得栽跟头。

吴兴往后捋了一把凌乱的头发，嗓子喷火："滚，别碰我，没睡醒呢。"

宋义回头瞪叶斯："你躲什么？我陪你在36考场末位连座两年，预计未来还有一年，你就这么对我？"

吴兴冷哼："你这么会煽情，怎么见到（2）班的许杉月就哑巴了？"

宋义闻言就像被人拧了闭嘴发条，顿时垮着脸不吭声了。

叶斯忍不住笑，露出八颗小白牙，把身上那股骇人的锋利劲一下子冲淡，像六七月明媚的阳光。他在宋义的肩膀上捶了一拳："过去两年幸会，未来我不一定奉陪。"

宋义脚步一顿："什么意思？"

最后一道预备铃声响起，楼外的学生开始小跑。叶斯在自己两个好兄弟后脑勺儿上一只手一个往下一摁，借着劲起跑。

"镣铐卸下，改头换面。我要一鸣惊人！"

"什么？！"

"等我们一会儿！"

考场只空着最后两个位子。叶斯在门口一个急刹车，看向讲台上站着点卷子的老师。

这回的监考老师有些眼熟，但叶斯一下子想不起来是谁。是男老师，戴银细框眼镜，中等身材，目测四十岁左右，看起来挺和气。

男老师也朝他看过来，眉毛一抬："叶斯？"

叶斯有些惊讶："认识我啊？"

"久仰大名。"男老师笑道，"进来吧，你坐哪儿？"

叶斯大大咧咧地往靠窗的角落里晃："你都不知道我坐哪儿，装什么久仰我大名啊？"

考场里瞬间哄堂大笑。36考场的都是牛人，大家拿起手头一切能拿的东西"咣咣咣"地敲桌子起哄，笑闹声几乎要把天花板都掀了。

宋义最后一个冲进来的时候被过年一样的气氛惊住，一边往里走一边抬手做着下压的动作："可以了，可以了，干什么啊？一周不见，还挺煽情……"

叶斯吊儿郎当地把书包往墙角一塞，从兜里掏出一支笔甩在桌上。他意外地发现监考老师没发怒，反而跟大家一起笑，笑得还挺真的。

发卷铃声响起，男老师把点好的卷子抖开："收一收，我们考试了啊。考试规则我不啰唆了，高三热身考有些难度，就是要灭灭你们的威风。所以啊，你们也别想太多，勇敢地面对自己空白的大脑。"

底下又是一片笑声，叶斯在笑声中装模作样地翻了翻卷子，写好名字后抬眼往前扫。

该趴下的基本都各就各位了，第一组前排那几个还想挣扎一下，拔开笔帽对着卷子露出九死一生的表情。

坐在前面的宋义五秒钟写完了第一页的三道阅读选择，看动作应该是在文言文翻译那里直接画了个大叉，然后翻到后面开始写作文了。

叶斯清了一下嗓子，低头看题。

第一部分是一篇介绍视网膜的科普文阅读，叶斯从前读这种文章只会觉得晕头转向、不知所云，但此时的大脑格外清明。

他从头到尾飞快通读一遍，看向第一道选择题：根据原文，下列哪项现有共识不属于视网膜修复前沿研究的悖论？

"这题还是人出的吗？题干都这么拗口。"虽然能力已经得到了提升，但叶斯还是忍不住低声吐槽了一句。

宋义听见了，笑得身子都在抖。

叶斯看了一眼选项，稍做思考后写下了"C"。

这种感觉很神奇，他并没有得到任何外来帮助，只是当他坐下开始答题后，头脑似乎运转得格外灵敏和谐，仿佛就应该那样。

他冷静地比对了ABCD四个选项，判断出该选"C"，不是因为"C"最长，也不是因为不会的题就蒙"C"，而是他知道正确答案是"C"。

下一题，选"A"。

再下一题，"B"。

CAB。

叶斯淡定地答完第一部分，翻到文言文阅读。他近乎本能地写完三道翻译题后又回头读了一遍自己写的答案。每一个字从何而来，起到什么作用，在他脑子里都是通透的。

没来由地，他忽然想到了何修。

原来何修考试时是这种感觉吗？

想到那个一本正经的何修，叶斯忽然有点想笑。他坐在座位上抖了几下，桌子也跟着抖啊抖。

前面正对作文苦思冥想的宋义迟疑了一下，而后偷偷翻回第一页，跟着桌子抖的节奏把前三题改了。

抖抖抖抖，选"D"。

叶斯愣了片刻，而后笑得更厉害了。

抖抖，第二题"B"。

抖抖抖抖，第三题还是"D"。

宋义如获珍宝，奋笔疾书。

叶斯险些被这家伙逗得再犯一次心脏病。

热身考有两天，考完最后一科理综后叶斯拽起书包往外走，监考老师等他经过时忽然说："你跟传说中不太一样啊。"

叶斯看他一眼："什么意思？"

"没什么。"男老师笑得很和气，"观察了你两天，发现你答卷还挺认真的，也没睡觉。这是你们第一次体验物理、化学和生物三科变成理综来考吧？看你心态挺稳的，也没慌里慌张地乱翻卷子。"

叶斯突然想起来这位老师姓马，刚送走上一届高三，一个月后会接手理科（4）班，就是何修他们的班主任。

老马整理好卷子，冲他挥了一下手："去吃饭吧，有缘再见。"

原本只是一句客套话，叶斯思考片刻后却看着他轻声道："老师，我相信我们很快就会再见的。"

老马有些惊讶："什么意思？"

叶斯压低声音："你不是以后要带……"

"走了！吃饭，吃完饭赶紧去教室抢座。"宋义拽着书包从后面推了叶斯一把，"快走，走走走！冲！"

叶斯只好边往外跑边冲老马挥了一下手："你很快就会知道了！"

36考场在走廊的西边，楼梯在东边，刚好要路过（4）班。何修就站在倒数第二排靠后门旁边的桌子那里收拾东西。叶斯经过时何修正弯腰用面巾纸擦桌肚，没看见他。

"发什么愣呢？"宋义用肩膀头撞撞他，"再晚还抢不抢排骨煲了？"

"抢，走。"叶斯摸了一下鼻子，跟着宋义往前懒洋洋地跑着，跑了一会儿突然问，"何修不是一直坐第一排吗？"

宋义无所谓地答道："突然改主意了呗，反正每个学期开学大家都随意串座。"

叶斯没说话。他记得当年何修一直独自坐在靠窗组第一排，高三也没变，至少当年分班离开之前没变。

宋义在叶斯耳边大叫："快点跑！排骨煲没了！"

"知道了！"叶斯没好气地吼回去，感觉耳朵都要被震聋了。

英中的食堂干净整洁，菜品种类多、口味佳，谁吃谁都夸。考完试是食堂首次开伙，这晚有土豆排骨煲，英中食堂美食之最。

叶斯跟着宋义一路连跑带跳，在门口薅住等待会合的吴兴，三个人一头扎进排骨煲的长队里。

"能不能吃到啊？"宋义看着电子屏上的"剩余份数23"，一个劲地拱，"叶斯，数数前头还有几个人。"

天气本来就热，叶斯被宋义拱得想撸袖子揍人。他皱眉往前一瞅，看见两个后脑勺儿还带拐弯的，便抬手拍前面人的肩膀："前边几个？"

被拍到的男生回头，不乐意的表情凝固了一瞬，而后努力友好地微笑道："等我给你数数。"

男生踮起脚，从第一个脑袋开始往后数，来回数了两遍，到自己是二十一。他回头看了一眼"校霸三人组"，脸上逐渐失去笑容。

四个人你瞪我、我瞪你十秒钟后，男生往旁边闪了："你们排我前面吧，正好你们仨可以吃上。"

"不用。"叶斯扳着他的肩膀塞回队伍里，抬起下巴朝远处一点，对两人说道："你们谁去打两个素菜，再来份炒蛋，拿几个蛋挞。"

"好。"宋义一龇牙，转身排自选区的队去了。

这边说话的动静不小，后面排着的几个人听说没戏了都纷纷撤退，叶斯感觉自己身后的空气一下子都清新了。他心情大好，跟吴兴开始复盘刚刚结束的考试。

"我感觉我数学能过百。"叶斯捏着手指自言自语道，"选择题和填空题算八十分，大题都写了，因为手没跟上脑子，想通了结果转头就把过程忘了，解题过程或多或少写了点儿，总能有一些分。"

吴兴面无表情道："哥，选择题和填空题满分八十分。"

叶斯顿了下，小声道："嗯……我感觉我能全对。"

吴兴缓缓站直，不动声色地离叶斯远了一寸，害怕精神病会传染："理综呢？"

叶斯在心里算了一会儿："理综不好说，选择题有一百二十六分，化学和生物填空题不少，我估计我能得个两百二十三十分？"

这回不只是吴兴，前面那男生都忍不住回头看了叶斯一眼。

叶斯正拉着吴兴算分，肩膀突然被人从后面撞了一下。猝不及防而来的一股狠劲，要不是他和吴兴靠在一起，估计会被撞得一个趔趄。

叶斯意识到什么，收敛笑容抬眼看过去，是隔壁班的那几个混子，为首的叫陈子航，经常和北门外永平街的太岁混在一起，在学校里干了不少恶心的事。

这种人品差的家伙是不配进叶斯的"混子大队"的，不仅不同伍，叶斯每学期几乎都得和他们起几次冲突，有时候连着得罪太岁那伙人，闹得鸡飞狗跳。

"哟，叶神在这儿呢。"陈子航叼着根棒棒糖棍，笑道，"高三了，是不一样啊，叶神显摆的方向都变了。这周末有没有空啊，永平街走一趟？"

叶斯从记忆中扒拉出一桩陈年往事。他依稀记得高二期末考试之前和陈子航又一次起了冲突，原因是什么他已经想不起来了，就记得陈子航当年扬言要找太岁教训他。他认真准备了两周，结果太岁没来，据说出国了，后来都快高考了才又见他在这片晃。

叶斯对那件事耿耿于怀，总感觉被羞辱了。

他看着陈子航："你叶爷腿沉，懒得走道，你倒是让他来啊。"

陈子航扯掉嘴里的糖棍一扔："你少狂，等回头分班了滚来跟我一个班，我好好照顾你。"

叶斯"哦"了一声："我在（4）班，要不你滚上来吧，换我照顾你怎么样？做彼此的天使，我帮你把翅膀折断。"

人群里有人没憋住笑，陈子航一脚踹在旁边的凳子上，把那人的笑给吓了回去。

陈子航伸手指了叶斯两下，撂下几句"周末等着"之类的废话，便带着人走了。

叶斯看着他们的背影，咂嘴感慨："几个学渣，还挺荣耀。"

吴兴闻言，一直困得眯成缝的眼睛睁开了："你说谁呢？他们，还是我们？"

"他们。"叶斯无所谓地收回视线，"我要是考那点分我都不好意思出门。"

"人家成绩比你好，英中三个年级找不出一个比你期末考试总分低的。"吴兴担忧道，

"适度啊,哥,入戏太深了。"

食堂里的人越来越多,刚才的插曲也成了议论的话题,到处是窃窃私语。

吴兴努力把眼睛睁开,鞋尖在地上碾了碾:"周末怎么说,需要多找几个人吗?"

"不去。"叶斯提起这事就来气,"太岁根本不会来,没劲。"

"你怎么知道他不会来?"吴兴疑惑地问道。

叶斯不知道该怎么说,想了想才回答:"我有线人。"

吴兴有些惊讶:"线人?谁啊?"

叶斯说:"说了你也不认识。"

此时,一阵脚步声走近,在二人身后停住。

叶斯刚才唠着嗑无意识地和吴兴互换位置,那股若有似无的檀木味靠近,没逃过他的鼻子。他回头一看,发现排骨煲的队伍里多了一个人,是刚才还在收拾书桌肚的何修。

何修拿着手机,手机型号有点儿老,是前年的款了,他正低头刷着什么。

叶斯看了他两眼,清了一下嗓子。等他听声抬头,叶斯自然而然地抛出老招式:"嘿!"

何修毫无新意地点了一下头:"嗯。"

——"哈"一声就那么难吗?我说"嘿",你说"哈",这难道不是江湖规矩?

叶斯的嘴角朝下无聊地耷拉着:"别排了,我这是最后一份。"

"嗯?"何修这才抬头看了头顶的显示屏一眼,目光从队伍前面飞快掠过,落到叶斯脸上,"还真是。"

叶斯心想,一秒钟能查十几个脑袋,合着他这两个眼珠子是扫描仪。

然而何修没动,换了个姿势接着看手机。

吴兴皱眉:"到你这儿没了,你还排什么啊,吃空气?"

何修心平气和道:"刚好卡到你们这儿,能再要来一份。"

能要来才有鬼。

叶斯在心里嗤笑。过去两年他无数次想蹭半碗排骨煲,他长得这么帅,大妈依旧冷酷地摇头,连块骨头渣都刮不出来。

何修倒是也长得帅,但叶斯私以为他不如自己。

叶斯和找到座位的宋义点了一下头,转身继续跟吴兴一起扯皮。

又过了五六分钟,队伍终于排到头。叶斯十分满足地看着大妈用汤勺把最后一份排骨煲舀进自己的盘子里,而后他端起托盘回头看着何修。

何修不解:"嗯?"

叶斯选择沉默,挑了一下眉,便举着自己的托盘去到旁边的配菜区加料。

何修站在柜台前,大妈问:"你们今天热身考难不难啊?"

叶斯的耳朵支棱着,慢吞吞地往碗里舀辣椒。吴兴看着那空碗想提醒他辣椒没了,还没张嘴,就被他拍了回去。

何修说:"不难。阿姨,排骨煲还能出半份吗?考完试特别想吃这个。"

叶斯用口型回答:"做梦。"

大妈都快笑成一朵花了:"能啊,我上后面再给你热一份,你稍等五分钟,我多给你放些排骨。"

何修微笑道:"谢谢。"

叶斯难以置信,忍不住问:"她是你妈?"

他的声音有点儿大,旁边的人都看了过来。

何修语气平静地道:"不是,平时打过几次招呼而已。"

叶斯无端觉得来气,他瞪眼盯了何修半天,偏偏何修本人没领会到他的怒点,又低头继续玩手机了。

何修好像还贴了个什么防窥屏的膜,从侧面看一片漆黑,根本不知道他在看什么。

吴兴用胳膊撞了一下叶斯:"走了,你们是两个道上的人。人家没招你,找他麻烦干什么?"

叶斯没吭声,也说不太清自己为什么有些不爽。

大概就是"嘿"了三年都没得到一个"哈",回到脑世界的记忆里依旧得不到"哈"的烦闷。

一"哈"难求。

食堂的圆桌能坐十人,"混子大队"三巨头一直享受空桌待遇。叶斯和吴兴一屁股坐在宋义旁边,叶斯低头猛啃几口排骨,又抢了两个蛋挞到自己餐盘里。

"你怎么突然要吃甜的?"宋义问,"不是不吃甜食吗?"

甜食会对心血管造成负担,叶斯初中时第一次发病之后就很少再碰甜食了。他做人包袱重,对外只宣称不喜甜,其实偶尔做梦还能梦到蛋糕、巧克力。

叶斯咬着蛋挞不吭气,心里对甜品大声讴歌:太香甜了,软嫩嫩的蛋芯,皮还是酥的呢。

父亲说甜食没什么好吃的,果然是忽悠他。

何修端着排骨煲在隔壁桌随便找个空位坐下了,叶斯咬着半个蛋挞抬头看过去。那排骨堆都要冒出来了,用筷子挑开一层,里头竟然还放了几块牛腩,跟俄罗斯套娃似的。

宋义顺着他的目光瞅过去,"嘿"了一声,而后又明白过来点儿什么,说道:"弟弟不要嫉妒,哥哥那份给你吃。"

叶斯在桌子下踹他一脚:"你碗里的还是我分你的呢。"

宋义抱拳对着叶斯敬了敬:"那哥哥谢谢弟弟孝顺。"

"滚!"叶斯凶狠地骂道。

三个人笑作一团,宋义越笑越起劲,差点儿把米饭从鼻子里喷出来,被吴兴一巴掌推开,又被叶斯嫌弃地推回去。

正笑着,斜后方突然传来"咣当"一声,还带着回音,原本闹哄哄的四周一下子安静下来。

叶斯脸上的笑容敛起，从桌子底下抽出一条腿，扭身回头看。

又是陈子航。

陈子航刚才把一个空餐盘砸在了桌上，被他针对的人叫温晨，挺文弱的一个男生，跟叶斯暂时同班，只是存在感一直很低。

陈子航伸手指着温晨："话给你放这儿啊，自己申请滚出三栋，三天不滚我帮你。"

那张桌子的人默默退离战圈，很快只剩温晨一个人。

温晨看着面前的餐盘，身子僵直："我已经申请不和你同寝了，高三男生只能住三栋，你不要太过分。"

"哟，我过分啊？" 陈子航一脚踩在温晨旁边的凳子上，"滚出三栋，别让我再说第三遍。"

一只手突然掰住陈子航的手指，动作迅猛，一气呵成。他一下子没站稳，要不是及时撤下放在凳子上的那条腿，身子跟着仰了一下，手指估计会被掰断。

陈子航一回头，就见叶斯站在后面，掰着自己的手指不撒手。

"你有病啊！"

"谁有病？"叶斯看着他，"你的手指削皮了吗？就戳我们班的人。"

"哪儿都有你，觉得我们班没人了是吧？"

陈子航话音刚落，围着的人群里走上来三四个隔壁班的混子。

同时，宋义和吴兴站起来，一左一右地立在叶斯身后。

宋义依旧笑呵呵的，眼中的笑意却带着一股狠厉。吴兴睁开了眼，脸上那种冷漠的不耐烦充满了不好惹的意味。

周围立刻有人开始起哄，甚至不怕事的开始敲碗。

叶斯一把松开陈子航的手："在这儿还是出去？"

食堂大妈在玻璃后头喊："干什么呢？！哪个班的？！开学第一天就搞事，快散了！再不散我立刻打电话给保卫科了啊！"

陈子航按着自己被制住的那根手指，狠狠地指了指叶斯："周末永平街见。"

叶斯面无表情地放他从身边走过，在他要恶意撞上来的一瞬闪身，眼神淡漠地看着他一个趔趄。

"那就说定了，就算太岁不来，你也要来，不来就是夙包。"他说着看向陈子航，"还有，你今天指我两次了。"

叶斯平静地说完两步上前，把陈子航往旁边的柱子上一推，发出"砰"的一声。周围顿时一片死寂，光是听着都觉得吓人。

陈子航骂人的话还没从嘴边溜出来，视线突然扫到叶斯手臂上紧绷的肌肉，青筋也跟着暴起，他一下子就说不出话来了。

英中的坏小子不少，但人人畏惧的只有一个。

此时，晚自习铃声打响。陈子航放下几句没营养的狠话，就带着几个朋友拨开人群撤了。看热闹的人也瞬间散了，食堂很快就只剩下几个人。

温晨的身体还在发抖。他看着叶斯说道："谢……谢谢。"

叶斯跟他没交情，单纯觉得自己班的同学被人撑有些看不下去："没事，走吧。"

吴兴叹口气："我们也跑两步吧，这才开学第一节晚自习，唉。"

吴兴不是（4）班的，他的班主任是教务处主任胡秀杰女士，在她面前人人都是耗子。

叶斯和宋义晃晃悠悠地往回走，观赏吴兴在前面拔腿狂奔。

"你看他，像不像只鸭子？"叶斯问，然后和宋义嘎嘎笑。

等叶斯和宋义晃到教室后门的时候，本来嘎嘎笑着，待目光扫过教室里的空座，顿时都凝固住。

教室几乎坐满了人，只空着三个座位。两个空座就在他们眼前——第一组倒数第二排，紧挨着后门，等于挨着所有查岗老师。还有一个在靠窗组最后一排，同桌是张山盖，据说双眼近视加起来一千六百多度，是个学习狂人。人如其名，学习起来"力拔山兮气盖世"，想不明白题的时候能气到抄起一本英汉词典砸自己脑袋。

他们正和全班四十多双眼睛干瞪着，身后一阵有些耳熟的脚步声传来。

"让我过一下。"何修在叶斯背后说道。

等叶斯让开了，何修从他们中间走过，长腿一迈，直接坐在第一组倒数第二排邻门的一侧。

几乎在一瞬间，宋义"嗷"了一声，拔腿就往前门狂奔，连滚带爬地跑进教室，穿过讲台，一路狂奔到靠窗组最后排，一屁股坐在张山盖身边，连口气都没喘。

何修拿纸巾擦了一下被宋义撑桌跳过去时落在桌面的灰，推开桌子站起来，给叶斯让开一个身位。

"好像只剩我旁边这个位子了。"何修平静地看着叶斯。

叶斯僵硬了两秒才把肩膀上的书包扔在桌上，撑着两张桌子跳进靠过道的座位里。

他扭头看着宋义，做出一个极度凶狠的表情。

"你完了。"他用口型说道。

叶斯刚坐下老师就进来了。

高三每天四节晚自习，各科老师轮换坐镇，这天是英语老师罗莉监督晚自习。罗老师外国名校毕业，家境殷实，人长得美，性格也好，大家都喜欢她。

罗莉拿着一摞封好的卷子，开口道："你们英语考得怎么样呀？"

"老师，题目难死了！"坐在最后一排的宋义举手喊道。

教室里哄笑一片，罗莉又气又想笑："老师觉得不难，是你觉得难。你平时用点儿心考试还会觉得难吗？"

英语课代表汪璐璐叹气："平时用心学也觉得难啊。"

一句话激起全班的感慨，班级里顿时哀号一片。

后排有人举手，是体育委员罗翰，身高一米九四，外号"大汉"。

"老师，我想问，听力放的是英语吗？我之前学的是假英语吧？"

教室又是一阵哄堂大笑，有的人嘴上"哈哈哈"地笑着，表情比哭还难看。

罗莉摆手道："好了，好了，大家不怕啊，历届热身考都是一样'惨烈'。一个月后的分班考不会这么难。"

"什么时候出成绩啊？"有人小声问。

"这次高二和高三的老师一起连夜阅卷，成绩明晚就能出，等卷子下来了我们逐题细讲。"

罗莉提到两批老师，一下子捅破了大家心照不宣的窗户纸，立刻有人问："我们是不是要换老师？"

"暂时不换，具体的师资配备还没全部确定。"罗莉说，"我们现在还处于暑假补课阶段，等一个月后分班考试结束，各班的师生配置才尘埃落定。"

话音落地，教室里没人闹了，安静得瘆人。这个班虽然是随缘凑起来的，但很神奇，有一半以上是优等生，剩下的除了几个混子，也都是中上游努力挣扎的好学生。

分班是人人心上悬着的一把刀。

汪璐璐问："老师，您的安排下来了吗？您带高三吗？"

罗莉笑得很温柔："我带高三，而且我大概会和这个班级里的很多人继续在一起。"

这句话暗示很明显，罗莉会带高三的精英班。有人松了口气，更多人脸上是迷茫和失落，是那些不确定自己能不能留和那些觉得自己八成会走的人。

"对了，这次阅卷发现有同学考试态度消极。"罗莉忽然说道，"有人英语所有题目都正确，包括听力，但作文只写了两句话。"

底下顿时又炸开锅，汪璐璐震撼地道："这次英语试题像天书一样，还能全对？"

"同为人，我们被比成傻子了？"张山盖一脸受挫，感慨完后猛地看向第一组后排。

不仅是他，四面八方的目光都朝叶斯的方向看去。叶斯原本懒洋洋地趴在桌上，愣是被瞅心虚了，正不知该做何反应，身边的何修忽然说："不是我。"

叶斯蒙了一下："他们看你呢？"

何修一脸认真地反问："不然呢？"

罗莉叹气："确实不是何修，字体差异很大。但我们班的英语成绩最好，如果是你们中的谁，我希望晚自习课间能主动来找我聊聊。"

说完，罗莉在讲台前坐下继续阅卷，底下人纷纷开始自习。

叶斯扫了一圈教室，发现不少人已经买了全科的高考模拟题，许多本大部头摆在桌上，把人挡得严严实实。

坐在前面的小胖整理好各科教材，然后展开一张白纸写学习计划。

"混子大队"微信群振动起来。

宋义："朋友们，说出来你们可能都不信，我同桌开学前就写完学习计划了，这么厚。"

下面跟着一张照片，宋义的大拇指和食指捏在一起，中间隔了两厘米空气。

吴兴:"厉害啊,哪位高人?"

宋义:"张山盖。"

吴兴:"哦……正常操作。"

宋义:"快分班让我走吧,他刚才看我那眼神让我慌了,怕不是要我和他一起学习。"

叶斯扭头看了一眼宋义慌成什么样,宋义立刻露出可怜的表情。叶斯面无表情地回过头,仿佛一个没有感情的杀手。

——让你抢座,活该。

吴兴:"我们班的人都狂买练习册,我有点儿迷茫,不知道该买什么,感觉什么都该买。"

宋义:"你让叶斯看看他同桌买什么呗,跟着何修买准没错。"

吴兴:"啊?叶斯跟何修同桌?"

叶斯收起手机,把压在胳膊底下的书包塞进桌肚,趁机瞟了一眼旁边的何修。

他竟然有点儿做贼心虚的感觉。

何修正在看书,桌上放着抽纸、矿泉水和一包浅粉色包装的糖。

叶斯咳嗽一声,作势趴下睡觉,脸对着何修那个方向,从底下看了一眼书名——《日本师傅如何做好一碗拉面》。

他一下子坐直,从旁边看那本书的内页,竟然不是一本包着假皮的练习册,里面图文并茂,何修刚看到第五页,上面画着一片手绘风格的叉烧,讲解肥瘦应该如何相间。

叶斯的动作幅度太大,何修想装看不见都难,只好把书往他这边侧了侧,递来一个询问的眼神——示意他一起看。

叶斯跟何修认识三年也没说过几句话,只知道他内向高冷,竟然没发现他还爱装。

"高三了。"叶斯说。

何修点了一下头:"是啊。"

那无所谓的劲儿,让叶斯怀疑上面那段对话发生在澡堂子里。

两个老大爷摇着扇子拔火罐,一个说"要下雨了",另一个说"是啊"。

叶斯决定换个角度:"热身考难吧?"

"不难。"何修毫无波澜地回答,"都是快考烂了的知识点,没什么新意。"

叶斯感觉自己需要缓缓。

当年热身考的大体情况他有点印象,何修虽然保持第一名,但总分也比平时低了四十多分,这对一个永远保持几乎全科满分的学神而言简直是奇耻大辱。

等成绩出来让你哭得这辈子都不想吃叉烧。叶斯心想。

"你不看吗?"何修又把书往他这边侧了侧,叶斯这才发现刚才说话间他一直侧着那本书。

"不看。"

叶斯突然有些泄气,像一拳打在棉花上,棉花一点儿痛感都没有。这种感觉就像现实世界里那重复了整整三年的"嘿"和"嗯"。

何修收回书，叶斯却没收回目光，就那么盯着他看书。

这回何修也有些不得劲了，对着书陷入迷茫，明显没看进去。

"你吃糖吗？"他突然问，放下书，拿起那包浅粉色包装的糖。

之前这包糖一直朝下压在桌上，这回翻过来叶斯才看见正面画着几个水蜜桃，是袋水果糖。

叶斯突然从记忆深处扒拉出来一件事——曾经，在现实世界里，何修似乎也主动给过他糖吃。

那天好像是个雨天，他们在走廊上撞见了，估计是不熟的人站在一个屋檐下躲雨有点尴尬，何修就从兜里掏出了糖。那时的他理所当然地拒绝了。

是什么时候来着……哦，就是这次热身考后，他考得太差，被老师找了。

不过现在是在梦里，他有了新的属性设定，考试结果会天翻地覆，而且他现在也暂时没有心脏病的困忧了。

但叶斯还是选择拒绝："我不吃甜食。"

他说这话的时候觉得自己简直冷酷到令人起鸡皮疙瘩。

可何修没什么反应，撕开袋子，里面每一颗都是小包装的，他随手剥开一颗放进嘴里。

"白桃味的，你真不吃？"何修又掏出一颗，"尝尝吧，这个糖不腻。"

何修一说话，叶斯竟然闻到了那股清甜的桃子味。他还没想好怎么拒绝，已经把那颗糖接了过来。

何修低头继续看书，叶斯把糖塞进嘴里，余光里瞟着这家伙忽然来了兴致似的，把书又往前翻了一页重新看，而且还抬手摆弄了一下抽纸上冒出尖的那张面巾纸。

好好的一张纸愣是被折了个小耳朵，竟然还有点儿可爱。

学神的脑回路，凡人真的不懂。

第二天中午吃饭时，叶斯突然觉得食堂的气氛有些压抑。

"怎么回事？"他压低声音问宋义。

"这还用说吗？"宋义说，"今天放学不是出成绩吗？你没看我们兴哥都压抑了。"

"有个玄学。"吴兴一边扒米饭一边闷声说，"热身考前三百名是重点本科，前四百五十名是普通本科，据说很准。"

叶斯对这些没概念："你平时多少名来着？"

"在第四百五十名上下徘徊吧。"吴兴叹气，"要是这次能进前四百五十名，我后面心理压力能小些。"

宋义龇牙笑道："兴哥没问题，你可是我们'混子大队'的人。"

吴兴听了好像更难过了。

叶斯把蛋挞吃完，忍不住又问："一般多少名能上前两所啊？"

"哪两所？"吴兴看他一眼。

"T大和P大。"叶斯漫不经心地嘟囔，"还能是哪两所？"

吴兴也有点没概念了，想了半天说道："前二十名？加上自主招生，前三十名吧。"

"没那么多。"宋义摆手，"前两天上届高考出分，听教务处说估计最后能有十七八个上T大和P大。"

叶斯叹了口气。

"你问这干什么？你难道不该关心一下倒数第一梯队的去向吗？"宋义问。

叶斯认真地说道："我在想如果我加把劲，使劲学一年，成绩到底能不能上去。"

话音刚落，一只手就摸到他的脑门上，宋义一脸惊恐："没发烧啊，你这两天总犯癔症是怎么回事？我陪你去医院看看吧？"

"滚。"叶斯被宋义气笑了，一巴掌将他的手拍开，"别碰我。"

宋义受伤地往旁边挪了个凳子："我竟然被你嫌弃了，呜呜呜——"

叶斯恶心得险些把筷子扔他脸上去，吴兴在旁边笑得直不起腰，刚才的郁闷一扫而空。

叶斯从小就不喜欢别人碰，尤其是男生，碰他一下他能闹心死。宋义、吴兴平时和他歪在一起撞来撞去倒是无所谓，勾肩搭背也还行，但突然刻意地碰上来，他会觉得烦。

高一有个男生，上来拍叶斯的肩膀，他差点就把对方的胳膊拧紧了。

那一嗓子"滚啊"浑厚而震撼，响彻英中。后来高二分科，那男生听说叶斯留在理科后，二话不说直接去了文科。

"我叶哥人狠话不多。"吴兴冲叶斯抱了个拳。

高三第一轮复习是知识点"扫盲"，各科老师带着大家从第一册教材重新熟悉一遍。按理来说这个环节对叶斯最有用，但他努力听了一节课之后就有点儿想放弃。

内容枯燥难懂不说，天气还太热，讲课声伴随天花板上风扇的噪声，还有翻书翻纸的声音，混成一首史诗级催眠曲。

叶斯趴在桌上时醒时睡，视线里是何修那本《日本师傅如何做好一碗拉面》。学神不知是不是热身考受了刺激，只用一天时间就把这本书看到了最后几页。

叶斯迷迷糊糊地听见下课铃响了，走廊里有个男生扯着嗓子边跑边喊："成绩贴出来了！大家冲呀！"

"冲啊！"走廊内外无数个声音响应他。

班主任拍拍讲台桌："大家看成绩不要挤，刚出总榜，我现在去教务处领我们班的成绩单，你们忍一会儿看我们班的就行。"

没人能忍，他的话还没说完，教室已经空了一大半。

叶斯从桌上爬起来，睡得半边脸发麻。他茫然地发了一会儿呆，看着教室慢慢变空，连宋义都跟着凑热闹去了。他忽然发现身边好像还有个活物——何修没走。

不仅没走，他看叶斯醒来还愣了一下，几秒钟后抽出那张折起小耳朵的纸巾递了过来。

"擦一下。"何修说。

"擦什么？"叶斯没完全清醒，过了几秒钟才忽然反应过来，伸手往自己麻得失去知觉的半边脸摸去，果然摸到一手湿润。

丢人丢大了！

叶斯猛地扯过纸在脸上狂擦，擦完还伸进领口沾了沾，心脏狂跳。

不是心脏病那种跳，单纯就是睡蒙了起来又吓一大跳的正常反应。

等叶斯擦完，何修低头把那本书的最后一页翻过，从后面合上。

何修看完一本书好像心情很好，叶斯甚至怀疑自己看见了他勾起的嘴角，虽然只有一瞬，但叶斯确定自己不是眼花。

何修好像很少笑。这个人总是冷冷的，一副生人勿近的模样，在昨天之前叶斯和所有人一样，以为他是性格太淡了又自带光环。可他笑起来确实好看，睫毛特别长，又特别直，笑起来那一瞬间，每一根睫毛上好像都闪着一个小小的光点，一簇光华转瞬即逝。虽然是错觉，但让人看了心里舒坦。

何修把那本书放进桌肚，又拿出一本新的书，封面上写着"物理竞赛题库"几个大字。

叶斯心里松一口气，感觉一切都正常了。

对嘛，学神也要学习啊，都高三了。

"你不看成绩吗？"何修一边翻开新书一边问道。

叶斯之前没有看成绩的习惯，反正每次都是倒数第一，但这回不一样了，这回值得一看。

于是他说："看啊，你不看吗？"

何修站起来让叶斯出去："不看了，没什么悬念。"

正要起身的叶斯险些跪在椅子上，赶紧咳嗽一声以掩饰尴尬。他往外走之前余光一瞟，忽然发现有些不对劲。

何修翻开《物理竞赛题库》，里面是《灌篮高手》，且还是原版日语漫画。

他没发现某人赖在后门没走，已经入神地看了进去。过了好一会儿他才翻过一页，比上午翻看老师发的知识点慢了十倍。

叶斯有些感慨地转身往外走，刚走到走廊中堂，人群中就爆发出一阵震耳欲聋的喧哗。

"邪门了吧？！"

"什么情况？"

"同名双胞胎弟弟出现了？！"

叶斯还没反应过来，人群里突然冲出来两个人。

宋义和吴兴一左一右拉着他的胳膊，吴兴不知是惊讶是愤怒还是喜悦，像野兽一样一边晃他一边嗷嗷狂吼，吼得青筋暴起，看上去非常可怕。宋义就更离谱了，扯着叶斯的胳膊，边摇边怒吼。

叶斯快被晃吐了，在吐出来之前使劲往上蹦着看了一眼成绩单。

他的目光掠过一层又一层的后脑勺，在第一列的最后一行看到了自己的名字——高三（4）班，叶斯，总分六百一十六分，年级第四十九名，进步幅度五百五十二名。

六百一十六分，坦白说，比叶斯自己估的要低一点。

"叶斯！你说话啊！"吴兴比宋义更激动，"这些分是哪儿来的？你说啊，哪来的？！"

他从魔爪里挣扎出来，嘟囔道："老师阅卷给的呗，还能是哪儿来的？"

人群忽然安静下来，张山盖迷茫地喃喃自语："连叶斯都上六百分了……"

"我还在五百多分晃悠。"体育委员接道。

"我这脑袋里装的全是废料吧？"小胖也接道。

宋义没忍住嘴欠道："我觉得还是脂肪比较多。"

小胖骂了一声，正要说话，却发现叶斯根本没瞅他，眼神越过所有人震惊的脸，落在年级大榜左上角。

理科第一名，何修。语文一百三十七分，数学一百五十分，英语一百四十六分，理综二百九十八分，总分七百三十一分。

准高三的学生直接去答高考卷，难度本来就大，而且是第一次接触"理化生"三科综合的形式，不少人理综都乱了阵脚。

理科第二名总分只有六百五十八分，被何修拉开了整整七十三分。

"沙雕——"叶斯在脑海里试着呼叫系统。

过了两秒那个声音才出现："什么事？"

"为什么很多事都变得不一样了？"叶斯问。

SD见怪不怪："听说过蝴蝶效应吧？虽然是你的脑世界，但任何微小的变化都会牵扯很多人的命运，发生什么都是正常的。还有，你的脑电波在不断地波动，也会让当初的真实情况出现偏差。"

叶斯沉默。他明明记得当年何修热身考退步了四五十分，可这一次，何修在热身考里保持了一如既往的高水准，甚至是更恐怖的水准。

"如果你是说何修的成绩……"SD在叶斯的脑海里打了个哈欠，"我倒是可以解释。当年何修的总分大幅度下降，是因为他的语文只有八十多分，他作文没写。"

叶斯迷茫："为什么不写？"

作文的题目叫《后悔》，叶斯主要后悔了一下小学打架给对方留一线生机去跟老师告状，不过看语文成绩感觉作文分数应该不高。

SD淡淡地说道："也不能说完全没写吧，他写了两个字。"

"什么？"

"从不。"

一阵莫名的战栗涌起，叶斯还没来得及追问，淡淡的桃子味就从身后靠近，站在了他身边。

何修一只手揣在裤兜里，校服衬衫遮住手腕，姿势随意散漫，蹙眉看着年级大榜。

叶斯循着他的目光看过去，发现他在看自己的成绩。

"六百一十六分。"何修轻声念道。

周遭仿佛又安静了一瞬。叶斯挺直腰板，感觉学神可能有话要说。

何修又看了一会儿年级大榜，然后缓缓收回视线，对着叶斯困惑道："多的五百分是哪儿来的？"

四周沉寂一秒，而后爆发出一阵能掀翻楼顶的狂笑。

宋义笑得一屁股坐在垃圾桶盖上。吴兴也没忍住，抬手拍向何修的肩膀："学神，你怎么和我想的一样？哈哈哈——"

何修看了他一眼，往旁边一躲，没让那只手碰到自己。

吴兴不乐意了："你怎么还嫌弃人？"

叶斯皱眉拍开吴兴的手："笑什么？我一鸣惊人怎么了？我看谁再给我笑！"

这一声吼，让整个大堂寂静了。吴兴宋义很给面子地抿起嘴唇憋住笑，倒是站在叶斯身后的何修忽然勾了勾嘴角，又不动声色地把头偏开。

叶斯猛一回头，何修嘴角的笑意还没收起来，于是有幸解锁了来自"校霸"的暴怒注视。

"你——"叶斯语气凶残，"别以为是我同桌我就不揍你。你再笑，以后上一堂课我打你一次。"

"哦。"何修点点头，正经道，"知道了，同桌。"

"叶斯！"班主任老秦小跑过来招手，"你来！"

"你真一鸣惊人了，哥。"吴兴小声道，"胡秀杰估计也会找你。"

叶斯闻言头皮一阵发麻，这应该就是SD说的"身边人的反应会给你带来更大的压力"。

老秦两只手往旁边挥了挥，做出赶鸭子的动作："其他人都散一散，别在这里堵着！哦，对了，何修，你也来。"

"走吧，同桌。"何修转身，"还没和你一起见过老胡呢。"

叶斯只能硬着头皮说道："我经常见她，放心，我罩你。"

何修闻言转头看了叶斯一眼，似乎想说什么，但动了动嘴唇还是没说出口。

叶斯是教务处的常客，但因为考试成绩太好被找还是头一次。他推门一看，发现不仅老秦和胡秀杰在，还有高三刚下来的老师们，以及主管教学的副校长也在，副校长姓王。由于大校长也姓王，所以副校长被称为"小王"，大校长则是"大王"。

老胡招手："哎，你们进来吧。"

胡秀杰先招呼何修："何修这次考试很稳啊，看来热身考的难度还没有摸到你的极限，很好，高三一定要保持住。"

何修淡淡地点头。

叶斯发现胡秀杰在何修面前仿佛转了性，满脸都是慈祥的笑容。

胡秀杰又说："对了，你把卡拿走吧。"

她拉开抽屉，从里面拿出一张新的饭卡给何修，还小声叮嘱了几句。

叶斯只听清了什么"注意营养""有需要就说"。

学校会给家里条件不好的学生餐补，如果他没记错，何修家里条件不错，至少没到需要餐补的地步。

胡秀杰又小声对何修关照了几句，才深吸一口气，转向叶斯。

她的表情很复杂，叶斯感觉自己从小到大学过的所有形容表情的词这会儿套在她身上都很合适。不仅她，四周所有人看着他都是那副表情。

她咳嗽了一声："那个，考试的事，说说呗。"

"说说，得说说。"小王校长最先回过神，从旁边拿起一沓卷子铺在桌上，是叶斯这次考试的全部试卷。

何修实在好奇，站在角落里跟大家一起看叶斯的卷子。

所有科目的选择题、填空题和语文阅读理解全部满分，但大题过程就比较潦草了，物理公式写得根本看不清，解题步骤也不完全，只有最后一两步算式和最终结果是能分辨出来的。

但全部正确。

人群中忽然响起一个女声，是现实世界里高三（18）班的班主任，姓朱，因为特别喜欢在学生练习册上画鲜红的大叉而出名，江湖外号"朱叉叉"。

"说说吧，叶斯同学，答案是哪儿来的？"朱叉叉瞪着叶斯。

叶斯被问得愣了一下："我自己写的。"

"都到这份儿上了，撒谎没什么意义。直说吧，我们怀疑这次考试有老师透题。"朱叉叉满脸严肃，"叶斯，一个月后分班完毕，我应该就是你的新班主任了，你跟我和秦老师说句实话，答案是哪儿来的？"

叶斯知道，这就是SD给他"施压"的结果，所以还是压下了心里的愤懑，说道："我就是这次单纯想好好考，做对了题目。"

"难道你想考好就能考好吗？"朱叉叉激愤起来，用指尖点着叶斯的卷子，说道，"以后你是我们班的学生！我要对英中老师的名誉负责！传出去说我们老师自己卖题，这还了得？"

"朱老师，你先冷静一下。"老秦抬手做了个安抚的动作，叹气道："叶斯啊，你是个挺好的孩子，聪明，人也仗义，这些老师们都是认可的。但你之前的成绩确实一直不理想，突然拔高……"

"我知道。"叶斯看着办公室的白墙，低声道，"下次考试我还是会考好，但我保证绝对没有买题。"

"叶斯。"小王校长叹了一口气，"朱老师说话有些偏激了，但我们真的想知道原因。你不要动气，如果愿意，可以和老师们说一说，老师们知道了你的真实情况，也好帮你的成绩更上一层楼。"

叶斯依旧不吭声，气氛仿佛凝固了。

"不是作弊，也不是透题。"何修忽然说道。

叶斯猛然回头："你还没走？"

"嗯。"何修点了一下头，指着叶斯的数学卷子，"透题不大可能，数学最后一道填空题出得不严谨，但也能做。考场上现补充了一个条件，答案从本来的根号三变成根号七。叶斯这道题的答案正确，就说明他没有事先拿到答案。"

数学出题老师说："哎，还真是这样，这个我们刚才没想到。"

所有老师都往叶斯那张卷子看过去，语文、英语老师也跟着看，场面突然有些滑稽。

叶斯回头看了何修一眼。

何修接着说："也不可能有人给他答案，全年级能给他传出这种准确率的答案的，也就只有我了吧？"

办公室里安静了一瞬，胡秀杰有点儿尴尬："没有那个意思。"

何修看了她一眼："如果没有那个意思，何必找我和他一起来，饭卡不能回头给吗？"

老秦叹气道："我们相信你的人品。"他又看了一眼叶斯，"当然，我们也相信叶斯。学校教书育人，教书和育人一样重要，叶斯之前成绩不好，但我们没有否认过他的人品。"

叶斯闻言，表情终于缓和了一点，但仍然没说话。他把插在裤兜里的双手拿出来，倔强地看着自己的卷子。

"看这里吧。"何修指着理综化学的填空部分，"这个答案他的和我的不一样，我在配平方程式时出了点小错误，导致整个离子浓度算错。"

何修说到这里不由得皱眉："我刚刚还在想，理综怎么少了两分。"

叶斯刚涌起的一点感动被这句话万马奔腾般地碾压过去，压成灰烬。

化学老师生涩地安慰何修："别难受，你已经很棒了，九十八分也是年级最高分。"

何修闻言看了他一眼，那种"你为什么侮辱我"的眼神险些让叶斯笑出声来。化学老师被盯毛了，只好悻悻又茫然地对着空气出神。

"所以说——"胡秀杰勉强明白过来，看向叶斯，"你其实是能考好的。"

何修在旁边看着叶斯。这家伙刚才气急时头发丝都竖起来了，跟只刺猬似的，这会儿顺毛了看着缓和了点，只是眼神里仍然刻着倔强不羁。

"那大题为什么没有完整的过程？"校长好奇道。

叶斯想了一下，答道："没用草稿纸，在脑海里思考了整个过程，写完最终答案后，过程就忘了个七七八八。"这也是实话。

办公室一片死寂。

"我还是不相信，这根本就是不可能的事，烂泥突然就能上墙了？"朱叉叉说着从旁边桌子的抽屉里抽出一套卷子，"这是热身考B卷，考试为了应对不时之需，都会准备两套试卷，只是B卷很少派上用场，但之后都会发给大家练习。"

朱叉叉把数学卷子第一张抽出来，上面有十道选择，又从旁边抽了张白纸，放在叶斯面前："一个小时，你就在这儿做。要是做不出来，立刻把你的家长叫来！把你爸爸妈妈都喊来！"

叫家长……爸爸妈妈……

叶斯被这几个字激怒，看着她的眼睛里几乎能喷出火："那我要是做出来了呢？"

"叶斯，怎么说话呢？"胡秀杰皱眉，"对老师要尊重。"

"老师对学生也要尊重吧？"何修飞快地说道。

何修对上胡秀杰震惊的眼神，没什么表情地挪开视线，又缓和语气对着叶斯道："做吧，你能做出来。"

叶斯没坐下，而是直勾勾地站在那里低头看卷子。

整个办公室鸦雀无声。

何修也在旁边看题，B卷比A卷还要简单一些，这些题他基本可以心算，一分钟一两道没问题。

BABBC，DA……

老秦有些尴尬地咳嗽一声："叶斯，要不我们私下聊……"

叶斯突然拔开笔帽，在空白处连贯地写下了十个选项——BABBC，DADDB。

他写完把笔往旁边一放，拿起那张空白的草稿纸攥成团，随后转身大步往外走去。

办公室里里外外，死一般的寂静。

不教数学的老师还没反应过来怎么回事，出题老师的脸已经开始发白。

何修拿过被叶斯丢开的笔，在下面重复他的答案又写了一遍。

他抬头看向副校长："这是我的答案。"

何修说着丢开笔，追着叶斯出了办公室。

走廊里已经没人了，何修追了两步失去方向，索性也不再追。他站在窗边静默了一会儿，而后在脑海里试着呼叫："BB，在吗？"

过了足有十秒钟，何修都快放弃了，那个低落的声音才在脑海里响起："干什么？"

何修松了口气："想问问你，为什么很多事都变了？"

很多细节和记忆中不太一样，小事可以不在乎，但叶斯的变化太大了。他清楚地记得当年叶斯热身考只考了一百六十六分，自己当时真的被那个分数震惊了一把。

"很正常啊，蝴蝶效应，加上脑电波场效应，很多人的轨迹都会变，又不是只有你一个人的。"BB打着哈欠说，"我不是跟你说过吗？"

"蝴蝶效应不是这么用的。"何修淡淡地说道。他一边下楼往外走一边对BB解释，"蝴蝶效应是，由于我行为的改变引发一系列变化。如果叶斯一直是学霸，突然选择暴露自己，那么他的决定是在热身考之前就做出的，那时我才刚进入脑世界，甚至还没来得及进入脑世界，不可能影响到他。至于你说的脑电波场效应，我倒是可以接受，你可以具体解释一下原理吗？"

BB卡了一下："你又开始难为我了。"

"到底是怎么回事？"何修问。

BB 叹了口气:"好吧,蝴蝶效应是我用词不准,但脑电波场的效应是存在的。你现在身处的是认知世界,由于你的到来而形成的认知世界会影响到其他人,不仅是你的行为,还有你的思想。一部分人的命运会发生改变,或许会有一些契机出现,或许会有一些灾难。总之,一切皆有可能。"

"这样吗……"何修叹了口气。他本来怀疑叶斯身上也发生了奇怪的事,但 BB 这个回答应该算否认了。

"他的成绩变好,你有不满吗?"BB 小心翼翼地问道。

"那倒没有。"何修说,"可能还有些开心。"

他记忆中的这天,看榜后是体育课,还下了雨,他和叶斯在教学楼门口不尴不尬地搭话了几句。

但认知世界确实很多细节都发生了变化。

从教学楼往食堂的路上有很多人,全是高三的学生,所有人都在窃窃私语叶斯的进步。

何修穿过人群,一眼就看见了正倚在食堂门口的叶斯,红衣扎眼,他一只脚向后屈起蹬在柱子上,低头看着手机。

"在等我吗?"何修走上前。

"啊?"叶斯收起手机揣进兜里,"刚才走快了两步,突然想起来好像你还在办公室了。"

何修勾了勾嘴角:"你还生气吗?"

"生什么气?"叶斯问。

"那些老师的气,朱叉叉他们。"

"原来你也管她叫'朱叉叉'啊?"叶斯惊讶地瞪大眼,话锋一转,又说,"我跟他们生气?笑话。"

他一边说着不气,一边疯狂地夽着毛,几根头发丝在空中晃着。

何修笑着跟叶斯往里走,两个人并排走着,周围的人一副撞鬼的表情,默默退开一米,偷偷用手机拍照发贴——学神和校霸一起吃饭了!

"为什么信我?"叶斯突然问。

何修知道叶斯指的是刚才在办公室自己的那句"做吧,你能做出来"。

他笑了笑,说道:"因为我了解你。"

"你了解我?"叶斯看着他,"哥,我们前两年说过几句话?"

"但你不是声名远扬吗?"何修语气平静道,"叶斯大侠,仗义校霸。心血来潮买答案是有可能的,但买了答案拒不承认是不可能的。"

叶斯眼睛一亮,瞬间感觉自己一腔热血滚了起来,一把揽住何修的脖子,往自己这边带了带:"可以啊,同桌!懂我啊!"

何修看了一眼勾住自己脖子的那只胳膊,默默调整一下站姿,回头看看他:"难道你不是这样的吗?"

叶斯猛点头："我就是这样的！"

何修没忍住勾起嘴角，而且一直没收回去，笑着继续说："而且你应该不是那种虚荣的人。"

叶斯感觉自己点头都快点成鸡啄米了："是啊，谁真稀罕学霸光环啊？要是有个永平街格斗考试，我可能比较在意。"

何修笑着点头："嗯，我信。"

"啊！"叶斯唏嘘道，"混了这么多年，没想到最后信我的会是你。学习好就是有水平，思想觉悟都不一样。"

"你不也是？"何修忽然回头看他，语气平静，黑眸中却仿佛有种探究，"你不也是学习好？一直低调罢了。"

叶斯险些闪了舌头，连忙把话圆回来："是啊……不，还是你学习更好，我比不过你。"

"同桌，以后我罩你，要是有人敢跟你叫板，你就报我的名字。"叶斯意气风发地说道，"叶哥罩你。"

"知道了，叶哥。"何修笑笑，目光落向远处，"你的朋友在等你。"

叶斯顺着何修的目光看过去，发现吴兴和宋义正坐在一张圆桌旁探头探脑。

吴兴和宋义发现叶斯，冲他招手。

他放下搂着何修脖子的手："你和我们一起吃饭吧，别看宋义和吴兴他们凶巴巴的，其实就两个'活宝'。宋义你总有数吧？他就是只'尖叫鸡'。吴兴就是'睡神'，百分之八十的时候你以为他在跟你说话，其实都是梦游呢。"

"我不在食堂吃了。"何修说道，"只是来找你说两句话，我要出去一趟。"

"哦。"叶斯本来要说的话咽进肚子里，茫然了一瞬才问，"那你晚自习回来吗？"

"回来。"何修叹气，"回来把书看完，而且我预感今晚胡秀杰要找我谈话。"

"好吧。"叶斯点点头。

等何修走出食堂，叶斯才反应过来。

把书看完？他说的该不会是那本《灌篮高手》吧？

宋义小跑过来："你怎么和何修勾肩搭背了，刚才老胡他们找你说什么了？"

叶斯回头看了他一眼，撇撇嘴，无聊地往饭桌那边走去："说'尖叫鸡'。"

"尖椒鸡？"宋义瞪大眼，"今天特色餐有尖椒鸡？"

他哭丧着脸，抱怨道："早知道去排特色菜了，都赖吴兴，非要吃清淡的，他都进前四百五十名了还要吃斋念佛，有毛病。"

叶斯停下脚步，深深地看了他一眼："宋义。"

"啊？"宋义还在张望尖椒鸡的身影，后脑勺儿对着他，"干什么？哪个窗口有尖椒鸡啊？"

叶斯面无表情地转回头，淡淡地说道："没事。"

——我和你无话可说。

"混子大队"日常霸占一张十人桌,但叶斯明显感觉到这天周围议论他的声音比平时更多了。他没怎么在乎,该吃吃该喝喝,比平时还多吃了点。

"所以你的成绩到底是怎么回事?"吴兴看着叶斯,"你得对我们说实话,我们三个是过命的交情,你不能说谎。"

宋义也严肃地说:"对,不能说谎!"

叶斯的脑海里突然响起SD没有感情的声音:"提个醒,我的存在属于高级机密,如果你被成功唤醒,相关人士现实世界的记忆会和你的脑世界并线,你在脑世界里乱说话也会导致机密泄露,一旦泄密,你会暴毙。"

叶斯正琢磨着要不委婉地透露一下,SD又说道:"停止你可怕的想法。我再强调一遍,泄密会暴毙,没人能逃脱,即使是我这个系统说了不该说的话也会暴毙。"

叶斯只好把想说的话咽了回去,只模棱两可道:"就是考试的时候突然被打通了任督二脉吧。"

"怎么打通的?"宋义立刻问。

"就……"叶斯咬了一口蛋挞,含混不清地转移话题,"其实这些年,我心理负担一直挺重。"

宋义:"啊?"

吴兴:"啊?"

叶斯看着饭碗开始胡说八道:"就是觉得,我爸一个人赚钱养我不容易,我又一直挺败家的,虽然他赚得太多了我也败不完。唉,扯远了,反正现在高三了,感觉不能再颓废下去了,以后我会全力以赴地学习,看看自己到底能考多少分。"

话音落地,宋义和吴兴四个眼珠子瞪得像玻璃珠那么大。

叶斯烦乱地叹气:"唉,是真的,不信你们去问胡秀杰他们,刚才在办公室我已经解释过很多了。"

"这倒也是。"吴兴勉为其难地点头,"要是真有什么,胡秀杰不可能放你出来。"

"可以啊,叶哥!叶神!"宋义拍桌,"原来你是隐藏不露的大佬啊!我还真以为你和我一样是学渣呢。我就说嘛,考语文的时候你怎么想起来主动给我传答案了,果然发达了也不忘兄弟啊!"

叶斯沉默,希望宋义永远别看到发下来的语文卷子。

"说实在的,我觉得挺解气的。"宋义说,"我都能想象到那些平时看不起我们的老师是什么表情了。太爽了,叶哥,给那几个爱用有色眼镜看人的老师们一点颜色看看!"

"没错。"吴兴附和道,"胡秀杰总在我们班拿你当反面教材,每次我都想和她拍桌子。这回好了,叶哥,你给我在(4)班守住,一个月后也别出来。"

三个人在一起感慨了一通,宋义突然又说:"唉,那以后你要离开'学渣榜'了,我还突然有点儿伤感,有些不习惯啊。"

"是啊。"吴兴也跟着叹气,"总感觉少了什么传统似的。"

叶斯顿了顿，说道："我也不想，但我必须得学习了。"

"要想生存，就要好好学习。"叶斯看着餐盘轻声道，"记住属于我的荣光，也记住今日耻，好好学习。"

叶斯看着坐在一起大口吃饭的吴兴和宋义，忽然觉得有些对不住这两个哥们儿。

如果他们在高考进考场之前突然知道自己暴毙的消息，会怎么样呢？

吴兴的成绩一直在普通本科线徘徊，要是受了那么大刺激，估计就彻底无缘了。宋义大概会后悔拉他去大吃大喝，然后留下一辈子的阴影吧。

虽然根本不是那顿饭的错。

还有父亲，可能会痛恨自己高考前一晚没回来陪儿子，搞不好会一辈子都无法原谅自己。

人生真是……太扯了。

宋义饭吃着吃着猛地抬头，一脸茫然："你哭什么？考好一次激动成这样？"

"啊？"叶斯回神，"谁哭了？"

"你的眼圈红了。"吴兴平静地说道，往叶斯盘子里夹了个鸡腿，"差不多得了，也就勉强留在重点班的水平，而且离分班考还有一个月呢，离高考还有一年呢，激动得跟考省状元似的。"

"就是，没见过世面。"宋义附和着，又往叶斯盘子里扔了个蛋挞，摁了一把他的后脑勺儿，"吃！"

"吃。"叶斯点头，低头把蛋挞整个塞进嘴里，用甜味就着鼻腔的酸热一起咽下去，"还有一年呢。"

叶斯晚饭吃多了，离开食堂的时候感觉自己是端着肚子走的。

"你们是不是有毛病？"叶斯火大，"东一个鸡腿西一个蛋挞，要撑死我吗？"

"自己跟猪似的喂什么吃什么，还说我们。"宋义"呸"了一声，"我都没吃饱。"

"我也没吃饱。"吴兴又恢复了睡不醒的状态，"我吃不饱就特别困，等会儿晚自习要睡觉了，希望胡秀杰不要来抓我。"

英中的晚饭时间是五点到六点钟，三个人在食堂吃到五点五十分。叶斯吃撑了走得慢，等晃到班级门口刚好打铃。

叶斯撑着后门两张桌子跳进座位，何修还没回来。

班主任老秦站在讲台上，表情严肃："今天是我看晚自习。卷子已经发下去了，大家今晚先看看卷子，有什么疑问可以上来问我，但是不许说话。"

所有人都在翻着卷子，叶斯回头，发现宋义正一脸难以置信地捧着自己的第一张试卷，三个鲜红的大叉从纸背透出来。

叶斯努力忍住笑，趴在桌上。

老秦继续说道："热身考成绩揭晓，虽然还没分班，但你们的高三生活已经正式开始了，大家都要收收心。自习纪律我不多强调，就一点，为什么总有同学一定要等打铃了之后才恋恋不舍地回到班级呢？多在外面待十秒能让你们品尝到自由的甜美吗？"

底下哈哈大笑，叶斯没笑，看了一眼身边空荡荡的座位，想给何修发条消息问他到哪儿了，却突然发现自己没有加何修。他去班级群里扒了半天才把何修的号扒了出来，昵称就是大名。

何修在班群里从没说过话，叶斯还是第一次看见他的头像，是一个欧美卡通风格的小人，穿着卡其色的衣服、裤子，踩着一双马丁靴，背上背着一把长弓，腰带绑着的小皮篓里还插着一把箭。这卡通小人长得倒是挺英俊，但除了这点，跟何修这个人没有其他相似之处。

叶斯开始怀疑这人到底是不是何修，于是试探着发送了好友申请，验证信息是"你同桌"。

"我通过了你的朋友验证请求，现在我们可以开始聊天了。"

加上了。

叶斯看了一眼讲台上强调纪律的老秦，低头飞快地打了一行字："你人呢？"

何修回："刚到。"

到了？

叶斯放下手机，突然感觉敞着的后门外头似乎有一股若有似无的桃子味。他偏了一下头，看见门框旁被风吹过白衬衫一角。

他脑海里的第一个想法竟然不是堂堂学神缩在门外，而是这家伙居然偷偷吃糖。

实在太过分了。

老秦讲纪律讲得动情，拿起粉笔回身在黑板上写下"高三来了"四个大字。

就在他写字的工夫，何修悄无声息地从后门溜进来，一屁股坐在凳子上，再把两条腿收进桌子下面，动作一气呵成，但风吹了一下后门，发出"嘎吱"一声。

老秦回头看过来，与何修对视上。

叶斯不知道自己怎么回事，竟然感觉有点儿紧张，以前他一堂四十分钟的课迟到三十五分钟的时候也没紧张过。

老秦皱眉道："你是一直在这教室里吗？"

何修淡然地回答："当然。"

那个表情正义至极，仿佛他从洪荒之前就坐在这儿了，哪怕遇到地震、泥石流、火山爆发、世界末日也没有离开过。

叶斯简直对这种耍无赖的气魄惊为天人。

老秦原本挺笃定刚才那边是空着的，但现在有些怀疑自己，于是问道："我刚才说了什么？"

"纪律。"何修回答，"高三开学要收心，自习不要说话，不要迟到。"

叶斯的手机这时振动了两下，宋义发了一排问号过来，感叹道："你们配合得也太好了吧？"

"没配合。"叶斯顿了顿，又补充了一句，"我本来想配合一下，但他把我的词都抢了。"

老秦叹口气："我批卷子批得眼睛都花了，行了，大家自习吧。"

"对了，何修——"老秦忽然又严肃地看过来，"你这次作文立意在偏与不偏之间，有点儿危险，虽然最后分数还凑合，但也要注意。明天语文课我会拿你的作文给大家讲讲立意问题。"

何修没什么意见，点了一下头。

"还有叶斯——"老秦把目光转投向叶斯，一言难尽地说道，"你的作文，明天也念念。"

"为什么啊？老师——"叶斯不明所以，"我那点儿分全扣在作文上了。"

"我知道。"老秦一脸严肃道，"高三压力大，明天念出来给大家放松一下。"

哄堂大笑。

见老秦在挨着讲台的桌子旁坐下小憩，叶斯便小声问："你到门口多久了？"

"真刚到。"何修低声说，从桌肚里把那本假题库掏出来，一翻开就露出里面的樱木花道，"他还能说什么，就那几句？塞着耳朵都能猜到。"

叶斯愣了愣，然后捂着肚子恨不得把眼泪都笑出来。他几乎要怀疑何修坐在这儿是早有预谋的，毕竟靠后门的座位迟到、早退都无比方便，而且这家伙连漫画书的伪装都做好了，就是防那一双双趴在后门玻璃上的眼睛——准备得多周全。

"你晚上吃饱了吗？"何修突然问，手背到后面往后门外摸去。

"啊？"叶斯抬头看了一眼老秦，见老秦没注意这边，才问道，"什么啊？"

话音刚落地，何修就够到了东西，塑料袋的哗啦声和走廊风吹玻璃的声音混在一起，没引起什么人注意。他把贴着墙根放在外面的袋子拽回来，从里面掏出东西放在叶斯的桌上。

"红豆大福。"何修说，"我晚上没来得及吃饭，路过面包店进去应付了一下。这个还挺好吃，你尝尝吗？"

隔着半透明的糯米皮，叶斯甚至能看见里面洁白的奶油和绵软的豆沙。他没废话，把拳头大的点心掏出来，张口就咬进嘴里。

大福又绵又甜，红豆馅沙沙的，和奶油混出了层次感。

"能吃饱吗？"何修微微吃惊。他原本只是顺手给叶斯带个饭后甜点，但这家伙像是没吃过似的反应让他怀疑叶斯是饿着肚子来上晚自习的。

叶斯看着他，张嘴打了个红豆奶油味的嗝。

由于晚上吃得太多，叶斯困得要死，也可能是因为快要撑晕过去了。他感觉自己应该在脖子上挂个牌，上面就写"国家一级保护动物叶斯，禁止投喂"。

"我睡一觉。"叶斯说，"有事叫我。"

"好。"何修点头，把桌上发下来的考试卷子塞进桌肚，找到漫画书里夹着的书签，顺手又在抽纸上冒尖的那张纸上折了个小耳朵。

叶斯趴在桌上看着那个小耳朵，忽然有些奇妙的感觉。

也就一天的工夫，他好像突然就对何修这些奇奇怪怪的习惯熟悉了。但这天确实发生挺多事，过去两年他都没跟何修有过任何交集，这天简直是他人生的一大步。

其实他有点想问何修干吗去了，又觉得没什么立场问，总感觉怪怪的。

叶斯这一觉睡了二十分钟不到，就感觉何修用胳膊肘撞了他一下。

他茫然地睁开眼："怎么了？"

何修向叶斯身后看了一眼。叶斯一回头，就见小王校长正站在他身边注视着他，脸上挂着瘆人的微笑。

"我……"叶斯一个打挺坐直了，然后发现教室里鸦雀无声，所有同学都抻着脖子回头看。

小王校长笑着摸了一下叶斯的头："叶斯同学，我吓到你了吗？不好意思。"

叶斯下意识地往后躲了一下："校长好。"

小王校长比较通人情，没生气，收回手说："你要是有时间出来一下吧，朱老师有话和你说。"

叶斯皱眉想了一会儿，才意识到他说的是朱叉叉，表情顿时垮了下来。

"打赌是她输了啊。"

小王校长笑了："我在这个学校二十多年了，你是第一个这么张扬的。"

教室里响起一阵压抑着的笑声，叶斯动了动，才问："她有什么事？"

"我们出去说吧，让大家继续上自习。"老秦说。

出去就出去。

叶斯站起来，老秦和小王校长转身往前门外走去，何修往旁边挪了一点儿，叶斯直接撑着桌子从后门跳出去。

走廊里不仅有朱叉叉，还有胡秀杰。

朱叉叉的脸色很难看，鄙夷中还带着不甘，像受了天大的委屈似的。

小王校长搓搓手："叶斯同学，今天在办公室里有几个老师的表达方式不当，包括我在内。虽然我们是老师，但老师也有义务在做错时对同学道歉，所以我们来是希望获得你的原谅。"

胡秀杰的表情依旧严肃，但还算比较客气："抱歉，叶斯同学，今天对你盲目下定论了。"

朱叉叉僵硬地张了一下嘴："对不起啊。"她说着又皱了皱眉，"但也是给你提了个醒，我们学校对买卖试题答案的处罚是很严厉的。"

叶斯看着他们："胡主任——"他顿了一下，"您对我有刻板印象我也能理解。校长也没说我什么，就只有朱老师一个人讽刺我了。"

叶斯看向朱叉叉，说道："这次的成绩到底是什么情况我自己心里有数，无论真相如何，一年后要去参加高考的是我，路我自己走，后果也是我自己承担，您不能逼我承认不存在的罪行。"

朱叉叉险些气疯，立刻回头看向胡秀杰："主任……"

　　"行了，行了。"老秦连忙说，"大家都退一步，这事翻篇了。那个……主任，你和朱老师先回去？"

　　胡秀杰拉了一下朱叉叉："朱老师，你来我这儿，我们说下高三的教学重点。"

　　等胡秀杰把人拉走，老秦才叹气看着叶斯："你啊，考到六百多分也还是老样子，刺头一个，就不能软和一点？"

　　"我能软和。"叶斯倔强地说，"得看对谁。对我好的人，我就会对他软和。"

　　"哈哈哈——"小王校长笑道，"叶斯同学还是挺懂事的嘛。我今天还特意看了你的语文卷子，阅读理解题把所有采分点全答上了。我真没想到你的阅读理解能力这么强，以前还总觉得你听不懂人话呢。"

　　叶斯面无表情地看着他："您以为您在夸我，其实没有。"

　　老秦"哎"了一声："那您是没看他的作文，他是听得懂人话，但不肯说人话。"

　　小王校长笑得更大声了，整个走廊都回荡着他爽朗的笑声。他转身往楼梯口走去："这不是挺好的吗？少了一个打架的，多了一个上重点的，好事啊。"

　　老秦一边说着"是是是"，一边在背后摆手示意叶斯先回去。

　　叶斯从后门回到座位上，听着老秦和小王校长的声音从走廊这头到另一头，直到消失。

　　班级里静悄悄的，突然有人小声说："高考后果我自己承担……叶神牛。"

　　窒息般的教室突然像是活了过来，都在讨论。

　　小胖回头说："高三是我们自己的，高考后果我们自己承担，他们凭什么定义我们是什么样的学生啊？"

　　叶斯清了一下嗓子，不轻不重地踹了他的凳子一脚："行了，学习吧。"

　　周围又过了一会儿才安静下来，等所有人都不说话了，一直低头看漫画的何修才抬起头来，冲叶斯笑了笑。

　　"叶神牛。"何修对叶斯竖了个大拇指。

第三章
原来你是这样的何修

四节晚自习结束后已经十点半了,宋义在群里问吴兴要不要去享受一把食堂给高三特供的消夜,吴兴过了一会儿才回复"去"。

他说完又特意嘱咐了叶斯一句:"小心点,朱叉叉被你气疯了,回自己班发了一通脾气,把那几个平时和我们一样混的挨个儿叫起来骂了一遍,还让他们留下值日,陈子航那几个都在其中。"

叶斯对着那条消息冷笑了一声,而后冷淡地回复:"她发疯与我何干?"

他把手机揣进裤兜里,发现何修刚好看完一本漫画,把"物理竞赛题库"的书皮从漫画上剥下来,又从桌肚里掏出一本新的漫画,把书皮套上去。

叶斯真的服气,何修的这套动作已经自然得出神入化,融入骨髓。

"你吃消夜吗?"叶斯问。

何修摇着头站起来:"有个室友昨天通宵,大家答应他今天早点儿回去,不影响他睡觉。"

"哦。"叶斯不住校,对那些寝室文化不太了解。他扯起空荡荡的书包往外走,突然又想起什么,"你也住三栋吗?"

"嗯。"何修说,"高三男生都住三栋,因为三栋离教学楼、澡堂都是最近的,方便。"

"那温晨……"叶斯顿了一下,压低声音,"你知道他和陈子航是怎么回事吗?"

"知道。"何修平静地说,"他们本来是一个寝室的,陈子航烦他,他跟总务老师说过了会换寝室,跟我们寝室的一个人换。"

"但陈子航不满意,非让他彻底滚出三栋才行。"叶斯说。

何修点了一下头:"对。"

"真不是人啊。"宋义在旁边骂道,又问,"他们为什么闹矛盾?起因知道吗?"

何修沉默了半秒,摇头道:"不知道。"

叶斯看了何修一眼,没吭声,只抬脚踢了踢宋义:"走了,早点儿吃完消夜早点儿回去,晚了我不好打车。"

"哦，行啊。"宋义点点头，临走之前看见了何修桌上的抽纸："借我张纸，我擦个眼镜。"

何修"嗯"了一声，在他伸手之前从纸巾盒里抽出两张，把第二张递过去，第一张被他顺手一团，投进走廊的垃圾桶里。

宋义擦完眼镜，也把纸巾团起来一扔，可惜耍帅失败，没投进垃圾桶。他只好又颠颠地走过去撅着屁股捡起来，手动塞进垃圾箱。

何修在新冒起尖的那张纸上又掐出一个小耳朵，才又继续收拾东西。

英中西门外有一条街，各种小吃奶茶店全在里边。街角还有家"如实书铺"，二十四小时开门，主要卖教辅和青春读物，里面有个大自习室，平时放学和周末都有很多学生在这儿写作业。

书铺的老板是个三十多岁的青年，姓名未知，大家就给他冠了店姓叫"实哥"。

叶斯跟实哥的交情还算不错，因为他高一的时候被几个社会混子纠缠到如实的门口，实哥摘下斯文的眼镜撸起袖子帮了他一次。他感到震惊，从此和书铺结下了情谊。

他吃完消夜出来已经是晚上十一点半，一条街基本都黑了，只有如实书铺还散发着暖黄的光。门口吊灯下飞舞着几只冲动的小虫，正在拿头疯撞灯泡。

叶斯背着空书包推门而入，门口的风铃叮咚作响。实哥在收银台桌子后面抬头看了他一眼，犹豫了一下开口道："那个……"

叶斯本来准备直接进去，愣是被他两个字拖住了脚步，回头问："嗯？"

实哥说："别在我这儿，今天脚崴了，不想收拾书架和桌子什么的。"

叶斯困惑了一会儿才明白过来："我不是来打架的！"

"那你来干什么？"实哥下意识地看了一眼门外漆黑的街道，有些担忧，"别是又有人'追杀'你吧？我今天真的累了，唉，帮不动你啊。"

叶斯大步往里面走："我来买书！"

"你怎么不说你来逛街呢？"实哥打了个哈欠，敷衍地道，"可信度更高一点。"

如实的自习区面积大，书本区却很挤，叶斯一个人站在两排书架之间就要侧着点儿身。各科练习册、教辅都堆在一起，一眼望去花花绿绿的，令人迷茫。

叶斯看了一会儿，又扯着嗓子喊："实哥！"

"干吗？"实哥趴在收银台后哈欠连天。

"练习册要买什么啊？"叶斯犹豫了一下，"哪些最火？"

实哥叹口气，终于推开凳子一瘸一拐地走来。叶斯低头瞅了他一眼，脚腕上好好的，没肿也没包着，感觉是装的。

"这些都是卖得好的。"实哥在几摞练习册上拍了拍，像卖西瓜的，又问叶斯，"谁用啊？"

"我自己。"叶斯看了一眼他刚才指到的那些，点点头，"基础点的、教材讲解性的，有吗？"

实哥没说话，从书架底下踹出另一摞"高中教材全解"系列。

"可以。"叶斯舒了口气，"这个，还有刚才你说的那些，语文、数学、英语、理综，我全要。"

实哥不打哈欠了，透过眼镜看着他，又问一次："谁用？"

"我啊。"叶斯瞪着眼睛回。

"你要拿去教务处烧着玩吗？"实哥叹口气，飞快地把叶斯要的三十多本练习册收拾好，拿绳子捆成两摞，劲瘦的手臂拎起两摞练习册往收银台走去，看起来轻飘飘的。

叶斯懒得废话了："多少钱？"

实哥掏出计算器，先归零，然后连加带乘，按了半天，又归零了。

他打着哈欠说："太困了，算不明白了，你看着给吧。"

叶斯服了，扫了个码把余额里那点儿钱全转了过去。

"我就这些，够吗？不够我再从卡里转点儿。"

实哥看了一眼："好像不用这么多。"

"没事。"叶斯拎起两摞书，"之后要是有缘再来这里比武，提前赔你桌椅钱。"

叶斯拎着书在街角等车，司机绕错路，他等了一会儿犹豫要不要回屋里坐着等，结果一回头，透过玻璃窗看见了刚才没进去的自习室。

实哥端着一杯饮料送到里面，一个男生趴在桌上抽泣，像在哭。

叶斯看了两眼觉得眼熟，往旁边挪了挪，总算看清了脸。

那不是温晨吗？大半夜的不敢回宿舍，在书店趴着哭，把实哥都哭蒙了。

叶斯无语地撇嘴，又扭头看了一眼实哥。

刚才果然在装瘸。

第二天早上，叶斯踩着铃声狂奔进教学楼，又踩着胡秀杰的叫骂声奔上三楼，一溜烟地冲到后门。

何修正捧着卷子站着，看他进来有些无奈，往旁边让了一下，他撑着桌子一下子跳了进去。

"叶斯，你怎么又迟到了？"老秦拿黑板擦拍拍讲台，带起一片粉笔灰，又把那玩意儿扔开，皱眉道，"昨天刚强调迟到的问题。你看看你，校服也不穿，眼睛都睁不开，昨晚干什么去了？"

"老师，我熬夜学习了。"叶斯无精打采地说，感觉看讲台都有重影，"你别磨叽了，我学得快要猝死了。"

前面的人压着声音偷乐，老秦气得瞪眼："我要是信了你，我白当这么多年老师。"

老秦虽然嘴上不饶人，但还是伸手进包里掏了两块巧克力出来，让前面的人传给叶斯当早饭。叶斯刚接过来还没得及撕开，老秦又说："何修先坐下。叶斯，先把你的作文读一遍，清醒清醒再吃。"

叶斯无奈，只好在桌肚里一通翻，勉强把自己那篇只有三十八分的作文掏了出来。

何修坐下，叶斯起立，两个人错身的时候胳膊蹭了一下，叶斯顺势低头看到了对方的作文分数——四十八分。

也没比自己高哪儿去。

"念。"老秦严肃地说，"底下的人都听着，别犯困。"

叶斯叹气，开始念自己的作品："《后悔》，作者叶斯——"

光是这一句就有人开始笑，叶斯在底下踹了一脚前面抖动的小胖，继续往下念："当我回忆以前的光辉岁月，其实也没什么后悔的事。只有一件事令我耿耿于怀，给我上了一堂课，让我往后十年的打架生涯里再没阴沟里翻过船，也比较少被找家长。"

底下哄堂大笑，那些趴在桌上睡的人全笑醒了。

老秦拍了拍讲台桌："笑什么笑？认真听！这是一个总起段，也有你们个别人学习的空间！"

台下笑得更大声。

叶斯平时作文都凑不出来八百字，但是这篇写得挺多，主要是认真总结了那次打架的教训，又写了一堆打架的启发。老秦听他念完教训那一段之后就让他坐下了，不敢让同学们再听到其他奇怪的东西。

班级里笑得根本停不下来，老秦不得不打开了讲课的麦克风，说道："我为什么让叶斯念他的作文？一是这篇文章确实有值得学习的地方，以简短的记叙切入，后面清晰地罗列论据和启发，结构很干净。而且这篇文章叶斯同学写了八百四十七个字！八百四十七啊，这说明什么？说明无论你是谁，只要你用心揣摩题目，结合自己真挚的情感，八百字其实很好突破，怎么有人只写了五六百字就写不下去了呢？"

笑声快要淹没麦克风里的声音，老秦不得不拿没什么人用的教鞭抽了抽黑板："行了，何修，起来念作文。"

教室终于安静下来，老秦又说："何修同学的作文结构清晰、行文流畅、用词严谨，是一篇非常优秀的高考议论文。让你们听这篇，一是日常学习，二是希望大家等会儿一起讨论这篇文章的立意，讨论为什么这么优秀的文章只拿了四十八分。"

叶斯面无表情地掰了一块巧克力放进嘴里，也不打哈欠了。

何修站起来，语气一如既往平静："《后悔》，何修。我曾偏执、轻狂地认为，自己知道人生的最优解是什么。那时如果有人问我'后悔'二字，我会回答，从未。"

叶斯后背一僵，还没完全化开的巧克力划过喉咙，又甜又火辣辣地痛。他抬头看向何修，何修正平静地看着自己的作文，黑眸幽深，睫毛遮下来，掩住眼中暗涌的情绪。

看来这位哥比原本的记忆中早熟啊。

叶斯心想，要不是问过 SD，他真的要怀疑何修也是从现实钻回脑世界的了。

"每一种人生都有最优解，但世上有无数种人生。这是我后来的思考。"何修继续念下去，"在千万种人生之中，没有尝试过另一种可能，就没有资格狂妄地定论无悔。"

教室里安安静静的，大家都在听何修念作文，还有人拿出笔记本记下几个关键论点，整理他的作文结构。

何修的作文念了五分钟，坐下后同学们就开始踊跃讨论了。有人说何修的作文独带一种大神的沉稳，还有人说立意确实有点怪，说不上偏还是不偏。

叶斯没有参与讨论，从桌肚里扯出一张纸，在上面写了几个字推给何修。

"你是不是有秘密？"

何修的笔尖在纸上顿了一下："漫画书啊。你呢？"

字条被推回来，叶斯看着那行字觉得有些眼熟，一时又想不起来那股熟悉感是哪儿来的。他看了何修一眼，拍拍自己鼓鼓的书包。

"昨天买了好多练习册，你帮我保密，我就不举报你的漫画书。"

叶斯写完之后觉得这段对话真幼稚得可以，但何修看了之后反而笑笑，而后将那张叶斯撕的不规则的纸，随手夹进漫画书里。

"擦擦。"何修说着抽出一张折着小耳朵的纸巾递过来，指了指叶斯指尖沾上的巧克力。

早上两节语文连着上，叶斯撑了半节就趴在桌上睡了过去，梦里都为自己昨夜通宵达旦学习而感到匪夷所思，一个自己嘲讽另一个自己，后来自己和自己打起来了。

何修坐在旁边看漫画，等身边那道呼吸声变得均匀，才抬眼朝叶斯看过去。

叶斯闭着眼睛，没有之前那么凶巴巴的，看起来软和了不少。

老秦讲到阅读理解，何修忽然想起叶斯这次考试踩中了所有采分点，顿时觉得有些压力。

虽然系统说过，在脑世界里，一切都可能因为他脑电波的波动而发生变化，但这家伙变得也有点儿太大了，排除那些狂妄，叶斯现在的学习实力是真的很强。

何修扫到叶斯书包里露出的基础教材详解，心想而且这家伙又很务实，一点儿也不飘，实在前途无量。

他叹了口气，把漫画书收了起来，用手机搜出几道没做过的化学竞赛题，随手扯了张草稿纸开始演算。

两节语文课很快就过去了，铃声一响，老秦拍拍桌子："从今天开始，课间操时间我们高三的都要去操场上跑两圈，帮你们强身健体，为高考做准备。体育委员下去整队，我们跟着（3）班。"

教室里哀号一片，走廊里陆续有其他班级出来。何修瞟了一眼身边，叶斯还睡着，一点儿要醒的意思都没有。

这家伙说自己昨天晚上熬夜学习，好像没人信，但何修觉得他可能没撒谎。

"学神，走了。"体育委员罗翰走过来，看见叶斯犹豫了一下，"这……我也不敢打扰叶神啊，就装没看见吧。"

何修点头，轻手轻脚地站起来，刚从后门迈出去，迎面就看到陈子航嘴里叼着根糖棍过来了。

（4）班的人一看到他就自动绕开，他没什么反应，只回身拿了本书，侧着身子挡住后门，胡乱翻了两页。

陈子航走过来打量他一眼："你们班叶斯呢？让他出来！"

何修淡淡地说道："我同桌在睡觉。"

陈子航一愣。他认识何修，学神谁都认识，但学神的同桌是谁，没人知道。

"我找叶斯，他在哪儿呢？"陈子航又问一遍。

何修的语气平静，但那双黑眸中的不耐烦比陈子航更盛："我刚才说，我同桌在睡觉。"

气氛突然变得有些紧张。

何修看着他："你有事？"

陈子航不知道怎么莫名其妙就和学神杠上了，还被反问了一脸。他正要推开何修从后门闯进去找叶斯，却见何修忽然皱起眉："你听不懂人话吗？我同桌在睡觉，你打扰我学习了。"

陈子航低头看着他手上的《灌篮高手》，一时间竟不知该回什么。

一个迷迷糊糊的声音忽然从何修背后响起："吵什么呢，有人找我啊？"

一颗发型凌乱的脑袋从何修背后冒出来，押长脖子眯着眼睛往外看。由于逆着光，他看不清外面是谁。

"谁啊？"叶斯的语气更不满了。

何修回头说："没人喊你，睡吧。"

"哦。"叶斯皱皱眉，闭上眼换了个姿势，脑袋一仰又睡了过去。

陈子航："……"

胡秀杰突然出现在楼梯口，扯着嗓子喊道："那边的！还不下去跑操！大家都等着你们！"

她一边说着，一边大步过来。

陈子航骂了一句转身就往外跑，何修没什么反应，把《灌篮高手》合上，露出"物理竞赛题库"的书皮，对胡秀杰说："刚才手头有一道题没算完。"

"是何修啊。"胡秀杰缓和了一下脸色，"快下去跑操吧。"

"嗯。"何修犹豫了一下，被盯着往外走了一步，暴露了后面的叶斯。

叶斯不知道什么时候已经醒了，在胡秀杰开口前就蹦起来："我也去跑操！"

他追上何修，两个人并排小跑下楼。

叶斯说："陈子航也敢撑。"

"他不是什么厉害的人物吧。"何修平静地看了叶斯一眼，"你我也敢撑啊。"

叶斯一噎："你挺狂啊？觉得我现在不好意思揍你了，是吧？"

何修边跑边笑道："是。"

叶斯冲何修挥了挥拳头，然后也笑了："自己的同桌还是要珍惜，不然以后都没人帮我打掩护了。"

两个人一前一后混入（4）班刚刚起跑的队伍，叶斯去前面找宋义会合，何修在他身后隔着几个人，看着那个红衣服的家伙连跑带跳，头发在阳光下飞舞，朝气满满的样子。

跑了一会儿，罗翰咬着牙往后指："后边的男生，你们要懒死了吗？都混进女生队里了！"

何修后面的男生开始往前冲，他也跟着提了提速，到拐弯的时候占里道优势超到叶斯前头。

虽然都是穿白校服衬衫的，但何修的身影就是存在感特别强，他一超过去叶斯就发现了。

宋义跟着叶斯往那边看了一眼："哟，你同桌跑得挺快啊，我以为学神很弱。"

"你才弱。"叶斯瞪他一眼，"冲！"

"冲冲冲！"宋义双手化作手刀，开始玩命狂奔。

叶斯跟在他旁边，明明跑出一样的速度，却还是懒洋洋的样子。

懒洋洋的一抹红色追上前面后，自然而然地换了个道，与何修并排跑着。

"你干什么？"何修看着前方的跑道问。

"同桌要一起跑啊。"叶斯冲旁边上蹿下跳召唤他的宋义飞了个眼刀，又说，"学习好的都一起跑。"

何修没再说话，转弯时扭头看了叶斯一眼，目光在那飞扬的头发丝上停留片刻，而后忍不住也跟着晃了晃头发。

跑完两圈之后叶斯还真没那么困了，后面的数学课他勉为其难地听了听。老师一上来就讲卷子，他听了一会儿觉得没什么用，又翻开基础教材详解自学。

何修突然推过来一本数学竞赛题，指着最上面一道选择问："这个，选什么？"

叶斯有点儿猝不及防，目光扫过题干，感觉这道题难度应该不小，顿时感到压力很大："你放过我吧。"

"别太低调。"何修说，"真东西藏不住的。"

叶斯实在无言以对，有些心虚地把头埋进练习册里，想要终止这段对话。

几分钟后何修又说："哪天我们比赛做一套数学卷子吧，拼准确率也拼速度。"

叶斯闻言从练习册后抬起双眼："你认真的吗？"

何修把那本竞赛题扔进桌肚，换漫画书出来看，看了一会儿后又淡定地把书倒过来，继续看。

叶斯叹了口气。

何修竟然想和他"斗题"。这种想法太可怕了，必须扼杀在摇篮里，坚决杜绝这种事情发生。

开学第一周各班都挺安静的，那几个爱闹事的混子都没什么动静。不过估计也跟刚考完试有关，混子也有父母，也会被揍，而且会被揍得格外惨烈，所以每次大考之后都能消停一段时间。

叶斯这几天过得也很迷幻，白天补觉晚上通宵，有时候何修不看漫画了改写作业，他就在旁边偷瞄几眼。但何修的思维比系统更跳跃，那些解题过程能跳都跳了，他也只能看个热闹。

"叶神，去烧烤吗？"宋义终于熬到周五晚上放学，立刻冲过来约局。

"今天不去了。"叶斯摇摇头，"我回去收拾收拾东西，下周来办个住校。"

"住校？"宋义瞪大眼，"你那一百多平方米的单身公寓住着不舒坦吗？住什么校？"

"三栋不是有通宵自习室吗？"叶斯打了个哈欠，"自己半夜一个人在家学习瘆得慌，来宿舍学吧。"

宋义又换上了那副"你到底在说什么"的眼神。

叶斯有些烦躁地叹口气："对了，明天还要去永平街，陈子航也不知道到底来不来。"

"他得去吧。"宋义小声说，"兴哥说他们班同学今天还听见他吹牛了。"

叶斯冷笑一声："那就去。他最近有点儿猖狂。"

"不就上学期那事吗？还有食堂一次，他还怎么惹你了？"宋义迷茫。

叶斯不愿意提温晨半夜不敢回宿舍只能在如实书店哭着过夜的事，只摆摆手："总之，去就完事了。"

宋义点头："我们要不要多找几个同学？"

"不用。"叶斯想了想，摇头道，"三个够了。"

以前他身体不好，虽然多年未发病，但多多少少都有所保留。现在不一样了，等待着陈子航的已经不是那个叶斯了。

叶斯拎起书包走之前又想起什么，回头问何修："你周末干什么？"

"兼职。"何修说。

"兼职？"叶斯愣了愣，"你还缺钱啊？"

何修点头："缺。"

何修这人有点神秘，平时穿的鞋基本都和叶斯脚上是一个价位的，但他偏偏要领学校的餐补，还要出去兼职，手机也是比较旧的型号。

叶斯犹豫要不要问一嘴在哪里兼职，何修忽然抬头看着他："你的头发。"

"嗯？"叶斯愣了愣，"怎么了？"

何修犹豫地问道："在哪儿理的？"

"你要干吗？"宋义瞪大眼，用胳膊肘撞了叶斯一下："行啊，叶神，才一个星期就把人带坏了，牛啊。"

叶斯踹了他一脚，看向何修："这个发型很简单，跟我的气质衬。"

"我看你就是被理发师洗脑了。"宋义在旁边小声说着，又被叶斯凶狠的眼神给吓了回去。

叶斯接着说:"但我现在有点儿后悔,其实你发型就挺好看。你要是非要尝新鲜就找我,我带你去,理发师给打折。"

何修点点头:"好。"

叶斯和宋义往外走去,宋义撇嘴道:"还给打折呢,要是胡秀杰知道你带着何修去做发型,能把你的腿打折。"

叶斯瞪他一眼,懒得搭理。

其实他觉得何修做这个造型应该挺好看,因为何修也白,眼睛黑白分明,看着清爽干净,这种气质做什么发型应该都挺好看。反而是他自己有点儿想把头发剪了,也没什么原因,就是想和过去告个别。

和过去那个狂傲不羁,不知道生死是何物的叶斯告个别。

永平街在英中北路,路不宽,两边是各种小铺,背后都是拆迁的烂尾楼,时间久了这条街就成了各种混子划地盘的比武场。再往北去还有七中,H市最乱的学校,学校里的混子可能比永平街上的还多。

叶斯坐在出租车上,耳朵里塞着耳机,里面正播放着英语听力材料。

"混子大队"微信群突然振动起来。

吴兴:"叶神人呢?我和宋义到街口了。"

叶斯:"车上,半分钟。"

吴兴和宋义就在永平街口,叶斯本想捎上他们再让司机往里开一段,但司机知道这里面是干什么的,怎么说都不肯,他只好在路口下了车。

三个人站成一排往里面走去,散漫的脚步十分一致。

宋义说:"我感觉拼气势我们就赢了。"

吴兴眯着睁不开的眼睛:"不如你拿手机放首《乱世巨星》当背景音乐。"

宋义挥了挥拳头:"那也太幼稚了。"

叶斯看着两边的街铺,隐隐觉得有点儿不对劲。

这天就他们仨大摇大摆地来了,是因为知道太岁不会来。但理论上来说,太岁外出,不至于把所有小弟都带走。永平街上平时都是各种混混在晃荡,此时干净得有些不正常。

三个人又往里走了一两百米,叶斯在一间日式拉面馆旁边停住了脚步,低声道:"别往里走了。"

"我也感觉有点儿不正常了。"吴兴说,"你不是说太岁不会来吗?"

叶斯也说不好,根据他的记忆,太岁确实无端消失了好几个月,但脑世界里很多事都变了。

街上的小商铺倒是都开着门,但就是一个人都没有。

叶斯正要转身往回走,前面的巷子里忽然传来一声踢易拉罐的声音。他心里一紧,猛地回头,一个腮帮子上有一道粗疤的光头中年男人走了出来,身后还跟着七八个年轻的小弟，穿得花花绿绿的，手里拿着酒瓶子和棍子，陈子航也在其中。

太岁。

吴兴当时就骂了出来："你这'线人'能不能行了？"

叶斯站着没动，现在跑已经不可能了，好在人不算多。

"怎么办？"宋义压低声音问，"三个对七八个，感觉有点儿勉强。"

"不勉强。"叶斯活动了一下手腕，似笑非笑的眼神落在对面那个一脸煞气的男人身上，"你们其实还没见过真正的叶神呢。"

"嗯？"吴兴有些迷茫地偏头看了叶斯一眼，想说"你跟我们装有什么用"，但叶斯已经抬脚往前走了。

"都护好自己，这帮人手脏，小心点儿。"

两伙人中间隔了一百多米，叶斯往前走的空当就听陈子航在那儿喊话叫嚣。

叶斯把脏话过滤掉，基本回忆起一年多前的高二期末他到底和这家伙起了什么冲突。

英中的球赛原本只有高一、高二有，期末考试之前好几个班的班委会和球队一起去求校长和主任，前前后后求了一个月，学校终于松口，让高三第一学期不太紧张时可以继续办个小型的球赛。结果没过几天陈子航就跟七中的人因打球而滋事，主任直接反悔了。

叶斯心里原本就窝着火，罗翰他们几个打球的也是，紧接着罗翰他们就被陈子航带人抢了球场。叶斯当时从小卖部出来，没压住火上去就和陈子航起了冲突。

就是这样的糟心事。

太岁点了根烟塞进嘴里，等叶斯到他面前了，才说道："我们上次起冲突是什么时候来着？之前的一屁股烂事还没清算呢，你小子又惹事，打我干儿子？"他指了指旁边的陈子航。

"你怎么认个屄货当干儿子？"叶斯盯着他，"本是同根生？"

"小子，到这节骨眼还嚣张，可以。"太岁叼着烟点点头，懒得废话了，直接给手底下的人打手势。

七八个抢着棍子、酒瓶的混混一起上，叶斯正要伸手拿住对方的肩膀，突然听到宋义喊道："看后面！"

后面有风声，还有陈子航身上那股臭味。叶斯做好了后背会被来一下的心理准备，突然就感受到另一道身影从身边擦过，"嗡"的一声，陈子航吱哇乱叫着掉头就跑。

叶斯猛地回头，映入眼帘的先是一口漆黑硕大的铁盆，顺着铁盆看到把手，才意识到那其实是一口铁锅。

握着把手的那只手白皙修长，指节清晰。长着那只手的人……

"何修？"叶斯瞪大眼，"你怎么在这儿？"

何修没出声，心里烦得要死。

当年他就是在热身考前一天半夜从学校摸出去堵的太岁，原本试图劝太岁不要找在校学生的麻烦，但发现自己过于天真，与对方的三观完全无法接洽——太岁不仅不听，还要和他动手。他故意挨了一下，然后把人制住，拿着录音报警，把太岁送进去拘留了一段时间。

当年那事没对何修造成什么影响，连老师都没惊动，悄悄就把事摆平了，说起来也算为民除害。后来太岁在永平街上消失了大半年，再听说他的踪迹已经是很久之后，气焰也远不及从前嚣张。

这次在脑世界里醒来时是凌晨一点多，何修觉得自己很大可能已经从永平街回来了，哪想到出了这么大的岔子。

一大早，何修刚赶到店里，正想看看叶斯和陈子航冲突成什么样了，想试着劝劝别闹大，没承想看到了这一幕。

何修把那口随手从后厨顺来的铁锅扔地上，赤手空拳就往前走去。

太岁把烟吐了，挽起袖子。

"谁？"他咬着牙问。

"何修。"何修抬眸看着他，"英中的，没听过吗？"

太岁哼笑："无名小卒。"

"你可以去年级大榜上找我。"何修说，"左上角，我的专座。"

太岁没太听懂，撸起袖子冷笑，腮帮子上那道疤显得特别狰狞："怎么着？小子，不知道我太岁之前是干什么的？"

"知道，拘留所 VIP（贵宾），隔三岔五进去住，有望办理永居卡。"何修依旧没什么表情，"但我觉得你可能不知道我是干什么的。"

——当年，我是干什么的。

何修黑眸微眯的那一瞬，太岁突然冲了上来。

叶斯在旁边看得直发愣，何修那几个躲避的招式就让他知道何修不简单。不是那种因为年轻热血，而是身上真有功夫，至少不比他差。

看不出来啊。

地上有几个混混爬了起来，叶斯下意识地看向何修，何修也刚好回头。二人对视一眼，叶斯突然咬牙凶狠道："跑！"

何修险些没忍住笑出声来，拔腿就跑。宋义跟吴兴摆脱那几个牛皮糖，也跟在后面狂奔。

一直跑到有行人、有车的街口，四个人才停下来。

吴兴和宋义两只手撑在膝盖上喘粗气，宋义几次试图表达自己内心的连环震惊，但实在喘得说不出话来，一个"爽"字憋半天也没憋出来。

"我说，同桌——"叶斯喘过气来，瞪着眼睛看何修，"你到底是什么玩意儿啊？"

何修一顿，难以置信地回头看叶斯："玩意儿？"

叶斯简直找不到自己舌头："你还会打架？"

"不会打架。"何修想了想，"只是学过点儿拳脚功夫。"

宋义伸出双手对何修竖起大拇指："学神，我给您跪下了，真给您跪下了。您刚才天神降临般的那一瞬间，我都不知道该干什么，知道'蒙'怎么写吗？就我脸上当时那德行。"

吴兴白他一眼："你不会夸人就别夸。帅的不是抢锅那段，是丢了锅去和太岁拼拳脚。"

"对，对，对。"宋义猛点头，"你是不是初生牛犊不怕虎啊？太岁是真的有功夫，平时都不怎么出手，你竟然敢直接和他硬碰硬。"

何修没回应。他知道自己刚才确实有点儿冲动，一半是被陈子航要从后面偷袭叶斯吓着了，还有一半是气自己在脑世界里醒来出了这么大的漏子。

何修不说话，宋义又啧啧感慨："你是不是给叶斯办了张绿卡啊？同桌说话绿卡，只跟他说话？"

"少废话。"叶斯皱眉踢了宋义一脚，"你们先走，我回去一趟。"

"还回去干什么？"宋义震惊地瞪大双眼。

叶斯叹气，拍拍自己的裤兜："我的手机好像掉在里面了，得找回来。"

"我跟你一起吧。"何修叹气道，"我得和店主解释解释。"

"解释什么？"叶斯抬眼看他，"原来你在那拉面馆兼职啊，难怪……不过这条街上的老板都是见过世面的。"

"那口锅——"何修的声音里透着少见的烦躁，"兼职才做第一天，一天一百元还没到手，又要贴钱赔人家一口锅。"

两个人从拉面馆背后的荒废拆改楼绕回去，从后门进店，再往前门外看时发现街上已经没人了。

那口锅还在地上，其实没裂也没断，感觉还能用。

叶斯跑出去把掉在旁边的手机和锅都捡了回来，锅比想象中沉，实铁的。

"你刚才抢到他哪儿来着？"叶斯问。

何修淡定道："侧面。大概……"他在叶斯身上比画了一下，从肩膀到后面肩胛，再到腰。他在空中比画，没碰到叶斯身上。

叶斯震惊。

何修敲了敲锅："这锅这么大。"

两个人沉默了一瞬，而后同时笑了出来。

何修笑着说道："我卸劲了，没真用力，只是想把他吓跑，他也没受伤。"

何修很少笑出声，这天已经是第二次了。

叶斯捂着肚子，整条街回荡着他的笑声。

面馆老板走出来，不耐烦地吆喝："能不能行了？正式上班第一天就惹祸，赶紧把桌子、凳子都扶起来，锅送到后面去，厨子找锅呢。"

老板是个四十多岁的大叔，长相挺老实，但光眼神就写着"不好惹"三个字。

"何修，你这两天早点下班吧，太晚不安全。"老板说着瞟了一眼街角，"太岁现在是吃饱了撑着吧,三天两头和几个学生来劲。"

"哦。"何修点点头,"那我这两天的……"

"工钱照给。"老板骂骂咧咧地往后头仓库走去,"我这面馆天天流水上亿,还差你这几个工钱不成?"

"流水上亿?"叶斯无语地看着这家日本农村风格的小铺。

"这老板的脑回路挺神奇的。"何修说,"当时愿意招我是因为我能给他们店里的菜单,英文和日文各翻译一份。"

叶斯不奇怪何修会日语,毕竟是看日文原版漫画的人,但他奇怪的是老板。

"这破店开在永平街上,哪有外国人来吃啊?翻译菜单干什么?"

何修语气平淡地道:"老板说,就怕流氓有文化。"

叶斯又笑得险些滚到地上去,他搭着何修的肩膀直喘粗气:"你别逗我了,我快笑死了。"

"走吧,把锅送到后厨去。"何修扶起地上的凳子,"你永远不知道给你做饭的锅都发生过什么。"

"闭嘴。"叶斯的肚子真的开始痛了。

这家拉面店叶斯之前来过,印象里味道还凑合,就是量太小,上次他吃了两碗。

"你是不是饿了?"何修问。

"有点。"叶斯摸了摸胃,"你在这里是服务员?"

"连服务员都不是。"何修说,"面试之前还认真学过拉面的做法,但老板说我是这家店的门面,让我在屋里坐着散发文化气息。"

叶斯想到那本《日本师傅如何做好一碗拉面》,笑得腮帮子发酸。他一屁股在桌子前坐下:"门面,给我来碗面吧,我早上还没吃呢。"

"门面同意了。"何修掀起那道努力营造日系氛围的小竹帘进到后面,一只手挽起另一手的袖子,门帘上的风铃丁零当啷地响。

叶斯突然觉得这画面还真和漫画里的有些像,不是这淳朴的小店像,而是何修很像漫画里勤工俭学的男主角。他之前逛过英中的贴吧,那个票选校草的帖子,他和何修各成阵营,势均力敌,到最后出了个"校草无双"的结论。

叶斯砸了一下嘴。

何修端出来的拉面很神奇,撒着芝麻的叉烧堆了一层,要用筷子扒拉开才能看见底下的面,四个一半的溏心蛋是单盛在小碟子里的,看着就好吃。

叶斯对着那碗面沉默了一会儿:"食堂那大妈真不是你亲妈?"

完全一样的手笔啊。

"吃吧。"何修说,"正常配置。"

老板从仓库搬了三箱啤酒出来,用脚踢着往门口去,路过时不经意一瞥,眼睛顿时亮了起来。

"这碗一百元。"他不满道,"当我是财主呢?"

叶斯瞟了他一眼,从兜里摸出两张纸币放在桌上。

"吃吧,吃吧。"老板把钱塞兜里,"叉烧买十送二,何修,再给他加两片。"

等人走了,叶斯风卷残云般把那层叉烧全塞进嘴里,一边嚼一边推碗:"服务员,听到没?再加两片。"

何修看了一眼老板搬酒的背影,低声说:"你往下翻。"

叶斯一愣,随即用筷子扒拉了一下那坨面,碗底果然还有一层肉,分量不比顶上漂着的少。

何修想解释一下,但话还没出口,叶斯就已经拍着桌子狂笑,笑得把脸埋在自己胳膊里抬不起来,面汤撒了一桌子。

"弄身上了。"何修无奈道。

他说着从纸盒里抽出一张纸,折出一只小耳朵:"擦擦。"

叶斯接过来,手指在那小耳朵上弹了弹:"所以我能问你打工是为什么吗?还有胡秀杰给你的餐补,我感觉你家应该不差钱啊。"

"家里管得严。"何修叹气,"餐补是学校给我的额外'福利',反而更让我爸妈觉得我没用钱的地方,生活费就给得更少了,想买不好意思跟父母开口的东西就要自己想办法。"

叶斯愣了一下:"你是外市的啊?"

"嗯。"何修点头,"中考第一,被'抢'过来的。"

叶斯感觉自己纯粹多问,但还是忍不住:"那你说的没用钱的地方是指?"

"三免一补。"何修平静地说,"免学费、杂费、住宿费,一个月补一千五百元的饭卡。"

叶斯每个月在食堂从来没花超过一千元,学校食堂就是物美价廉。一千五百元够吃饭,外加在学校的小超市买生活用品了。

"我跟你一比——"叶斯伸手指了一下何修,严肃地说,"真是个废物。"

何修忍不住勾了一下嘴角:"不是。"

两个人不约而同地沉默了一会儿,叶斯"啧"了一声:"就完了?这么苍白?就没有个有说服力的证据?"

何修闻言想了想:"我同桌,算吗?"

叶斯瞪了他半天,末了低头猛吃两口面,突然又笑得呛起来。

不知道为什么,跟何修在一起他觉得特别舒坦,而且笑点会变低。

有时候人和人之间也挺神奇的,他居然能和一个冷漠爱装的何修合得来。

"你几点下班?"叶斯问,"晚上没事的话我带你去弄头发。"

何修闻言顿了一下:"今晚吗?"

叶斯不好意思说自己明天还想学习,只神秘地说道:"我明天有事。"

何修点点头:"那就今晚,我跟老板说一声,四五点就走。"

"行。"叶斯几口把面吃了,将碗一推,"到时候我来找你,拜拜。"

"拜拜。"何修看着叶斯走远,又盯着门口看了一会儿,才起身把碗收了。

老板靠在收银台后的凳子上看着何修问道:"同学啊?"

"嗯。"

"我认识,叶斯,永平街的常客了。倒是你,让人看不出来啊。"

何修没说话,把碗送进后厨。

下午五点多,何修在收银台后坐着用手机看漫画,突然听见门外自行车铃的声音。

"同桌——"叶斯在外面喊,"走了。"

何修快步出去,叶斯骑了辆共享单车,单脚撑在地上,换了件跟上午不一样的短袖,但依然是红色的。

"要骑车吗?"何修问。

"那家巷子深,车不肯开进去,走路太远。"叶斯说,从车上下来,把车推给何修。

"我知道那个单车站。"何修说,"走吧,我再去扫一辆,你骑你的。"

"你骑。"叶斯顿了一下,面无表情地说,"我不爱骑自行车。"

何修的表情有些迷茫,但他好说话,接过自行车就骑了上去。

叶斯一屁股坐上后座,试了一下高度,把腿抬了起来:"就这么着吧。走,前面路口右拐,顺着沿江骑行线走到和庙路,然后钻进巷子里,进到里面怎么走我再跟你说。"

指挥得还挺熟练。

何修没多问,等叶斯坐稳了就把车蹬了出去。

这会儿天不热了,蹬起车来还有风,叶斯坐在后座舒服得眼睛都眯了起来。他拿手机拍了一段道路旁树影倒退的视频发到"混子大队"微信群里,附了两个字:"舒坦。"

群里很快就热闹起来。

宋义:"在哪儿找的人力车?我可爱坐那个了,但这半年好像看不太着了。"

吴兴:"好像管得严,不让弄了。叶神在哪儿坐的?"

叶斯心满意足地发了一个得意的表情,然后把手机揣起来。他深呼吸一口气,蹬车的何修突然问:"你不会骑车吧?"

叶斯心里慌了一下:"我就是懒。"

"我刚回忆了一下你来找我时的骑车姿势——"何修平静地说道,"你那个角度倾斜得太大了,起车要挪一下姿势才行,不能蹬上就走,会骑车的人不会那么做。"

叶斯深吸一口气:"知道得太多会死的,你懂吗?"

何修闷笑道:"果然。我就是验证一下猜想,没别的意思。"

叶斯小时候学骑自行车,由于父亲自信,撒手过早,让他险些摔破相。打那之后他对自行车这种交通工具就留下了心理阴影,能坐不能骑,而且是死都不骑的那种。

他抬手在何修的后背上拍了一下:"快点,废什么话?"

"那我加速了。"何修说道。

"啊?"叶斯还没反应过来,何修已经双脚加力,车子自如地右拐上沿江骑行线,这个方向刚好是下坡,车速顿时快了一倍不止。

风从脸两边呼呼吹过,吹得人睁不开眼,叶斯眯起眼看旁边波光粼粼的江面,把那点心烦一扫而空了。

叶斯推荐的理发店在巷子里,何修把车放在门口能看见的地方,跟叶斯一起进去。

"叶斯,来了啊。"一个红头发的理发师主动上来打招呼,扫了一眼何修,"没见过这个朋友啊,你们谁弄头发?"

何修打量了一眼屋里,不大,外面一共四个位子,两两对着。里面应该是洗头间,看不太清什么样,估计也小。

"都弄。"叶斯说,"给我这个朋友搞一个符合他气质的发型。"

"那不就是你这个发型吗?"理发师看了何修一眼,又把目光挪回叶斯脸上,问他,"你呢?"

叶斯说:"给我剪回从前的发型。"

"啊?"何修闻言一愣,"为什么?"

"就烦了呗。"叶斯不大愿意多解释,解释不清。他正要找个地方坐下,就听到洗头间有什么东西砸在地上,传来脆响。

"小心点。"理发师突然走过来小声说,"你们学校那个什么航也来了,拎着一个小子,要收拾他。"

"陈子航?"叶斯愣了一下,"这么快又出来蹦跶了?"

"什么?"理发师没听懂,抖了抖毛巾,"你们等一下吧,后面就是你们了。"

理发师刚转身走,洗头房就传来了陈子航的声音:"滚出去,快点!"

叶斯跟何修一起抬头看过去,一个穿着英中校服的身影从洗头房出来了,头上包着毛巾,没包太严实,还在往下淌水。

男生的眼圈是红肿的,如果不是叶斯跟这人同班多年,他都要认不出来了。

是温晨。

陈子航就跟在温晨后面,不耐烦地推了他一把,他趔趄着勉强站稳。

"走!"

温晨的胸脯剧烈地起伏着,扭头想要理论,陈子航抬手就从他头上扯下了包着的毛巾。

"包什么包?!信不信我现在就给你剃个秃瓢!让你的脑袋自己发光,省得晚上学习还要开灯。"

温晨被推搡着往离叶斯跟何修最远的那个座位上逼近,快到跟前的时候他突然回头道:"我晚上已经不学习了,十点上床,连宿舍统一熄灯的时间都没到。能不能别让我剃这个头?我没法跟老师和家长交代,我没法做人。"

陈子航冷笑:"这会儿知道怕了?找你们班那个什么宋许来给你撑腰的时候怎么不

知道？还大半夜跑出去看星星，出门关门没声吗？我一看你们这些重点班的装作惺惺相惜的样子就想吐。"

叶斯愣了好半天，就在发愣的这段时间里，突然把很多事想明白了。

从食堂那次，到温晨半夜不敢回寝室在书店哭，再到现在……有可能也包括何修上次的欲言又止，何修一定知道这些。

温晨是（4）班的好学生，跟陈子航一个寝室，肯定不会同流合污。陈子航多半是看温晨不顺眼在找借口耍威风，什么学习开灯、出门关门，正常住宿哪能指望室友完全是空气，更何况温晨平时心很细、替人着想，不可能真的碍到陈子航的事。

温晨和（3）班的宋许关系好，形影不离。宋许的性子刚劲一些，估计替温晨出过头，但出得不够彻底。

"有病。"一个压不住怒火的声音响起。

叶斯第一反应是自己学会用腹语骂人了。他茫然地低头看了一眼自己的肚子，突然意识到那声音不是自己的。

是何修。

何修一句话没多说，回身一把从背后的架子上抄起个什么东西，大步往陈子航那儿走去。

叶斯定睛一看，发现他随手抄起来的是个头盔，不，应该是个烫发帽，上面还连着十几根电线，电线后头……

叶斯回头看了一眼，连着自己身后这个硕大的架子。

线不一定够长。

这是叶斯的第一想法。

要是因为线不够长耽误他装腔作势，学神会不会暴怒？

这是叶斯的第二个想法。

"陈子航。"何修站在陈子航背后，语气平静地叫他。

陈子航不耐烦地一回头："谁啊？你……"

他的话音卡在嗓子眼里，就见上午一铁锅把自己吓倒在地上的那个人又出现了，比上午还冷酷、还面无表情，手上拿着另一种新型武器。

"叶神——"何修顿了顿，"叶神——的同桌。"

叶斯："哈？"

这个时候还要拖上他，是怎样一种感天动地的同桌情？

陈子航还没反应过来，何修已经抡起头盔，不，抡起烫发帽。陈子航吓得失去重心往旁边栽去，脚下一滑，侧摔在地还顺带撞倒了一张理发椅。

陈子航满眼都是星星，上午被锅吓倒的劲儿还没过去，这会儿又险些遭到撞击。

温晨在旁边看呆了，忘了哭，也忘了远离战斗现场，披着条理发店的斗篷，就那么干巴巴地站着。

叶斯看向烦躁地丢开连着线的烫发帽的何修。

这人有点儿意思，明明身手可以，但每次出场前都喜欢给自己整点奇奇怪怪的道具。

何修蹲下，手肘横在陈子航的脖子上方，叶斯忍不住推着那个烫头发的架子往前送了两步。

"滚回三栋，闭嘴。"何修的语气一如既往平淡，"以后看见温晨，还有宋许，给我绕道走，听懂了吗？"

宋许是隔壁（3）班的，好像是家里出了点儿事，热身考那天早上被叫走就一直没回来。

陈子航不肯说话，剩下那点儿志气全用来赌何修不敢真把他怎么样，眼睛死死地盯着何修。

过了好半天何修才松开钳制他的手，站起来，抚了一下皱掉的校服。

"滚。"

陈子航扶着地上能扶的东西站起来，踉踉跄跄、头也不回地跑了出去。

"学神、叶神，你们没事吧？"温晨反应过来后扯掉身上的斗篷就要上前。

"别动！"叶斯伸出一根手指制止了他，"一身水，别碰我啊，我早上回家刚换的衣服。"

温晨听话地停在原地，红着眼睛不知道该说什么。

何修叹口气："你回去吧，今天什么都没发生，懂吗？"

"我懂，我懂。"温晨猛点头，"如果有老师问我也不说，实在不行我就说是我自己，死都不会把你们说出去的。"

叶斯叹口气，看了一眼温晨，语气说不上友善，但比平时跟别人说话温和一点："听学神的，今天什么都没发生，你回去该吃吃该睡睡，不许从三栋搬出去，我保证以后陈子航不敢动你。还有，刚才我们什么也没看见。那天晚上在如实书铺，你也没通宵，我也没买书，我们扯平了，知道吗？"

何修惊讶地挑了一下眉，但没多问。

温晨咬咬牙，摇头道："不算扯平，我欠你们一辈子人情。"

"别。"叶斯顿感头大，把何修往前推了一下，"认清你的救命恩人，是欠他一辈子人情，不是欠我，我跟你可没关系。"

"也不欠我。"何修叹气，"回吧。"

"你不弄头发了吗？"叶斯说。

"我不弄了。"何修没多解释，"走吧，回去了。"

叶斯住得远，回去要打车。何修把自行车停在附近的站点，蹭叶斯的车回学校。

路上，叶斯好几次都想问，却不知如何开口，也不知道自己究竟想问什么。

何修的人生轨迹改变得有点儿大，早熟了不说，还爱管闲事了。从前他是个六根清净的人，别人的事无论大小皆不入眼。

"我到了。"何修推开门下车，又扶着车门探回头来，"拉面店提前付我一个月工资，明天我出去一趟，你要找我的话就发短信，别来永平街。"

"哦。"叶斯点头,"明晚回校上晚自习,到时候说吧。"

何修闻言对他勾了一下嘴角,把车门关上了。

高三的学生不配享受完整的周末,星期日晚上六点就要回学校上晚自习。叶斯白天写了一天作业,临到上学前又收拾了一通东西,把住校要用的行李全装好。

高三申请住校很方便,因为三栋很空,基本是当场缴费就能拿钥匙。

叶斯拎着拉杆箱进学校,搬上三楼教室,打算去趟总务处。

从后门跳出去的那一瞥,叶斯突然发现何修的桌子底下多了一个红白相间的纸袋,里面貌似是鞋盒,又比鞋盒稍微小。

他突然想起这家伙说提前预支了工资,于是忍不住偷偷往里面瞅了一眼。

等等……游戏主机?

叶斯难以相信自己的眼睛,看周围没人,便把袋子撑开仔细看。

还真是,大盒子里是游戏主机,还有一个小小的 DVD 盒子,应该是买的卡带。包装都是日文的,叶斯看不太懂,他对游戏没太大兴趣,也没玩过这种高级货。

叶斯蒙了,人家高三都买题库,连他也买了一书包的习题册。何修周末出去打工、平时省吃俭用,就为了买这个?

叶斯从后门跳出去,迷茫地往外走去,走了十几米才意识到自己走反了,于是又换了方向。

"叶斯——"何修突然在背后叫他,小跑两步过来,声音有点低,"胡秀杰找我们,还有陈子航。"

"胡秀杰是怎么知道的?"叶斯一下子就听懂了。

何修想了想:"没说。可能是被谁看见了,也可能是陈子航自己说的。"

"啊?"叶斯跟着他转了身,往教务处走去,"不是吧,他还有脸告状?"

"估计气疯了吧。"何修叹了一口气,"一天失手两回,心智不坚定的人可能确实比较难消受。"

"你知道吗?"叶斯看着何修,"你的嘴比你的手还毒。我终于知道为什么你平时话少了,这也是一种动物的求生本能,你潜意识里知道自己多说话可能会被人揍。"

"是吗?"何修笑了,看着叶斯,"我们怎么又要一起去教务处了?三天两头教务处有请,我有点儿不习惯。"

叶斯笑道:"教务处就是我家,我家你随便来,有我罩着你呢。"

第四章
欢迎加入603

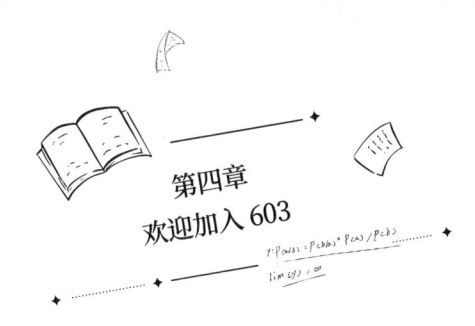

叶斯和何修一直到教务处门口才停下来。

"报告。"他在门口喊道。

教务处的门是虚掩的,其实他都看见陈子航了,那条夸张的瘦腿牛仔裤,全校也就陈子航穿了。

"进来。"胡秀杰在里面语气微沉地说。

叶斯推门就要进去,却被何修用身体往后挡了一下。

他迟钝了半秒反应过来,这家伙竟然想先进去,顿时来了脾气,伸手揪住何修的校服,好好的衬衫被他揪出个褶子,强行冲到前面去。

这事有什么好争的啊?叶斯在心里吼。

教务处里一共三个人,胡秀杰、陈子航,还有之前热身考的监考老师老马。

叶斯一进去,老马瞅了他一眼就忍不住乐了:"叶斯同学,晚上好啊。"

"晚上不好。"叶斯表情冷酷。

老马笑眯眯地说:"原来当时你跟我说的'老师,我相信我们很快就会再见面'是这个意思啊。"

叶斯一口气险些没背过去:"不是,我当时是想说……唉,算了。"

说不清。

上次出成绩,他被叫到办公室的时候老马不在,结果这次被胡秀杰抓,老马反而来凑热闹了。

真是绝了。

"你们三个——"胡秀杰严肃地开口,"今天有人举报你们打架,有这事吗?"

"有人举报?不是吧,那地方正常人都不敢去。"叶斯瞟了一眼陈子航,"航哥不会是自己告诉老师吧,能不能有点儿出息?"

陈子航双手攥拳放在身体两侧:"滚!"

"行了!"胡秀杰瞪眼,"一个两个还讲究英雄气概?叶斯,你承认打他了,是吗?"

"我没。"叶斯把两只手往校服裤兜里一揣,"有一说一,我根本没碰着他。"

是实话。

陈子航指着他,骂人的话差点破口而出:"你……他……"

胡秀杰将教案拍在桌上,拍出了惊堂木的气魄来:"都闭嘴!"

教务处顿时安静下来,陈子航低着头还不忘死死瞪着叶斯。

叶斯依旧是那副懒洋洋的样子。他从小就这样,越指着他骂他反而越无畏,顺毛撸,夸一句反而会夸得他不好意思。

胡秀杰脸色铁青。之前叶斯小打小闹她没气成这样,这次却是真的动怒了。她对叶斯说道:"你这次成绩上去了,老师本以为能对你改观一点儿,没想到你还是老样子!已经高三了,为什么不再努力提升一下?天天找事就那么有意思?"

"很抱歉,让你失望了,老师。"叶斯干巴巴地忏悔,"但有时候真的不是我自己说了算,根源还是出在陈子航这种人身上,只要有他一天,天下就不能太平。"

在胡秀杰的脸青得快要爆炸之前,旁边一直低头翻卷子的老马突然没忍住笑出声,这一声打破了办公室里僵持的氛围。

胡秀杰铁青着脸回头看老马,老马连忙摆手:"对不住,我实在没忍住,叶斯同学太幽默了。"老马说着站了起来,把刚才翻的那几张卷子卷起来往教案里一夹,"我先出去了。"

等老马出去了,胡秀杰瞪着叶斯:"你回去给我写一篇八百字的检讨!还有你——何修。"

一直沉默不语的何修抬眼看过来,眼神疑惑得就好像这事和他没关系。

胡秀杰噎了一下:"你是不是动手了?"

叶斯用余光瞥见陈子航特别紧张且仇恨地跟胡秀杰一起盯着何修,眼睛仿佛要喷火。其实他心里也有点儿理解陈子航,他和自己闹了两年多,估计也习惯了。但对何修不一样,何修是"天降神兵",把他治了个出其不意,还拿各种奇葩"武器"羞辱他。

叶斯想着的同时也看向何修。

何修平静地看了叶斯一眼,又看向胡秀杰,装成有些意外的模样:"我?打人?"

叶斯的嘴角抖了一下,努力绷住,露出一个僵硬冷漠的神情。

何修茫然地愣了一会儿,而后平静地说:"我只是路过拉架,我打什么人?"

胡秀杰舒了口气,点点头,语气温和下来:"以后路过看见这种事直接给老师打电话,不要自己参与。高三了,每分每秒都很宝贵,被误伤的话会耽误学习。"

何修点了一下头:"知道了。"

陈子航震惊道:"老师!劝什么架啊?就是何修打我了!"

何修吃惊地看了他一眼:"我打你,疯了吧?"

胡秀杰皱眉对陈子航说道:"少胡扯,自己不好好向上少带别人!人家何修跟你能扯上什么关系?"

陈子航气得差点飙泪，直接骂出来："我见了鬼了吧！这都什么玩意儿啊！"

胡秀杰勃然大怒，一把抽出旁边的练习册卷成筒砸在办公桌上："还敢骂，再骂一个？再骂一个明天就把你爸给我叫来！"

叶斯跟何修走出办公室的时候仍然感觉很玄幻，胡秀杰其实没说他们两个能走，但他们都觉得再待下去有点儿不好意思。

场面太惨烈了。

"这位同学——"办公室门在身后一关，叶斯就停住脚，伸手按住何修的肩膀。

"嗯？"何修转过身，犹豫了一下，还是解释道，"我刚刚不是敢做不敢认，只是想再气气……"

"这位何修同学——"

叶斯严肃地打断他，双手伸到身体右侧，两手四指并拢，指尖搭在一起，做了一个捧着奖杯的动作，在空中上下左右晃了一圈，然后庄重地捧到他面前。

"请接受英中授予你的最佳男主角奖，感谢你在'校草智斗恶霸'一剧中的杰出表演，英中不会忘记你的……"

叶斯很快就演不下去了，跟何修在一起笑得像两个傻子。

何修也笑得上不来气，不得不往后退了两步背靠在墙上。叶斯猫着腰笑，双手捂着肚子。

咔嚓——

何修脸上的笑容停顿了一下。

刚才那声快门声非常清晰，不是幻听，但不像是从四周传来的，而像是在脑海里。

BB的声音突然响起："解锁了从未有过的人生体验，脑电波波动十分强烈，迈出了避开潜在抑郁风险的第一步。我忍不住帮你截了个屏，以后一起给你看。"BB顿了一下，又说，"其实昨天我也给你截了好几个屏，但昨天你们那边有点儿吵，你可能没听见。"

何修一瞬间有点无语，新人生体验截屏什么的，听起来他就像个电子宠物，但系统的这种功能挺不错的。

两个人一起傻笑，只要有一个人停下，另一个就笑不下去了。

叶斯抹了把湿润的眼眶——真笑出眼泪来了。

"哎，你们——"老马的声音突然响起。

叶斯吓得一哆嗦，猛地回头："您不是说要走吗？怎么偷偷摸摸地躲在这儿？"

老马笑着说："我刚才什么都没听见啊，就是想找你们聊聊。"

"聊聊？"叶斯挑眉，"我们？"

老马笑道："对。本来想趁着打铃前说两句，但你们刚才笑得太投入了，没好意思打扰。现在时间有些紧，那个……"

他顿了一下："何修先来吧，快，就说几句。叶斯明天有时间来找我一趟。"

"行吧。"叶斯摆摆手，"那我先回去了。"

他走了两步又回头看着老马:"说好了刚才什么都没听见啊。"

"知道了。"老马笑着说。

叶斯没立刻回教室,而是去了总务处。

总务处的老师办事利索,叶斯讲明住校原因,交了钱,没几分钟就签字拿到了钥匙。一把扁平的铜钥匙,旧旧脏脏的,上面贴着一个不干胶,不干胶上用碳素笔写着三个数字:603。

"就三栋603呗?"叶斯把钥匙揣进兜里,"有柜子什么的吗?"

"柜子钥匙都在柜门上插着。"老师说,"宿舍规章制度贴在一楼告示板,多看看。你们高三不断电,但熬夜学习去二十四小时开放的自习室,别耽误室友休息。办了住宿手续就不是走读生了,要遵守宵禁规则,每天都有查寝的,连着两次被抓到夜不归宿就是大事,自己注意。"

"知道了。"叶斯点点头,感觉还挺新鲜的。

叶斯本来想扒着那个小本本看一眼室友都有谁,结果不经意一回头,看见何修从外面路过,于是跟老师挥了一下手直接跑了出去。

"老马跟你说什么了?"叶斯跟他一起往教室走去,边走边问。

何修说:"探讨了热身考最后一道大题。"

叶斯脚下一绊:"就这事啊?"

"最后一题我用了二重积分。"何修挺平静地说,"老马有更简单的方法,跟我分享了一下。"

叶斯迷茫地看着前方空荡荡的走廊。

"他挺激动的,说我是他这些年见过的最好的数学苗子。"何修淡淡地说道,忽然又勾起嘴角,看着叶斯,"但我和他说,那是他没见过你解题,尤其是解竞赛题。"

何修很少说这么长的话,大概提到学习格外有兴趣。

叶斯心里却格外慌张,连忙摆手,说道:"别,别,别,你别老出去吹我,其实我就是个'废柴'。"

"要都能有你这么'废柴',我们就都能上重点了。"何修笑道,眉眼间有些骄傲的神色,"老马说下次跟你也切磋切磋,他之前也没想到你这么深藏不露。"

叶斯除了想死没有别的想法。

"对了,你刚才去总务处干什么了?"两个人走到后门口,何修放叶斯先进去,然后才坐回座位上,压低声问道。

"领钥匙。"叶斯提起要住宿还有点儿开心,从兜里把那脏兮兮的钥匙掏出来摊在手心,"看。"

何修盯着那枚钥匙上的数字,愣了一下。

"欢迎我加入三栋吧。"叶斯低声说,"三栋新成员,叶神!降临!"

何修看了他一眼,扬起嘴角:"欢迎你加入603。"

叶斯一秒没反应过来，过了一会儿才瞪大眼睛问道："你也住603？"

何修点头："我们寝室这学期有两个人办了走读，温晨补了一个空，没想到剩下一个是你。"

叶斯"啊"了一声，心里有些别扭但也很激动，说不明白到底是什么滋味。他咂了咂嘴又问："那现在空着哪张床？"

"跟我连床，靠门的。"何修说，"你想要靠窗吗？我可以和你换。"

叶斯的确是想要靠窗的，感觉正常人都想要靠窗的位置，采光好，晚上还能躺床上看看月亮什么的，但是……

何修平静地说："我不喜欢阳光，晃眼睛，本来就想换到门边，没想到你就来了。"

"啊？那换吧。"叶斯笑了，"我喜欢靠窗。"

何修勾勾嘴角："我也觉得你喜欢。"

"各科课代表现在下去收作业。"看自习的老师说。

叶斯清了一下嗓子，低头从桌肚里翻出那堆作业。

周末留了十七八套卷子，叶斯写作业写得手都快断了。他瞟了一眼何修的卷子，解题过程清晰而简洁，对得起"学神"二字。

叶斯把两个人的作业归拢到一起交给课代表，突然觉得住宿住对了，毕竟可以趁何修睡觉时下床偷他的作业，学那些不好意思问出口的解题过程。

简直完美。

过了一会儿教室安静下来，叶斯拿着物理教材看，看了一会儿忽然听见旁边有动静。

何修正一脸平静、正义地把游戏机从盒子里拆出来，声音倒是不大，但某学神的心情好得有点儿太明显了，那双黑眸都不像平时那么淡漠，只差没闪闪发光。

"你赚钱就为了买这个啊？"叶斯压低声音问。

何修"嗯"了一声，把手柄安到主机上，拆开那个DVD盒子，把里面的卡抠出来。

叶斯"啧"了一声："你怎么不玩手机游戏啊？"

"没意思。"何修说，"手机游戏都是套路，还上瘾，不爱玩。我喜欢玩主机，益智冒险，还能建造一些东西。"

何修顺利完成初始化设定，然后就插卡片点开了游戏。

叶斯不好意思直接凑过去看，只能身子往那边小幅度偏着，用眼睛斜着看。

他看了一会儿感觉这游戏画面还挺好的，一开始像动画大片，是个小人在神秘的古堡里苏醒。

那小人……叶斯凑过去使劲辨认了一下。

何修的头像？

没错了，帅气又冷酷的五官，粗麻衣服、裤子，还没有什么装备。

反正是自习课，何修把书摞成围墙，把凳子往前挪了挪，用身体挡着后门的视线，捧着游戏机在桌子上摆弄，似乎并不打算和他可亲可敬可爱的同桌介绍介绍这个高级货。

叶斯不好意思再看，像自己多没见过世面似的，于是只好清了一下嗓子又缩回去看教材。看了一会儿他又觉得心痒痒，用胳膊肘撞了何修一下。

何修抬起头。

"这游戏是……干什么的？"叶斯问。他在心里冲自己鄙夷地翻了个白眼。

何修说："主角要在异世界冒险。"

"啊？"叶斯心想，这么幼稚啊。

何修缩回去继续玩，叶斯又撞了他一下："主角叫什么？"

何修顿了一下："自己起名。"

"你起了什么名？"叶斯心想自己可真是个没话找话的天才。

何修说："何修。"

"哦。"叶斯点点头。

话题结束了。

叶斯低下头继续看教材，看了两页忽然咬牙在心里骂了自己一句："没话找话，什么毛病啊？"

叶斯也不知道怎么回事，可能是这两天跟何修在一起活动多了，一下子从那股热闹劲回到安安静静的教室上自习，心里有些空落落的。

何修指挥着小人把新手村的墙壁铭文、石头古迹全部走了一遍，然后走到古堡大门，系统弹出了主线界面。

"塞尔其塔族的王子，你好。踏出这座安全古堡，你将独自踏上陌生、神秘而危险的旅途，穿过万千世界，完成你的使命，你准备好了吗？"

何修把这句话完整地读一遍，点击右下角的选项——准备好了。

红色的一排大字突然霸占屏幕。

"很好，何修，你是一个勇敢的王子。前路漫漫，追着光走吧。"

何修吓了一跳，把桌子往前踹了一截。

"你干什么？"叶斯困惑地抬头，何修把游戏机扔进书桌里。

"没事。"他从桌肚里随手掏出本书翻开，面无表情地说，"突然意识到已经上自习了，我还是要好好学习。"

叶斯看着他翻开的那本《灌篮高手》，半天都没说出话。

放学后，宋义走过来："叶神，走着啊，一起回宿舍？"

宋义住在601寝室，吴兴住602寝室，"混子大队"一不小心就三连了。

叶斯拉着那只拉杆箱："走着。"

何修把练习册全部扔进桌肚，将漫画和游戏机往包里一塞，背上包也跟着站起来。

"学神，回去不学习啊？"宋义咧嘴笑问。

何修摇了一下头。

"嘿，你太高冷了，连句话也不说。"宋义说着又压低声，"但我不生气，自从周六见识过……哈哈，你懂的，你在我心里就是'南波兔'（number two）。"

何修终于开口了："number two？"

宋义照着叶斯的肩膀就是一拳，说道："叶神是我心里永远的'南波万'（number one）！"

叶斯回了一拳："你有毛病吧！"

"我有毛病！"宋义又一拳，"来打我啊！"

何修跟在他们身后，有些无奈地勾了勾嘴角。

场面一度非常幼稚，但他觉得特别鲜活。尤其是当这种鲜活出现在那个一头奓毛的家伙身上，简直像发着光一样。

走出教学楼，宋义揉着肩膀："我们三栋有三栋的规矩，你今天晚上打盆洗脚水过来，以后就不难为你。"

叶斯挑眉："我根本不和你一屋，真有这种规矩我也得先搞定我们屋的老大。"

他说着，突然使坏，猛地停住脚步，身后跟着的何修果然没反应过来，直接撞在了他身上。

"干什么？"何修无奈地揉了一下肩窝。

"原603老大，叶神来了，你退位吗？"叶斯一扬下巴，从何修的角度看像是歪了一下脑袋。

"不退。"何修笑着走到叶斯左边，"但是可以罩你。"

"罩我也行。"叶斯把箱子推给宋义，原地蹦高："宋义，先把东西拿上去，我们屋老大带我去添置生活用品。"

"妥嘞。"宋义接过箱子，"给我带条毛巾，我的毛巾晾阳台上被风吹跑了。"

叶斯无语道："你怎么不把头让风吹跑？"

宋义愣了一下，有些不确定："那再给我买个头吧？"

叶斯终于没忍住，抬脚做了一个虚踹的动作："快滚。"

校园超市在食堂侧面，两个人在小超市里绕了半个多小时，是踩着宿舍宵禁铃冲进的楼里。

叶斯手里拎着一个塑料袋，何修抱着盆，盆里放了一堆杂七杂八的东西。

他跳上台阶，问道："几点宵禁啊？"

"十一点。"

"哦。"叶斯叹气，"放学后就半个小时，只能在食堂吃了。"

何修顿了一下："一楼背面有扇窗是坏的，可翻。"

当年他就是半夜翻着窗出去找了太岁，第二天正常考试，神不知鬼不觉。

"我今晚就有点儿想翻。"叶斯舔了一下嘴唇，"想吃西门外的烧烤，可以买了带去书店吃。"顺便写写作业。

063

另外两个室友一个是刚换过来的温晨，还有一个是隔壁（3）班的体育委员沈浪，这会儿都没回来。

寝室比想象中小，上床下桌，对床两个人如果都在地上换衣服，胳膊就会打在一起。床长一米九，脚稍微伸直些就有可能越界踩到隔壁的头。

何修把铺盖换到靠门那侧，叶斯铺上床单，看了一眼何修靠他床脚位置摆着的枕头："你这个……"

"嗯？"何修抬眼看过来，"怎么了？"

"我怕我半夜一脚把你踹成植物人，不过没事，我头和脚换一下就行了。"叶斯说着把自己的枕头从一头扔到另一头，跟何修的枕头隔了一个中空的铁栏杆。

"那个……"何修突然说，"别头对头睡了吧。"

叶斯一愣："怎么了？"

"我……"何修顿了一下，"我怕吵。"

叶斯瞪眼："什么意思啊，嫌弃我？我又不打呼噜！"

"不是。"何修有些茫然地抬头看了看隔着栏杆完全挤在一起的两个枕头，沉默了好一会儿，而后叹气道，"那就这样吧，也……挺好。"

"有毛病啊。"叶斯瞪眼，"你要是嫌弃我，那我换寝室了。"

"不嫌弃。"何修叹气，"可能我今晚有点儿兴奋吧。"

"兴奋什么？"叶斯困惑地看着他，"买个游戏机，兴奋成这样？"

何修顿了顿，点头道："嗯。"

叶斯叹口气："不能这样，显得我们多没见过世面似的。而且现在高三了，连我都开始学习了，你难道就没点儿压力吗？"

何修想了想："也有，你就给了我不小的压力。"

叶斯沉默，面无表情地往外走。

何修跟上来："挑个时间比赛一下吧，数学、物理、化学都可……"

"朋友——"叶斯叹气道，"其实我挺后悔这次考好的。"

"为什么？"

叶斯的表情有些不耐烦："被大家当学霸有点儿烦。我想做回学渣，要不，你配合一下？"

"怎么配合？"何修问。

"就从给我讲题开始。"叶斯满脸严肃，"以后在班级里我闲着没事就问你两道基础题，让大家都看看，其实我没那么邪乎。"

"可以倒是可以……"何修犹豫了一下，"但我怎么觉着没什么必要啊。"

"有必要。"叶斯拍拍他的肩膀，"反正配合我一下，以后你的夜宵我包了，成交吗？"

"每天？"何修挑了一下眉。

"只要你想吃，我就陪你。"叶斯摸着饿瘪的胃，"白天你陪我演戏，晚上我带你吃夜宵，怎么样？"

"成交。"何修笑了，"明天开始。"

"今天晚上也可以先练习一下。"叶斯从书包里掏出作业抖了抖，"等会儿吃完烧烤你先给我讲两道，我看你演得像不像。"

"行。"何修笑着说。

西门外街口有个烧烤摊，营业到两点，叶斯经常来，跟老板都快混成"父子"了。他带着何修来到摊前，把牛筋、羊肉、鸡翅、香肠什么的拿了一堆，然后交给老板。

"多加点辣椒。"叶斯说，回头看何修，"你吃辣吗？"

何修点头："可以吃。"

"可以吃，还是爱吃？"叶斯问完又摆了一下手，"算了，我让老板一半放辣一半不放好了。"

何修看老板撒辣椒的手一停，说道："其实我爱吃辣。"

叶斯一脸匪夷所思："你爱吃辣，为什么要说可以吃？"

"那该怎么说？"何修问。

"爱吃辣，别人问的时候就要说，我爱吃辣，而不是我可以吃辣。"叶斯瞪着眼睛循循善诱，"比如说，我问你，我们可以做同桌吗？"

何修顿了一下："我愿意和你做同桌。"

"对了！"叶斯一挥拳头，"要大声说出心中的想法！"

两个人站在烧烤炉旁边，炭火映着叶斯的脸，何修忽然回头看他，看着看着勾起嘴角。

叶斯的动作停顿："我脸上怎么了？"

"没。"何修想了想又忍不住笑，"有点儿傻。"

叶斯愣了一下，而后一拳挥在他的肩膀上："揍你！"

他们拿着烧烤去如实书铺写作业，叶斯边吃边听何修模拟给他讲题，一个多小时下来还真把一套数学卷子写完了。

何修讲题的时候很认真，虽然说是提前演练，但叶斯能感觉到他把每一个步骤都说得很细，至少比自己卷子上写的要细，听得懂的就记在脑子里，听不太懂的就写在卷子上。

写完数学作业已经是半夜两点多，两个人都是打着哈欠回去的。

寝室的床没有家里舒服，但叶斯睡得也挺踏实，梦里还能听见何修在他的头顶呼吸，不是那种绵长的，但很均匀、很轻，听着让人安心。

起床铃声响起的时候，叶斯险些在睡梦中晕过去。

"高三的同学们，一日之计在于晨，一年之计在于六月！起床学习了！"粗犷的女声在广播喇叭里大喊，"下面请听大妈为你倾情点播的一曲《青藏高原》！"

高亢的歌声以绝对超过一百分贝的超强音效充斥整间寝室，叶斯一脸惊恐、见鬼般地从床上坐起来。他看着门框上的扩音器,心脏狂跳。

何修的床也动了动,人很快便坐了起来,把脸埋在掌心里,片刻后抬手揉乱了头发。

叶斯对床那个(3)班的体育委员沈浪,摘下挂在床头的拖鞋就朝喇叭扔过去。

"闭嘴!"

叶斯震撼地看着那只拖鞋,昨天半夜回来的时候他还好奇为什么会有人把一只拖鞋挂在床头上,原来是这个用处。

"叶神早。"沈浪眯着眼睛看了叶斯一眼,虚弱地靠在墙上,"昨晚听说你光临寒舍,但太困了就没撑到你回来,小弟这厢有礼了。"

沈浪之前跟叶斯打过球,平时见面会点一下头,算半个哥们儿。

叶斯虚虚地抱了抱拳,捂着自己的心脏,一脸茫然地转过身要顺着梯子下床。但他没注意到旁边何修同步和他做了同样的动作,两个人刚踩上第一个台阶,肩膀就撞在了一起。

"哎哟——"叶斯捂着肩膀直接又扑回了床上,"我不想起了,太困了,这是六点的铃吧?"

"这是七点二十的铃。"何修的声音响起,"六点半其实有一道正常铃,但我们都睡过了。"

七点二十分,第一节课是七点半开始。

沈浪下床把门打开,走廊疯跑过几个同样要迟到的家伙,宋义也在其中。

宋义路过门口就看见叶斯跪在梯子旁,头朝里抵着床,像只傻鸟。

"走了,叶神!"宋义一边狂吼一边跑,"第一节课是英语课!不许惹我女神生气!"

"我真是……"叶斯努力挣扎着把头挺起来,瞪着眼睛晃了晃,"服了!"

何修站在床底下仰望叶斯头上奓起的毛,哑着嗓子说道:"直接去上课吧,我的书桌肚里有饼干、巧克力,先垫一下肚子。"

两个人紧赶慢赶还是迟到了,站在一楼大厅抓迟到的胡秀杰一言难尽地看着跟在叶斯身后的何修,嘴皮子颤抖了半天也没说出话来,目光追随他们两个一路上楼,脖子险些扭折。

"报告。"叶斯没精打采地往前门一站,"我们迟到了。"

后门锁了,不知道是被谁锁的。

罗莉正在讲周末留的英语卷子,闻言扭头看了门口一眼,有些无奈:"你们迟到了十分钟,困成这样,昨天干什么去了?"

叶斯眯着眼睛,迷迷瞪瞪听见坐在第一排的人窃窃私语还在笑,于是努力睁开眼:"没干什么啊,何修辅导我学习来着。"

底下的笑声好像更大了,叶斯睁开眼用眼神镇压了一下,但起床后发蒙的感觉还没消失,眼神暂时没什么威慑力。

罗莉叹气:"辅导学习辅导成这样?"

叶斯没听懂，发现罗莉正在看自己的脚，便低头一看："咦？"

何修困倦地睁开眼："怎么了？"

"袜子。"叶斯无语，"袜子穿错了。"

鞋腰上露出一截袜子，叶斯左黑右白，何修左白右黑。

"我们谁先穿错的，我的是白的还是黑的来着？"叶斯迷茫地问何修。

何修也迷茫："不知道，我黑白都有。"

"行了，还站在这里唠上了。"罗莉又叹气，"快回去吧，课间再换回来。"

叶斯一步三晃地往后走，终于走到座位前，又迷迷瞪瞪地往旁边一戳，让何修先进去。

何修比他更困，撑着桌子跨进去，还带起一阵风。

"高手。"叶斯打着哈欠抱拳，将手伸进何修的桌肚里掏传说中的饼干和巧克力。

罗莉忽然又说："叶斯，别打哈欠了，站起来给大家解释一下你做这道题时的想法。"

啊？

罗莉说："周末作业，B2卷，选择题第7题。"

叶斯站起来，在桌上刚发下来的作业里把罗莉说的那张卷给刨了出来，勉强找到那道题。

"这道题的四个选项，consist（由……组成），resist（抗拒、抵抗），insist（坚持），persist（坚持），最终答案是C。知识点很基础，但很多人会混淆，你给大家解释一下为什么选C。"

叶斯一脸茫然，此刻他头脑空空，只有罗莉刚才说话的回音。

何修坐在底下抬头看叶斯，发现这人的演技真不是盖的，说要装回学渣就能原地开演，困得眼睛都睁不开了还能敬业地露出如此迷茫的表情。

叶斯沉默了一会儿说："我真不知道。"

"叶斯同学不要谦虚。"罗莉温和地笑道，"就和大家分享一下这几个单词有什么区别。"

叶斯又沉默了一会儿，把卷子侧着遮住自己的脸，小声问何修："有什么区别啊？"

何修正在掏游戏机，小声道："这么简单的题，戏有点过了，老实回答吧。"

这个同桌基本可以扔了。

"叶斯同学？"

"啊？"叶斯努力找了一下自己的舌头，盯着那几个选项。

"这题的答案是……C。为什么选C呢？主要是这四个词的后半截长得一样，那么我们就要从前面来找区别。"叶斯说着，舔了一下嘴唇，抬头看向罗莉。

罗莉竟然点头道："确实是，叶斯同学继续。"

叶斯皱眉，破罐子破摔般把卷子往桌上一扔："但其实前面也没太大区别，下次考试碰到这种题大家就随眼缘，这次能蒙对我感到非常荣幸。"

教室里哄堂大笑，叶斯厚着脸皮坐下，正要松口气，突然听见走廊上传来一个男人激动的声音:"秦老师,这件事我们得好好说说,这孩子到底怎么回事……"

乱七八糟的脚步声往办公室那头而去,中间还夹着老秦的声音,让那位家长冷静一下。

叶斯竖起耳朵,胳膊越过何修把后门推开:"谁啊?"

"温晨的家长。"前桌的小胖忽然回头,"他昨天没来,你没发现吗?"

"啊?"叶斯顿了顿,一下子清醒过来。

小胖压低声音道:"热身考考得一般,最近还总逃寝,他爸怒了。"

走廊尽头突然又吵了起来,温晨的家长情绪失控,拍着办公室的门喊:"你跟那个宋许半夜跑出去了吧?是不是上网?把他找来!把他的家长也叫来!昨天是不是跟人出去打架?搞得浑身乱七八糟地回来,是不是也是那个宋许带的你?"

老秦无力地说:"温晨爸爸,你先冷静,这事是从哪里听说的,事情到底怎么样,我们都还没有搞清楚,你这么激动干什么啊?"

温晨带着哭腔的声音也夹在里面:"爸,我们先回去吧,你听我……"

"你给我闭嘴!"男人吼道,"校长呢?主任呢?全部给我找来!"

"还有完没完了?"叶斯突然烦躁,也说不出哪儿来的一股火,拱得心焦。

他推了何修一下,何修站起来从后门往外走去,叶斯撑着桌子跳了出去。

"你们要干什么去?"罗莉在后面叫他们,"先安心上课,关心同学课后再说。"

"老师,我们请个假。"叶斯回头看了罗莉一眼,"等到课后,温晨就被他爸打死了。"

教师办公室很快就挤满了人,小王校长和胡秀杰急匆匆赶来,后边还跟着宋许所在的(3)班班主任。

挨着办公室的两个班后门开着,一双双眼睛都盯着这边。

叶斯从人堆里挤进去,温晨低着头,站在他父亲的对角线另一头,缩着肩膀像是不想触碰任何人。

叶斯大概能想到他此刻是什么心情。

"你们英中得给我个交代,好好的儿子送到你们学校来,成绩成绩没搞上去,还越学越混,逃寝、翘课,天天不见人影!你们是怎么教书的?!"温父指着天花板,"现在就把那个叫宋许的给我找来,连同他家长一起,要是不把这个问题解决了,我就告到教育局去!"

胡秀杰赔着笑脸劝道:"先不要责怪孩子,温晨爸爸,我们进去说吧,站在这里让大家都看着怪难看的,温晨也没面子。"

温父闻言更恼火,抬脚就往温晨身上踹:"他还要脸?"

"哎!"老秦一把将温晨护在身后,大腿上被踹了个鞋印,语气也带了火气,"做家长的好好说话!动不动就打孩子算怎么回事?"

"你还有理!你这个当班主任的要负最大的责任!"温父指着老秦就要冲上来,(3)班班主任和胡秀杰一个抱腰一个搂腿,温父在空中张牙舞爪,场面彻底失控。

叶斯暂时没动,一直偏头看着温晨。刚才温父抬脚踹他的时候他瑟缩了一下肩膀,就再也没反应了。

走廊上越来越吵，空气黏稠，好好的教学楼像一口沸了的油锅。

"这位家长——"温和平静的男声忽然搅入，叶斯回头看了一眼，是老马。

老马手里拿着一卷教案："我是上届高三刚下来的老师，我姓马，过两天分班考后可能就是温晨的班主任了，你有什么问题也可以和我说说，大家一起坐下来，把问题解决掉。"

老马一边说着一边往这边走，顺手把沿路两个班级的后门关上。

"你以后是他的班主任？"温父停顿了一下，"已经定好了？"

老马语气随和："温晨这次的成绩在年级排名第三十九，没有意外以后就是我的学生。当然了，如果孩子的情绪出现问题，影响到分班考，那就不好说了。"

温父犹豫了一下，撒开揪着老秦脖领子的手。

老马又说："高一时孩子的成绩在年级排名第八十，现在稳定在前五十名，不能说秦老师没教好孩子，也不能说孩子越学越混。相反，我觉得他身边应该都是能带着他向上的人，才能有今天的成绩。"

老马说着从一众人之间穿过，走进办公室，这一堆人跟着他，走廊总算空了。

叶斯瞠目结舌："有水平啊，这情商。"

"英中王牌班主任。"何修低声说，"不是靠带出几个考上顶尖学府的学生就能打下来这个名号的。"

"你们跟过来干什么？"胡秀杰板着脸，"赶紧回去上课。"

"我们跟来看看。"叶斯看了一眼屋里，"和陈子航起冲突就是因为温晨的事，这事我们有发言权。"

胡秀杰闻言略显惊讶，不由得看向何修。

何修朝他点了一下头。

"让他们进来。"老马拧开茶杯喝了口水，"高三的孩子都快成年了，这种时候不引导他们表达和承担，反而一味打压，以后孩子到了社会上要怎么自处呢？"

温父喘了两口粗气："按照现在这个趋势，以后上了社会也别自处了！"

"温晨家长。"老马严肃地看着他，"我想反问您一句，您的不满是孩子近期成绩波动，宿舍老师反馈逃寝，爆发点是昨天孩子逃了周末的补课班，搞得一身狼狈回家，是这样吗？"

温父咬牙说："对。这小子不知道藏了多少事！刚上高中时还是个单纯孩子，现在都不知道心里头打着什么算盘……"

温晨突然爆发一声怒吼："我说了你信吗？你让我闭嘴！"

"停。"老马叹了一口气，摸了摸温晨的头，对温父说道："您控制一下自己的脾气，高中阶段的孩子都已经有自我意识了，每个人都有自己不想说的事情，为什么一定要逼孩子？越逼孩子，他越不愿意说，搞这么大阵仗，不是伤孩子的自尊心吗？还有，温晨逃寝是和宋许一起，但不代表什么事情都和宋许一起，错误归因要不得。"

温父被老马反驳得蒙了一阵，老马缓和了一下表情，笑道："先不要说宋许的问题了，就事论事，温晨，昨天的事——"

温晨没吭声，许久，他瞟了叶斯和何修一眼，又飞快地挪开视线。

但叶斯看得很清楚，那是一个求救的眼神。

温晨答应过他们绝对不会把昨天的事抖出来，所以就咬牙死死扛着他父亲不分青红皂白的怒火，扛到温父弄得沸沸扬扬，还在咬牙扛。

老马敏锐地捕捉到温晨的异样，目光便转向人群中的叶斯："叶斯？"

叶斯本想说办大事的是何修，但突然瞟到胡秀杰的目光，只好改口把见义勇为的事迹揽到自己身上。

"陈子航……周六我们看见他又找温晨麻烦，估计温晨就是这样'翘'了补课班的。"叶斯说，"他不是第一次找温晨的麻烦了，在寝室里就发生过很多次，周围几个寝室的人应该都知道。之前食堂里也发生过一次，我还半夜在书店里看见过温晨不敢回宿舍。"

办公室顿时安静了，温父一愣，半天没说出一句话，茫然地看着自己儿子。

胡秀杰也语气严肃："怎么回事？"

温晨仍然低着头，只让人看见他的头顶。

叶斯说："周六我带何修去理发店……"

他把那天在理发店发生的事情说了出来，一屋子大人听完大眼瞪小眼，半天都没出话来。

"其实有些事真的不是你们想的那么简单。"叶斯看着他们，"谁看谁不顺眼了去打一架，不是的。就拿我本人来说，我从没主动找过谁的麻烦。"

"你还挺自豪。"胡秀杰神情复杂地看着叶斯。

"也没有特别自豪。"叶斯一本正经，何修无声地撞了他一下。

温父目光微动，看着自己儿子的脑瓜顶，欲言又止。许久，他才开口问道："为什么盯上温晨了？"

"这就不好说了，可能室友之间的小摩擦，看不顺眼，或者是温晨一个乖宝宝不肯跟他一起混，他就想办法折腾人呗。"叶斯说着嫌恶地撇了一下嘴，问道，"如果您当时在场，会阻止陈子航吗？"

"那当然！"温父把袖子撸起来，"反了天了，敢这么欺负我儿子！"

叶斯等的就是这句，立刻说："可您欺负温晨比他还凶。为什么不肯听温晨解释？为什么不先问问有没有经历不好的事情？"

办公室里陷入一片安静。

何修突然说："你说的那个宋许，是温晨的好哥们儿，在你没办法帮温晨的时候，他帮了温晨很多次。而且温晨英语好，宋许数学好，这半年来他们互相辅导，成绩进步了很多。"

"那小子还带你学习了？"温父难以置信地看向温晨。

温晨终于抬了一下头，眼眶泛红："宋许的奶奶过世了。本来热身考前晚我们还对着流星许愿他奶奶的病能好起来，结果第二天早上他就被叫了回去。今天这么闹完就没脸了，你别找宋许麻烦，他现在顾不上这些乱七八糟的事。"

温父瞪了瞪眼，指着他："讲讲理啊，谁要找他麻烦？"

叶斯想问"难道不是你吗"，刚要说话，何修又撞了他一下。

他有点烦，回头想说"你能不能别再撞我了"，却见何修轻轻摇了摇头，拉着他的胳膊肘把他从人堆里拽出来。

一节课刚过一半，走廊里一个人都没有，连旁边教室里讲课的声音都没有。

"不想回去，出去待会儿吧。"叶斯说。

何修点点头，走到楼梯口率先走了下去。

外面太阳特别大，晒得人心慌。

叶斯走了两步，叹气道："你说温晨最后会怎么样？"

"不会怎么样。"何修平静地说道，"他本来就是无辜的，而且老马来了。"

"这么信任老马？"叶斯顿了顿，刚才老马说要接手精英班的时候，何修也很平静。

"你之前跟他有过接触吗？除了昨天。"叶斯问。

"没有。"何修说，"但老马为人处世都没得挑，之前……上一届高三，比温晨他爸更不讲理的家长多得是，老马一个个都收拾服帖了。"

叶斯叹口气："其实温晨他爸也不是听不进去理，就是太武断了，而且一上来气坏了……要上高三了，这些家长一个个都急得火烧火燎的。"

何修点了点头。

走到篮球架旁，叶斯不想走了，就一屁股坐在地上，长腿伸开，两只胳膊撑着背后的水泥地，看着灰白的教学楼发愣。

"想什么呢？"何修也坐下。

"想温晨以后怎么办。"叶斯喃喃，"我也不是那种善良的人，我就是觉得……不管怎么说算是管了他的事了，他爸突然这么一闹，前面做的都白费了。今天这一遭，被人欺负也说出来了，老爸还来闹，他得多没脸面啊。"

何修笑笑："你觉得温晨是个怎样的人？"

叶斯想了一会儿："没什么存在感，好像学习挺努力的吧，性格挺软的，被人欺负也不会反抗。"

"但他能扛住事。"何修淡淡道，"看着软的人往往更有韧性，就像一株小草，你拿铁饼砸它，砸完了把铁饼搬开，它也不会折，最多只是趴一趴。"

叶斯没出声，但隐隐觉得何修的两句话就让自己心安了一点儿。

一朵懒洋洋的云暂时遮住了太阳，何修双手撑在地上，看着那片云放空大脑。

"你好像和以前不一样了。"叶斯忽然说，"你以前好像特别冷漠，从没见你管过别人的事,好像世界上所有的人都和你没什么关系。"

何修"嗯"了一声:"那种日子过烦了,不想那么过了。"他顿了顿,又说,"像你说的,不想那么憋着了,想把心里的想法都大声喊出来,加上一些叶斯式语法。"

"叶斯式语法?"叶斯瞪大眼,"什么玩意儿?"

何修笑道:"比如说,陈子航比猴还欠揍;宋义是尖叫鸡;我学得要猝死了;食堂大妈是你亲妈,还有……我愿意和你当同桌。"

叶斯一下子笑了出来,用肩膀撞了一下何修:"你有病吧?"

两个人并排坐着笑了半天后,叶斯长出一口气:"行吧,不管了。相信老马,希望我们软趴趴的温晨同学能挺过这一关。"

"嗯。"何修指了一下叶斯的脚,"把袜子换回来吧。"

"光天化日就脱鞋啊?"叶斯呆了,"你……这么变态的吗?"

何修无奈道:"那就去厕所换回来。"

袜子是在教职工卫生间换的,何修一出厕所就被胡秀杰叫走了,叶斯自己踩着第一节课下课铃声回教室,拉开后门跳进座位里径直在桌上趴下。

虽然趴着,但他的眼睛没闲着,用余光扫着班级里的人,也顺便扫着右前方隔了几排的温晨。

这小伙竟然比他们回来得还早。

老马别叫老马了,叫"神马"吧,不,干脆叫"弼马温"。

"叶神——"小胖回头问,"你一个人回来了,学神呢?"

叶斯眯了眯眼:"关你什么事?转回去。"

小胖"哦"了一声,摸摸鼻子扭回去,过了一会儿又忍不住扭了回来:"真是你和学神解决的啊?厉害了,温晨回来的时候好像什么事都没有。"

叶斯闻言又往温晨那里瞟了一眼,温晨正平静地整理卷子。

手机振动起来,宋义跟吴兴几乎同时在群里说了句一样的话。

"看贴吧。"

叶斯打开英中的贴吧,往下滑了两下,一条热度超高的帖子进入视野。

"报!何修跟叶斯同寝了!同寝第一天袜子穿错了!"

叶斯点开看了看,说什么的都有,多的是替何修担心,怕他在宿舍挨揍,更有甚者怀疑回到寝室后叶斯会逼着他洗袜子。

"毕竟那是我们文质彬彬的学神何修啊!"

文质彬彬的何修抡起大炒锅吓人的时候也没人看见啊。

叶斯把贴吧关了,坐直打量了教室一圈。

不得不说,(4)班的学生素质挺高,其实刚才发生了什么大家心里都有数,但没人议论,也没刻意保持安静,教室里闹哄哄的,该怎样还怎样。

叶斯吁了一口气,手伸进何修的桌肚里一通摸,摸到那袋白桃的糖抓了一把出来,

072

一颗一颗撕开全部塞进了嘴里。

甜啊。

第二节是语文课，老秦拿着讲义进来，先拍了拍讲桌让大家安静。

"讲课之前，我有几句话想和大家说。"

老秦的衬衫上有点水渍，估计是把被抓皱了的地方冲了一下还没干。他的目光扫过全班同学，掠过温晨，没多在他身上停留。

"高三了，人生的第一场硬仗摆在眼前，大家都在努力。但学习不是生活的唯一，现在不是，高考前一百天不是，甚至高考前一天也不是。坐在这个屋子里，老师希望大家能爱自己、爱别人。我们（4）班是一个家，等以后走入大学、社会，你们很难再拥有这样一个家，也很难再回到这个家。希望大家能珍惜眼前的时光，追求自己想要的，在高中最后一年，别留遗憾。"

叶斯没想到老秦能说这番话。他靠着椅背懒散地坐着，看见温晨趴在桌上。

温晨的同桌抬手捋了捋他的后背，前桌回头递了一张纸巾，小胖惊动了三个人，给他传了根火腿肠。

老秦有时候也挺让人惊喜的，虽然他没老马那么高的情商和教学水平。

一阵微风从后门缝吹进来，何修悄无声息地走进来，在自己的座位上坐下。

叶斯凑近他："胡秀杰找你干什么？"

"没事。"何修将手伸进桌肚里找游戏机，低声说，"问我跟你去理发店干什么，我说陪你去理发。还请求胡秀杰把你因为陈子航那事的八百字检讨免了。"他看了叶斯一眼，"把事情解释清楚后，她也觉得你不用写八百字检讨。"

叶斯愣了一会儿才想起还有这么个检讨，低头笑了两声。

何修找到游戏机，静音开机，又伸手进桌肚摸东西吃。他摸到那袋糖，拎出来一看，愣了愣，回头看叶斯："没了啊？"

叶斯张张嘴："不觉得我周身飘着一股白桃的仙气吗？"

何修倒吸了一口气："你吃糖有点狠啊。"

"人更狠。"叶斯说。

"你别说话了，还是吃糖吧。"何修从兜里摸出一粒酒心巧克力扔过来，叶斯拆开扔进嘴里。

甜的、辣的，还有点呛。

但挺提神的。

第五章
十万伏特

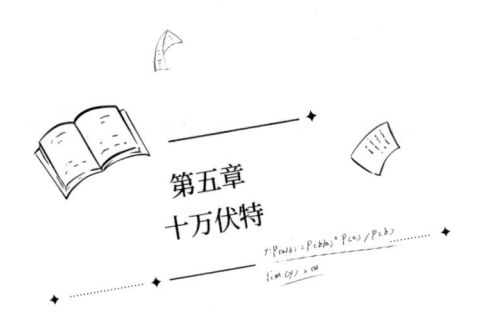

　　高三上学期还有体育课,但就是从一周三节变成一周一节,(4)班的安排在周一下午最后一节。

　　叶斯站起来喊宋义去打球,话刚出口,何修就对他说:"体育课我们上不了。"

　　"为什么啊?"叶斯看着何修。

　　"老马找。"何修说,"这回是找我们两个,让体育课去他办公室一下。"

　　"还是温晨的事吗?"叶斯边跟何修往办公室走去边问。

　　何修想了想:"我觉得温晨的事应该了了,老马也不太会找我们问个没完。"

　　他的表情也有些迷茫。

　　老马的办公室就他一个人,叶斯跟何修一进去,就发现桌子另一头已经摆好了两张凳子,面前甚至还摆了两瓶可乐。

　　找学生还搞得像招待客人。

　　"你们来啊。"老马眼睛一亮,招手让他们过去。

　　叶斯跟何修对视一眼,走过去并排坐下。

　　老马的手掌心在桌子上搓了搓:"今天在办公室外面,我说了什么你们都听见了吧?"

　　叶斯说:"你今天说的话其实有点多。"

　　老马"哈哈"笑了两声:"我说我可能会接手(4)班,你们都听到了。"

　　"是。"何修点了一下头。

　　"其实就是说你们以后都是我的学生。何修就不必说了,我看过你从高一开始每次大考的数学卷子存档,后生可畏。"他说着又看向叶斯:"还有你,你这个家伙,真会搞事情,我听何修说你的脑瓜转得比他还快?"

　　叶斯一副"你是谁,你在说什么"的表情。

　　老马从桌肚里翻出一沓打印的练习册。

　　"是这样的,自主招生马上就要开始报名了,你们这些脑袋钻的,就适合研究这些。我这儿啊,有本竞赛题,是自己写的。还没出版,我先印了一份,你们试试?"

叶斯扭头向何修递去求救的眼神，不料何修那对眼睛放着光，看着那本新鲜的题就像看见钻石似的。

完了，老马和何修志趣相投了。

老马翻开两页："你们看看，这道高数三重积分能心算吗？"

何修的眼睛扫过题干，心里已经写出了积分式。他正要发动大脑拆解式子，老马把题往叶斯那儿推了推，一脸期待地问："会吗？"

叶斯咽了口唾沫："老师，你别考我了，求你了。"

SD 的声音在脑内响起："暴毙预警，请玩家如实回答。暴毙预警，三、二、一！"

"选 A。"叶斯叹了口气，把思考后得出的答案说了出来。

从办公室出来后，两个人一起往食堂的方向走，刚路过食堂前的小操场，便听到宋义的一声狂吼："叶斯！"

一个球就被兜头扔过来。

叶斯一只手接住，球面撞击掌心，手腕一按拍了两下。

"来啊！"宋义已经开始在篮筐下疯跑，"一对一！"

叶斯有段日子没碰球了，沾上手觉得特别亲切。初中犯病后他就离了校队，但没彻底戒球，听着篮球撞击地面的声音，让他有一种强烈的"我今天还活着"的感觉。

叶斯二话没说运着球就冲了上去。

他对吴兴和宋义的打球习惯过于熟悉，没什么困难地一个假动作骗过吴兴，往前冲两步又一个背转越过宋义，三步上篮，篮球冲刷入网，在地上弹了一下又回到他手里。

"又玩这套！"宋义骂道，"能不能让我们摸球了？"

"不能。"叶斯懒洋洋地说，往后跑了两步在三分线外起跳，手腕一压轻巧地把球送出。

吴兴叹口气，回头瞪宋义："你说你喊他干什么？"

宋义指着叶斯："现在二对一了！你少嚣张啊！"

叶斯散漫地笑，宋义带球过来，他放个水让人过了，回身去追的时候余光里忽然闯入一个身影。

小操场旁的林荫路两侧种着梧桐树，六月底，这些植物像刚刷了层绿漆似的，油亮油亮。何修就在最大的那棵树下席地而坐，低头玩着手机。

阳光透过梧桐叶的缝隙在衬衫上投下零散的光斑，何修的头发被风吹着在空中扬了扬，比梧桐叶还要慵懒。

是挺好看的，够资格和他并列出现在英中贴吧。

"进了！"宋义三步上篮，落地又死死地抱住球，回头一看，叶斯根本没追上来。

"干什么呢？辱友了啊！"宋义吼道，"你今天是不是狂过头了？"

叶斯笑笑，拍拍手示意放马过来。

下课铃响后三个人又玩了一会儿，等第一拨人吃完出来了，他们才意犹未尽地往食堂走去。

何修中间就离开了操场,叶斯本来以为他早吃完饭回去了,结果打完饭找座位的时候一眼就看见了独自坐着一张大圆桌的他。

宋义端着托盘过去把托盘放到何修旁边,想打个招呼,学着叶斯平时那样,"嘿"了一声。

何修抬眼:"有事?"

"啊?"宋义被问得一愣,心想标准答案不该是"嗯"吗?

他说了句"没事",正要一屁股坐下,叶斯就抬手把他往旁边一推,用下巴指点他往那边去。

"你坐那边不行啊?"宋义暴躁地把餐盘往旁边挪了一个位子,叶斯迈进去在他们中间坐下。

"嘿。"叶斯打了个招呼。他饿坏了,坐下就开吃。

何修也吃着东西,"嗯"了一声。

四个人都埋头吃,宋义吃了两口突然抬头,皱着脸往后一靠,看着何修跟叶斯的后脑勺。

什么玩意儿,"嗯"也是同桌特权?

不对啊,何修不是都对叶斯"嗯"两年了吗?

宋义不信那个邪,用手指敲敲桌子:"嘿!"

何修咀嚼的动作停顿了一下,把东西咽下去才抬头,依然没有表情。

"你有病?"何修问。

叶斯也一脸费解地抬头看他:"没事吧?盖两个帽把你打击傻了?"

"你滚。"宋义狠狠咬了一口鸡腿。

叶斯埋头继续吃,何修收回视线时发现叶斯托盘里放甜点的那里空着。

第二拨赶到食堂的人不配拥有蛋挞。

"牙疼。"何修突然自言自语,声音有点闷,"糖吃多了,你们谁要我这个蛋挞?"

"我,我,我。"叶斯立刻说着直接一筷子把蛋挞夹走,旁边两个人离得远,筷子还没举起来,叶斯已经一口咬掉半边。

"外酥里嫩,还甜。"叶斯评价道,说完把剩下半边也塞进嘴里。

晚自习放学后宋义在群里喊了一嗓子,说要去放松一下。

吴兴过了一会儿回复:"还有两个星期分班考,考完再说。"

宋义问:"叶神呢?"

叶斯的目光落在"分班考"三个字上,回复了两个字:"学习。"

宋义惊恐万分:"完了,完了,混子大队黄了。"

分班考确实就在眼前了,这天老马一口咬定叶斯会留在(4)班,但叶斯心里知道自己的成绩不稳定。

上次考了年级第四十九名，踩在去留的边缘。但上次题难，他这个选择题、填空题满分怪的优势格外明显。分班考难度归于正常，他就更难拉开差距。

回宿舍的路上何修忽然说："分班考你写写过程吧。"

"我尽量。"叶斯说。

何修愣了一下："这还要尽量？"

叶斯心道：我的记忆追不上思路的流逝，我有什么办法啊？

见他没吭声，何修认真地重复道："我不想那么频繁地换同桌。"

"知道了。"叶斯应了一声。

两个人回到宿舍，在楼梯间撞见温晨和宋许。宋许大概是刚回来，行李袋放在脚边，在温晨的后背上使劲抟："我回来了，我回来了，温晨，我回来了。"

"嗯。"温晨的声音低而闷。

"叔叔那边我再去解释一下。"宋许深吸一口气，"明天我先和班主任聊聊，再是胡秀杰。跟他们聊完，我就去找陈子航。"

"别。"温晨抬头，"高三了，别惹他。"

"不是高不高三的问题。"宋许盯着他，"我们的关系这么好，我不能让他欺负你。我得让他记着，以后离你远点儿。"

等两个人走了，叶斯跟何修才继续上楼。

"关系真好啊。"叶斯啧啧道，"还想晚上回屋跟温晨唠唠呢，妥了，没我们什么事了。"

"那你晚上要做什么？"何修问。

叶斯叹气："洗澡，洗完睡觉。"

英中的澡堂子很大。男浴室在二楼，女浴室在三楼，一楼是理发店和洗衣房。

叶斯拎着澡筐跟宋义吴兴一起走进去，晚上人多，换衣服的地方几乎下不去脚。

"大少爷没来过澡堂子吧？"宋义在叶斯后背上拍了一巴掌，"快点！都到这种地方了，别扭扭捏捏。"

叶斯乐得险些没站稳，笑完又觉得无所谓，把衣服脱了拎着东西往里走去。

吴兴叹气："快点啊，哥，真要翻窗回去啊？"

洗完澡回去特别舒坦，叶斯躺在床上用手机软件看知识点。

何修从盥洗室回来直接爬上床，他晚上没打游戏，坐在床上写完了一套理综和一套数学卷子。

熄灯铃响，温晨和沈浪都躺下了，何修就下地关灯然后回到床上。

"你要睡觉了吗？"叶斯歪了下头问几厘米外另一个枕头上的家伙。

何修"嗯"了一声："你不睡？"

"睡。"叶斯偷偷看了一眼时间——零点零四分。

何修前一晚几乎没睡，这会儿睡得很快，等他的呼吸变得绵长均匀，叶斯又看了一眼时间——零点十二分。

"学神——"叶斯用气声叫。

没反应，真睡着了。

叶斯看了一眼对面两张床上睡成猪的两个人，拿着手机小心翼翼地下了床。

何修的书包就放在桌上，里面除了漫画书就是游戏机。叶斯在黑暗中摸了半天才摸到刚才的卷子，然后又回身拿上自己的卷子，揣了一支笔，做贼似的溜出了寝室。

整个走廊都熄灯了，只有尽头的通宵自习室亮着灯。叶斯快步走进自习室，推门进去才松了口气。

黑漆漆的，还有点吓人呢。

自习室里就两个人，埋头写着作业。

叶斯坐下展开自己的卷子，把何修的放在旁边。其实他觉得自己不能算学渣，初一的时候他也是年级前几名，初二犯病后他在医院听见医生跟他爸说："让孩子过得开心点，这种病没法子，也不知道哪天就……"

打那之后叶斯就真没好好学习了。

学习为了什么，为了更好的未来，可他没有未来。

叶斯叹气，拿起何修的卷子开始研究解题过程。

自习室很安静，只有翻卷子和写字的声音。

叶斯写完数学卷子一抬头，发现那两个人不知何时走了一个。他换成理综试卷，又写了一页，再一抬头发现最后那个也走了。

此时已经是深夜两点二十二分。

叶斯把腿架在旁边的凳子上，在空荡荡的自习室叹着气唱歌："青春啊青春，你半夜三更，偷偷写作业……"

叶斯写完理综试卷出来都四点了，拿着卷子眯眼往回走。路过宋义他们寝室感觉里面好像有点光，还有说话的声音。他停下脚步回头一看，透过门上用来查寝的玻璃，看见里面上铺有一道白光打在下巴上，照着宋义惨白的脸和空洞的眼。

下一秒，宋义吐出了鲜红的舌头。

"啊！"叶斯往后猛退，脚一滑险些一屁股坐在地上。

正和室友装鬼互相吓唬的宋义被这一嗓子吓得差点从床上摔下来。

走廊的声控灯亮了，叶斯背靠着墙，听着自己的心脏狂跳。

怦怦怦——怦怦怦——

603寝室里"咣"的一声，像有人从床上直接飞了下来。门从里面被踹开，何修冲了出来。

"叶斯，怎么了？！"何修冲上来，惊魂未定地上下打量他，"你怎么了？"

叶斯抿了一下嘴，跟他大眼瞪小眼，垂在身体两侧的手默默把卷子团成纸团塞进裤兜。

"怎么了？"何修看着叶斯，"崴脚了？"

叶斯喘了两口粗气，宋义也从屋里出来了。叶斯指了一下他："我是不是没打过你？"
宋义哭丧着脸："我和室友吓着玩呢，谁想到你大半夜不睡觉出来瞎晃啊，我也吓得够呛。"
温晨迷迷糊糊地开门出来："叶神，出来干什么了？"
所有人都瞅着叶斯，叶斯心烦地转身："出来上厕所。"
走廊重归安静，大家各回各屋。
何修站在床底下仰头看着叶斯爬上床躺好后才跟着上去，他的脸出现在叶斯脑袋顶上，低声问："你怕黑？"
"怕个鬼。"叶斯提起来就气，在被子底下掏出那两大团卷子，默默展平。
何修小声说道："以后你起来上厕所就叫我，我陪你去。"
"知道了。"叶斯心虚地一翻身，把卷子压在身子底下，"睡觉吧。"
还睡什么？他要等何修睡着了再偷偷把卷子还回去。
但是何修好像被他一嗓子吼精神了，呼吸声跟刚才睡着时不一样。
叶斯撑着眼皮等了不知多久，他还没睡着，自己一闭眼睡了过去。
第二天早上醒来，旁边的床空着，叶斯茫然地坐起来，又从屁股底下找到了他们两个的卷子。
他点开手机，发现何修给他留了个言："去洗澡了，帮我把书包拿到教室，谢谢。"
侥幸存活啊。
叶斯心里松了口气，抓着卷子摸下床，塞进何修的书包。
整个早饭时间，叶斯光听宋义在道歉。他埋头吃着包子不吭声，就连吴兴都被打动，替宋义说了两句话。
"叶神，原谅我吧。"宋义虚伪地抹了抹眼角，"要不我跪在桌子上给你磕一个头？"
叶斯叹口气："我没生气。"
他就是庆幸，当年现实世界里要是被宋义这么来一下子，估计他都等不到SD来"救驾"，当场就去世了。
叶斯没让任何人知道他有心脏病。
一代叶神，怎么能让人知道他是个没有未来的人呢？
吃完饭，他抓起书包："再给何修带两个包子，他一大早洗澡去了。"
"我去买！"宋义赶紧说。
何修是踩着预备铃声进教室的，带着一身好闻的薄荷味。
"给你带早饭了。"叶斯说着从书包里掏出卷子。
何修也拿起书包，把卷子拽出来后脸上露出震惊的表情。
"它们发生了什么？"何修看着满是褶皱的卷子问。
叶斯把自己同样皱巴巴的卷子塞给课代表，淡定地说道："吃早饭的时候我坐你书包上了。"

"也坐你自己书包上了？"何修指了一下叶斯的卷子。

叶斯没什么表情："宋义坐我书包上了。"

何修只好把卷子交给课代表。

"坐不成那样吧。"他低声说，"还是你们的书包有什么特异功能？"

叶斯气笑了："我把卷子团了逼宋义吃，不行？"

"行。"何修点点头，又说，"你原谅他了？"

"我没生气。"叶斯翻开书，"叶神不是小气的人。"

何修还想说什么，叶斯已经翻开练习册推了过来："给我讲讲这道题吧。"

一道反函数，在普通学生眼里算一般难度，何修觉得在叶斯那应该算一加一。

他低声确认："还演啊？"

"演。"叶斯点头。

何修看着叶斯半天才动笔在草稿纸上写下第一个算式，叹了口气。

还演得挺像的，一本正经的。

好几科老师这天都提到了分班考，这三个字就像紧箍咒，叶斯原本想上课补觉，一听到这三个字就心头一紧，爬起来看书。

叶斯看书的时候何修偶尔会看他两眼，眼神从不解到习惯，甚至在他面露迷茫时还主动"陪演"，给他讲题。

太默契了，太上道了。叶斯在心里疯狂感慨，都不用他邀请，演员自己眼里有活。

"今晚我请你消夜。"叶斯等何修给他写完一道化学计算题后立刻说，"烧烤摊还是学校里的，你定。"

何修想了想："学校里吧，可以吃肉夹馍。"

食堂侧面有家承包出去的西北小馆，肉夹馍的面饼有嚼劲，里面的肉又香又绵，非常好吃。

叶斯点头："行，再打包一份大盘鸡回去给他们几个。吃饱了你再给我讲讲今天物理那道大题，带电小球要上天那道。"

何修笑了："回去还演啊？"

"演啊。"叶斯叹口气，"做戏就要做全套，我容易吗？"

三个人往回走的时候，学习委员沈霏忽然追了上来："等一下。"

宋义最先停下脚步，笑眯眯地问："沈霏大美女，找我有什么事吗？"

"找的不是你。"沈霏白了他一眼，看向叶斯跟何修，压低声道："我听我妈说，明天小王校长好像要找你们。"

沈霏的母亲大人就是胡秀杰，所有人都觉得她非常惨，但她学习好、性格也好，还总能帮着透点消息出来，大家都挺喜欢她。

"找我们？干什么？"叶斯有些意外。

沈霏看了一眼走廊尽头胡秀杰经常出没的地方："应该不是什么坏事，好像是老马先撺掇的，说要给大家在分班考前加一把劲儿。你们心里有个数吧，具体我也不清楚。"

沈霏说完就走了，叶斯一头雾水地看着何修："什么叫加一把劲儿？"

"难说。"何修摇了摇头。老马花样百出，他当了老马一年的学生，仍然猜不透这回老马又想到什么了。

宋义嘟囔道："走了，走了，明天的事明天再说，大盘鸡还吃不吃了啊？"

"吃。"叶斯扭头看了一眼一脸不爽的宋义，笑道，"不是吧，沈霏白你一眼你就不高兴成这样？你不是只在意（2）班的许杉月吗？"

宋义"哼"了一声："你有没有眼睛啊？整个英中沈霏最漂亮，她跟我说话，我能不高兴吗？"

"是，是，我知道啦。"叶斯笑道，又忍不住回头看了沈霏一眼。

沈霏确实漂亮，白净的鹅蛋脸，大大的眼睛，修长的小腿，走起路来时马尾会轻轻地晃。

晚上十点半，整个校园黑漆漆的。三个人走过林荫路，小操场上还有篮球击地的声音。

叶斯回头一看，有人在摸黑投篮。他眯眼仔细辨了辨，是校篮球队队长周海川。周海川是个篮球狂人，爱球如命，球技、球品都不错，叶斯之前有时间会和他打一会儿。

"叶斯！"周海川也看见了他，"来玩吗？"

"不了。"叶斯说，"我和同学消夜。"

"哦。"周海川又拍了两下球，换了一个位置继续定点投篮。

宋义叹口气："好不容易抢回来的高三篮球赛，结果又被陈子航给搅黄了，周哥挺受刺激的。"

三个人继续往食堂走，叶斯说："这学期好像没怎么看他打球。"

"他白天不打，队里的人都约不出来他。"宋义说，"就晚上一个人在这儿闷着玩，谁看了心里不难受啊。那事又不是他的责任，但他特别自责，说没给队里的兄弟风风光光落幕的舞台。"

一旁的何修忽然说："找个机会把篮球赛要回来吧。"

叶斯脚下一顿："你会打球？"

当年别说打球了，何修连运动会都没报过任何项目，拔河都不上，按理来说不应该会打球，但叶斯觉得在脑世界里不一定了，何修的命运轨迹变化太大，会打球也没什么稀奇。

何修顿了顿："会倒是会，但不常玩，水平……"

"已经很牛了，学神。"宋义冲他双手竖起拇指，"你学习比我牛，身手比我牛，要是篮球也比我牛，我就真没脸待在这里了。"

何修看了他一眼，把被打断的后半句话说完："水平就差不多比宋义高一点儿。"

宋义两个大拇指尴尬地僵在空中，叶斯笑得险些扑在台阶上，狂推宋义的后背："快走，你自己说的，离开这里。"

"我不信！"宋义悲伤地哀号着，挥开餐馆的门帘一头扎进去，"老板！大盘鸡！

我要一'鸡'解千愁！"

叶斯二人跟上去，他看着何修问道："所以怎么要回来，你有办法？"

"暂时没有。"何修说，"这事得找个契机，急不得。"

叶斯觉得他应该有主意，至少有个雏形，要不然他不会这么说。

虽然提前被沈霖敲打过，但当小王校长、老马和胡秀杰三个人往面前一站，老马笑眯眯地说完自己的想法后，叶斯还是茫然了。

"举办一场热血斗题大赛！"老马慷慨激昂地说道，"你们是理科班的代表，就做数学和理综题，让整个高三的都来看！激一激大家的热血！"

"你确定不是气死大家？"叶斯面无表情地看着老马。

小王校长笑笑，说："这个我站马老师啊。大家埋头学习都很麻木，看到两个强者对决，我光想都觉得热血沸腾，他们能不沸腾吗？"

胡秀杰也说："叶斯这学期真的太让老师们惊喜了，你那么关心同学，温晨的事也帮了忙，这次就当为大家做点好事吧。"

"我……"叶斯心累，摇着头正要说自己不参加这种鬼东西，何修就拽了一下他的胳膊。

"契机来了。"何修用口型和他说。

"什么鸡？"叶斯也用口型问。

何修抬起头，对上胡秀杰的目光："我们可以参加，但是，有条件。"

"还要条件？"老马眼睛一亮，笑呵呵地说，"你们说。"

叶斯心里一凛，一下子懂了。他扭头看着何修，果真听对方说："我们同意参加这个活动，但是要把篮球赛还给我们。"

"篮球赛？"胡秀杰愣了愣，完全没想到何修会提出这个条件，"跟篮球赛有什么关系？"

"没有关系。"何修依然是平日里那副淡淡漠漠的样子，"但这场热血斗题赛是老师们一拍脑门儿想出来的，和我们也没什么关系。"

"等价交换。"老马拍拍手，"我个人认为这个要求还是合理的，主任？"

胡秀杰皱眉："篮球赛的事上学期末来回讨论很久了，不是学校一定要砍掉你们的活动，而是每年比赛前都会有学生滋生矛盾，上次陈子航他们……"

"陈子航做错事不该由我们给他背锅。"叶斯抬起头，感觉自己的心尖都在滴血，"斗题赛，可以，拿球赛来换。小组赛、半决赛、决赛，一场都不能少，少一场，这场斗题赛你们就找别人参加。"

胡秀杰听得直瞪眼。

何修看着她，轻声提醒："找别人的话，可能达不到你们预期的效果。"

小王校长一下子乐出了声："他们都没有你们这么厉害，是吧？"

胡秀杰叹口气："何修这学期……唉，我都没法说。行了，你们先回去，老师们商量商量。"

晚自习的走廊静悄悄的，叶斯走了两步又叹气，扭头看着何修："你……唉。"

"我怎么了？"何修问。

叶斯心烦地把手揣进兜里："搞什么热血斗题赛，这样我压力真的很大。"

他嘴上说着烦，脑袋顶上的几根头发丝也配合着耷起来。

何修勾了勾嘴角："你刚才不也同意了吗？"

"我那是习惯性和你同一立场！"叶斯瞪眼。

何修笑道："赛呗，你有什么压力？该是我压力比较大吧。"

叶斯扯了扯嘴角。

何修又说："认真的。不仅斗题赛，下次分班考你好好考，也很可能考到我前头去。"

叶斯摇头："肯定是你第一，过程我写不全。"

他说完没觉得怎么，等周遭安静了几秒才反应过来，这话说得好像容易造成误解。

何修看着他："瞧不起人？"

叶斯连忙摆手："不是，我不是那个意思，我……"他话还没说完，突然觉得心被刺了一下，整个人一抽，僵在那儿。

SD的声音在脑海里响起："刚才是一次电击，虽然不能透露我的存在，但还是不得不提醒你一下，小心维护和他的关系，只有他这种真正的学神才有万分之一的可能帮你逆袭。"

"我……"叶斯被电得张口就要骂SD，对上何修的眼神舌头转了个弯，说道："我不会说话，同桌，你包容我点。"

何修满头雾水，看着面前这个冷漠的校霸突然谄媚地冲自己咧了咧嘴。

接连发生的这几件事，让叶斯逐渐体会到系统给他增加的临场学霸设定有多坑人了，身边人对他的认知严重不符合实际情况，他为了不露馅，每天拼命地学习，却还是心惊胆战。

不知是不是离分班考越来越近了，SD最近频频刷存在感，早上还会抢在大妈开喇叭之前在他脑海里扯着嗓子怒吼："起床了！叶斯！起床学习了！你想暴毙吗？！快起床学习！"

叶斯感觉自己每天能被吓得犯十回心脏病。

"受不了了。"叶斯突然说，"我需要发泄。"

"发泄？"何修看着他，"为什么？"

——因为我昼夜学习，压力如山大，被逼着和你斗题，被系统咆哮，还要忍受时不时的电击。虽然并不疼，但让人心里很慌张。

慌张自己到底能不能留在（4）班，慌张自己有没有那么一丁点可能完成任务……慌张……眼下没有病痛的畅快人生能一直延续下去吗？

083

叶斯闷声道:"想疯狂吃糖,你昨天那个酒心巧克力就不错,晚上陪我去西门外再买点?"

何修愣着点了一下头。

热血斗题赛的事不知怎么就传出了风声,甚至包括要拿篮球赛交换的条件都传了出去。最后两节晚自习课间,全班都在讨论这事,小胖转回身拿手机给他们两个看。

"贴吧都炸了。"他飞快划着屏幕,叶斯根本看不清字,只看见根火腿肠那么粗的指头来回晃。

小胖说:"万众瞩目!翘首以盼啊!不仅是冲这次世纪对决,还冲我们失去的篮球赛!胡秀杰一定要答应啊!而且光是两大王者同台竞技听起来就很诱人了,你回头看张山盖一眼,他盯你们一晚上了,题都不做了。"

叶斯猛一回头,张山盖那对玻璃瓶盖厚的眼镜片背后透出的目光,只差没把他的脸烧穿。

叶斯用胳膊肘撞撞还在摆弄游戏机的何修:"你能不能管管?"

"没必要。"何修把游戏机往自己那边侧了侧,"他们反应热烈是好事,要是没点水花,胡秀杰更不可能答应。"

晚自习放学铃声响起后,老秦从外面进来,反手关上了门。

"说件事。"他走上讲台,对上底下一个个殷切的眼神,乐了,"都盼着结果了吧?"

底下几十个脑袋猛点头。何修也抬起了头,叶斯长叹口气。

老秦笑道:"经过小王校长、胡主任,还有几个班主任的商议,我们决定,答应叶斯与何修同学的条件,在下周一晚上举办热血斗题赛,同时归还篮球……"

老秦的话还没说完,兴奋的呐喊声已经快掀翻房顶,十几个大小伙子在地上狂蹦,宋义青筋暴起,在空中胡乱地挥着拳头,发出野兽般的吼叫。

叶斯无语地一翻卷子,前桌的小胖猛地站起来,他险些被桌子挤死。

"他们都疯了。"叶斯冷漠地偏头看着何修,"我真服了,高三了,一个个能不能有点正形?"

欢呼声太热烈,叶斯怀疑何修根本没听见自己说什么。何修动了动嘴,他也没听见何修说什么,但能感觉对方好像也挺高兴。

毕竟这家伙想和他斗题也不是一天两天的事了,他们做学神的思路清奇,闲着没事就喜欢过招玩。

西门外的小超市只有一种酒心巧克力,俄罗斯产的,便宜大碗,八十多块钱一大盒。

"这个巧克力……会不会有点猛?"何修看着配方表犹豫地道,"俄罗斯的酒心巧克力……"

"都是爷们儿,吃个巧克力能怎么着?"叶斯把巧克力从他手里抢过来,想到那甜腻冲头又辣的刺激感,快乐地掏钱付款。

往回走的路上，叶斯就拆了包装，把盒子丢进垃圾桶，将巧克力全倒进包里，抓了一把在手里一颗接一颗地吃。

叶斯喘出的气都浸透了酒心巧克力的馥郁香气。

何修看向他，问道："你是不是心情不好？"

叶斯连着嚼了三块，长叹一声："你看我像不像心情不好？"

"嗯。"何修踢着路面的石子，声音有些闷，"但我不知道为什么。"

叶斯没说话，又嚼了一颗，感觉自己的脸颊升温了，刚才还算暖的风吹在脸上这会儿感觉有点凉。

何修叹气："我以为换回篮球赛你能高兴。"

"我是高兴。"叶斯拍了拍他的肩膀，"其实再让我选一次，我还是会点头。但我这个人，唉，不知怎么说，最近日子过得揪心，还有斗题赛让我太别扭了。"

何修顿了顿，又看他一眼："其实没什么的。做你自己，闪亮还是暗淡，不用管别人的看法。"

叶斯一愣，何修看着前面的路，轻声叹气："我真没想到，你竟然无法坦然面对自己的优秀。"

叶斯一口巧克力液呛在嗓子眼里，紧接着疯狂咳嗽，涕泪横流。

"你——"他指着何修，"下次说这种天雷滚滚的话之前，先给我个高能预警。"

何修无奈地帮他拍背："知道了。"他扭头看向另一个方向，"你今天去洗澡吗？"

叶斯摇头："用盥洗室的湿毛巾擦擦得了。"

何修点点头。

回去后，何修拿上洗澡的东西，趁着宵禁前最后十五分钟飞速出了宿舍。他惯用的最后一排最里面的淋浴间刚好空着，一切都很完美。他迅速冲了个澡，又洗了头，穿好衣服跑回宿舍楼前，大妈刚按下关门的按钮。

"是何修啊。"大妈从值班室探头看了他一眼，暂停电子门，"快进去吧，别着凉。"

"谢谢。"何修说完，一头扎进楼里。

603寝室灯熄了，门还开着，何修从盥洗室回来后发现沈浪和温晨都没睡，每人用手机晃着一道亮光，两道灯光的另一头聚在叶斯的床上。

叶斯屈着两条腿坐在床头，悲伤地吃巧克力。光打在铺满床的糖纸上，蔚为壮观。

何修吓了一跳，放下东西就往床上爬，把还没剥开的巧克力一把抓过来："还吃啊？牙要不要了？"

叶斯往墙上一靠："吃啊，我是个身体健康、不怕吃糖的爷们儿！"

"没说你不是。"何修叹气，先下地把剩下的巧克力塞进自己的衣柜，然后又爬回床上。

沈浪打了个哈欠："你知道叶神怎么了吗？本来好好的，突然说今天想歇一天不学了。"

温晨也打哈欠："不学就不学呗，我们谁也没逼他，但他突然就跟自己吵起来了。"

"跟自己吵？"何修顿了顿，"吵什么？"

沈浪想了想："什么……滚，别管我，你再动手我也动手了，玩电谁怕谁啊。"

何修越听越蒙："玩电？"

沈浪还没来得及说话，坐在床上的叶斯突然一个翻身，大吼："十万伏特！"他闭着眼睛把脸都憋红了，"你也不问问我皮卡丘是谁，我用十万伏特的电电死你！"

SD在叶斯脑海里叹气："不是，我今天就提醒了你一下，刚才说电你是吓唬你玩的。而且我那电就麻一下，不疼也不烫的，你至于吗？一个当老大的，还非要这样斤斤计较吗？"

"知错就好。"叶斯哼哼两声，在床上调整了一下自己的姿势，倒在枕头上闭上眼睛。但他倒下后又在床上蹭了蹭，脑袋从栏杆这头蹭出界，占了何修半个枕头。

何修一阵窒息，试着推他："叶斯？皮卡丘，叶卡丘，放完电往你那边去，你这样我没法躺。"

叶斯已经睡得没个正形了。

温晨乐得捶床："原来叶神私底下是这样的啊，太搞笑了。"

何修叹口气，小心翼翼地将叶斯的脑袋推回枕头上，上了床。

第六章
藏不住的小尾巴

叶斯第二天早上醒得挺早，脑子有点蒙，不太记得昨晚都发生了什么。

只记得自己陷入某种突然爆发的情绪之中，吃巧克力吃到上头，依稀想起和 SD 吵了一架。其实也没发生什么惊天动地的大事，或许是一点火星引燃了一直以来压在他心里的东西。

不过说起来还是他的错，SD 是烦人了些，但确实救了他一命。

"在吗？"叶斯在脑海里叫，顿了顿又说，"昨天不好意思啊。"

过了好一会儿 SD 才"哼"一声，又没了动静。

还挺矫情的。

"对不起啊。"叶斯又说了一句。

叶斯不太擅长哄人，感觉这就差不多了，于是爬下床。

何修不在屋里，叶斯刚拿起牙杯，温晨端个盆推门回来了。

"早啊，叶神。"温晨元气满满地打招呼道。

"嗯。"叶斯皱了皱眉，感觉有点儿不对劲。

"早上吃什么？"温晨笑呵呵地问，"一起吃饭吗？"

叶斯没吭声，看了他一会儿。

"昨天有发生什么事吗？"

——是什么给了你可以和我这么亲近的勇气？

温晨咧嘴道："没有啊，叶神想多了。"

叶斯只好推门出去。

何修在盥洗间刚洗完脸，叶斯走过去打了个招呼，将牙膏挤在牙刷上，小声问："我昨天干什么了？"

何修神色平静："很稳重，什么都没干。"

"那温晨怎么突然和我嬉皮笑脸的？"叶斯狐疑地看着何修。

"哦。"何修顿了顿，"你昨天吃完巧克力后表现得太冷酷，他被吓傻了。"

叶斯盯了他一会儿，恍然大悟："物极必反？"

"嗯。"何修严肃点头。

第一节课上课前，何修抓紧时间掏出了游戏机。叶斯漫不经心一瞟，看见了屏幕——软件下载界面，游戏名"皮卡丘我们走"。

叶斯愣了愣："你还玩皮卡丘？"

何修说："以前不，最近……突然想玩。"

"何修，来，给大家画一下分子结构。"化学老师突然走了进来，直接叫他，"今天讲卷子，选择题第六题错得多。"

何修走上讲台，接过粉笔，在黑板上写下了一串叶斯不认识的东西。

"完全正确，何修回座位吧。"化学老师调转目标："叶斯，你来给大家解释下单键和双键的区别。"

叶斯慌乱地抓了把卷子，匆匆扫到那道题——某无色晶体，常用于处理工业水和土壤改良，由柠檬酸与氨水作用得到，请写出该晶体化学式和化学结构。

叶斯第一反应是，人间竟然真的存在这种逆天的东西吗？

他叹了口气，走到讲台上，转身对台下说："这个单剑和双剑……"

化学老师鼓励地点头："嗯，嗯。"

叶斯咽了口唾沫："主要取决于剑客的心情。"

台下安静了一瞬，叶斯面无表情地拍拍手掌心："萝卜白菜各有所爱，每个剑客都有自己的倔强。"

教室里哄堂大笑，化学老师的笑容僵在脸上。

叶斯低声说："老师，我真不会，别难为我了。"

他回到座位后何修也在笑，等他坐下后何修说："你气老师一个顶十个。"

叶斯无奈地扯扯嘴角："能不能给我讲讲那个单键和双键的区别？"

何修顿了顿，过了一会儿才点头："碳氧键分单和双，单键长于双键，键越短键能越高。"

叶斯点点头，感觉好像在教材上看过这段话，但何修说得更简洁，一说他就想起来了。

他看了一眼黑板上写的化学式，挑眉道："键能高，化学性就稳定呗？"

"对。"何修说，"破坏这个键需要的反应条件就越强。"

"懂了。"叶斯点点头，在卷子旁边记下笔记，又翻开教材找到那个地方，发现确实是何修讲的更简单。何修只说了两句，书上写了一大段，让人越看越蒙。

"我发现你学习能力真的强。"叶斯说，"你比写教材的人更适合写教材。"

何修牵起嘴角："我配合你演戏也很强。"

叶斯看了何修一眼，无奈地竖了个大拇指。

星期六一大早叶斯就去把上周末没剪的头发给剪了。他剪完头发又晃到何修兼职的拉面馆去，占了一张桌子写作业。

　　永平街好像自带阴凉效果，外头烈日炎炎的，屋里的穿堂风却特别凉快。

　　何修趴在收银台后面，看着叶斯的新发型，勾了好几次嘴角。

　　"求反函数……"叶斯皱眉，笔尖在卷子上停顿，"反函数……"

　　"把 y 变成 x，x 变成 y，变形化简。"何修在收银台后说，"出学校了还演啊？"

　　叶斯没顾上回答他，皱着眉把 x 和 y 对调，一通化简得出答案果然和标准答案对上了。

　　他轻轻呼了口气，感觉自己想一道题想出一身汗。

　　"我大概是为了演戏而生的。"

　　叶斯接过何修给他端上来的西瓜汁，仰起脖子灌了几大口。没完全打碎的瓜瓤沙沙的，他吮着嘴里的瓜瓤说道："斗题赛老马竟然让宋义当解说，绝了。"

　　"为了活跃气氛吧。"何修笑笑，"宋义有时候挺搞笑的。"

　　"活跃气氛也没用，大家心里都紧张死了，毕竟再下周一就是分班考了。"叶斯长叹一声，把写了一半的数学卷子立起来看了看，又放下埋头继续写。

　　何修觉得叶斯可能是想考个电影学院，这从早到晚一周七天的演戏精神真不是盖的，把学渣的气息演绎得淋漓尽致、深入骨髓，实在强。

　　"反正你别玩脱就行，要是没留在（4）班……"

　　拉面店里安静了一会儿，何修话说到一半突然停顿，又说："或者你现在就告诉我，你打不打算留在（4）班？"

　　叶斯抬头："当然留啊。你问这干什么？"

　　何修说："没事，就是一直摸不准你的脑回路，跟你确认一下。"

　　确认什么？叶斯有点蒙。

　　叶斯当然想留在（4）班，SD 最近一直在强调，只有留在（4）班才有学业逆袭的可能，不然不如直接放弃。

　　（4）班有何修，这人的强大之处不在于什么都会，而在于对所有知识点都能进行简洁和精辟的总结，把教材来回翻两遍，有时候真不如听他说十分钟。

　　叶斯问何修一道题，他会先说出这道题要考察的知识点，讲完这道再顺手把知识点常考的另外几种题型介绍一下，做个简单的归纳总结，听一道能会十道。

　　学神圣光庇护，学渣心中有数。

　　叶斯突然冲着卷子一通乐，骂了自己一句。

　　"我明天回家一趟。"何修缓缓地道，"周日晚自习就不上了。"

　　"啊？"叶斯回过神，皱眉问道，"为什么啊？"

　　"我妈过生日。"何修放下手机，语气有些无奈，"非要我回去陪她逛街、吃饭。我明天早上走，周一晚自习前回，不耽误热血斗题赛。"

　　谁担心热血斗题赛啊？！

叶斯把卷子往后翻了翻："那就是两天一夜？"

何修愣了一下才反应过来叶斯说的是自己离开的时间。

"算是。"他看着叶斯的头顶不知什么时候又夯毛的几根头发，想了想，继续说，"我家特产一种酥皮芝麻糖，带点给你？"

叶斯解完一道题才点了一下头，回道："多带点，回去一趟怪不容易的。"

"行。"何修笑着问，"那你是不是也得给我带点什么？"

叶斯难以置信地抬头看何修："扔下同桌回家的是你，我还要给你带东西？"

人性呢？

"我就是逗你玩，别生气。"何修连忙摆手。

何修不在寝室，叶斯也收拾东西回了家，他开着床头的小台灯躺着看何修的笔记，看一会儿睡一会儿，迷迷糊糊就到了后半夜。

等他终于彻底睡着了，却做了一个梦。

梦里分班考成绩揭晓，他很悲催地排在年级第五十一名，胡秀杰靠着后门看他收拾东西滚出（4）班。

他失落地背着书包刚站起来，一个不认识的戴着酒瓶底般厚的眼镜的家伙突然出现，低头对何修说："学神好，以后我们做同桌。"

"同什么桌！"叶斯一下子坐起来睁眼怒吼道。他攥着拳头对着窗户上贴着的乐队主唱喘了两口粗气，又一捶床，掏出手机在"混子大队"微信群里发了条消息。

叶斯："你们，早上七点如实书铺集合。"

吴兴根本没醒过来，宋义过了好一会儿才挣扎着回了条消息。

宋义："干吗？"

叶斯咬牙打字："写作业，都给我出来写作业！"

何修虽然回家了，但给叶斯留了本自己整理的理综笔记，让他当着同学的面翻，继续巩固学渣人设。

笔记是何修高一时整理的高考理综知识点梳理。

一大早上如实书铺根本没人，连老板都没有。店开着，实哥在二楼睡觉。叶斯先拿着那本笔记去复印，然后叼着根棒棒糖看笔记，吴兴、宋义趴在他的一左一右，犹如两大睡神护法。

中午的时候，书店的人多了起来，都是高三的学生，进来书店坐下看见校霸大人满脸严肃地埋头学习，吓得连喘气都不敢大声，惊吓之余又忍不住在贴吧偷偷讨论。

"连叶斯都开始疯狂学习了啊。"

"叶斯暴露学霸真身后，又逐渐开始苦读。"

"比你聪明、比你优秀的人还比你努力，跟谁说理去啊？"

"不能说理，说理他可能会打你。"

叶斯抬头，发现坐在对面的两个人腰杆笔直，用一种悲壮的表情看着卷子，坐在斜对面的不知什么时候来到如实书铺的张山盖正咬牙切齿地玩命写题，笔尖敲在桌子上"嗒嗒嗒"的，跟啄木鸟似的。

叶斯叹了口气，想歇一会儿，于是掏出手机开始刷朋友圈。

一直没有存在感的何修竟然发朋友圈了，就在刚刚，一分钟前。

他发了两张图，第一张是从火车窗外看出去的大片麦田，第二张是游戏截图，金色的麦浪和天际的落日衔接，一片霞光下，游戏小人奔跑在风中。

游戏小人跟刚开始不一样了，衣服和裤子都换了更高级的材质，背后多了一把弓，腰上挎着箭篓，和何修的头像更像了。

何修配文："在去冒险的路上，偶遇一片麦田。穿过它，看见懒洋洋的太阳。"

"学神冒泡了？"宋义刚好醒过来刷手机，眼神略显迷茫，"挺稀奇啊。"

话音刚落，何修的朋友圈底下就多了一条评论。

叶斯："酥皮芝麻糖，十斤。"

何修很快就回复："买十送十，可以带二十斤。"

叶斯对着那行字傻乐了一气，感觉学神犯起傻来也挺逗，和那个一个知识点列举十二种题型的大神仿佛不是一个人。

叶斯乐够了又恢复冷酷脸，把手机放下，低头继续看题。

星期一一整天里，走廊和教室讨论的都是晚上的热血斗题赛，贴吧里有几十个相关的帖子，最火的一帖有九千多条回复。

叶斯实在提不起兴致。

到了晚饭时间，前座的小胖兴奋地回头："还有半个小时了！"

"转过去。"叶斯皱眉，不耐烦地道，"你们学神人都没回来呢，赛什么啊？"

"学神回来了！"宋义从走廊外跑过，带起一阵风，"老马喊我们仨开会！你们，还有我这个大赛讲解员！"

叶斯愣了一下，松开笔的同时回头看。

何修拎着一个拉杆箱，走到后门，先费劲地把拉杆箱塞进桌子和墙的缝隙，然后才放下书包。

"走吧，直接去办公室。"

叶斯看着那个拉杆箱："你还带铺盖走了？昨晚我看你床上没少东西啊。"

"酥皮芝麻糖，二十斤。"何修叹口气，心想当年也没发现叶斯这么爱吃糖啊，又是巧克力又是芝麻糖，这简直要吃吐的节奏。

叶斯瞪着那个拉杆箱半天没说出话来，后知后觉地给何修竖了个拇指："实在人。"

"快走。"何修边抽纸巾擦了擦手边笑道，"胡秀杰刚才在一楼看见我就已经在催了。"

"来了！"叶斯困了一天，突然来劲，撑着桌子跳出去，一马当先地往办公室走去。

091

何修从兜里掏出一块牛皮油纸包着的糖递过来："单揣了一块，你尝尝。"

酥皮芝麻糖，这个糖入口的感觉对得起它名字的每一个字，皮酥、芝麻香，里面特别甜。

叶斯吃了一口感觉上瘾，何修笑着说："回去整箱都是你的。"

"行吧。"叶斯走着走着突然一蹦，指尖在天花板上顺下来的一处四十公分宽的横梁上掠过，"吃一块就很来劲了。"

宋义在旁边叹气："我还想着你怎么一天没精打采的，原来是饿的。早说啊，我晚饭给你带两个鸡腿回来。"

热血斗题赛在总务处举办，英中有一套直播设备，是之前请外教来讲全校公开课时搞的。各班的投影仪连上教学电脑，能直接看现场。

打印好的卷子一共三十二道题，二十道选择题，十道填空题，两道证明题，"数理化"完全打乱，跳脱性特别强。

何修进去后目光不小心扫到最后一道填空题，发现那根本就不是填空题，而是一道完全可以作为大题的题目，只是被强行设置成填空题。

叶斯和他是对着坐的，两套独立的桌椅，中间隔着个过道，方便宋义走来走去。

"你们谁也别紧张。"老马满面红光地搓手，"我们啊，主要是赛一个气氛。这次的题都是竞赛里的顶级难题，时限二十分钟，你们肯定答不完。挑能快速得出答案的题做，我们二十分钟后查答对的题的个数。万一你们都做完了，还都做对了，那我们就回头看谁先做完的，明白了吗？"

何修点点头，叶斯没出声，扭头看了一眼摄像机。

之前看贴吧里说，这晚大家都要把晚间休息时间砍掉一段，提前回教室观战，估计各班已经打开投影仪了。

胡秀杰和老马一起坐在跟他们垂直的一张长桌后，胡秀杰把一个秒表放在桌上，确保他们两个都能看见。

"没有调声音，你们自己把控时间。"胡秀杰说。

宋义整理了一下抹了发胶的头发："大家都已经迫不及待了！等会儿开始后，你们如果嫌我说话烦了就拍拍桌子，但尽量忍一忍，我们主要就是要一个气氛！"

何修点点头："明白了。"

叶斯不耐烦地道："快开始吧。"

"投影仪前的各位老师，各位男同学、女同学！"宋义卷着一本数学书当话筒，对着漆黑的摄影机一展右臂，"英华中学高三年级，热身考前的理科热血斗题赛，现在开始！"

镜头里，何修平静如常，叶斯烦躁地揉了揉耳朵，屈起右腿把脚踩在凳子上。

宋义感到自己的脸都被打光灯烤得热乎乎的，大手往两位选手的方向一挥："比赛规则已经打在了屏幕上，现在，有请我们敬爱的胡秀杰胡主任，给两位参赛选手分发试卷！"

叶斯被他这傻气的模样弄得再也不愿意承认这人是自己的兄弟了，他左手挡着侧脸，努力不和宋义同框。

胡秀杰走过来把轻飘飘的两张卷子分别放在他跟何修的桌上，又拿了一沓草稿纸来。

"开始吧。"胡秀杰说，"不要受讲解员影响，赛出风格，赛出水平。"

老马殷切地攥着拳头："你们加油啊！"

叶斯一脸麻木，搂着自己的一条腿先把名字写了。

余光里，何修直接翻到最后开始写证明题，这是何修的习惯，因为默认最后的题目难度最大，所以优先从后面写，省得一上来就从简单的开始做容易犯困。

叶斯也跟着他翻到最后，面无表情地扫了一眼最后的证明题。

他脑海里的证明思路环环相扣，可惜的是，扣上一环就消失一环，等到思路全部理完，他也忘了全部过程，只剩下"得证"的感受。

真是神奇的体验啊。

不过叶斯对这事无所谓，让何修赢他心里反而感觉比较轻松。

没了包袱后，叶斯开始从第一题往后答。

宋义走到叶斯身边："哇，我们的叶神真是稳重老练，你们看看！眼神如炬坐如钟！堪称完美的答案瞬间从他的笔尖下喷泄而出……"

叶斯听得鸡皮疙瘩都起来了，抬头看着宋义："滚——"

宋义"嘿嘿"笑了两声："叶神不仅做题稳重，性格也冷酷，简直他……不好意思，胡主任，我重新说，简直是新世纪第一男神！我代表全校女生……对不起，胡主任，我不说了，我去说何修还不行吗？"

宋义又踱步到何修面前。

"啊，我们的老学神和新学神采用了完全不一样的战术！大家看，他是从最后的证明题开始做的！不得不说学神的字真的销魂，一排排数学公式写下来，行云流水，虽然我一句都看不懂，但我已经隐约从字里行间感受到了震撼！"

何修抬头看他一眼："有面巾纸吗？"

"什么？"宋义愣了愣，"要面巾纸干什么？"

宋义从兜里摸了半天，摸出一张皱巴巴的纸巾递过去，何修面无表情地在自己的卷子上擦了一下："讲解员能离参赛选手远点吗？唾沫都喷到选手的卷子上了。"

宋义瞪了何修一眼，碍着胡秀杰在，把骂人的字咽了回去，转身又去讲解叶斯那边的情况。

何修写完两道证明题，宋义刚好说："大家看，叶神已经完成了二十道选择题！这可是二十道啊！只用了……"他回头看了一眼秒表，震撼道，"三分二十秒！太厉害了！"

"我感觉比赛结果已经揭晓了！虽然两个选手答题策略不同，但叶斯目前只剩下十二道题，何修还剩下三十道题。"

何修很平静，他把卷子翻到前面打算开始看选择题，余光里叶斯也翻了一下卷子，开始看填空题。

"何修，把桌子往前挪挪，你有点出框了。"胡秀杰看了一眼手机说道。

何修点点头，连人带桌子往前挪了一大截，这会儿不仅叶斯，就连叶斯答题的手几乎都在他余光里。

他不动声色地停下笔，看似阅读自己的试卷，余光却看着叶斯的动作。

何修看着叶斯写了两道题，才继续往下做题。他做完第一列选择题时叶斯把填空题都做完了，翻到证明题。

这一次，叶斯陷入了长久的停顿。何修抬头看他一眼，发现他正皱眉苦思，那个表情不像是平常思考，倒更像是使劲回忆什么东西。

"啊，我们的叶神似乎对证明题不是很擅长。但是没关系！大家看他的表情，依旧沉稳，似乎早有预期。这种表情告诉我们他并不慌张，他的大脑正在飞速运转，要给世界一个最完美的答案！"宋义攥着拳头贴在叶斯耳朵边吼，"加油叶斯！come on（加油）！"

"闭嘴啊。"叶斯虚弱地拨开他，"谁能把这个讲解员请出去？"

何修没抬头，一边飞速往下做题一边留意对面的动静。过了好一会儿，等他选择题都做完了，开始做填空题的时候，叶斯才终于迟疑着在证明题下写下了第一行算式。

填空题比选择题更难，不是大学里数学专业才会学的内容，就是六星难度的物理竞赛题。

何修尽全力逐个攻破，终于写完十题的时候，叶斯勉强写完了第一道证明题。

强行回忆后，脑海里确实能闪回一些破碎的思路，但逻辑性很差，而且能想起来的最后一步是严重不符合要求证明的算式。

叶斯叹了一口气，索性自己发挥写了一句：由上，得证原定理成立。

强行得证。

宋义叹气道："可惜，叶神还差一道题，何修已经答完了。"

胡秀杰抬手按下秒表："时间到了。"

叶斯长吁一口气，看了一眼自己空着的最后一道题，松开笔。他抬起头，何修正在看他，黑眸平静之下仿佛透出一丝困惑。

"怎么了？"叶斯问。

何修收回视线，把卷子交给胡秀杰，平静道："没事，做题做的，发会儿呆。"

当场阅卷，即刻出分。

老马把两张卷子平摊在面前，哪张都看不够。

"老师。"叶斯抱着一条腿坐在凳子上转笔，"小心血压。"

"你这孩子。"老马抬头瞪了他一眼，目光扫过卷子上的一排选项，又藏不住脸上的开心，"第一面的选择题，叶斯和何修都对了。"

宋义立刻大声对镜头说："镜头前的同学们，你们听见了吗？！新老学神在二十道选择题上都没有丢分！都没有丢分！"

叶斯打了个哈欠："宋义。"

"啊？"宋义回头，"干什么？我跟着阅卷呢。"

叶斯指着镜头说："大家都看着，我单方面宣布没有你这种傻朋友。"

宋义攥拳怒吼："别耽误我跟着阅卷！"

说得就像他能看懂那些题似的。

叶斯摇摇头，收回视线的时候看了何修一眼。

SD刚才在脑内和他唠嗑的时候透露，这次的题目难度非常大，尤其数学部分，简直能难倒各路英雄。

叶斯无端也跟着紧张，不知道何修能不能答对。他心里希望何修能做对，不为别的，就是觉得何修在学业上不能有污点。

"填空题……"老马激动得声音颤抖，手按在桌上深吸一口气说道，"也都对了。"

宋义跟着吼道："都对了！"

胡秀杰一巴掌拍在他后背上："你小点声！"

宋义委屈地说："你们找我来的时候就是让我带动大家的激情啊。"

叶斯面无表情地指着他："而你摧毁了大家的耳朵。"

老马根本没理会这边的拌嘴，拿起何修的卷子看证明题。看了没两秒他就皱起眉，又把卷子捧近了看。

叶斯又开始紧张，仔细盯他的表情。

皱眉是什么意思？是字写得难辨认了，还是哪里证错了？

还越皱越深，一道证明题而已，错也不至于错得那么离谱吧，眉头都能拧麻花了。

叶斯转着笔，转了一圈后笔尖瞧在桌上，再转一圈，又一声。转了不知第多少圈，老马猛然抬头说："这题何修的证明思路很清奇啊，我出题的时候没想过可以用大数定理，真巧妙。"

叶斯跟着紧皱的眉头瞬间松开，呼了一口气。

——我同桌真强啊。

他勾着嘴角扭头看向何修。

何修得到表扬也没什么表情，点了一下头，说："常规证明思路之前在竞赛训练时做过，但步骤太多，这次主要是抢时间。"

啧啧，听听，抢时间。

叶斯满足地慨叹——强啊。

宋义点点头："我也没想到能用大树定理，要是我做也就只能用用小草定理。"

胡秀杰瞪他："你的讲解员工作可以收尾了。"

老马捧着何修的卷子小心翼翼地正反面翻了一下，不停地点头："真没想到这份试卷仍然没碰到何修的知识边界，老师真的很长见识，也真的很激动。"

何修闻言，诚实地摇头："基本是我的极限了，填空题那道复变函数想了好一会儿，依稀记得在哪本数学书里翻到过，也有赌运气的成分。"

"这就是何修平日的积累了。"老马笑着说，又转向叶斯："叶斯，这道证明题……

095

你要是感兴趣，回去可以让何修给你讲讲。"

叶斯点头："好嘞。能回去了吗？"

"就想着早点交差是吧？"老马笑骂，"行了！回去吧。"

"篮球赛……"叶斯看向胡秀杰。

胡秀杰板着脸，眼里却流露出笑意："已经答应了还给你们，我跟学生会商量好具体时间会通知大家。"

叶斯勾起嘴角："行。"

两个人走出办公室，走廊里隔一会儿就传来一阵欢呼，各个班的都有。

篮球赛回来了，普天同庆，大快人心。

叶斯双手交叉枕在脑袋后，懒洋洋地迈步，迈了两步又自然而然地对何修说道："强啊，同桌，全部对了。"

"你也强。"何修看了叶斯一眼，"那道复变函数很棘手，曲线的积分域你是怎么取的？"

叶斯松开揽着他肩膀的手，缓缓站直："啊？"

他的学霸属性已经"到期"，这位哥说的东西有点超过他能理解的范围了。

叶斯停顿了一会儿，何修又说："零到一？"

"对。"叶斯立刻点头，"做完就忘了……唉，别对题了吧，累不累？"

何修点了点头。

"你回家陪你妈过生日开心吗？"叶斯问。

何修闻言半天也没说话。

叶斯本来只是转移个话题，察觉不对劲立刻扭过头，发现何修紧紧皱着眉。

"吵架了？"叶斯"嗞"了一声。

"不算。"何修别过头看着窗外，掩住眸中的情绪，"有些意见不合而已。"

叶斯正犹豫着要不要问是什么事，两个人已经走到班级前门，门"砰"的一声弹开，一个巨大的"炮弹"横冲直撞出来。叶斯还没反应过来，双脚就离了地。

叶斯在空中踹了罗翰一脚："你有病啊，放我下来。"

罗翰丈着自己一米九四的身高强行把叶斯拎了起来，热泪盈眶道："我代表全高三的体育委员谢谢叶神！篮球赛！"

走廊里一下子沸腾起来，一连串的班门全部打开了，认识和不认识的都探出脑袋来。

叶斯在空中怒吼："罗翰，快让我下去，你疯了吧……"

周海川从走廊另一头的班级里出来，像棵大树似的戳在那儿看了叶斯好一会儿，抬起拳头在心口捶了两下。

叶斯心想：这种表达感恩的方式是跟猩猩学的吗？

没有得到叶斯的回应，周海川顿了顿，又重复了一遍这个动作。

"都什么毛病？"叶斯的双脚终于够到了地，有些火大地抚平被弄皱的衣服，"都各回各班！非要把胡老师招来再取消一次篮球赛？"

"叶神。"周海川隔着一条走廊指着他，"往后篮球队的都是你亲兄弟，有事说话。"

"别搞这些有的没的。"叶斯感觉鸡皮疙瘩都起来了，转身快步往自己班的后门走去，"我要么多亲兄弟干什么？有毛病。"

何修跟着他，双手揣在裤兜里。

那些冲上来围着叶斯的人好像自动跟何修保持了距离，他就淡淡地站在人群之外，看着叶斯被迫和大家疯狂互动。

叶斯不经意间回头，对上何修眼中淡淡的笑意。

斗题赛换篮球赛其实是何修的主意，但所有的热情都被反馈到了叶斯身上。何修一直这样，习惯被大家自动屏蔽，似乎也享受这种状态。

所有人都觉得何修不合群，孤高冷傲，但只有他见过这家伙鲜活明朗的一面，还知道他那些乱七八糟的小毛病。

"在去冒险的路上，偶遇一片麦田。穿过它，看见懒洋洋的太阳。"

啧啧。

叶斯终于排除万难坐回自己的座位，这才松了口气，把何修的笔记从书包里拿出来。

"还你。"叶斯说，"我又印了一份，不介意吧？"

何修点头："你需要的话我其他笔记也可以一起给你，反正我不用，你拿着就行了。"

前面的小胖突然回头："学神，我也要，有数学的吗？"

何修看了他一眼："没有。"

"那英语呢？"小胖仍不死心。

"你学英语还需要笔记？"何修一边低头翻桌肚一边平静地反问。

"不需要吗……"小胖有些失落地挠挠头，"我感觉还挺有必要的啊……"

等小胖转过去之后，何修从桌肚里翻出了两本笔记，一厚一薄，递给叶斯。

是数学笔记和英语笔记。

叶斯抿紧嘴不让自己笑出声，从嘴唇缝里挤出难以分辨的两个字："谢谢。"

等教室终于安静下来，大家开始看书学习，叶斯才低头扯过一张纸，写了行字推给何修。

"和家里什么意见不合？"

何修握着笔，笔尖在纸上顿了顿，写了"报考"两个字。

报考？叶斯惊讶地看着他，这才上高三，都开始研究报考了？

何修压低声说："父母想让我学经济和金融，以后在银行工作，我觉得非常无聊。"

"觉得无聊就报自己想要的，又不是……"叶斯话说到一半突然意识到什么，挑眉问道，"你是不是没拒绝过父母的要求？"

何修沉默了一会儿，点了一下头。

乖宝宝啊。

叶斯在字条上画了一只小兔子，又在旁边拉了一个箭头，写下"乖学神"三个字。

何修勾起嘴角，无声地笑了笑。

叶斯又写下一行字："你想学什么专业？"

何修写道："建筑。"

他本以为叶斯对着这两个字不会有什么反应，毕竟这也是个俗气到烂大街的专业名，听起来并不比经济和金融有格调到哪儿去。

然而叶斯的眼睛一亮，快速写下一行字："可以建城堡吗？"

何修的黑眸在那行字上一顿，过了好一会儿才伸手过来，笔尖缓慢地划过纸张："这个要求是可以满足的。"

叶斯把那张纸抽回来，折好后揣进钱包里，笑眯眯地道："这对话我得保存好了。等你以后做了世界一流的建筑师，别忘了花五百万元来买你的黑历史啊。"

何修的眼睛一点点染上笑意："要是没有五百万元，就用这座城堡抵债。"

"就你这智商，是怎么考那么好的？"叶斯笑得险些惊动前面的人，赶忙压低声音说道，"我说的是那种欧式带庄园的古堡，建在十八线村镇也不止这个价吧。"

何修笑笑没说话，低头掏出了游戏机。

等叶斯笑完了重新低头学习，何修才略微把手里的游戏机偏开一个角度，平静地看向他。

借给叶斯的理综笔记，叶斯没有看难题、刁钻题部分的整理，而是反复翻基础的知识点梳理部分。他的表情很认真，是真的看进去了那种，如果放在上周何修会觉得他真会演戏，但现在突然觉得不是那么回事。

复变函数那道题，曲线的积分域是负一到一，不是零到一。

他随口说错，叶斯竟毫不犹豫地点头赞同了。而且他一开始问的时候，叶斯脸上的惊愕和迷茫也不像是能装出来的。

何修轻轻地吁了口气，在脑海里呼叫BB。

"叶斯到底怎么回事？"何修问道，"别和我说什么人生轨迹改变了。"

BB小声回答："那我怎么会知道，我只负责你啊。"

"是不知道，还是不能说？"何修敏锐地问道，"他是不是有什么怪力帮助？"

"我真不知道。"BB的声音更小了，"你要举报他吗？"

"当然不。"何修皱眉，"自己的同桌为什么要举报？我只是想多了解他一点。"

BB不说话了。

何修叹口气，又问："对了，在脑世界里重来至今，你的认知修正功能做得怎么样？我的表现怎么样？我的人生有改变了吗？"

周末和父亲吵的一架让何修心里有些难受，现实世界里一直到高考前他都没有违背过父母的心意，哪怕知道自己根本不喜欢金融，他也选择暂时先听父母的话，直到BB告诉他、判定他那一生真的就只做了一个银行人，才猛然后悔。

如果认知修正成功，如果他在脑世界里能够劝说父母让他选择自己感兴趣的专业，到时候与现实并线，也许真的能扭转他一生的命运。

可……即便他下定决心不再妥协，当听到父亲愤怒的责备、看到母亲失落的眼神时，他还是觉得一颗心被来回拉扯，不仅烦，还慌乱。

何修回到学校，他乱了两天的心才逐渐平静下来。

BB这回的语气倒是很坚定："轨迹已经发生偏移。"

何修心里一阵释然："从我对他们说'不'开始吗？"

"更早。"BB顿了顿，"非常非常早。你昨天说'不'，也是新轨迹里的命中注定。"

晚自习下课铃声一响，提前收拾好书包的叶斯瞬间就从座位上站起来。何修也提前收到了他的指示，拎起自己的书包就往外走。

老秦从外面进来想交代下周跑操的事，结果发现挨着后门的两个家伙已经走了。

"吁——"叶斯满意地看着空荡荡的走廊，"完美，成功避开了大部队。"

何修笑道："想不到你竟无法坦然面对大家对你的'爱戴'。"

叶斯在台阶上踉跄了两步，"啧"了一声："我说没说过下次说这种话前要给我个高能预警？"

"好像说过。"何修勾起嘴角，"但我选择遗忘。"

叶斯瞪着他。

何修又说："给点人权吧，城堡都要给你建了，还不允许我随心所欲地夸自己的同桌吗？"

叶斯没忍住笑出了声："强啊。"

晚上仍然是"混子大队"一起洗澡，叶斯洗完澡带着一身水汽回来，站在自己床底下换衣服。

何修原本坐在床上打游戏，猝不及防，一扬手就把游戏机飞出去了。

"啊！"躺在床上默背化学元素表的温晨被从天而降的一个游戏机砸在肚子上，险些把晚饭吐出来。

他拿着游戏机回头，不解道："学神，干什么啊？"

何修的背抵着墙，眼皮半闭。

温晨愣了愣："你不是低血糖犯了吧……刚传出来九中的第一名通宵学习晕倒了，我们学神不会也要躺吧？"

沈浪闻言，放下举着的哑铃，犹豫道："可我们学神是为什么躺呢？打游戏累着了？"

温晨一听也正要说话，刚套上睡裤的叶斯就已经爬上了梯子："我来看看。"

因为半夜在自习室学习会有点冷，叶斯这周末专门从家里带了一套冬天的家居服来，上衣很厚，还带个帽子。家居服是小姑过年时给他买的，白底，上面印满了黄色的皮卡丘，睡裤上还有一只大的，是皮卡丘放电的图案。虽然这睡裤有点幼稚，但他从小就喜欢皮卡丘，看在皮卡丘的分上，他勉强可以放下老大的身份。

"怎么了啊？同桌。"叶斯站在何修的床的阶梯上凑近了看他，"眼睛累了？"

何修"嗯"了一声，抬手揉了两下眼睛："可能是。"

叶斯叹气："都告诉你打游戏要适度了，等我给你拿眼药水，我枕头底下有一小瓶。"

叶斯说着从何修的梯子直接跨到自己床的梯子上，何修睁开眼，看到少年的上半身，一只皮卡丘映入眼帘。他的嘴角动了动，终于没忍住在床上笑出声。

叶斯拿着眼药水茫然地回过头，却见何修已经笑倒在床上。何修从来没笑这么开心过，就差把枕头拍在自己脸上了。

"怎么了啊？"叶斯茫然地看着他，"不是眼睛累吗？"

身后突然又爆出两道笑声，沈浪直接把哑铃扔在地上，"咚"的一声，和温晨一起笑，笑得对面两张连床一起晃动。

"叶……叶神……"温晨抹了把笑出来的眼泪，竖起一个大拇指，"绝了。"

"笑死我了。"沈浪抓着自己头发，"叶卡丘，牛啊。"

"什么啊？"叶斯皱眉，"你们！给我闭嘴！"

温晨和沈浪同时抿起嘴，过了一会儿沈浪忍不住低头又笑出来。温晨更不敢笑，只能死死地掐着自己的大腿。

"叶卡丘。"何修低头笑着说，"别拿你的叶卡丘冲着我，我受不了。"

"哪有那么多破事？！"叶斯怒了，"三个大老爷们没见过皮卡丘是吗？给你！滴你的眼睛！"他把眼药水往何修怀里一扔，气呼呼地顺着梯子爬了下去。

"什么毛病啊？"叶斯骂着，把睡衣套在头上，又照了一下贴在衣柜里面的镜子。

江湖叶神，即使穿着一身皮卡丘的睡衣，即使睡衣上还带个有两只皮卡丘耳朵的帽子，发型依旧很炸，眼神依旧犀利，脑门儿上依旧犹如写着一个"凶"字。

叶斯把柜门关上，冷酷地道："非得等我一个一个把你们都收拾一通，你们才知道这个寝室谁是老大。"

"不用收拾了，你就是老大。"沈浪抱拳道，"小弟这厢有礼了。"

温晨连忙扭头学习了一下沈浪抱拳的姿势，也跟着严肃地行礼。

叶斯"哼"了两声，又猛地回头。

何修坐在床沿上低头看着他，嘴角勾起，好一会儿才"嗯"了一声："老大。"

叶斯清了一下嗓子，拉开凳子在桌前坐下了。

再过一个星期就是分班考，所有人都有些紧张，温晨躺在床上用手机刷数学题，就连吊儿郎当的沈浪都一边举哑铃一边背几句古文。

"冰泉冷涩弦凝绝，冰……冰泉冷涩弦凝绝……"沈浪把哑铃悬停在胸前，扭头问温晨，"下一句是什么来着？"

叶斯正在默写化学方程式，听到后立刻停笔在心里说："凝绝不通声暂歇。"

"凝绝不通声暂歇。"温晨看着手机说，"浪哥，你别背《琵琶行》了，考的概率不大，多看看《赤壁赋》什么的。"

"哦。"沈浪放下哑铃，翻了翻枕头旁边的语文书，找到《赤壁赋》，又在嘴里念叨起来。

何修放下温晨刚递回来的游戏机，无声地趴在床沿往下看。

叶斯在手边的白纸上飞快地默写着，是接着刚才《琵琶行》那两句往下写的。他写得很快、很乱，但并不卡壳，一直把中间晦涩难记的几句全部写完才停下。写完他呼了口气，翻出一张新的纸继续写化学方程式。

何修平静地坐回去，把游戏机关机，说道："好像快打铃了。"

沈浪立刻打了个哈欠："啊，终于！老大，你能去关个灯吗？"

"马上。"叶斯皱着眉在一个方程式右端补了两个数字，飞快地算了一遍左右两边的原子个数——平了。

他松了一口气，推开练习册，说道："我去关灯。"

叶斯刚关灯、关门爬回床上，熄灯铃声就响了起来。

叶斯老老实实地盖好被子躺下，又小声问何修："你还玩游戏吗？"

何修说："不玩，困了。"

"那快睡吧。"叶斯立刻说，"晚安，同桌。"

"晚安。"何修顿了一下，又道，"老大。"

叶斯低声狂乐，伸手到栏杆另一头去拍了拍他的枕头。

"快睡觉！"叶斯笑得咳嗽了几声，翻了个身。

何修在被子下看了一眼时间，刚过十二点。他闭眼放轻自己的呼吸，默默读秒。过了有十分钟，沈浪那边响起了轻微的鼾声，温晨在迷糊中嘟囔了一句什么。

突然，他的头顶传来叶斯压低的气声："同桌。"

何修努力放轻呼吸。

叶斯动了动，爬起来用手扒着栏杆探头看他："何修。"

"学神？"

何修被子底下的手使劲掐着大腿，表面依旧平静地闭着眼，胸口有规律地起伏着。

叶斯坐起来，释然地出了口气，然后翻身下床。

何修忍着没动，等了一会儿，自己床底下响起一声书包拉拉链的声音，然后底下那位开始翻书包里的卷子。

何修感觉自己在被子里焐得身上都要出汗了，想翻个身又怕惊动了叶斯，只能强忍着等他把卷子翻完。无奈他翻来翻去翻个没完，哗啦啦的声音响了好一会儿，而且动作越来越粗暴。

到底找哪科啊？何修纳闷。

叶斯在底下用气声自言自语："这个家伙，这么重要的物理卷子不带回来。"

物理卷子？

哦，玩游戏机的时候胡秀杰突然从后门路过，当时物理卷子就铺在游戏机底下，他低头放游戏机的时候顺手把卷子叠了两下塞进书包前面装小东西的口袋里了。

何修心里痒痒的，特别想扒着床沿提醒叶斯一下，又不好意思出声，怕把人吓坏了。

他后知后觉地意识到，上一次半夜，叶斯怕鬼被吓是真的，但上厕所是假的，估计就是偷了作业深夜苦读，结果被抓现行才把卷子揉成一团塞兜里了。

叶斯把何修的书包翻了个底朝天，还举起来对着月光看了看。何修在上面憋笑憋得快要炸了，终于等到他放弃，嘟囔几句拿了一张数学和一张作文纸，蹑手蹑脚地往外走去。

何修默默坐起来，看着一个穿着画满皮卡丘的睡衣的家伙拿着他的作业跑了。

走廊外的声控灯亮了又灭，等人走远了，何修才轻轻出了口气，在脑海里呼叫BB。

这一次，他没有再询问。

"叶斯一定得到了非常规的帮助。我有个大胆的猜想，他是不是也被系统拉进了我的脑世界？或者……哦，不，他可能也有自己的系统。你说过，我会进入脑世界里脑电波波动最强烈的一天，也许我们刚好是在同一天。虽然你一直没有解释过脑电波场的详细机制，但我有理由相信，我们刚好进入了同一个场。"何修平静地道，"我今天过了一遍和他一起做的所有题，除了题库里的题目，还有老马自己编写的还没来得及发布的难题，他全部能当场给出标准答案，可他却在从头学习基础知识。"

脑海里没人回应，但何修能感觉到BB其实在，BB越沉默，他就越笃定自己的判断。

何修刚才被叶卡丘逗乐的那点儿笑意没有了，一种无端的不安涌上心头。他闭了闭眼，轻声在脑海内说道："所以，如果我猜中了，我能知道原因吗？为什么也选择了他？"

BB顿了顿才说："真的别问我。"

"你不能说？"何修停顿，"默认我的推论，但不能主动给出答案吗？"

BB又不吭声了。

过了好一会儿，何修才叹口气，摸索着梯子下床。下了两级又伸手在枕头底下摸了摸，摸到自己的游戏机，拿在了手里。

"你要去干什么？"BB问道。

何修淡定地拿着游戏机往外走："散步。"

这晚的通宵自习室一个人都没有，其实叶斯偷偷来了一个星期，很少撞见人。暑假刚补课那阵确实有几个通宵学习的，但也就坚持了两天。

现在白天课业重，晚自习加到四节，回来之后大家都累得只想睡觉，而且距离高考还有三百多天呢。

叶斯叹了口气，检查一下前后门是不是真关严了，又确认屋里确实没别人，才翻开卷子开始写作业。

自习室里安安静静的，只有叶斯的笔尖落在纸面上的沙沙声。

分班考在即，眼下是先要想办法留在（4）班。除了选择题、填空题，最重要的就是数学大题和物理大题，每一道题的分值都超高，只要能比上次多做个两三道出来，成绩稳在前五十名就不是难事了。

叶斯现在打算主攻数学，因为有几道固定知识点的大题比较好准备，比如概率论一道、导数一道，选修里的不等式题也算比较好突击拿分的部分。

练习卷上的几道大题叶斯每道都是一知半解，大致思路有，但写到一半就会卡在各种奇怪的地方。他会掐着时间，卡壳超过五分钟的话就立刻去看何修的答案，绝对不做无意义的较劲。

这次学神的解题过程写得比之前详细了很多，有一些甚至是叶斯觉得自己都会跳过的计算步骤，他也一步一步地往下写，密密麻麻写了一整面卷子，让人一眼看过去吓一跳。

叶斯对着卷子愣了好一会儿，而后才迟疑地找到自己卡住的步骤往下看。

他一边看一边琢磨着，何修到底怎么了？是斗题赛获胜心情太好，还是和父母吵架后受了刺激……

这个问题困扰了叶斯三个小时，直到写完一张正反面的数学卷。他动了动脖颈，拿起何修的作文想看一眼思路时，又被震惊了一下。

何修其实挺懒的，练习卷的作文他经常只写提纲和想要引用的典故，写一两百个字顶天了，根本不成文，但这次不一样。

也不知道那家伙晚自习什么时候写了完整的八百字作文，甚至还在旁边标注了立意和思考的过程。

"田忌赛马的材料看似抽象，实际上非常开放。"叶斯小声念着，"可以理解为冷静制胜、以智取胜，也可以理解为合理发挥长处，甚至可以泛谈策略。重在围绕一个角度合理援引，结合时事，深入讨论。做到这一点，最少能拿到四十八分。如果结构清晰，五十分以上也不是难事。"

"哦。"叶斯抖了抖何修的卷子，"看来学神对自己开展了一通疯狂洗脑，坚信自己下次分班考能在作文上一雪前耻。"

但何修的批注确实给了叶斯不小的启发，他看了一眼时间。此时已经是深夜三点零五分，于是他抓紧时间大致写下自己的提纲和思路，然后收拾好卷子准备回去睡觉。

推开自习室的门之前，叶斯的动作顿了一下。

自从上次被宋义那孙子吓一跳，原本没怎么怕过鬼的他反而变质了，每天从自习室回去都是心惊胆战的，有时候甚至会一路小跑回去。

这样真挺没面子的，不过好在没人看见。

叶斯在心里给自己壮了个胆，然后推开门。

走廊的声控灯亮着，叶斯的脚步一顿，感觉旁边厕所的灯也亮着。他一回头，何修正在里面洗手，正从镜子里和他对视，略带惊讶地挑眉："你怎么也出来了？"

"啊——"叶斯默默往门后退了一步，退到何修无法从镜子里看见他的地方，又把那四张卷子团起来，手够到脖子后边把几个纸团塞进睡衣帽子里，才走出来说，"我……有点失眠，出来走走。"

103

"这样啊。"何修勾起嘴角,"下床时着急,都没发现你人不在床上。"

叶斯闻言松了口气:"碰都碰上了,你等我也上个厕所,我们一起回去。"

何修点头,靠在洗手台上看着他:"你是不是被宋义吓完挺怕鬼的?"

叶斯说道:"我不怕鬼,我怕傻子,我都懒得说他了……"

他说着走到里间去,刚摸向睡裤前开的口,就听何修的脚步往外头走去。

"我在外面等你。"何修说。

"好啊。"叶斯随口答应。

叶斯感觉自己越来越无耻,无耻到偷作业险些又一次被撞破,竟还能面不改色地把卷子藏在帽子里,不仅没被发现,还留人家陪自己一起上厕所。但意外碰上了挺好的,要不然他自己还真不太敢来,之前每天都是憋到第二天早上。虽然没有特别急切,但还是闹心。

叶斯到外间去洗手时,何修正倚着门口玩游戏机。

他搓了一手泡沫之后突然皱眉,问道:"你上厕所带游戏机干什么?"

"啊?"何修立刻关掉屏幕,"就……"

叶斯面露狐疑,目光掠过他,突然在他背后走廊贴着墙根的地上看见一个银色锡箔纸质感的手提袋。

叶斯瞪大眼:"你半夜溜出去买烧烤了啊?"

"啊?"何修一脸被抓包的尴尬,犹豫一会儿才点了一下头,"是,做梦吃烧烤,饿醒了。"

叶斯瞬间变了脸色,凶狠地盯着他。

被叶斯盯了一会儿,何修笑着摆摆手:"买了好多,要不一起吃吧?"

"就等你这句话了。"叶斯揉了揉肚子,每天学到后半夜他其实都挺饿的。

他一边走过去打开袋子,一边问:"买什么了?"

何修说:"所有的肉,都来了两串。"

"那你自己真吃不完。"叶斯直接拿起一串牛肉筋咬了一口,说道,"太好吃了。"

"嗯。"何修也拿了一串,但他吃得很慢,咬两口的工夫叶斯已经开始吃下一串。

午夜饥肠辘辘时的烧烤,总是别有一番滋味。

那些普通的肉会变得格外软嫩弹牙,香气四溢,孜然和辣椒的味道在舌尖缠绵,鼻子凑近时依稀还能感受到那噼啪作响的炭火气——冒一层小油珠,刷上一层酱汁,翻面再烤。

两个人站在走廊没用到十分钟就把一袋子烧烤吃完了,叶斯吃得甚至有点想打嗝,而且他感觉自己胜在速度,吃得比何修多了一倍不止。

"够意思,同桌。"叶斯拍拍何修的肩膀,心满意足地道,"漱个口,回去睡觉。"

"嗯。"何修看了一眼叶斯的帽子,有一团卷子冒尖了,眼看着就要掉下来,但叶斯自己看不见。

"你先去吧。"何修收回视线,"我把垃圾扔外面去。"

"行。"叶斯点点头,猫腰掬起一捧水进嘴里。

何修默默伸出手把那团纸往帽子里按了按。

叶斯很快便漱完口,站直身子,何修刚好把手缩回来。

叶斯看着他:"你怎么还不去?"

"这就去。"何修愉悦地勾了勾嘴角,拎着垃圾袋转身往外走去。

第七章
青春啊青春

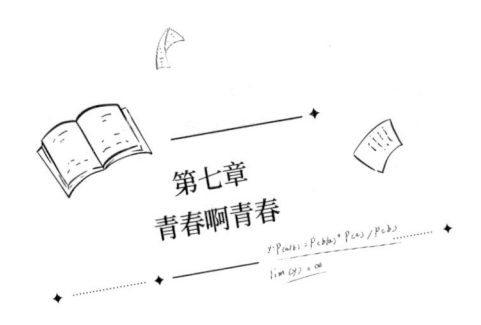

原本以为吃一肚子烧烤容易失眠,但叶斯回去躺床上翻个身就睡着了,不仅睡着了,还在梦里写完了那篇田忌赛马的作文——

"吾与同桌赛鸟。

"桌出金雀,吾出飞奴。桌见飞奴,改出鹦鹉,吾以画眉对之。桌又出鸿,吾出鹄。

"桌大怒,出枭,吾遂捧出沙雕。"

感觉心脏被刺了一下,叶斯一下子睁开眼。

"这就不能怪我电你了,你做梦都在骂我。"SD懒洋洋的声音在他大脑中响起,"忍不住提醒你一下,我觉得你要尽可能提高白天的效率,离高考还有三百天,你要是连着三百天半夜学到三四点,怕是又要考前猝死。"

"知道了。"叶斯眯着眼睛把头发搓乱,脸埋在掌心里醒觉,醒了一会儿又对SD说,"但这事操作起来有难度。我白天的效率并不低,主要是作业不得留到半夜写,因为何修一般都是在四节晚自习时不时写两笔作业,放学前能写完都不错了。"

SD不再吭声了,叶斯掀开被子正要下床,喇叭里又响起了大妈饱含激情的晨间关怀。

这日点播的歌曲是《难忘今宵》。

歌声一响,另外三张床上的人同步坐起,一脸茫然。

"估计又得迟到。"叶斯顺着梯子往下爬,"我算是发现了,我们寝室的人谁都指望不上,一迟就迟到一窝。"

温晨下床:"我还是比你们快的,我可以放弃洗脸。"

沈浪大步跨了几级台阶,直接蹦下去:"我甚至可以放弃穿衣服。"

两个人同步扒下睡裤套上校服裤子,温晨正要穿上衣的时候,沈浪已经光着膀子跑出去了,一只手拎着书包,另一只手粗暴地把衣服往头上套。

"牛啊。"叶斯感慨。

何修在床上缓过神来,慢吞吞地下床,站在桌前无力地说:"困。"

叶斯"嗯"了一声:"反正晚了,别急了,把袜子穿对。"

何修看他一眼,没出声,过了一会儿,说:"以后真不能那么晚。"

叶斯勾着他的肩膀拍了拍,叹气:"所以说做人不能太贪吃,而且马无夜草不肥啊。"

何修闻言一脸"你认真的吗"的表情看着他。

叶斯顿了顿又说:"虽然我吃得比你多,但理是这么个理。"

何修的嘴角抽了抽:"帮我交作业吧,我先去洗个澡。"

看到何修那书包,叶斯才突然想起来卷子还在自己帽子里呢,立刻点头:"知道了,你去吧。"

课代表收作业的时候对着两张卷子皱眉:"你们这是从垃圾堆里刨出来的?"

叶斯漫不经心地打个哈欠:"被鸟啄的。"

"你们寝室有鸟吗?"课代表冷漠脸,"对卷子尊重点吧,不然老师问我也没法说。"

叶斯无语地看着课代表转身走掉,又叹口气。

写个作业而已,容易吗?

何修是数学课间进来的。男生洗个澡用不了那么久,叶斯预感他会带早餐,他果然没让自己失望,打包了食堂的小米粥和馅饼。

叶斯坐在座位上吃得喷香,惹得小胖回了好几次头。

"你吃了吗?"叶斯咬着馅饼问何修。

何修点头又摇头:"有点没胃口,中午再说吧。"

"啊——"叶斯把缺了一个口的馅饼放下,看着他,"你怎么了?"

何修确实看起来没精打采,照理说没睡醒的人洗个澡也该精神了,但他的状况明显完全没改善,游戏机也不玩了,就挂着头半闭眼休息。

何修被他盯着,索性趴在桌上,闷声说:"好像有点感冒。"

澡堂子清晨的水实在太冷了。

何修回忆凉水浇在头皮上的感觉,打了个哆嗦,声音都跟着哑了一分:"以后我午休去洗澡,下午提前十分钟回去放东西,尽量不打扰你们休息。"

"啊?我没事啊。"叶斯把吃的收拾掉,"去趟校医室吧。"

何修沉默地看着他。

叶斯又说:"我陪你去,让宋义跟老秦打个招呼。"

何修这才点点头。

英中的校医室在行政楼里,是个小套间,外面有两张滚轮床,里面是校医的办公桌,贴墙摆着一玻璃柜的药。

两个人是第二节课打铃了才到,屋里空着,校医小姐姐不知道跑哪里去了。

"你先在这里等一下。"叶斯让何修在床上躺下,看了一眼有饮水机的里间锁着门,于是说道,"我去别的办公室给你接杯热水。"

何修勾了勾嘴角:"一个感冒而已。"

"你先躺呗,挺好的床。"叶斯顺手按了按,"软和呢。"

何修说不躺，但等叶斯费挺大劲儿从回廊另一头端着一杯热水回来，发现他已经躺床上睡着了。

　　他向右侧卧着，长腿舒展开，平静地闭着眼，轻轻的呼吸声再熟悉不过。

　　叶斯把水放在桌上，瞪了他一会儿又觉得有些好笑，索性自己也在另一张床上坐下，坐了几秒钟又顺势躺下。

　　叶斯伸手摸了一下何修的额头，应该有点发烧，但不是特别严重。他把热水往何修那边稍微推了推，然后拿出手机开始刷题。

　　校医费雨抱着一堆文件回来的时候，就见两个大小伙子躺在候诊室，一人占一张床对着睡。一个睡姿还算拘谨，另一个已经放飞自我，T恤都撩起来一截。

　　她吓了一跳，清了清嗓子，睡姿拘谨的那个睁开了眼。

　　何修一睁眼，就见视野里熟睡的叶斯，手机掉在身侧，上衣撩起一截，手搭在肚子上，少年腹肌浅浅的轮廓随着呼吸起伏。

　　何修默默地撑着床坐起来，扭过头对费雨说："你好。我感冒了，想来拿点药。"

　　他睡一觉起来嗓子更哑了，叶斯听到他的动静才睁开眼，发现校医来了，于是赶紧坐起来说："对，我同桌好像发烧了。姐，你给他量量体温吧。"

　　"行。"费雨笑笑，"你们等了多久，怎么还等睡着了？幸亏我走时关了空调。"

　　叶斯看了一眼时间，其实就十分钟不到，但他真睡着了，还睡得挺香。他扭头看何修，虽然何修的嗓子更哑了，但精神头好像比刚才好不少。

　　叶斯把那不那么烫了的水递给他："先喝水吧。"

　　何修接过来几口喝光，感觉嗓子好一点儿，又试着说了几句话。他随意地捏着纸杯，折了几下发现折不出想要的形状，只好丢进脚边的垃圾桶。

　　"给你，给你。"叶斯看破何修的意图，从他身后的小桌上抽出一张面巾纸递过来，"跟小孩似的。"

　　何修勾了勾嘴角，感冒发着烧却突然觉得心情不错，用纸折了两个小耳朵，然后在叶斯头上比了一下。

　　"揍你啊。"叶斯一脸凶狠，接过那张纸往兜里一揣，说道，"学神今日犯傻额度已经透支，收。"

　　何修收了，收了两秒钟没忍住，跟叶斯一起笑得险些倒在床上。

　　"哎，你们怎么又乐上了？"费雨有些无奈地把体温计递给何修，"看你状态还行，应该没大事，体温不超过三十八摄氏度就拿点药回去休息。"

　　何修"嗯"了一声，把体温计从领口伸进去夹好。叶斯一屁股坐在他对面的床上低头看手机，他默默瞟了一眼，是个刷题软件。

　　"那个——"何修突然说，"我说几个知识点，你帮我听着行吗？"

　　"啊？"叶斯茫然地抬头，"什么意思？"

　　何修顿了顿："快分班考了，就复习复习吧。我习惯说出声来，心里比较有底。"

"行倒是行。"叶斯心想那不正好吗，揣起手机又皱眉，"但你还怕分班考？"

"我怕比上次分低。"何修努力回忆了一下上次的成绩，"上次化学扣了两分，那我就从必考的氧化还原反应和离子计算开始说吧。"

叶斯连忙点头："行啊。"

何修靠在床头，从常见氧化剂开始说起，叶斯边装漫不经心地听，边往心里记。何修过知识点过得非常快，但每一块的逻辑都是衔接的。原本庞大复杂的模块被他三言两语一说，也不过如此。

"哎，你们——"费雨等何修中途换气，无奈地打断道，"差不多行了啊，体温计夹了五六分钟了。"

何修停下，把体温计交出去，费雨看了一眼："刚好三十八摄氏度，我给你开点温和的药，回去多休息。"

"多谢。"何修点头。

课间操何修没跑，就跟着队伍走了走，没走两步便从（4）班掉到了后面的（5）班，然后是（6）班，一直掉到被扣圈，又回到了（4）班的队伍。

班队里一片低笑，叶斯原本在后面懒洋洋地跟着，看见何修便提速跑过来。

"中午放学你直接回去，我去食堂打饭带给你。"

"你吃完带回来吗？"何修看了他一眼。

叶斯被他问一愣，愣了一会儿才说："干脆都打包回来一起吃呗，我让宋义和吴兴也打包来我们寝室吃。"

何修点头："那我吃番茄炒蛋和糖醋小排。"

叶斯在他的肩膀上拍了一下："行，记住了。"

不知道是不是因为生病，何修这天格外乖巧，不玩游戏，也不看漫画，像个真正的好学生。每节课下课后拿到练习卷就开始写，而且下笔如有神，解题过程密密麻麻地列在卷子上，解完画一条竖线，再在空白地方用另一种方法解一遍。

小胖屡次回头欣赏年级第一学习，想跟上何修的节奏，结果自己两道题还没写完，何修就把卷子推给了叶斯。

"帮我收着。"何修说，"今天生病背不动书包了。"

叶斯内心狂喜，感觉就跟捡着彩票似的，表面还要装作不在乎的样子，嘟囔着把"彩票"夹书里。

上课时何修又趴下睡了，叶斯一边帮他盯着老师，一边盯着他的卷子写自己的作业，一心两用，效率奇高。

"我感觉我今晚也许能早点睡。"叶斯在脑海里对SD说，"学神竟然养成白天写作业的好习惯，如果他一直保持下去，以后我就不用拿命写作业了。"

"恭喜你啊。"SD又打个哈欠，"碰到个好同桌。"

"是。"叶斯看了身边的何修一眼，脸压在胳膊上，另一只胳膊圈着，从侧面只能看见他的鼻梁，不禁唏嘘道，"学习好，脾气好，人也帅。"

"完美。"SD 总结道。

下周一就是高三正式开学的第一场统考，一锤分班。

压力笼罩在每个人身上，到了星期四、星期五，就连宋义都开始吐槽班级里课间太安静了。没人说话，也没人打闹，所有人都在座位上埋头学习。

分班考比高考带来的竞争压力更直观，竞争的人就在前后左右，几天后如果对方上去了，自己就很可能下去。

宋义跑过来找叶斯，结果发现叶斯正在听何修讲知识点，前后左右的人都偷偷往他们那边侧着身子跟着听。

宋义绝望道："有没有人性了？！连你们都在学习！"

叶斯心理压力也大，太多不确定性横在面前，只有听何修讲知识点时他才能稍微平静点。但他没表现出来内心的不安，只是伸出拳头举到宋义面前："傻子，下周我们就不在一个班了。"

宋义愣了一下，过了一会儿才摸摸鼻子："是啊。"

"混子大队"之前是吴兴单飞，现在三个人都要分开了。

宋义骂了一句，又说："那也没事啊，都在一层楼，我高兴了上课搬着凳子到你门口坐着，以防你想我。"

"滚。"叶斯笑骂，"以后要是英语课听不到你提醒我认真听课，我都不习惯了。"

宋义顿了顿，抬手按在叶斯的肩膀上："你加油，一定得留在（4）班。"

叶斯看了看他，勾起嘴角："嗯。"

何修在旁边看着，叶斯抬头看宋义时眼睛很亮，虽然这家伙最近都是一副心虚的样子，这一刻却信心十足，满脸都是少年意气。

他垂眸，无声地笑了笑，继续梳理着那些三字经一样简单的知识点，仿佛不知烦也不知倦。

考试前一天的星期天晚自习被取消，周末各科都没留作业，就为了让大家安心准备考试。

叶斯周末就泡在拉面馆里，跟何修一起复习，复习了两天感觉迷迷糊糊的，脑子里好像装满了东西，又好像什么都没有。直到他听何修说了一句"物理差不多就这样"之后仿佛大梦初醒，猛然觉得热，灌下半杯西瓜汁再一回头，看到竹帘外掩映着天际金色的晚霞，他才意识到已经是星期天的下午，第二天真的要考试了。

他偏头去看何修，何修神色平静如常，黑眸没有一丝波动。

其实也对，何修这几天复习追求的不过是保持水准。考试压力这种东西，他大概根本不知为何物。

叶斯叹口气，正要问晚上吃什么，何修的手机就响了起来。

屏幕上显示的是"妈妈"二字，何修瞟了一眼，站起来说："我接个电话。"

"嗯啊。"叶斯点头，目光却跟着他的背影飘进了后厨的小竹帘里。

"儿子，你爸爸有个同学是J大经济学的博导，他今天刚好出差路过你们H市，你爸帮你约了两个小时后和他吃饭，地址是……"

"妈——"何修皱着眉打断她，"报考的事情我们不是刚聊过吗？我不想和他吃饭。"

何母顿了顿，好声道："报考的事你有自己的想法，我和你爸回头再劝你。但这个机会挺难得的，虽然对高考没什么帮助，但你可以提前和领域里的前辈聊一聊，会有收获的。"

"我不去。"

何修突然觉得内心涌起一阵烦乱，这种感觉是前所未有的，或者说，即使之前有也被他强行压抑。但这一次，他不想压着了。

"已经说过不走这个方向了，和陌生前辈吃饭不觉得尴尬吗？而且这么突然，我晚上约了别人了。"

"你约什么别人？"何母被气得也提高了声音，"别胡闹了，和你叔叔去吃饭，我把地址发你。"

"你直接告诉他取消约定吧。"何修的声音有些冷，"之前都说过了，只要是跟报考相关的事，我不会有任何妥协。"

"你这孩……"

"妈，我先挂电话了。"何修说着，直接摁在挂断键上，过了好一会儿才呼出口气，有些脱力地把手机揣回裤兜。

店里前堂开着空调，门帘后边却很闷热，打个电话的工夫，他觉得自己前胸后心都出了一层汗，脑子还有点蒙。不知是热的还是气的，每个毛孔里都散发着烦躁。

这个饭局何修曾妥协去了，结果就听一个陌生的叔叔推荐了两个小时的J大经管学院，一度让他怀疑来的不是博导，而是招生办主任。

何修长长地呼出口气，掀开门帘，抬脚要回前堂，却见叶斯就在门帘另一头站着，靠着冰箱，嘴里含着根棒棒糖，看着他。

叶斯张嘴说话，空气里弥漫开一股淡淡的桃子味。

"又是报考的事啊。"

何修"嗯"了一声："差不多吧。"

叶斯没再问，棒棒糖在嘴里含过来又含过去，过了一会儿抬手把棒棒糖拿出来，说道："我实在不想再学了，明天就考试，现在再看也没什么用了。"

何修勾勾嘴角："其实我觉得差不多了。"

"嗯。"叶斯又把棒棒糖塞回嘴里，嘎嘣嘎嘣几口把糖咬碎了，将小棍子扔进垃圾桶，走到桌前收拾好书包，"走，叶神带你去个开心的地方。"

111

"嗯？"何修愣了愣，"去哪儿？"

叶斯拿出手机找了个熟识的"黄牛"，问了两句，对方说："还有票，来吧。"

叶斯满意地吹了声口哨："一个小型演出，今晚我喜欢的乐队来巡演。"他说着把手机往屁兜里一揣，笑着说，"大考大玩，带你去见见大世面。"

演出地离拉面馆挺远的，何修查了，打车完全不堵也要三十分钟，在H市的另一个方向，是他没开拓过的地图。

"别打车。"叶斯拿手遮住何修的手机屏幕，"去听演出打车就没劲了，我们坐222路公交车，这个点特别空，先看一个小时的落日街景。"

何修闻言迟疑了一下，叶斯却已经往前走了。永平街是条有点坡度的长街，叶斯把书包甩在肩膀上，往下颠两步蹦一下，前两天那股压抑劲好像一下子没了，头发丝随着动作翻飞，兴奋地爹着毛。

"同桌。"叶斯蹿了两步停下来等何修，胳膊往他身上一挂，揉揉肚子，"买两个汉堡吧，车上吃。"

"好。"何修答应，"街口就有汉堡店。"

街口的汉堡店没名没姓，牌匾也很小，但是卫生条件还行。叶斯往柜台上一趴，研究了半天菜单，在自己的汉堡里又加了一堆有的没的。

"再加一块鸡腿肉。"叶斯点了点菜单，回头问，"你吃什么？"

"和你一样吧。"何修对汉堡其实没有研究，他就对叶斯的头发有点研究，特别想知道为什么叶斯的头顶那几根头发能随时随地随着心情飞舞或低垂。

挺神奇的。

拿到汉堡后何修才开始后悔跟叶斯要一样的，厚到几乎拿不住，他严重怀疑这东西等会儿根本没法得体地咬下去。等车时，他想揭开纸看一眼里头到底多少层，叶斯却在他手上拍了一下："忍一会儿。"

叶斯勾着嘴角说："车上看风景的时候再吃。"

"好。"何修没忍住乐了，"这一套规矩还挺严谨。"

"叶神带你见世面。"叶斯得意扬扬地说，"从踏出门的那一刻起，你已经迈入了新世界。"

何修点头，两只手掐着那个汉堡："行。"

222路比想象中还空，车上就两个老人，一对小情侣。叶斯上车后，目光掠过一排排舒服的双人座，直接走到最后一排，让何修先进去。

"你挨窗户坐。"叶斯说。

何修的屁股刚坐稳车子就启动了。叶斯的屁股落下时，跄跄一步，胯骨被撞了一下。

"啊！"叶斯夸张地叫了一声。

前面那对情侣中的女生回头看了一眼，转过去不知道说了什么，男生便也回头看了一眼，眼神有些不屑。

何修皱眉:"他们说什么?"

"这还用问吗?"叶斯笑眯眯地伸手推开窗户,让晚风吹进来。

他眯着眼睛猜测:"女生说,后面坐着两个小帅哥。男生回头看一眼说,就那样吧。"

何修愣了一下,然后跟叶斯笑成一团。

叶斯边笑边咳嗽边拆开汉堡,得有二十厘米高的至尊无敌大汉堡,里面层层叠叠铺满了肉饼和酱,的确有点难下嘴。他看半天后勉强低头咬一口,但只咬到一半厚度的肉饼,"啧"了一声,直接用牙叼出块肉,分层吃了。

何修说:"你真饿了其实可以买两个,比较好操作。"

"你懂什么?"叶斯看他一眼,指着汉堡说,"这是一栋世界级的建筑。"

何修抬了一下眉毛,叶斯指着汉堡一层层往上数:"你看这个汉堡,看起来圆润软塌塌的,却能在世界的中心屹立不倒。这是地基,一层的牛肉饼呢是会展大厅,二层蔬菜是景观层,三层是健身房,四层是博物馆,五层洗浴中心,六……"

何修忍不住打断:"这栋汉堡楼到底是干什么的?"

叶斯被问一愣,顿了一下才说:"这得问你啊。"

"问我?"

叶斯"啊"了一声,指着最上面一层面饼说:"顶盖上刻着建筑师的名字,何修。"

何修愣住,叶斯又低头咬一口,边嚼边说:"这是十年后你的成名作,我都帮你构思好了,厉害吧?"

何修半天没说话。

等何修动了一下的时候,叶斯又啃了几口。大楼的主体已经被啃秃了,楼层倒塌在一起,狼狈地散落在纸里。

何修好像明白了点,但他不知该说什么,茫然地转过头看向窗外。

太阳落在江面的边际,一片红光在水面上波动,落日下的整座城市笼罩在这片橙红色的慵懒之中,叶斯眯起眼,一边嚼着汉堡一边哼着他从没听过的歌。

"父母都是这样的。"叶斯突然说,"给你画条路,是因为他们觉得这条路比别的路更容易走。要是换别人我就劝他们听话了,但你不一样。建筑这条路往上走好像确实特别窄,但我觉得你是能走到塔尖上,而且还能蹦起来用头撞破云朵的那种人。"

叶斯拍了拍何修的腿:"挺住啊,我可在你身上赌了座城堡呢。"

何修垂眸看着叶斯的手,"嗯"了一声。

"高兴起来。"叶斯打了个嗝,"这汉堡真大,我可能真吃不完。"

"等分班考完我请你吃个好的汉堡。"何修说,"高级一点的。"

"你说那种牛肉能咬出肉汁来的吗?"叶斯笑眯眯,眼睛里充满神采,"行啊,我还要个冰激凌。"

说好一起看街景,结果人生导师叶卡丘发表完一通演讲后,没多久就仰头睡过去了。车子一拐弯,叶斯的身子一晃,脑袋无比自然地砸在了椅背上。

闷闷的一声，何修感觉自己都听见声音了，叶斯却睡得很安稳。

这家伙就算不熬夜写作业，也经常半夜拿手机软件刷题，何修有时候晚上醒来，会感觉到头顶有亮光。

他突然觉得自己这个"课外辅导老师"责任重大。

演出地点就在222路的终点站，下车没走几步，便看到了拥挤的人群。

何修有些惊讶："有这么多人啊。"

"小众不代表没人喜欢。"叶斯说，"越是小众，粉丝就越带劲，你看那边。"

何修顺着叶斯手指的方向看过去，发现一群人围了个圈，看穿衣打扮基本囊括了从贫到富的各个阶层，大家混在一起，看起来很熟稔。中间的那个人穿了件乡村题材电视剧里才常见的大花马褂，拿着粉色的扇子摆了个造型，一堆人起哄着拿出手机拍照。

叶斯懒洋洋地笑，掏手机查了一下黄牛发过来的二维码，带何修去检票。两个人走到安检口，小哥看了一眼票，拿个按章在两个人的手背上一人按了一下，结果什么都没有。等走到门口一个姑娘拿紫外线小电棒一照，才看出是两个圆形的戳。

"进吧。"

何修说了声"谢谢"，下意识地想要搓搓手背，又忍住了。

按理来说他一个学神不该对这种小把戏感到震惊。但不能否认，在这一刻那点兴奋之情已经在心里燎原，如果有人拿小电棒往他胸口照一下，也许能看到里面的心脏正扑通扑通跳得非常有力。

演出现场有存包的地方，存完包再往里走就几乎全黑了。高空的天花板上架着各种视听设备，舞台很高，下面是一片空旷的场地，进来的人就在场子上人挨人地站着，像一群虔诚的信徒，等着他们的神明降临。

"往前面走。"叶斯拉着何修的胳膊挤进人堆，"我这次要玩个爽的。"

何修没顾上问爽的是什么，人堆里炽热的胳膊腿撞来撞去，他感到窒息又兴奋，想抬手拉一下皱了的衣领，手伸到一半又放弃，感觉自己挺傻的。

"别怕被人踩着脚。"叶斯站在差不多第四五排的地方停下，说道，"有人踩你就踩回去，大家都是这么认识的。"

"好。"何修勾起嘴角，看着叶斯的眼睛，在黑暗中还是那么亮。

开场前一分钟，这个不大的场地已经站满了人，四周黑压压一片。何修看了叶斯一眼，叶斯正踮脚往后台张望着。

重金属的声浪突然拔地而起，何修还没反应过来，全场的人疯了一样开始蹦着欢呼起来。他被后面的人往前推了一下，又被前面的人往后拱了一下，最后被叶斯拉着胳膊强行跟着蹦起来。

乐队四人组出来的时候，何修狠狠被震撼了一把。

这是一支由一群中年男人组合而成的乐队，平均年龄估计直奔四十五岁。主唱龙哥衣着简单，没怎么捯饬。最干瘦的吉他手穿了黑金长袍，戴着黑色圆片墨镜，一头枯长的头发很像武侠小说里的丐帮帮主。

何修还没从视觉震撼中反应过来，突然万籁俱寂，只有台下错落的呼吸声，而后台上金光迸射，震耳欲聋的摇滚乐从四面八方爆发出来，台上台下的人同时蹦起来。

叶斯突然回头抓着他的胳膊，大吼："跟着蹦！"

何修几乎下意识地跟着蹦了两下，叶斯抓得他有点疼，音浪冲击着耳膜，他反手抓住叶斯的胳膊，边蹦边喊："这是什么玩意儿？"

"人间！"叶斯大吼。

何修感受到前所未有的震撼，不自觉地跟着蹦了足足十分钟，还没喘口气，龙哥就抬手在空中虚虚一捏，鼓手立刻起了新的鼓点。

全新的节奏，毫不逊色的狂浪，再一次掀翻人海——

青春啊！青——春！

青春啊！青——春！

在整个世界的疯狂和放纵中，唯有何修是安静的。他听着自己的呼吸，看着面前那个家伙热情全开地上蹦下跳，跟着吼他听不懂的歌词，黑发在灯光下飞舞，无论五颜六色的光怎么晃，依旧漆黑如墨。

何修在这个场子里是最大的异类，但他觉得心里越来越踏实，下意识地攥了一把叶斯的胳膊，本来已经蹦得快要起飞的叶斯立刻回头看他，冲他笑出一排好看的牙齿。

"别绑着自己！蹦起来！跟我们蹦起来！"

少年眼里是张扬如烈日的快乐，那股快乐狠狠地砸着何修的认知，快要砸破了。

何修抓着叶斯猛地往上蹿了蹿，有什么东西从胸腔深处狂涌而上，他还没反应过来是什么，就听见了自己的声音："啊——"

叫声淹没在人群，何修抬手抹了一把鼻尖上沁出的汗，更用力地吼道："啊——"

叶斯笑着看他，在他耳边大喊："啊！啊——"

摇滚一首首地不停歇而来，何修感觉自己喊得喉咙开始痛，两条腿蹦得快要抽筋的时候，龙哥突然停了下来。

"最后一首歌——"龙哥顿了顿，"想玩的人可以上来。"

"我，我，我！"叶斯拨开人群两步冲上了台，眼睛里映着生动的雀跃。

从前叶斯看了数不清多少的现场，但碍于身体情况，连蹦都要克制，更别提这么玩了。

电吉他手过来跟叶斯击了个掌。

熟悉的音浪再次席卷而来，在一片"青春啊青春"的呐喊中，叶斯站在有快两米高的舞台中央，背对着下面黑压压的人群，张开双臂，像一只自在的鹰，直挺挺地倒了下去。

那道身影腾空的一瞬，何修心下猛地一顿，张口喊叶斯的名字，却没喊出声。

叶斯倒在无数人举起的手上，几十只手同时高举过头顶，在他从头到脚各个部位胡乱撑着。人群中爆出一阵阵欢呼，叶斯放松地躺在人潮之上，被大家从头顶拨着往后传。

音乐还在继续，何修回头，目光追随着那个躺着被大家在头顶运送的家伙，那个身影离他越来越远，快要到他看不见的地方时又忽然拐了个弯。

离得那么远，何修还是清楚地看见叶斯抬手往自己这边指了下，底下一堆彼此不认识的人特别懂事地把他往这边运。

一首歌到尾声，叶斯终于回到了何修跟前。

"同桌！"叶斯在大家举着的手上坐起来，又张开双臂，"接着我！"

何修下意识地伸出双手，底下的手撤了，那个家伙就砸了过来。

两个男生撞在一起，最直白的反应就是疼，骨头磕骨头，没有谁好受。但叶斯兴奋得根本顾不上疼，拽着何修就把他往台上拖。

越往舞台中心靠，音浪声仿佛越淡，只能听见自己疯狂的心跳声。

何修被叶斯带着登上舞台，站在那数道刺眼的白光之间，才发现底下漆黑一片，什么都看不见。

而台上，台上也只有一人可见。

最后一曲已到尾声，龙哥对着麦克风吼了几句之后拎起立麦放到叶斯面前，吉他手摘下吉他朝叶斯这边一扔。

叶斯抬手接住，抱着吉他拨了几下。

完全不同的新鲜节奏和音符嚣张地挤入旋律，底下的人更加疯狂，何修都不知道那帮人在疯狂什么，他静止在原地，看着叶斯拨弦。

叶斯拨了两下跟上节奏，鼓手给他推了一把劲，全场的音浪再次爆发。

他突然扭头看着何修，一脚踩在音箱上，拨着吉他侧头对着立麦唱完了最后一段："青春啊青春，人们啊人们……"

音乐声骤停，叶斯指着何修："做过什么后悔的事？从未。"

"强啊，同桌。"叶斯骄傲地勾起嘴角。

散场后，黑暗的场地亮起灯，穿着怪异的乐队回到后台。何修晕乎乎地跟叶斯去把包领了，走出去发现天色已经暗下来。他愣了好一会儿，直到一个冰凉的东西突然贴在他的胳膊上，冷得他一激灵，才一下子回过神来。

是一听冰可乐，叶斯满头大汗，看着他说道："喝啊，你不渴啊？"

何修接过来，叶斯左手还拿着一罐，屈起食指单手"咔嗒"一声拉开了拉环，仰头咕咚咕咚灌了下去。

这罐可乐大概是从冰山里挖出来的，冰得人透心凉。何修也打开了自己那罐，猛灌了一口，感觉五脏六腑都冻上了，后脑勺冻得生疼，不禁回忆起被清晨的澡堂子支配的恐惧。

222路已经停运，两人谁也没说要打车，就沿着这条不知去向的路边喝边走。

叶斯没几口就喝完了，把易拉罐捏扁，跳起来手腕一压，易拉罐擦着边落入不远处的垃圾桶里。

"叶神！牛啊！"叶斯热烈地给自己鼓了个掌。

何修看了叶斯一眼，停下脚步，仰头把剩下的那半罐也干了。

叶斯一挑眉："我看你这意思是……不服？"

"嗯。"何修看了叶斯一眼，没有做起跳压腕的动作，大概瞄了一下距离，左手从下往上一抛，易拉罐在空中划出一道潇洒的弧线，中空入桶。

"何修，也牛。"何修勾起嘴角，把两个人的书包随意地搭在肩膀上，手揣裤兜里接着往前走。

叶斯小跑两步跟上："易拉罐这种东西，你那么投就更好投你知道吧？"

"嗯。你的花把式影响了发挥。"何修笑笑，"我没有和你比的意思。"

叶斯虎着脸看他："但就是比我强，是这意思吧？"

何修忍了忍，没忍住笑了："对。"

叶斯抬手就想照着何修后脑勺来一下，手伸起来突然又意识到，这不是宋义，是何修。何修这么聪明，打坏哪儿都有点可惜，于是他只能在对方脑后扇了下风。

"什么东西？"何修回头。

"一只蚊子。"叶斯说。

走了一段路后，叶斯看了一眼手机："十点多了，回宿舍吧。"

"嗯。"

何修掏出手机抢在他前面叫了车。

回去的路上两个人就没怎么说话了，何修掏出手机斟酌着给母亲发了一条短信，对下午的态度道歉，以及重述自己坚决不学经济的想法。一条短信也就一百来字，他发了有十分钟，才终于发送出去。

叶斯又睡着了。他的眼下有点发青，是这一个月以来学习累的。

何修能感觉到他是真的拼了命地想要留在（4）班。

他小心翼翼地拉开书包，把之前写在一张纸上的导数解题思路塞进叶斯的书包，想了想，又放了两本漫画书进去，装成是不小心塞错了。

"BB。"他在脑海里轻声呼叫，"叶斯不仅有他的辅助系统，而且他还问过他的系统关于我的事吧？"

BB似乎被吓了一跳，声音像是刚睡醒："哪儿来的结论？"

何修顿了顿："我当年那篇零分作文写了什么只有我和老秦知道。老秦没把那事张扬出去，大家都只以为我的作文跑题了。"

BB犹豫了一下："但其实你这次的作文也提到……"

"但那句话在文中只是一个引子。"何修说，"是用来驳斥的，没人会对那句话印象深刻吧。"

BB不说话了，何修又说："没事，你当我自言自语，不用理我。"

117

第二天早上的起床铃声比平时提前了五分钟，响过一次，十分钟后又响了一次，大妈挨个屋敲门，喊大家起来考试。

叶斯起床后觉得精神挺好的，昨天虽然玩得疯，却是这段时间以来第一次睡足了七八个小时，早上睁开眼就感觉神清气爽。

"混子大队"带上何修，四个人在食堂吃完早餐，然后各进各的考场。

何修永远在第一考场的一号，叶斯这次要去第二考场。两个考场挨着，进考场前何修突然喊了叶斯一声。

叶斯在第二考场门口停住脚步，回头看他。

何修本想最后叮嘱几句做题的事，但找不到开口的立场，犹豫了一会儿，只说出三个字："好好考。"

叶斯一下子立正还并了一下脚："得令。"

他的心情从昨晚开始就一直保持在一条很高的水准线上，也说不明白原因，反正就是傻乐呵，乐呵得甚至当着一考场人的面做了个无比傻的并脚动作。

这种乐呵一直到叶斯飞速答完语文前面所有直接出答案的题，翻到后面开始看作文时，才逐渐收敛起来。

这次语文作文的材料是一则社会时事，让针对材料写议论文。

这要是放在从前，叶斯一准会"大放厥词"。但他一读完材料，脑海里就好像自动播放何修的话，而且是何修的语气那种。

"时事类作文重在论点符合主旋律价值观，适当分析材料，将观点深入其中。如果是负面的材料，可适当设论如果怎样怎样，以加强自己的观点。"

叶斯长舒一口气："学神洗脑神功。"

"考生不要自言自语。"监考老师往后排看了一眼。

叶斯登时闭嘴，低头在草稿纸上大概写下论点和结构，然后开始动笔。

考完语文出来大家都挺消停，午饭的时候宋义在说隔壁九中的八卦，剩下仨都听他说，没怎么搭腔。

一直到午睡前，何修才忍不住开口道："那个……"

"嗯？"叶斯铺床铺到一半，抬头看他，"怎么了？"

"作文的那则材料……"何修犹豫了一下，"你没瞎分析吧？"

叶斯的嘴角抽搐了一下，绷着脸没吭声。

何修感觉头皮开始发麻："你不会写八百字议论到底该如何光明正大地……"

看到材料的时候何修的心跳都要停了。他真觉得叶斯能写出这种作文来，语文直接挂科，立刻从（4）班滚了。

叶斯躺好了才说道："放心吧，我这次作文多了不敢说，四十五分怎么也有了。"

何修长出口气，过一会儿又笑了："没有不相信你。"

你是太了解我了。叶斯心说。

——但你想不到吧，我偷偷看你的作文讲解，看了一个多星期啦。

叶斯得意地翻了个身。

下午的数学很给力，导数大题非常符合常规，几乎跟何修那张纸上概括的题型一模一样，就是换了几个数字。叶斯利索地写完导数题，不等式和概率两道题写了大部分，椭圆那道大题使使劲也写了前两个小问。

等理综和英语考完，寂静的校园才像是终于活了过来，校园里开始有人笑，也有人哭，但总归有人气了。

食堂再次奉上排骨煲，四个人抢第一批去排队，然后占一张圆桌吃饭。

"我感觉我考得不错。"宋义瞪大眼睛说，"数学竟然还有我会的题呢，我都惊呆了，比上次简单了不少吧？"

"嗯。"吴兴扒了两口饭，"上次考试的难度是变态等级的，这次是正常的。老师说了，正常偏简单，为了让大家都合理发挥，尽可能避免一次考砸影响分班的情况。"

何修沉默着吃饭。其实他心里有点没底，分班考的试题跟记忆中不大一样，难度偏低，对叶斯其实很不利。

考理综的时候，物理选择题简直像在送分，化学的计算填空题也简单得不像话。他越看越心急，急得后来监考老师过来问他是不是哪道题出错了。

"那个——"何修用胳膊肘碰碰叶斯，"选择题和填空题这次拉不开多大分差，你大题写过程了没？"

"写了啊。"叶斯埋头啃排骨，其实他心里也一直在算着，算了一会儿说，"数学大题过程写了百分之六七十吧，物理写了两道半，就带电小球到处飞那道，我也写了两笔。"

"啊。"何修松了口气。

要是这样，叶斯的大题能比上次多个五六十分，成绩应该不至于太惨淡。

"后天晚上就发榜，当场换班，换完放学。"叶斯叹气，"就我们考理综、英语这一天，我听说数学成绩已经出了，老师们的手太利索了。"

考试的话题就唠了三两分钟，宋义便开始扯别的。眼看着快到八月了，新一届高一即将入校军训，这天晚上就会统一入住。女生在二栋，男生在挨着高三的五栋，这两天考试的时候已经有家长带孩子来看宿舍。

"又是一锅小土豆！"宋义拿筷子插着排骨煲里的土豆说，"傻读书的小土豆、漂亮的小土豆、丑的小土豆、不服管的小土豆、欠收拾的小土豆……"

"你省省吧。"叶斯看他一眼，"高三了，别跟高一的惹事。"

宋义噎了一下，梗着脖子："那是不是也得高一的不来惹我们啊？"

叶斯挑眉："有人惹你了？"

"没有。"宋义没好气地把土豆都扒拉到一边，"就是听说有不好惹的，还没真惹到我头上。"

"听说有不好惹的，你就听听行了。"叶斯叹气，其实他已经想不起来下一届高一

119

有没有什么"突出人士","真要惹到你头上,到时候再说。"

"今年英中招生牛啊。"吴兴说,"中考全市前三名都来我们学校了,还有底下两三个外县的第一名,学校也收了。"

"真强啊。"叶斯闻言下意识地看了何修一眼,突然一乐,"你当初是不是也是中考状元被收上来的啊?"

何修把嘴里的饭咽下去:"不能说是收的。"

叶斯逐渐敛起笑意,预感自己好像又给了这家伙一个嘚瑟的机会。

果然,何修顿了顿又说:"是胡秀杰和小王校长上门两次请我过来的,和那些只要学校帮忙迁学籍就乐意过来的不一样。"

周围安静了一会儿,吴兴吸了一口气:"你中考多少分?"

"语文作文扣了两分。"何修平静地说道。

叶斯咂咂嘴低头继续吃饭。

宋义瞪大眼:"这么厉害呢?是不是还有别的学校也请你啊?"

何修"嗯"了一声:"附中、三中,还有旁边D市的实验中学,当时都在……但英中的食堂出名,寝室是上床下桌,我就来了。"

宋义愣了好半天,张了张嘴,什么都没说出来,低头继续吃饭。

叶斯叹了口气,叹了一会儿又突然坐那儿乐了,拍拍何修的腿:"你跟这一桌学渣嘚瑟有什么爽的啊?"

"我没有啊。"何修看了叶斯一眼,低头把吸管含进嘴里,喝光了果汁才说道,"你不是说他们强吗?我只是告诉你,其实也就那样吧。"

——我才是真的强。

叶斯闻言皱眉想了想。

他有说高一的强吗?忘了,大概随口配合着吴兴吹了一句而已。

晚自习后四个人去商店买冰棍,结果发现校园小超市被各种生面孔挤爆了,都是新入住的高一"小土豆"。新生们疯狂扫荡着货架上的洗发水、沐浴露、搓澡巾,冰柜也基本都空了,连冰箱里的可乐都是刚放进去的,手一摸——温的。

宋义摸了半天也没摸到能喝的饮料,好不容易手背碰到一瓶冰凉的雪碧,正要伸手,另一只手突然伸过来把雪碧拿走了。

他一扭头,一个男生已经拧开雪碧咕咚咕咚灌了两口,看他一眼,挑衅地扯扯嘴角:"谢了。"

宋义当场瞪眼:"你给我站那儿!"

"行了。"叶斯拉了他一下,"去学校外面买吧,不至于。"

宋义喘着粗气,过了好一会儿才退下来,指着那个男生:"我给我兄弟面子。"

"你兄弟是谁?有面子吗?"男生笑了笑,"在我这儿我谁都不认识,跟我说没用。"

叶斯看了他一会儿，开口道："我叫叶斯，你的名字？"

"尹建树。"男生挑挑眉，"我没听过你啊，你要是有名号，要不我现在去贴吧查查？"

"不用了。"叶斯笑笑，眼里却没有笑意，"先各自存个档吧，省得日后真的冲突了，都不知道自己惹的是谁。"

男生的脸色僵了一下，吴兴吹了声长长的口哨，叶斯转身往外走去。

何修一直没出声，这些事他好像从来不放在心上，除非真的起冲突了，不然他就站在一边，像在发呆，又或者在想什么关系到人类科技进步的重大问题，反正叶斯不会在这种时候打扰他。

"出去买点喝的吧，高一新生一来来一群，没办法。"叶斯拍拍宋义的肩膀，"那瓶雪碧本来也不够我们四个分，而且啊，分班考就要出成绩了，眼看着你就要被你爸暴揍一顿，这种节骨眼就别打架了，不知道给自己'减刑'？"

"啊——"宋义愣了愣，伸出拇指，"对哦，我没想到。"

叶斯按了一把他的脑袋："走了。"

吴兴低头在手机上点了点，突然说："难怪啊。"

"尹建树，今年中考状元，是二十六中来的。"吴兴拿手机在大家面前晃了一下，"他家庭条件好，而且他之前在二十六中也挺出名。"

叶斯闻言"哈哈哈"笑了几声，不是嘲讽，是真的觉得有点搞笑。

"这么厉害，吓死我了。"

何修依旧没有加入对话，沉默地踢着石子走路。叶斯他们都以为他在放空，但其实他在心里算了一整天叶斯的分，算得头都要炸了，每根神经都绷着。

算到一半何修突然有点后悔，觉得自己该空两张卷子，掉到第二个班去。这样即使叶斯留在了（4）班，他也能跟胡秀杰说一声，把自己强行塞回来，估计也不会有人说什么。

对啊，那才是最万无一失的解决办法。

何修深吸一口气，然后长长地叹出，没意识到自己叹完气之后周遭安静了。

叶斯用胳膊肘小心翼翼地撞撞他。

何修抬头："嗯？"

"别郁闷。"叶斯小声说道，"你才是最强的。"

"啊？"何修皱皱眉，满脑子都是茫然，想问什么最强的，但脑回路一转，又忍不住开始算叶斯的分数了。

叶斯看了何修一眼，转回身给宋义和吴兴使了个眼色，又在"混子大队"微信群里打了一行字。

叶斯："以后别老提那些不知天高地厚的小土豆，学神不爱听。"

吴兴："无所谓吧，还真能强过学神啊？那个尹建树虽说是状元但也比满分少了二十多分呢。就是人狂，和学神根本不是一个段位的。"

宋义："听叶斯的吧。"

原本也就是段小插曲，谁都没当回事。

叶斯晚上又吃了烧烤，这才感觉从分班考的紧张中彻底喘息过来了，睡了个舒坦觉，第二天早上元气满满地拉何修去上课。但上午跑操的时候，路过正在军训的小操场，那些穿着迷彩军装的"小土豆"方阵刚好也在休息，挨个上来自我介绍。

一个看着有点扎眼的家伙站在队伍前面，大声说道："我叫尹建树，来自二十六中，中考成绩六百九十八分。"

叶斯侧头小声地问宋义："满分多少？"

"好像是七百二十分吧？"宋义点点头，"对，我表弟今年中考，听他说过满分是七百二十分。"

不过如此嘛。

叶斯耸耸肩，继续懒洋洋地迈步。这天何修被老马叫去日常切磋，只剩他跟宋义两个人孤独地跑步，都提不起什么劲头。

跑了能有个三十来米，那边的方阵里突然一顿哄闹，尹建树清了清嗓子，更大声地说道："英中，我来了！我要成为全校的荣光，带着所有人一起学习、进步！让我们长江后浪推前浪，高一更比高二、高三强！英中荣耀榜上左上角，就是我的目标！请大家多指教！"

人群里起着哄，叶斯突然皱眉，扭过头往那边看了一眼。

尹建树刚潇洒地鞠了个躬，然后得意扬扬地回到了队伍里。

"这人傻吧。"叶斯突然说，表情严肃。

英中荣耀榜左上角展示的是全校的天之骄子，从何修入学时起，就没再换过别人的照片。

那是一张何修初中时拍的证件照，比现在多了几分稚气。

现在竟然有人想要把它换下来，疯了吧？

"是傻啊，昨晚在小卖部不就看出来了吗？"宋义贴上来，低声道，"和他聊聊？反正我爸肯定得暴揍我了，屁股开花和全身开花也没区别。"

"区别还是有的。"叶斯把眼神从那边收回来，看了宋义一眼，"我觉得你还能抢救一下，不要自我放弃。"

"那你就这么放着他到处叫嚣啊？"宋义直瞪眼。

叶斯摇头："不想找麻烦，这两天留心点就行。"

"留心什么？"宋义问。

叶斯说："吃饭绕一下，去公告牌那边多逛逛。"

"为什么？"宋义"哦"了一声，"分班考成绩会贴那儿吧，你想第一时间知道结果？"

叶斯看了宋义一眼："嗯。"

才怪。

虽然感觉尹建树那个人再不堪也不至于对何修的照片动手脚，但他就是想防备着，万一呢？

万一学神的照片被毁坏了，那还得了。

分班考后气氛压抑，课间操老秦带着大家多跑了三圈，男生还行，女生到后来就开始有掉队的。

叶斯本来不觉得累，但跟宋义你踹我一脚我捶你一下，呼吸也有点紊乱，最后一圈跑个开头就闭嘴不说话了。他默默调整呼吸，打算加速冲一把，远远地就见教学楼里出来个身影。

高高的，在太阳下散发着智慧的光芒。

"同桌！"叶斯跳起来挥了一下手。

何修也挥挥手，跑过来走在他身边："我在老马办公室看见你的数学成绩了。"

叶斯扭头瞟了何修一眼，发现他的嘴角轻轻勾着，很愉悦的样子，猜道："不会上一百三十分了吧？"

何修竟然点头说："上了，一百三十分，整。"

叶斯深吸一口气，然后猛地起跳，落地后拔腿疯跑。

"你有毛病啊！你上哪儿去？！"宋义在后面咬牙吼道，追了两步，悲催地发现体力不支，只能眼看着叶斯跑远，余光里突然又跑过去一个家伙，是何修。

何修几步追上叶斯，依旧和他并排，接着说道："导数大题分数拿满了，不等式、概率、椭圆大题，你写的步骤全部拿分，扣掉的二十分基本都是你空着的部分。"

——那当然，你叶神学起习来也是很厉害的。

叶斯勾着嘴角："下次，下次我再多写几笔好啦。"

"嗯。"何修笑着看他，看了好一会儿才收回视线继续看前方的跑道。

不知是不是错觉，叶斯依稀听见何修呼了口气，如释重负似的。他正想问，何修忽然又说："但我这次成绩下降了。"

"啊？"叶斯停下跑步的动作，"多少分啊？"

何修跟着他停下来："一百三十八分。"

叶斯一脸震惊："什么情况？分扣在哪儿了？"

"到处都扣了一点吧。"何修平静地道，"老马说我太求钻求难了，基础知识有些薄弱。其实理综我也答得不太好，以后晚上我要在寝室的自习室学习，你要不要一起来？"

叶斯愣了一下："啊？好啊。"

解散后他们买了饮料回教室上课，叶斯灌了两口冰饮料，总觉得心里不是滋味。

何修晚上要跟他一起学习，是件好事。但听到何修说考试成绩退步了，他又觉得堵得慌。

何修看了叶斯一眼："别一脸苦大仇深的，我只是每道大题丢了两分而已，数理化

123

都是这样，没那么严重，晚上抽时间巩固一下知识分数就能上去。"

"哦。"叶斯愣了愣才说道。

何修在叶斯的手心里拍了一下："回去上课。"

被何修拍进手心的是常吃的那个白桃味的糖，之前被叶斯吃光了，没想到考完试何修又补货了。

叶斯把糖拆开丢进嘴里，过了一会儿才深吸了一口带着桃子味的空气。

行吧，那就晚上一起抽时间加强学习吧。

晚自习的时候老秦走进来，夹着厚厚一沓档案，说道："我现在给大家发档案袋，需要确认第一页的所有信息，下节课前收，有问题的单独找我，不要自己勾画。"

档案封在牛皮纸袋里，用线绕圈封存，看起来很严肃。大家都小心翼翼地拆线，只有叶斯揪着线头一通扯，然后把里面的纸有些粗鲁地抽出来，用笔尖一行行比着往下看。

"姓名，叶斯，对……××××年×月×日出生，也对……"

何修抬起头："×月×日是几月几日？"

"啊？"叶斯说，"三月五日。"

何修点点头："知道了。"

"你呢？"叶斯伸手拉起何修的胳膊，看见了他的生日——八月三十日。

"你是处女座的啊？"叶斯瞪大眼，"这不快了吗？"

何修没吭声，想要继续对资料的时候，余光忽然扫到叶斯档案上的亲属信息。

大家那里普遍填两行，父亲一行，母亲一行，但叶斯只填了一行。

何修下意识地顿住，但还没看清，叶斯就往后翻了一页。

何修没有说话，静默地收回了目光。

晚自习放学后，四个人去超市买零食，回来时路过小操场，叶斯突然停住脚步说道："打会儿球吧。"

准备分班考这段时间叶斯都要学魔怔了，想趁成绩出来前喘口气，而且篮球赛可以重新举办了，虽然还没想好要不要参加，但还是想热个身。

宋义边打哈欠边说："我今天不约了，这个星期要养精蓄锐，准备周末回家挨揍。"

"我也不约了。"吴兴说，"胡秀杰今天在我们班留了四套卷子，写不完明天要排队去办公室挨训。"

叶斯同情地看了他一眼，又回头："那你？"

"我陪你。"何修笑笑，"我们还没一起打过球。"

"就是啊！"

叶斯一下子来了精神，大概是还没跟何修在球场上切磋过，他竟然比跟宋义、吴兴打球来劲多了，立刻把饮料瓶子往何修怀里一塞。

"等着啊，我找个球。"

周海川他们球队里好几个篮球都放在小超市，登记一下就能借走。

叶斯拿着球出来的时候，小操场的几个篮球场都满人了。何修站在一个篮球架底下，站得笔直。他一个没忍住就笑出了声，兜手把球扔出去，何修利落地接住。

"人肉占场子啊？"

叶斯直接冲上去，何修立刻把球从背后换了个手，侧身运球防止他盗球。

"他们敬我学习好。"何修说，"不跟我抢。"

"厉害啊。"叶斯懒洋洋地说着突然一伸手，直接把何修手里的球截下。他转身跑出三分线外又返回，换到对方篮下，然后一手快攻朝篮下带球。

何修被他虚晃了一下，立刻张开胳膊防守。

叶斯笑呵呵地运着球："我感觉你和宋义的水平差不多啊。"

何修满脸严肃："你刚才分散我的注意力。"

"我就夸你一句。"叶斯拍着球"啧"了一声，"这么不禁夸，要是上场对上个马屁精，你还不被人十连破？"

何修不说话了，专注地盯着他手中的球，眸子仿佛一瞬间深了下去，只有轻轻的呼吸声。

叶斯一抬手做了个假动作，何修没上当，反而朝他换手的方向攻过来。叶斯下意识地往后一闪，险些把球丢了。

"可以啊，同桌。"叶斯运着球说，"有两下子。"

何修没说话，认真防着叶斯。叶斯左突右抢几次都没成功，两个人仿佛僵持住了。

要是正规比赛，叶斯早该把球传出去了，但两个人打着玩无所谓，他这天来了劲，一定要破何修这道关。

叶斯单手运着球逼近，何修凝神防守。

叶斯脚步没停，何修本以为他要做个假动作，但是没有。他运着球上来，左肩膀跟何修狠狠一撞，被撞了回去。

何修愣了一下。愣这一下的工夫，叶斯运球再攻，又撞了他一下，这次是右肩。

叶斯撞了几下找不到机会，有点急了，再向上快攻的时候，何修突然左脚崴了一下，左膝盖打了个弯，一下子就跪在了地上。

很清晰的一声响。

叶斯蒙了，放下球凑过来："没事吧，同桌？怎么平地还能摔啊？"

"脚抽筋了。"何修平静地道，"最近学习太累，可能有点缺钙。"

"啊……"叶斯皱了皱眉头，拉着何修站起来，蹲下看了一眼他的膝盖。

看不出来什么，膝盖被牛仔裤遮着，只能看见布料上沾了些灰尘。

"就磕了一下。"何修说，"隔着裤子最多破点皮，没事。"

"那去买个创可贴预备着。"叶斯说着往超市走去，走了两步又朝他招手，"一起吧，超市有灯，你看看破没破皮。"

"那场子……"何修犹豫了一下。

叶斯说:"把球放场子中间就行,这是大家都明白的规矩,球替人占场。"

"行。"何修点点头。

何修隔着裤子感受了一下,估计没什么事,于是连创可贴也省了。

两个人在超市一共也没耽搁上一分钟,突然听外头有一伙突然插进来的说话声和打球声。叶斯直觉不对,掀开帘子往外一看——球场被人占了。

四个人,领头的那个还穿着军训服,仔细一看,是尹建树。

尹建树到处看了看,没看到人,抬脚一踢,原本放在场中央占着的球被踢到一边。他拍了两下自己带的球,竖起一根手指喊:"来,二打二,我跟赵平一组,你们两个……"

他话还没说完,就感到托着球的那只手一轻,下一瞬便听见一声爆响。篮球直接被拍开,携着一股巨大的冲劲撞上篮球架,又猛地弹开,一直滚了一百多米,直到滚出他的视线范围。

叶斯站在他对面:"这场子被球占了,你没看到吗?"

尹建树使劲盯着叶斯看了一会儿,笑道:"这不是贴吧里传的校霸吗?我不知道我抢了校霸的场子啊。"

跟着他一起的那几个男生嘿嘿哈哈地笑开了。

叶斯其实有些惊讶。虽然这两天也算有了点心理准备,但不得不说,有些人的犯傻指数还是超过了他的预期。

叶斯看着尹建树,压着声音说道:"给你五秒钟,带着你的朋友滚。"

尹建树挑挑眉:"凭什么啊?这球场你家开的?我来的时候没见着人啊。"

"在英中,人离开十分钟球占场是规矩。"叶斯停顿了一下,"你刚来的不知道规矩我不怪你,知道了以后给我绕道走。"

尹建树笑笑:"叶老大这么大规矩啊,你这规矩是立给高三的吧,我合计着我们高一不归你管?"

叶斯看着他,语气平静,眼里却透着一股狠劲,几乎把尹建树盯透了,才说道:"你才来两天,但好像特别想对高三发起挑战。学习、篮球,还有所谓的校霸。"

尹建树耸耸肩,没说是也没说不是,想了一会儿又笑了:"学习我就没上过心,篮球随手打来玩的,不在乎,校霸就更扯了,我单纯就是看你不顺眼。不过我听说英中漂亮的女生不少,比如你们班那个——沈霏学姐?"

叶斯伸手恶狠狠地一指:"你再给我说一句?"

"干什么?!"那几个高一的立刻急了,眼看就要冲上来。

叶斯目光狠厉:"谁敢过来?"

三个人同时刹住车,叶斯一只手指着他们:"想过来就别憋着,今天我们就把事结了,省得你们这些小土豆一个个的不知天高地厚。"

这下没人敢动了,叶斯的光辉事迹独自撑起了英中贴吧的"半壁江山",威慑力很强。

叶斯过了一会儿才说道:"离高三的球场、高三的学姐,还有英中的荣耀榜,都远点。"

他说着转身要走，手刚伸进裤兜，又听尹建树嘲讽地哼了声："学习？就你这样，学什么习。"

叶斯勾起嘴角回头看着他："明天高三分班考贴成绩，你可以来参观一下。等两年后你要是没进最好的班，也能回味回味高一时看人家进好班的羡慕之情。"

尹建树冷笑一声："我中考……"

"你中考考了六百九十八分。"叶斯打个哈欠，指着旁边刚才抱起篮球就一直站着没出声的何修说，"看见你学神了没？你学神看你们那套中考题了，知道他怎么说的吗？"

尹建树瞪着他不吭声。

叶斯学着何修平时那个气死人不偿命的平静语气说道："为什么扣掉二十二分？除了语文作文必扣几分，我实在找不到还有什么扣分点。"

"这届高一的智商不行啊。"叶斯长叹一声，手揣进裤兜冲何修吹了声口哨。

何修抱着球平静地跟了过来。

路过尹建树，何修停下脚步，把球塞给他。

尹建树下意识地接了过来，然后一脸茫然。

"帮我们把球还了。"何修说，"别还晚了，超过零点你还要交罚款。"

叶斯站在树荫下笑眯眯地等何修过来，何修平静地走了两步突然又顿住，回头说道："今年H市中考的数学试卷太敷衍，但没想到你数学扣九分还能排第一名，我这两天一直想着这事，百思不得其解。"

他说完淡淡地走开，走到叶斯旁边，叶斯已经笑得扶着树直不起腰来。

何修说道："回去睡觉吗？"

"睡，睡，睡。"叶斯转身，嘀咕道，"同桌，我什么时候才能修炼出你的嘴上功夫？你说话比我打人还疼，瞧他眼睛都气红了。"

何修平静道："他是真的差，我没夸张。差且自信，令人费解。"

"够了。"叶斯笑得前仰后合，一把拍在何修的肩膀上，"快闭嘴。"

星期三一整天，高三这一层走廊里的空气都像是凝固住了。下午的时候有人看到高三几个学科组的组办公室有老师来回收拾东西，立刻冲回来报信，顿时所有人都像没了主心骨一样慌。

"各班师资配备已经有定案了。"小胖沉稳地坐在座位上分析，"估计会有一批不愿意跟高三的老师下去带高一、高二，我听说，上届的高三老师有一半都下来带我们了。"

"你听谁说的？"沈霁扭头看着他，"别在这儿动摇军心了，我妈说我们班变动最小。"

"我们班的老师变动最小，但同学的变动大啊。"小胖咂咂嘴，"哎哟，只能留前五十名，估计要走一大批人。"

"你闭嘴！"后排的张山盖突然怒了，卷起一个纸团就朝他扔过来，可惜有失准头，偏了足有三四十度，砸在了地上。

"急什么啊？"小胖回头看他一眼，慢悠悠地说，"你名次那么稳，一边歇着去，我还没说什么呢。"

"你一直在说。"叶斯看着他，"现在闭嘴，再让我听见你说一个字，我把你嘴缝上。"

小胖"哼"了一声，转身把桌上的练习册往书包里塞，动静不小，周围人都看了过来。

"反正我肯定得走了。"小胖叹气，"上次我排六十八名，这次考得还不如上次呢。(4)班的精英们，幸会了，小弟先走一步。"

小胖说完话就抱起一摞书要往外搬，准备去走廊阳台上先占个地方，等会儿腾东西方便。他这一动作，一群要走的和不确定能不能留的人心态几乎崩了，教室里立刻就有哭声，还有气急败坏的骂声。

叶斯展开上次的成绩单看了一眼。

年级第四十九名。

其实叶斯应该跟着慌的，这屋子里不会有人比他滚出(4)班的代价更大，但不知怎么回事，他心里反而很平静。

一定能进前五十名吗？其实不一定，这次前面的题简单，他自己也能感觉出来，但他就是觉得坦然了。就算分去了第二个班，也还有继续往前赶的希望，只要人活着一天，就有一天的希望，谁还能说放弃？

只不过，如果离开了(4)班，白天就不能跟何修做同桌了。

叶斯心里突然有点不是滋味，扭头看了何修一眼。

何修正看着叶斯，黑眸平静，在他望过来时，对他勾了勾嘴角。

"你走不了。"何修轻声说，"我心里有数。"

叶斯扯着嘴笑了笑，何修说有数，他真就跟着踏实了一分，好像留下的概率一下从三四成直接跃升至八九成。

"发榜了！"突然有人在走廊喊，"我用手机拍照了！"

班级里一窝蜂都往外拥，前后门险些被挤爆。

叶斯一个没留神，感觉有人直接从自己脑袋顶上飞了出去，身轻如燕，使出了一招江湖失传已久的"凌波微步"。

"第五十！第五十名是谁？！"小胖抻着脖子吼道。

叶斯心里一顿，没有回头，但停下了原本的动作。

"王珂然！"那个人大吼，"是你们(4)班的！"

叶斯心里瞬间好像空了一下，但一抬头，见扭头往后门看的王珂然一下子眼圈红了，便近乎本能地对她笑了笑。

留下了，挺好的。

王珂然趴在桌上哭了出来。她的同桌是年级前十名，激动得抱着她拼命搓背。

叶斯收回视线，轻轻地舔了一下嘴角。

"四十六到四十九名，罗翰、徐欣、张山盖，还有(3)班的许杉月。"

走廊上有人持续报着年级大榜，叶斯坐在座位上拿着一支笔听，听完了四十六到四十九名，又听了四十一到四十五名，一直没有他。

听完三十六到四十名那组之后，叶斯心里基本已经有数了。他扭头看着何修，顿了顿："我可能得走了，我……"

叶斯不知道还能说什么，有什么东西突然堵在了嗓子眼，堵得他特别想骂人。他低下头去掏桌肚里那堆乱七八糟的卷子，刚把卷子拽出来一个角，一只手突然按在了他手上。

何修的手死死地摁着他。

"再听一组。"何修深吸一口气，又压着声音说，"我觉得你的名次还有可能再往前。"

哪还有可能啊？叶斯自己估分理综二百六十多分，但班里理综估到二百七十分以上的就三十多个了，数学也差不多，再说，学习好的也不光都在（4）班啊，还有别的班呢。

叶斯想扯扯嘴角自嘲一句，但张嘴没说出声来，只能作罢，低头用没被摁着的另一只手接着往外扯卷子。

"三十三名文书蕾，三十二名毛曼语，三十一名贺旻，三十名……叶斯！"门口报成绩单的那人突然嗷一嗓子，吼道，"叶神的名次又往前了！牛啊！"

叶斯猛地回头，一把拨开挤在后门口的人，难以置信地问："我，三十名？"

"对啊。"那人低头把照片放大了一下，"你语文一百四十二分，年级最高分！作文的分数得多高啊？"

语文一百四十二分，作文估计就是五十二分。

叶斯蒙了一下，好半天大脑都是空白的，过了一会儿才感觉到何修在叫自己。

何修的眼神也有些茫然："作文写什么了？"

叶斯愣了半晌才回忆起，"啊"了一声，目视前方，许久都没想起该说什么。

何修作为学神百折不挠的劲上来了，又用胳膊肘撞他："写什么了？"

"我，就写……"叶斯理了理凌乱的思路，说道，"不是那则反面事例吗？"

"嗯。"何修点头，"然后呢？"

"我就说不能这么干啊。"叶斯犹豫道，"没写什么特别的，我议论实在凑不够八百字，就按你之前的套路，夹叙夹议了一点。"

就……就简单地歌颂了一下自己的室友。还以自己的室友为例，论述了一下当代友爱的寝室精神。

叶斯突然把刚掏出来的卷子几下塞回书桌肚，吼道："五十二分就五十二分，你没见过五十二分的作文吗？有什么可问的啊！"

何修无端被吼了一通，半天后说道："你这么生气干什么？"

"烦别人看我作文。"叶斯说着，把桌肚里的卷子翻得呼啦啦响，"你跟宋义他们去食堂吃吧，我不太想吃了。"

"哦。"何修垂下睫毛，"那我也不吃了。"

叶斯看着他："你置什么气啊？跟他们吃饭去啊。"

"我跟他们不熟。"何修说。

叶斯无语："那你自己去吃，你之前不都一直自己吃饭吗？"

何修没吭声，把一本《灌篮高手》从第一页快速翻到最后一页，又倒着翻了一遍，才说道："以前是，可我现在已经习惯有人陪我一起吃饭了。"

叶斯深吸一口气，瞪着他。

何修也瞪回来，两个人互相瞪了几秒钟，把叶斯气乐了。

"行吧。"他长叹一声。

叶斯把桌子一推："走吧，陪你吃饭去。"

何修勾了一下嘴角，站起来和叶斯一起往外走去。外面都是看成绩的学生，只有他们径直从挤成一堆的人堆旁边走过。

走了一会儿叶斯没忍住又笑了，何修看了一眼叶斯，说道："作文给我看看。"

"看什么看啊？不是，你是不是有什么毛病？"叶斯皱眉，"嫉妒我这种作文写得好？"

何修点头："对。"

叶斯板着脸："你想都别想。"

第八章
皮卡丘和妙蛙种子

虽然分班考成绩揭晓前叶斯也没觉得自己紧张，但最终结果出来之后还是松了一大口气，最明显的就是进食堂一闻到味儿就饿了，看什么都想吃。

"今晚又有排骨煲又有口水鸡啊。"叶斯站在两条长队前陷入纠结，"太难为我了，这题我真选不出来。"

何修想了想，提议道："你排口水鸡的队伍，我排排骨煲的，我可以把我的排骨都给你吃。"

叶斯挑眉："只要？"

"只要你给我看你写的作文。"何修笑得理直气壮。

"门都没有。"叶斯冷下脸，一脚踏入排骨煲的长队里，"我就吃这个了，鸡与排骨不可兼得，舍鸡而取排骨者也。"

结果吃饭的时候半份口水鸡还是进了叶斯的饭碗。他低头呼噜呼噜吃得倍儿香，把刚才谈崩的交易抛在脑后。

"宋义说晚上在宿舍吃烧烤，给他送行。"叶斯看了一眼手机说道。

"送行？"何修没听明白，"他要去哪儿？"

"他去（18）班了。"叶斯叹气，"哎，以后我在（4）班彻底没朋友了，孤家寡人了啊。"

何修手上的筷子一顿，抬眼看他："我呢？"

"你不算。"叶斯一边挑着土豆里埋着的排骨一边说，"你不太一样，你……就同桌吧。"

"同桌听起来有点单薄。"何修低头吃饭，过了一会儿叹口气，没再说话。

吃完饭往回溜达时叶斯感觉何修有些郁闷，话很少，跟他们刚成为同桌的时候差不多，要他说半天何修才"嗯"一声，有时候连嗯都不嗯。

叶斯心里大概知道怎么回事，一个是不给看作文，不高兴了，再一个就是被定义成"同桌"，更不高兴了。

唉，谁说学神不食人间烟火的，明明就是高冷还矫情啊。

131

叶斯突然顿住脚步:"同桌。"

"嗯?"何修也停下脚步。

"我说你是我同桌呢,是因为我们是从同桌关系正式开始认识的,你知道吧?"叶斯手插兜看着他,"你跟宋义和吴兴那些哥们儿不一样,我跟他们叽叽喳喳惯了,彼此心情不好时都是抬脚就踹,但跟你不是这样的,所以我也就自然没把你划到朋友那堆里。"

何修思考了半天:"你是说,只有被你踹过,才能当你朋友?"

"不是。"叶斯失去表情,"你这重点抓得有点歪啊,语文这次考多少分?"

"不知道。"何修愣了一下,"没看分。"

叶斯的嘴角抽了抽,还是笑出来,骂了句后继续懒洋洋地往教学楼走去。

原本解释到一半的话题被打断,叶斯也没想着继续,因为再往后他也解释不出来了。逻辑有些薄弱,论点不够充足,解释下来连他自己都开始困惑。

对啊,为什么不能当朋友?哪儿不一样?

哪儿都不一样,但为什么不一样?

叶斯怀疑自己做题做傻了。

晚饭时间要调班,两个人特意在外面绕了一会儿,绕到打预备铃声才回到教室。刚拐过楼梯口那个弯,叶斯就见此时本应该已经去(18)班的宋义双手抱胸靠在后门,手里拿着张卷子。

"宋义。"叶斯吆喝了一声,"你怎么还不……"

"叶斯!"宋义扭头看见他,把卷子往桌上一拍,"你还敢回来?"

"啊?"叶斯愣了愣,"什么敢不敢的,怎么了?"

"年级高分作文,我才看到。"宋义说着又把那张卷子拿了起来,正要开口念,叶斯已经一下子蹿了起来,三步并作两步跑上去,一把就将那张卷子扯过来。单薄的纸当时就被扯成两半,叶斯火速把手里那半团了,一脚踢进旁边的垃圾桶里。

周遭的空气仿佛凝固了一瞬,教室里的学生全部扭头瞅着这边。

宋义摸摸鼻子:"优秀作文人手一份,教务处还有一沓没发完,你撕得完?"

他说着,随手在何修的桌上一摸,把发给何修的那张拿起来。

在宋义再次开口朗诵前,叶斯上去用胳膊揽住他的脖子,来了一招手指锁喉,让他一点声音都发不出来。

何修站在旁边看他们比武,默默坐回自己的座位上,拿起发给叶斯的那张复印作文开始阅读。

作文题目是《头顶的呼吸》。

何修看到题目时目光闪了一下,盯了片刻才接着往下看。

叶斯这篇作文的结构确实很清晰,开篇驳斥了在宿舍搞"小团体"的现象,然后一半议论做人的基本道德,一半议论珍惜同窗、同舍情谊。

何修的目光匆匆浏览过前面那些教科书式的论证,落在最后一段上:"室友冷漠、宿舍霸凌……撇开人的劣根性而论，大概很多犯错者都在一时的愤怒之中失去了理智，忘记了曾经平淡生活里的陪伴。提起室友，我能想到的只有两个人白天穿错的袜子、早上一起冲去食堂抢的热腾腾的包子、放学一起回'家'一起叨叨背不完的知识点……以及，每天晚上在我头顶，那道浅浅的、安稳的呼吸声。只要那道呼吸声还在，我的学生时光就好像永远走不到尽头。我希望我的人生，能在这道呼吸声中，走得更慢一点。"

何修对着最后两句话愣了好一会儿，余光里叶斯还箍着宋义的脖子，恶狠狠道："你要是敢给我读出来，我就把你打成南极仙翁。"

宋义艰难地呼吸着，气得脸都憋红了："你同桌已经看完你的作文了！你——是不是——傻？"

叶斯茫然地松开手，扭头看向座位，何修正把一张作文纸轻飘飘地放回桌子上。

"看完了。"何修对他点点头，平静道，"写得挺好的，结尾结合真情实感，上升得也不错。"

叶斯简直找不到自己的舌头，茫然地戳在门口跟何修互相瞪着。自习铃声突然打响，宋义拔腿往（18）班那个方向狂奔，看热闹的各回各位，就剩他一个人戳在那儿。

老马突然从身后大步走过，路过时说道："叶神，快回去，你们的新班主任要来了！"

叶斯看了他一眼，对这个幼稚的中年男人表示无语。

他清了清嗓子，低声道："偷看人作文的这位，能不能让你的同桌进去？"

何修勾着嘴角侧过身："人手一张，不算偷看。"

叶斯连瞪他的力气都没了，埋头挤进座位一屁股坐下，把那张作文塞进了桌肚。

老马走上讲台："大家好，我先自我介绍一下——"

其实不用介绍，英中王牌班主任，谁不认识，但（4）班的乖宝宝们还是坐直了听他说。

老马转过身在黑板上写下自己的名字，回过头说道："我姓马，大家可以叫我马老师，也可以延续我上一届孩子们对我的爱称，老马。随你们便。我们（4）班的整体教学老师不变，只有数学老师换成我，同时你们的老秦在高三这一年只负责你们的语文课，班主任这把宝座即日起归我啦。"

底下人笑了笑，叶斯趁机看了一眼班里都有谁。

走了差不多一小半人，进来的好多他都不认识，就对隔壁（3）班进来的那几个眼熟，包括之前宋义觉得长得好看的那个许杉月。

老马说道："分班考已经尘埃落定，坐在这个班级里，首先，我想对各位说，大家辛苦了。"

底下人一片感慨，老马又说："我不是说你们为了考这个试辛苦，考完的就过去了，一分耕耘一分收获，你们得到了想要的结果，之前的付出就算不上辛苦，算甘之如饴。"

教室里一下子更安静了，叶斯抬头看看讲台上那个男人。

老马的声音很温和，是一种兼具低沉和抑扬顿挫的语调，语速很慢，不知道是不是数学老师都这样，怕说快了别人听不懂，就一直慢条斯理地说。

"我说辛苦了,是想要在座的各位对未来三百天里可能遭遇的种种,有个心理准备。

"不久之后你们中就会有人陆续遭受尴尬的境地,比如人在(4)班,但考试出了前五十名,觉得自己在这个班级里每一秒都如坐针毡,配不上屁股底下的座位。

"可怜点的,家长会来找老师,还会把你提溜到旁边,让你对老师说出自己学习的问题。"

老马笑了笑,接着说:"更可怜点的,会被顺藤摸瓜,你们偷藏起来的手机、游戏机、私房钱……全部被抖搂出来,一夜之间一无所有。"

班级里响起一片低低的友好笑声,老马的眼睛很亮,看着底下的人:"今天晚上我想提前和大家交个底。高三,除了无尽的考试和做题,大家要学会自我排遣,和自己相处、和家长相处。老师希望在未来的三百天里,你们有什么不开心、想不开、不乐意的,都来找老师聊。或者坐在办公室和我一起吐槽你们的父母也可以,我准备好瓜子了。上一届的学长学姐们嗑了我一百多斤瓜子,看看你们能不能打破这个纪录。"

教室里紧绷的气氛缓和了下来,底下开始有人笑着小声唠嗑。

叶斯撞了一下何修的胳膊肘:"老马真的牛。"

现实世界中,老马是何修在英中唯一算得上熟悉的人,甚至算得上朋友。

起因不记得了,大概也是被老马叫去做题,一来二去,师生感情就在无形中升华起来。大概是喜欢数学的人骨子里有些惺惺相惜,他们师生之间有那股默契劲,高考前老马还和他聊过,劝他在报考这种事上坚持自己的理想,但可惜,他最后还是妥协了。

何修回过神来,叶斯又戳了他一下:"你常去他办公室,他那儿真有一百斤瓜子吗?"

何修笑:"有吧,我觉得都不止,都在办公桌底下的箱子里码好了。"

叶斯"啧"了一声,又深吸一口气,突然觉得心里特别敞亮。

老马笑着说:"我好像听见下面有人夸我,别夸,这套话我每年都说,业务已经相当熟练了,就是走个过场。"

底下哄堂大笑,老马就在笑声里用手指捻开一沓小卡片,挨个组从前面让传下去,说道:"但今年有个不一样的小玩意儿。我这个数学老师要搞点学科特色,大家每个人在这张粉红色的小卡片上写下你们最喜欢的,或者最能代表你们此刻心情的数学算式,然后我收上来。等高考前,我会发给你们再看看,回忆一下三百天之前的这个夜晚,你们刚刚结束一场战役,安安静静坐在(4)班教室里的场景。"

老马笑着问:"浪漫不?我觉得挺浪漫的,数学老师的浪漫。"

叶斯左后方的罗翰抬脚踢了踢他的凳子,问道:"老马也太多花招了吧?写什么数学算式啊?"

叶斯摇头:"不知道。"

他确实没什么想法,用数学记录心情实在有点超过他的能力范围,所以打算随便写写。

粉色小卡片到手,叶斯转了半天笔,先写了个"1+1=2",后来觉得实在显得自己太垃圾了,又画掉。

他扭头看一眼何修。

何修身子微侧，根本没让他看见，但下笔很快，唰唰唰地写着。

学神搞这种抽象艺术都这么有灵感吗？

叶斯叹口气，想了想，画了个颜文字"0.0"在纸上，表示自己很蒙。

就这个了，看着确实不怎么数学，但他尽力了。

小组长下来收卡片的时候，何修交得飞快，动作之迅猛犹如闪电，叶斯连个字影都没看见，卡片就到了组长手里。

"至于吗？"叶斯斜眼，"还讲不讲同窗情了？我作文都给你看了，你这点小创作还藏着掖着？"

何修没说话，仿佛什么也没听见。

老马把一张按照座位顺序写着全班同学名字的纸贴在讲台上，说道："大家自习吧，我坐在这儿认认你们，你们要是累了也可以抬头认认我，都别客气。"

教室里很快安静下来，重新组合过的（4）班比之前更有"精英营"的气质，大家在草稿纸上落笔的沙沙声仿佛都比之前更紧张。

分班考各科的卷子已经发下来了，叶斯打算给自己计时再把前面的选择题和填空题做一遍。

何修似乎又沉迷新的漫画了，完全没在意他对着全对的选择题埋头苦算，也没过问。

如此最好。

叶斯就欣赏何修这种人，对外界比较迟钝，也不太关注别人，这样就不会注意到他身上那些很矛盾的地方……

周围的沙沙声和人影逐渐从视觉和听觉里消失，叶斯凝神计算，很快就钻了进去。

过了有半个小时，何修从漫画书里抬头，无意识地一抬头，却和讲台前坐着的老马撞了视线。

老马原本正在翻看大家匿名写的那些数学式子，看到各种搞笑的还拍了照。他此刻面前放着那张小卡片，上面写的和大家的都不太一样——

已知式 Y：$P(A|B)=P(B|A)\ P(A)/P(B)$

$\text{Lim}(Y) = \infty$.

第一个式子很好认，是贝叶斯定理，虽然不是高中数学的东西，但原理还是很朴实的。但第二个式子就很莫名其妙，对贝叶斯定理求极限，得出了一个无穷。

常规思路扫一眼就该觉得是叶斯的杰作，但老马怎么看怎么觉得前面那张画着"0.0"的更像是叶斯的手笔。

何修跟他对视一会儿，突然挑起嘴角笑了笑，低头似无事发生地继续看漫画了。

晚自习放学前，老马站在台上确认了一下各科的课代表和班委。之前班级里的生活委员调走了，许杉月以前是（3）班的生活委员，就补上了这个缺，别的倒是都没变，各科课代表都守住了（4）班没挪地方。

135

"那好，那么这个新班级照常运作，遇到什么问题就再来找我。"老马说道，"对了，本周五召开家长会，每个班都开，是高三一开始和家长的正常沟通，只谈人生不谈成绩，大家别忘了把自己的父母拎过来一个。"

换了血的（4）班和以前不太一样，家长会的消息通知下来，竟然没有人哀号，所有人都默默接受了这个消息。

叶斯吸了口气，有些不确定——父亲最近好像在 S 市谈什么事，还挺辛苦的，前天看他发朋友圈晒了自己瘦得只有一根火腿肠那么粗的手指头。

叶斯咂咂嘴，在手机上打下"周五家长会，能来否"一行字发给那个头像是噘嘴男婴的老男人，然后揣起手机，问何修："回去不？"

何修点头，把写完的作业卷子交给叶斯让他帮忙背着："走吧。"

"你家谁来开家长会？"叶斯问。

"都有可能吧。"何修想了想，"估计还是我爸，我妈坐车过来可能会腰酸。"

叶斯叹气："反正谁来都一样，你也没什么可挑剔的，你那点叛逆都是关起家门解决的事。"

"是。"何修耿直地点了点头。

两个人还没来得及从后门出去，就听外头一阵跑步声。宋义兴高采烈的脸下一秒出现，透过后门飞快地往教室里扫了一眼，又侧过身贴着墙站着，冲叶斯使眼色。

叶斯皱眉："干什么呢？沙眼犯了？"

宋义压着声音问："女神走了没？"

"谁是女神啊？你……哦。"叶斯突然想起来是许杉月，扭头看了一眼，许杉月正和沈霏一起说笑，沈霏的同桌走了，许杉月正好就补了那个空座。

叶斯笑笑："两个女神坐一起了，可惜你滚了。"

"滚。"宋义翻了个白眼，又退开两步，对何修说："学神，我告诉你啊，我们梁子结大了。我跟我兄弟关系那么好，他都没把我写进作文里，结果他矫情地给你写了那么一段……"

"写你才怪。"叶斯抡起空书包抽在宋义后背上，把人抽得嗷嗷叫，吼道，"再提那篇作文我把你所有吃的都没收了你信不信？！"

叶斯抡着书包追杀宋义，两个人一阵风一样往楼下跑。何修叹了口气，把叶斯没来得及帮自己带上的游戏机拎在手里，跟在后面慢吞吞地走。

走到楼下的告示板时，他突然想起这天出分，于是扭头看了一眼左上角。

数学一百三十八分，英语一百三十八分，理综二百八十八分。嗯，控制得不错，想丢的分都丢了，可以回去认真复习一下基础知识了。

何修的目光往下移，看见了叶斯那个明晃晃的语文一百四十二分，突然觉得心情不错。

身后一阵脚步声狂奔而来，叶斯已经追着宋义绕教学楼打了一圈，两个人气喘吁吁地停下，叶斯指着他："你的告别晚宴没有了，我们这账还没算完。"

宋义梗着脖子："怎么着？！"

叶斯指着他："我今天不打疼你，我就不是你叶神！"

两个人说完又风一样地追着跑了。

何修又叹了一口气，慢吞吞地跟着走。有时候他挺服宋义的，也就打起架来还有点凶狠的气质，平时真跟二傻子没什么区别。

甚至二傻子都比宋义更冷静克制。

何修散漫地往宿舍的方向走去，视线里掠过英中东门，突然看见胡秀杰正陪着两个家长跟一个学生往这边走，边走还边介绍着什么。他本没想多留意，但一伙人走近时，胡秀杰的声音就自动飘进了他耳朵。

"（4）班的马老师教学水平一流，而且师风师德在学生和家长里都是有口皆碑，简明泽来这个班级你们就放心吧。"

插班生？

何修愣了一下，记忆中现实世界里完全没有这个人，于是他停下脚步多往那边看了一眼。

挺高挺瘦的男生，皮肤有些苍白，长相就是普通人，但不知是不是夜色衬的，看起来有些孤僻的样子。

"同桌！"叶斯突然跑回来扯着脖子喊了一嗓子，喘着粗气道，"你走得也太慢了吧，我都冲上楼了发现把你落外头了，你快点啊。"

"哦。"何修收回视线，默默把游戏机贴在右边裤缝用手兜着，没让胡秀杰看见。

叶斯跑过来："快点，吴兴点了烧烤，烧烤都回宿舍了你还没回去，像话吗？"

何修勾起嘴角："来了。"

吴兴嘴上说离别感伤，但一整顿消夜吃下来都在合计怎么少挨他爸几下揍。

叶斯一边嚼着牛肉筋一边说："发榜加家长会，我觉得你现在去买人身伤害险比较靠谱。"

宋义一瞪眼，把他手里没吃完的半串牛肉筋没收了："你滚吧，我不认识你这种白眼狼。"

叶斯扒拉扒拉手，打了个嗝："饱了。"

是饱了，光他面前就三十多根扦子，还不算一开始放到何修那边的。

叶斯两口喝光手里的可乐，站起来说："明天又要开始玩命学习了，今晚早点睡。"

宋义虚踹了他一脚："快滚。"

从宋义那儿回寝室就几米的路，但叶斯才迈出两步便走不动道。

"我好撑啊。"

"你吃太多了。"何修勾了一下嘴角，"我记得温晨有健胃消食片，等会儿让他给你找吧。"

叶斯唖唖嘴："他今晚估计得和宋许出去庆祝吧。"

宋许这次考进前五十名，来（4）班跟温晨会合了。晚自习的时候，叶斯好几次无意间一抬头，就见坐在不远处的宋许和温晨一直在傻乐，乐得他后背都发毛。

　　考试卷子叶斯已经又过了一遍。他这次考了六百五十二分，脱离临场能力后能拿到四百五十分到四百八十分之间，在年级里勉强能进前三百五十名。

　　刚努力不到一个月，成效比预想中要好很多，但像他这种从不学习的人一开始确实进步快，后面爬坡会越来越难，还得铆足劲儿。

　　叶斯躺在床上看之前手机拍下来的何修的笔记，叶老爹突然给他回复了："高三了，老爸肯定要去。"

　　叶斯正挑着表情包，叶老爹又发言了："你们高三是不是分班了，你现在跑几班去了？用不用爸给你挪个班？"

　　叶斯笑了笑："不用，我对现在的班级非常满意。"

　　"好，随我，随遇而安。那周五见吧，给你带 S 市的特产卤鸭脖，顺便找当地名中医给你抓了几服药，一起给你拎过去。"

　　治心脏的药。

　　这个从前几乎每天都要接触的字眼突然出现在屏幕上，叶斯恍惚了一阵，而后回了一个"嗯"字。

　　刚看到那几个字时他心里涌起一阵"啊，我已经不再用吃药了"的轻松感，但轻松的感觉转瞬即逝，取而代之的是更可怕的压抑。

　　他不知道自己能轻松多久，不知道能不能被成功唤醒。

　　"关灯吗？"何修穿着睡衣站在下面，手放在灯的开关上。

　　"关吧。"沈浪说，"给温晨留个门。"

　　"啪"的一声，屋里黑了。何修轻手轻脚地爬上梯子，手按在叶斯脑袋旁边，在枕头上压了一个坑。

　　"想什么呢？"何修轻声说，"早点睡，难得没作业。"

　　叶斯努力勾了勾嘴角，无声地对他笑了一下，拉过被子翻了个身。

　　这一晚叶斯做了个噩梦，梦里他游走在过劳猝死的边缘挺过漫长的十个月，每次考试稳步前进二十名，好不容易挺进了年级前二十名，却在高考前的最后一次模考里瞬间落回倒数第一。

　　因为他考试的时候突然觉得大脑一片空白，那些他自己努力学会的东西，全部忘了个干干净净。

　　"你活不过高考，是天注定。"梦里的 SD 对他说。

　　叶斯猛地睁开眼，屋里一片漆黑。

　　汗水透过睡衣浸出来，带着一股摧人的冷意。叶斯打了个冷战，正扛不住巨大的慌乱要坐起来，却突然听到熟悉的呼吸声。

　　低浅而规律，明明只是呼气吸气，却也仿佛带着何修平日说话的语气似的。

淡漠而温和，透着好脾气的笑意。

叶斯心里的慌张忽然好像远去了。他动了动僵直的身子，翻了个身，这才逐渐找回自己的感官。他听见温晨桌上摆着的小闹钟秒针走动的声音，又听见了沈浪磨牙的声音。

很奇怪，这些动静都不小，但噩梦醒来时他完全感知不到。

只有头顶那道呼吸能驱散他的恐惧，大概是因为学神的呼吸自带庇佑。

叶斯茫然地想些乱七八糟的东西，何修的呼吸声变了变，而后突然翻个身，胳膊撑着床爬了起来。

"做噩梦了吗？"何修的声音听起来很不清醒，迷迷糊糊的，明显还没从梦里醒来，"别怕，接着睡吧。"

叶斯震惊，坐起来看着他："你知道我做噩梦了？"

何修迷迷瞪瞪地看着他，眼神有些虚焦，过了一会儿才"啊"了一声，重复道："别怕，别怕。"

叶斯愣住了，黑漆漆的寝室里，他就这样摸着黑和对面那个一脸迷糊的家伙对视着，只是他瞪得很认真，对面那家伙眼神迷离。

虽然迷离，但叶斯一下子觉得心安下来。他动了动嘴唇，内心一阵感动，又不知该说什么。

何修茫然地四处看了看，突然伸手到后背拍了拍："别怕，我已经拿到流浪勇士之弩了，在日落村我随便罩你。出了这个村……出了这个村还会拿到更厉害的武器。"

叶斯更迷茫了："啊？"

这家伙，怕不是梦见在游戏里探险吧？

叶斯正感到疑惑，就听何修叹了口气，跪在床上身子前倾，伸出手一下一下地拍着他的后背。

"不怕不怕，我有流浪勇士之弩了。"

叶斯沉默片刻，闷声道："知道了。"

何修竟然真的停手了，又抬手在叶斯脑袋上拍了几下。当他怀疑自己的发型已经被拍成个鸟窝时，何修终于又躺回了床上。

叶斯跪在床上盯着何修重新翻身睡着，过了好半天都没缓过神。

他翻个身无声地乐了一阵，又觉得与其想那么多，还不如想想明天早上吃什么、明天晚自习先刷物理还是先刷化学来得靠谱。

老马怎么说的来着？高三，要学会和自己相处。

叶斯呼了口气，闭上眼很快就重新睡着了。

早上第一节是老马的数学课，打铃前老马突然出现在班级后门外，身边还跟着一个穿校服的男生。老马站在后门口给他指着左边靠窗组第一排的单桌，说道："你先坐那儿，晚自习前我调下座，顺便给你找两个同桌。"

139

叶斯抬头看过去，站在老马身边的是个一米八左右的男生，特别瘦。他觉得自己都够瘦了，但胳膊还是肉眼可见比那个男生粗了一圈。

男生很白，单眼皮，鼻子两边还有晒出来的雀斑。

"谢谢老师。"男生说，"我一直自己坐也可以。"

老马笑道："你说行我也不能这么干，不管你在英中待多久，起码得让你交几个朋友。"

男生笑了笑，跟着他往前门走去。

班上的同学小声地议论着。

叶斯看着何修："什么情况，插班生啊？"

何修"嗯"了一声："昨晚在楼下我看见胡秀杰领他过来的，叫简明泽。"

叶斯点点头，看着被老马带上讲台的男生，低声道："但我没想到（4）班会有人能插进来。"

"大家——"老马笑着说，"是这样的，这是Y市实验中学的同学，叫简明泽。明泽来我们英中寄读两个月，大概待到期末前后，大家欢迎一下。"

所有人都揣着一肚子困惑，但还是礼貌地鼓了鼓掌。

等简明泽鞠躬回到自己的座位上后，老马又说道："不算插班生，毕竟也做不了太久的同学，往后高考人家也是要回去考的，时间有限，你们要交朋友的抓紧。"

底下一片笑声，有个男生说："女生们抓紧啊。"

教室里一片哄笑，简明泽也回头冲大家笑了笑。表情有些初来乍到的不自在，但挺真诚的。

叶斯叹气："老马真会安抚人心。"

"嗯。"何修说，"Y市离得近，但属于外省，他和我们不在同一竞争赛道。"

"这样就不会有人排挤他了，大家反而会愿意跟他接触。"叶斯"啧"了一声，"但我想不明白，都高三了，寄读两个月是为什么啊？"

何修说："可能是父母在这边有事吧。"

"也只能是这个原因了。"叶斯从书桌肚里掏出练习册，又压低声音道，"你说老马特意把人领到后门来说那一番话什么意思，该不会是想让他跟我们坐吧？"

何修看着他："你不愿意？"

"当然不愿意了。"叶斯心想，本来学得好好的，突然多一个陌生人打扰，烦不烦啊？

何修笑道："应该不会，和我们组三人桌会影响最后一排的同学，估计会在最后一排加张桌子。"

晚自习上课前半个小时，老马贴出了新的座位表，基本没破坏大家自己选的同桌，就是根据大家的身高和视力情况把前后左右挪了挪。

叶斯跟何修还是在原地没动，前桌变成温晨和宋许，左边是沈霏和许杉月，身后还是罗翰。

但出乎意料的，老马把简明泽放在罗翰旁边，罗翰本来的同桌是班长齐玥，齐玥换到左上角跟另外一男一女组了个三人桌。

叶斯感觉这日子不好过了。罗翰在他正后边，一米九四的汉子腿特长，动不动就顶他一下，他不得不把书包放在凳子上。

而左边，沈霏跟许杉月两个女生在传字条。

"真是幼稚。"叶斯压着声音嘟囔，"都坐一张桌了还传字条，还傻笑。"

何修忍不住说："我们也传过。"

"也傻笑过，我知道。"叶斯"哎哟"了一声，"我们也幼稚得冒烟。"

罗翰正小心翼翼地跟简明泽说话试图破冰，简明泽看着孤僻，但并不高冷，基本一问一答，没说几句话罗翰就放松下来呼了口气。

"你们实验中学是不是也挺强的？我记得你们学校还出过省状元。"

"这你都知道？"简明泽点头，"是，全省前十名里我们学校每年都有两三个。"

"厉害啊，不比我们差。"罗翰突然想起来，"那你什么成绩？"

"在你们班，排三十七名。"简明泽说。

罗翰一愣："哈？"

简明泽笑笑："真不是随便插班的，虽然只在这待两三个月，但之前也正儿八经单独考了你们分班的卷子，胡秀杰说我大概在年级排三十七名，该来（4）班。"

"这样啊。"罗翰一拍桌子，"缘分啊！同桌，我排三十八名！"

叶斯朝天翻了个白眼，把被罗翰"隔空打虎"震掉在地上的笔帽捡起来。

"知道你三八，不要激动。"

罗翰白了他的后脑勺一眼，又来了兴致，指着何修后背说："这是我们学神，超级厉害……"

"知道的。"简明泽点点头，"从入学以来就没考过第二名的顶级学神。"

"哟——"叶斯一下子回过头，趴在罗翰的桌子上，"消息挺灵通？认不认识我啊？"

"也认识。"简明泽顿了一下，似乎有点紧张，往后板了下身子才说道，"校霸，还是新晋学霸。"

这回何修也回过头来了，平静地看着他："都认识？"

简明泽有点不好意思，掏出手机放在桌上："我来新环境有些紧张，就……翻了翻你们学校的论坛。"

周遭突然安静下来，简明泽的表情逐渐僵硬，肉眼可见地紧张起来。

"校草……无双……"他说道，"到处都有帖子，我也不是故意看的。"

叶斯没憋住笑了两声，老马突然出现在后门，"嘿"了一声："校草无双，你们要不直接把凳子转过去和人家组桌牌吧？"

"吓死我了。"叶斯一哆嗦，"老师，你下次走路能不能大点声，要是有心脏病都能被你吓去世。"

何修闻言顿了一下，看了叶斯一眼。

"老师记住了。"老马好脾气地笑了笑，从前门走进教室，说道："占大家半分钟时间，说件事。眼看着就八月了，我们高三的篮球赛安排在八月中下旬。"

话音刚落，底下就一片欢呼。

叶斯飞快地点了一遍班里的人。重新分班后（4）班女多男少，五十人里男生不到二十个，能上去打球的勉强凑够五人队，如果算他跟何修都当替补，刚好凑齐一组。

老马笑笑，说道："这次赛制比较简单，之前各班体育委员报名，我们一共有十二个班参赛，分六场同时赛，之后六进三，决赛抽签赛两场。"

"已经很完善了。"罗翰激动得直接站了起来，"已经相当好了，我之前想的是能确保每个班打上一场就心满意足了。"

老马无奈地道："对自己的学校有点要求。"

班里又是一阵哄笑，老马接着说道："行了，别影响你们的学习节奏，我就是说一声。还有两周，四节体育课你们要好好利用下，不参赛的同学也多出去玩玩，要珍惜啊。"

老马说完就走，完全不在意纪律，班里同学讨论了两三分钟后自动自觉地安静下来，很快又投入了忘我的学习。

叶斯不禁感慨精英班真的不一样，想之前在（18）班，别说老师走了，老师在的时候都恨不得同时有两三伙人在干架。

精英班里的人做什么都认真，学习认真、值日认真、听老师说话认真、讨论起活动认真，还有的人，打游戏也认真。

叶斯瞟了一眼微微皱着眉满地图找什么鸟弩的何修，无语地咂了咂嘴，低头继续自习。

为了防止被罗翰的膝盖从后面顶到，叶斯不得不把书包放在身后，所以拿个东西特别麻烦，三节晚自习回了好几次头。

叶斯发现简明泽有些奇怪，第一次回头的时候他正在一张A4纸上整理笔记，非常认真，很符合学霸的人设；过了二十分钟又回头时，却发现他已经趴下了；等再过二十分钟再回头，他又埋头认真地写着什么。

这套流程循环了一晚上，学二十分钟，趴二十分钟。叶斯原本不愿意管别人的事，但还是没忍住给何修写了张字条。

"新来的是个睡神。"

何修放下游戏机，随便抓了根笔："关心新同学吗？"

叶斯随手写："想多了，我的心里只有学习。"

何修勾了勾嘴角，手指把玩着那张字条。他的手长得很好看，手指修长，骨节的形状十分漂亮，不算突兀又有骨骼美，动态静态都很养眼。

叶斯拧开桌上的功能饮料灌了半瓶下去，提提神，打算抓紧放学前最后半个小时把化学有机选修教材里的重要反应式再写一遍。

他的笔尖刚落在白纸上，教室突然一片漆黑。他还没反应过来怎么回事，周遭就一片哗然。

罗翰骂了一声:"停电啊!"

是停电了,从这栋楼窗户往外看是文科楼,一个个窗格子里也全部漆黑一片。

何修推开门一看,连走廊的灯都灭了。

班长齐玥立刻站起来:"大家在座位上不要动,也别大声喧哗,我们等老师过来。"

"估计得放学了。"

"宿舍有没有备用电啊,澡堂还开吗?"

"实哥的书铺还开着吗?我作业还没写完。"

"估计开着,那一片跟我们好像不归同一个电局管。"

"抢位要趁早啊,书铺坐不下几个人!"

叶斯坐在座位上没动,突然一片漆黑,吓他一跳,吓完了就有点想上厕所。

也不完全是吓的,其实他早就想去,但课间的时候跟过来串门的宋义说话,就错过时间了。

叶斯清了一下嗓子,越过何修往外头看了一眼。

走廊黑漆漆的,窗外是一片树影,白天看还觉得挺有情调,晚上尤其停电了看特别瘆得慌。

"你要干什么?"何修注意到叶斯跃跃欲试的动作,"怎么了?"

"没。"叶斯慢吞吞地把知识点叠起来塞进书包,试图以慢动作来缓解,"我就是随便看看。"

但他越慢,就越感觉憋不住。他心里一急,动作突然快了起来,动作一快就更憋不住了。他一下子急了,把卷子都塞进桌肚里又全掏出来,猛地站起,跺了两下脚,又一屁股坐下了。

"叶神怎么了?"罗翰在背后说道,"这么兴奋?"

叶斯没空跟他说话。

何修突然站起来:"我想上厕所。"

"啊!"叶斯如释重负,"我跟你去。"

何修点点头转身往外走,叶斯恨不得一下子飞出去,还在背后推了他一下,跳出去的时候撞在他的后背上,两个人险些摔一起。

何修往外走了两步,走廊黑魆魆的,他用手机电筒照着路,忍不住乐了:"你是不是快憋不住了?"

"就你眼尖。"叶斯冷脸了一秒,又软下来,推了他一把,"快点走,同桌,我真要憋不住了。"

何修边走边笑,没出太大动静,但肩膀一耸一耸的,笑够了才说道:"之前谁说自己不怕鬼来着?"

"但我怕黑。"叶斯咋舌,"这么黑,谁不心虚啊?"

教职工洗手间离得近,路过时叶斯不想忍了:"就这儿了。"

"你进去吧,我在外面给你守着。"何修在门口停下脚步。

叶斯一边往里面冲一边问道:"不一起吗?"

"不了。"何修说,"您请。"

何修默默往外退了两步,从兜里掏出手机,随手搜了一个三消游戏的小程序,把声音开到最大,然后开始疯狂消除。

"Sweet(甜心)!"

"Wonderful(好极了)!"

"Delicious(美味)!"

卡通童音和背景音乐充斥了整条走廊,叶斯在里面喊道:"你生怕胡秀杰听不见啊?小点声啊。"

"不听,不听。"何修低声念道,盖住叶斯的声音和里面的动静,跟着游戏背景音小声重复,"Sweet。哦。Delicious。通关了。"

正通着关,厕所里突然传来叶斯的一声惊呼:"啊!"

何修吓得手一哆嗦,手机朝下扣在了地砖上,"啪"的一声。他也顾不上捡手机,推开厕所门就往里走。

老马尴尬地站在单间的台阶上,叶斯坐在外面地上,两只手撑着地。

"吓成这样啊。"老马讪讪地道,"我刚在里面上厕所,听到外面有声音还以为是哪个同事呢。"

叶斯本来在心飞扬地上厕所,格子间门后突然传来一声幽幽的叹息。

"停电了,帮我看看我班的孩子们。"

黑漆漆的厕所突然传来幽怨的男声,差点把叶斯吓得张嘴把心脏吐出来。他还没从惊吓中反应过来,那道门就"嘎吱"一声从里面打开了。慌乱中,他想立刻掉头跑,身体跟脑袋都没别过劲来,脚下一滑就一屁股坐下了。

何修朝叶斯伸出手,顿了顿,把另一只手也伸出来,而后双手被他抓住,借了把劲站起来,然后虚弱地扶着洗手池看老马:"老师,求你别老吓我。"

"他很容易被吓到。"何修看了叶斯一眼,平静地对老马解释道,"没事,虚惊一场。我们是不是要直接放学了?"

"啊?"老马有些尴尬地拍了拍叶斯的肩膀,"对,我其实就是急着回去看一眼大家。对不住啊,叶斯,你要不让何修直接跟你去校医室吧,校医应该还没走,我这有电话号码。"

"不用了。"叶斯龇牙咧嘴地道,"我回去歇一会儿就没事了。"

老马松了口气:"行,那你们直接回宿舍,今晚都没电,我们城东这一片全停。"

等老马走了,叶斯叹口气:"绝了,上个厕所还能摔。"

"走吧。"何修主动说道,"我扶你,你别使劲。"

"我其实没什么事,骨头没事,能感觉到。"叶斯嘴上说着,但走了两步发现这么走挺省力,就无耻地没撒手。

大部分班级还没解散,两个人一瘸一拐地下了楼。叶斯在平路上走了两步突然又"哟"

144

了一声："教职工洗手间的地板是什么做的，怎么这么硬啊？"

"很痛吗？"何修看着他，"我去给你买点药吧。"

"不用，我有那种喷的白药。"叶斯继续往前走，"回去你能帮我看看伤得怎么样了吗？"

何修一下子停住脚步，叶斯还在继续往前走，不可避免地被两个人交叠在一起的胳膊绊住，差点又摔一跤。

何修没吭声，架着他接着走，走了一会儿说："你自己看。"

叶斯"哼"了一声，说道："有些人啊，太冷漠了，表面上跟你一口一个'同桌'地叫。但其实心里都是冰碴，连帮你看看伤处都嫌弃。"

"幼稚。"何修面无表情地看了叶斯一眼，"我看你根本没摔疼。"

"还是有点疼的。"叶斯换了一个话题，"明天我爸来开家长会，开完家长会就直接回S市接着谈生意。家长会结束你陪我回一趟家呗，我想拿些不用的行李回家，自己拎费劲。"

何修点头："好。"

叶斯笑着拍拍他的肩膀："那就这么说定了，做完苦力请你吃一家巨好吃的烤鱼焖饼，我叫外卖，我们在我家找部电影边看边吃。"

何修闻言眼睛一亮，笑着说："好啊。"

宿舍也停电了，盥洗室黑漆漆的，两个手机开着闪光灯放在洗手池的台子上，叶斯挤牙膏挤到一半往何修那边挪了挪。

"怎么了？"何修看他一眼，"有光你也怕吗？"

"光照着脸，镜子吓人。"叶斯低头对着水池，"快洗漱完回去躺着。"

何修挤好牙膏后问道："你伤处还疼吗？"

"没什么感觉了。"叶斯说，"但就是腰部下面那一块不能动，一动就疼。"

何修沉默着思索了一下是哪儿，"啊"了一声才道："尾骨？"

"是吧。"叶斯叹气，"我小时候也摔过，得疼一个多星期。"

"教职工洗手间的地砖是大理石的。"何修有些担心，"你观察两天，不行就去医院。"

叶斯"嗯"了一声："没事。"

"我发现你好像很容易被吓一跳。"何修过了一会儿又说道。

叶斯的手顿了顿："是有点，就是烦别人一惊一乍的。"

何修"哦"了一声，想要再追问一句，但看叶斯突然加快刷牙的速度，便把话咽了回去。

宿舍没电也就没了空调，何修半夜被热醒，看了一眼手机，半夜三点多，他撑起身子往叶斯那边看了一眼。

叶斯怕疼便趴着睡，大概是压着胸口的原因，呼吸声有些重。

实在太热了，又热又闷，露在空气里的每一寸皮肤好像都透着汗。何修索性下床翻出一把印着小广告的扇子，又爬回床上坐在那儿轻轻扇着。

扇了一会儿，趴着的叶斯感受到风，舒服地哼哼了一声。

何修偏了偏扇子，风往叶斯那边去，叶斯又哼哼了一声。

明明眼睛都没睁开，但还是能让人感觉出他那股舒坦劲。

何修忍不住勾了勾嘴角，又把手那边侧了侧。

"你在吗？"何修在脑海里轻声叫。

BB打了个哈欠："怎么了？"

"叶斯他……"何修犹豫了一下，"他是不是心脏不大好？"

"为什么这么问呢？"BB语气平静。

何修说出心里的想法："他非常容易被吓到，而且每次反应都很强烈，还会提到'心脏病'这个词。"

"正常人也会说这个词吧。"BB淡淡地说道。

"正常人会说，我要被你吓出心脏病了，而他说的是，要是有心脏病都能被你吓去世。"何修顿了一下，"乍一听好像没什么区别，但仔细揣摩下，说话人的思维角度完全不同。"

脑海里那个声音沉寂了好一会儿，何修怀疑她是不是又瞌睡了，BB突然叹口气："你真的很敏锐。"

"所以我猜中了？"何修心里沉了一下。

BB说："我真的不能和你讨论叶斯的事。你有什么别的想问我吗？比如突然出现的新同学。"

"我不感兴趣。"何修的语气平静，"休息吧，晚安。"

何修不怎么困，一只手给叶斯扇着风，另一只手点着手机看一个很无聊的漫画。

清晨五点多的时候温晨桌上的台灯突然亮了起来，何修意识到来电了，便下地开了空调，等到屋里的温度变得舒适，才重新躺下。

叶斯发现上午的课何修一分钟都没听，起先他以为何修在偷看漫画，后来说了两句话何修都没反应，他就用两根手指掀开虚假的物理竞赛题库封皮，露出里面的漫画书，又掀开漫画书，露出了藏在书后头睡觉的何修。

叶斯看着何修歪在一条胳膊上用书挡着脸偷偷睡觉的样子，莫名其妙被戳中笑点，趴在桌上一个人乐了好半天。

下午第二节课后，老马抱着一个上面掏了一个圆洞的纸箱走进教室，说道："家长会是半个小时后，我现在再发一下小卡片。"

他说着从兜里掏出两摞卡片，跟上次的粉色卡片一样，只是颜色变成了黄色的。

老马说："放学之前，大家想一样要送给家长的礼物，把礼物写在小卡片上，然后放到这个箱子里。匿名还是署名都行，但是会挑一些家长上来抽念，所以署名有风险，需谨慎。"

温晨举了一下手："有金额限制吗？"

老马笑说:"反正空头支票,你写航空母舰也行。"

卡片下发后,大家开始埋头创作,老马拍了拍那个空箱子:"我先去准备家长会的幻灯片,大家写完了塞这里,值日生留下值日,剩下的人可以走了。"

"老师,我能送我爸计划生育手册吗?"又一个人举手。

老马笑道:"可以,但你这种过河拆桥的观念我不太认同。"

同学们听完又哈哈大笑,叶斯也跟着笑了:"老马从早到晚都在想办法逗我们乐。"

"缓解学生压力。"何修也笑笑,抻直胳膊举过头顶伸了个懒腰,才算是醒觉了。

叶斯的笔尖顿在卡片上,有些不确定:"你想送你爸什么礼物?"

"我妈来。"何修说,"今天中午发短信说我爸最近在省里开会,没空过来。我打算给我妈画个烤箱吧。"

"嗯?"叶斯惊讶了一下,"你家没有烤箱吗?"

"没有。"何修说,"之前有,后来被我妈烤糊了,我爸就不让她再买了。但我之前收拾东西看到我妈年轻时的日记,她想做烘焙师想了一整个青春。"

"啊!"叶斯的眼神茫然了一下,才感叹道,"你妈好可爱,跟上次打电话时的印象不太一样。"

何修"嗯"了一声:"她有时候会特别自我,但平时又很好说话。"

叶斯顿了顿,"嗯"了一声,说完摊开纸,想了想,低头画了一个小小的长方形,在下面先写下"叶赚钱"三个字,然后工工整整地写下父亲的身份证号码,又在上面画了个指向右边的箭头。箭头左边写"世界各地",箭头右边写家里的地址。

写完之后他换了一支铅笔,在卡片背面又写了一行字:有些病不是赚钱就能治好的,不如回家吧。

叶斯写完后又用橡皮擦掉,在背面重新画了一张车票,这一次他写下了自己的身份证号码。箭头左边写着"高三"二字,箭头右边则是"新生"二字。

叶斯捏着那张小卡片,心想:如果背面的车票能兑现,那正面的车票也能兑现了。

"你写了什么?"何修凑过来,叶斯顺手把卡片揣进兜里。

何修挑眉:"这么神秘。"

"那当然。"叶斯干笑两声,"写得乱七八糟的,我不打算交了。"

何修说:"家长会时间紧,估计也就抽两三个人,未必能抽到你。"

叶斯闻言只是点点头,但仍然没有要交卡片的意思。

何修只好自己上去把卡片交了,回来问道:"我们怎么说?"

"先回宿舍收拾东西。"叶斯抓起书包,"然后来这儿找我爸拿上他给我带的特产什么的,再然后直接回我家。"

"行。"何修说。

回去的路上叶斯的伤处又开始疼,这次摔得挺神奇的,早上起来还以为没事了,一天下来也没什么感觉,结果这会儿又开始疼了。

"你的东西多吗？"何修扭头看他。

"挺多。"叶斯想了想，"光要带回去的厚被褥就得塞个拉杆箱了。"

"没事，我帮你提。"何修说，"你等会儿告诉我都有哪些需要拿。"

何修说帮提，实际上连收拾和装箱都承包了，叶斯就干了个指挥的活。二人一来一回折腾了不少时间，等到终于磨蹭回教学楼，家长会已经开始了二十多分钟。叶斯走到后门从小玻璃窗往里瞄了一眼，发现班级一片漆黑，里面拉着窗帘关着灯，只有投影仪亮着。

老马在放照片，屏幕上是调班那天的走廊，一个（3）班的男生兴高采烈地抱着书包往（4）班走的那一幕。

叶斯偷偷把门推开了条缝，让老马的声音传出来些。

"说什么呢？"何修压低声音问。

"说我们这些孩子其实都对自己有要求，就算嘴上不说，心里也非常有数。"

叶斯把听到的话大概复述了一遍，主要是想看看父亲跟何修的母亲在一起开家长会是什么样的，而且他好久没见父亲了，有点想念。

他扒着后门，眼睛往下，透过玻璃看着自己那张桌子。

叶父这天穿了身挺帅的休闲西装，还打了领带，腰板拔直，频频点头，正努力装作文化人的样子听老马讲话，但仍然掩饰不住那种暴发户气质。

叶斯有点想笑，又往门上贴近了些，努力看了一眼何修的母亲。

从这个角度只能看见何母的头顶和穿的衣服，一头直发打理得精致而自然，穿着白灰色条纹衬衫，身材偏纤瘦，一看就很有气质。

这就是差距啊——书香大小姐和门口摊大饼的。

"你让我看看。"何修在他旁边低声说，把他往一边推了推。

叶斯看着何修屏住呼吸眼珠子朝下看的模样忍不住乐了："我刚才就这么傻吗？"

"我不知道我现在看起来多傻。"何修说，"但我知道你刚才肯定更傻。"

叶斯悄悄地笑了一会儿，然后叹气道："我给我爸发短信，让他开完家长会回家一趟送东西吧。"

"你不是说他开完会又要立刻回去工作吗？"何修问。

"没办法啊，我现在又不能推门找他要。"叶斯说着眼睛亮了一下，勾了勾嘴角，"正好骗他回去待一会儿，我还能要点生活费。"

何修看着叶斯低头乐呵呵地发消息，没出声。其实何修见过叶斯管叶父要生活费，就在微信里敲"啊，我快没钱了"几个字，叶父瞬间就发了个橙色的对话框过来。

何修不小心瞟到，金额多到吓他了一跳。

"他答应了，那我们先回家吧。"叶斯打了个哈欠，"他说开完家长会正好先和这边的生意伙伴吃个饭，大概晚上十点多到家，我们完全可以考虑先点烤鱼焖饼吃一顿。哦，对了，上次那个俄罗斯的酒心巧克力好好吃，我在网上买了好几盒，估计到家了。"

"嗯。"何修拉过拉杆箱,正要转身走,叶斯忽然又扯了一下他的衣角。

"等会儿。"叶斯扒着后门的小窗,"这不是我们吗?"

"嗯?"何修愣了愣,意识到他说的是什么,赶紧回头看了一眼。

投影仪上放照片放到他们两个了,是从后门外面的角度拍的。何修正端着游戏机在桌上玩,叶斯在旁边埋头算数学题,两个人的侧脸几乎是一模一样的专注。

叶斯简直目瞪口呆,还没来得及说什么,就听见叶父深吸一口气,扭头看了一眼何母,指着照片说:"我儿子竟然真的在学习,吓死人了,我刚才看着他的成绩单回忆了半天,不记得我给他买过答案呀。"

何母被这通惊人的语录震惊了一把,愣了两秒才说道:"我儿子竟然偷偷攒钱买游戏机,还拿到自习课上玩。"

叶斯心里一紧,忍不住替何修紧张。

何母翻了一下成绩单又笑了:"但还是第一名,不愧是我儿子。"

叶斯面无表情地回过头看着何修:"你确定这个跟那天电话里逼你挑专业的是一个人?"

何修吸了口气:"我也没想到她会说这种话,她平时一般……不太直白地夸我。"

何母翻了翻成绩单,又说:"但回家我得说他,这么挥霍时间,以后跟第二名拉不开差距怎么办。"

老马笑着说:"这两个孩子挺有特色的,一个是英中大名鼎鼎的学神,还有一个是英中大名鼎鼎的'干架王'。干架王高三一开学成绩就开始噌噌往上飞,老师们就只能站在地上仰着脖子傻眼瞅。"

这个比喻把家长逗乐了,老马又按了一下鼠标,换下一张照片。

还是叶斯跟何修,不过这回明显是坐在讲台前拍的。

何修玩游戏大概卡关了,皱着眉,叶斯在旁边斜着眼睛偷瞟他的屏幕,还一副面无表情的冷酷脸。

冷酷地偷看。

叶斯低声骂了一句:"老马是'狗仔'出身吧。"

"我也奇怪了。"何修眯了眯眼睛,"你偷看我打游戏干什么?"

"啊——"叶斯摸摸鼻子。

——想看看你到底拿没拿到那把弩弓。

老马对着照片自己笑了半天,又说:"看看这群孩子,多可爱啊。孩子们的潜力是无限的,十七八岁一切皆有可能,很多奇妙的反应和事件就连他们自己都预料不到。就比如说叶斯跟何修吧,放在高三之前,谁又能想到他们能成为好同桌呢?"

何修勾了勾嘴角,左手揣进裤兜,右手主动拍了一下叶斯的肩膀:"好同桌。"

"好同桌。"叶斯转身回了他一句。

家长会上家长看孩子们的日常照片挺新奇,孩子在外头偷看家长的反应也挺新奇。

比如何母吧，看起来无比端庄严肃的一个女人，跟叶父聊开了之后吹了自己儿子十分钟。叶父礼貌地微笑着点头，手在桌子底下疯狂给叶斯发短信吐槽。

叶斯跟何修没偷听太久，等幻灯片播放结束两个人就走了。走到校园外叶斯叫了辆车，在车上又把外卖点了。

"你想看什么电影？"叶斯一边翻着微博推荐一边问。

何修顿了顿："我不怎么看电影，你决定吧。"

"那肯定看个刺激的啊。"叶斯兴致勃勃道，"我以前都憋着不看，这回我们要看就看个最刺激的。"

司机从后视镜里看了他们一眼，脸上浮现洞察又好笑的表情。

何修突然有些尴尬，清了一下嗓子："你要看悬疑类还是惊悚类的？"

"肯定看惊悚片啊。"叶斯问，"你喜欢中式恐怖、日式恐怖还是美式恐怖？"

司机的表情恢复了正常，但何修犹豫半天没出声。

"问你呢。"叶斯用胳膊肘碰了碰他，"你喜欢哪种恐怖片？"

"你能看恐怖片吗？"何修迟疑着问，"别吓坏了吧，不值得。"

"你别看不起人！"叶斯咬了咬牙，"美式恐怖吧，我看这部片子的评论里都说刺激。"

何修没怎么看过恐怖片，但他看过别人总结的流派。日本恐怖片是视觉阴森；中式恐怖节奏慢，但能把毛骨悚然的感觉渗进每一个毛孔；美国恐怖片血腥场面多，反而吓完就忘，杀伤力要小很多。

何修叹了口气："那就看美式恐怖片吧。"

叶斯家小区离学校不远，打车只要十几块钱。公寓一百平方米出头，两个卧室，叶斯那间主卧朝南，朝北的次卧看起来没怎么被使用过，一切都很新。

"我爸给我租了这套房子。"叶斯说，"因为我家离学校远，走读不方便。但现在我住校了，这次正好跟我爸商量商量把这房子退了。"

"哦。"何修不知该说什么，有点拘束地在沙发上坐下，看着从窗外洒进来铺在地毯上的一大片阳光。

叶斯进屋把叠好的褥子收起来，又把换洗衣服扔进洗衣机，按了几下洗衣机便开始工作，而后喊道："冰箱里有喝的，你自己拿，我马上就好！"

"好——"何修不知为什么要喊着说话，但他还是配合着喊了一声，打开冰箱又喊着问，"我喝可乐行吗？"

"行！"叶斯说，"哦，对了，把快递拆了，我买了好多俄罗斯巧克力。"

何修听话地拆了快递，把厚厚一摞巧克力盒子放在茶几上。

他想烧水喝，但到处找了一圈没找到烧水壶，便问道："烧水壶在哪儿？"

"在我屋。"叶斯答道。

何修"哦"了一声，刚走到卧室门口就见叶斯站在衣柜前，背对着他。

门铃响了，叶斯回头对何修说："外卖！你得下去取一下！"

"好的。"何修立刻开门下楼。

烤鱼焖饼分量巨大，足有两大塑料袋的东西放在一个纸盒箱子里。

"钱在平台上付过的吧？"何修确认了一下。

"是啊。"小哥咧嘴笑，"你是不是没点过外卖？钱都是在平台上支付的，不经我们手。"

"哦。"何修点点头，"确实很少点。"

是认识了叶斯之后，他的生活才多了很多花式操作。比如半夜溜出去吃烧烤，点外卖回家看电影，还有沿着江骑自行车，去城市的另一角跟一群陌生人一起听乡村摇滚。

何修刚往回走，楼顶上就传来叶斯的一声喊："同桌！"

整个小区里都回荡着叶斯的声音，何修仰头看他："啊？"

"你跑哪儿去了？！"叶斯吼道，"我都弄好投影仪了！"

"来了！"何修应道，下意识地加快脚步，三步并作两步冲进楼道，又抢着电梯关门前进了电梯。

客厅的窗帘已经被拉上了，家里没有电视，但是有投影仪，连接电脑后投在白墙上，氛围特别好。

叶斯把烤鱼和焖饼摆好，两套餐具，一套黄的是皮卡丘，还有一套绿的是妙蛙种子。

"你用……"叶斯犹豫了一下。

何修很识时务地点头："我用妙蛙种子。"

他一直觉得妙蛙种子是皮卡丘最好的朋友，看起来不亲密，但妙蛙种子在皮卡丘危险的时候帮助过它好多次。

叶斯突然"哎"了一声，搓搓身边的地毯："坐这儿，我们玩点什么？"

何修瞟了一眼桌上热腾腾的烤鱼焖饼和一大摞巧克力："要比胆子？"

"这你都知道。"叶斯吹了声口哨，指着墙上的投影说，"这样吧，就拿巧克力玩，等会儿电影开始播放，谁要是叫一声就吃一块巧克力，看最后谁先投降。"

何修忍不住笑了："玩这么大？"

"周末啊。"叶斯叹气，"作业还少，多难得啊。"

"行吧。"何修深吸一口气，在他旁边挨着他坐下了，"陪你。"

叶斯嘿嘿一笑，按了开始键。

电影开始是一个泡面爆炸头的墨西哥裔小女孩，父母开车带她去游乐园。外面是阴天，车里一家人哼着歌，其乐融融的样子。

"你看到没？美式恐怖就是小儿科。"叶斯夹了一筷子鱼到何修碗里，"吃啊。"

"嗯。"何修盯着屏幕，感觉快要有不同寻常的事情发生了。

果然，小姑娘进了游乐园后发现游乐园里没有人。她跑着跑着，跑进了一座镜子迷宫，在里面胡乱地走着。

叶斯嘟囔了一句，放下筷子，往何修那边靠了靠。

何修看他一眼："你怕吗？"

151

"怕什么？"叶斯说，"故弄玄虚！"

叶斯的话音刚落，小女孩就走到了死胡同。她无辜地看着镜子里的自己，镜子里的"她"突然对她扯起嘴角笑了起来。

"啊！"叶斯吓得叫了一声。

何修险些被这一嗓子吓得蹦起来，叶斯又拽着他的胳膊把他拽了回来。

"啊！啊！"叶斯又连续叫了两声。

何修震惊脸："这才哪儿到哪儿啊？就你这小胆，还看什么恐怖片？"

"我就是胆子小才要看恐怖片啊，之前没过过看恐怖片的瘾。"叶斯按下暂停键，拆开一块巧克力丢进嘴里，嚼了两口，咕咚一声咽下去。

他想了想，直接把抱枕搂在怀里，两只手死死地抱着，又指挥道："继续！"

何修叹口气，把手艰难地伸到叶斯那边去按了下电脑，然后感觉到叶斯瞬间把抱枕搂得更紧，还抖了起来。

"同桌。"叶斯盯着屏幕说，"我们真是两个相依为命的小可怜啊。"

何修勾了勾嘴角，发现叶斯头顶的毛又奓了起来，在空中瑟瑟发抖。

"是作死小能手。"何修说。

这部片子有点神奇，前面确实挺吓人的，叶斯逢吓必叫，边叫边吃巧克力，茶几上很快就铺满糖纸，他吃得舌尖都有些麻了。

但很快，恐怖现象谜底浮现，影片画风一转，开始揭露阴谋论，叶斯脸上的表情逐渐从惊慌变成困惑，然后迷茫，最后面无表情地叹了口气。

"我觉得我被骗了。"叶斯麻木地说道。

"倒是一部好片子，但不算恐怖片。"何修活动了一下胳膊，"还拼吗？"

"拼。"叶斯看着剩下的巧克力，咬咬牙，"换个规则，看谁忍不住叹气，叹气就吃一颗。"

何修点头，笑着说："那估计就要风水轮流转了。"

他平时就爱叹气，绝大多数并不是愁，完全是自然而然，没什么预兆也就避免不了。

没一会儿，看到主角证实了所谓的"鬼"是神秘机构做的复制人，何修忍不住叹了口气。

叶斯立刻捻起一块巧克力扔过去："喏。"

"这就来了？"何修愣了一下。

叶斯瞟他："我刚都吃了一盒半了！"

"行，没说不吃。"何修笑着把巧克力嚼了，"这个……估计劲真的挺大的。"

叶斯比了个大拇指，把糖纸往旁边一扫，将剩下的巧克力全部倒在茶几上，多得像一座小山。

何修叹气："今天是不是必须把这些吃完？"

"对。"叶斯拿起一颗扔给他，"吃。"

"怎么又到我？"何修惊讶地问道。

叶斯学着他的样子叹了口气："今天是不是必须把这些吃完？"

何修忍不住笑了，吸一口气又嚼了一颗。他咽下去后停了两秒，又拿起一颗递给叶斯。

"嗯？"叶斯费解地看着他。

何修乐得靠在沙发上："快点，你刚才学我叹气了。"

叶斯骂了一声，匆匆嚼几下就咽了："这个规则好玩，就玩这个。"

两个人开启了拼叹气模式后，没一会儿就把剩下的巧克力吃完了大半。

何修放下筷子："唉，我去趟洗手间。"

叶斯瞪着他："去吧，回来接着吃，你刚才又'唉'了。"

何修笑得身子发抖，根本停不下来。他的手按着茶几站起来，又扶了沙发一会儿才找到平衡，稳住脚步往厕所走去。

"你是不是以为你在走直线？"叶斯在他背后说，"你都快在我家地上跳舞了！"

何修又开始笑。

进了洗手间，何修反手把门关上，掬了一捧凉水洗脸。

他感觉有点晕，思维在清醒和迷糊的两极来回跳跃，而且笑点变得奇低无比，叶斯说什么他都想乐，就像平时没乐过一样。

何修叹口气，叹完又下意识地捂了下嘴。

还好叶斯没在这儿。

叶斯正晕乎乎倒在地毯上，地上还有几个被捏扁了的可乐易拉罐。他估摸着自己一个人至少吃了两盒半酒心巧克力，又晕又腻又撑，想原地睡觉。

他正晕乎着，何修就从里面出来，弯腰收拾茶几上的残局。

"剩下的放冰箱，你洗洗睡吧。"

"睡什么？"叶斯抓着何修的衣服，把他往下拽。

何修一个趔趄，一只手撑着茶几一只手撑着沙发，才勉强没被叶斯拽得摔在他身上。

叶斯盯着他，突然说："我们玩真心话吧。"

"真心话？"何修摸着地坐下，"为什么突然要玩这个？"

"就……"叶斯爬起来，呼了口气，"就觉得现在压力挺大，难得一天想大玩一场，一分钟都不想浪费。睡觉的话一下子就到明天了，怪可惜的。"

何修勾勾嘴角："行。那你先开始吧？"

叶斯点点头："行，我给你做个示范，你问吧。"

何修顿了顿，看着叶斯，黑眸突然恢复了一丝清明，低声问道："你是不是有过心脏病？"

何修清楚地看见叶斯的笑容僵了一下。

片刻后叶斯深吸一口气："你是怎么看出来的？"

"猜的。"何修的声音平静，"那你现在还有吗？"

"这是下一个问题了。"叶斯看着他，"该我了。"

何修点头，又剥开一颗巧克力："你问。"

153

问何修的问题需要好好想想,他不能轻易放弃这种窥探学神秘密的机会。

叶斯靠着沙发琢磨了半天,问了个最俗气的:"你谈过恋爱吗?"

"没有。"何修回答得很快,又问,"你现在还有心脏病吗?"

"没有了。"叶斯也忍不住又剥了一颗,跟何修撞了下巧克力,"你挺会猜啊,我连宋义和吴兴都瞒了这么多年,才同桌一个月就被你猜出来了。"

何修"嗯"了一声:"你挺多时候说话像一个曾经得过病的人,有种侥幸感。"

"原来是这样⋯⋯"叶斯放空了一瞬。

何修又问:"你现在学习这么拼,是不是必须要考一个好大学?"

这句是个问句,但何修的语气是近乎肯定的。

叶斯继续剥巧克力,一边自己吃一边随手递给他:"对啊,我想考前两所,你知道吧,T大和P大。但我没你那么挑,我什么专业都行,只要能让我考上,只要⋯⋯"他揉了揉自己的脸颊,"只要能考上就行。"

"嗯。"何修垂眸道,"没问题的。"

叶斯觉得自己的脑子已经有点木了,他靠倒在沙发上,看何修的脸有重影。

"同桌。"叶斯长出一口气,"有你这句话,我就觉得特别有希望。明天早上我还去拉面店写作业。"

"好。"何修点头,"天热,我买个西瓜放在冰箱里,等你过来一起吃。"

叶斯忍不住咧开了嘴,又问:"你怎么不问问我,写题这么牛,为什么还是拼命学啊?"

"不想问。"何修平静地说,"和我没什么关系。"

叶斯拿可乐和他的撞了一下:"我就喜欢你这种冷漠的样子,干杯!"

叶斯干了,何修喝了一半。

何修其实觉得自己已经很晕了,但两个人总得留下一个稍微有理智的,把家里收拾收拾,不然叶斯的父亲回来估计会崩溃。

叶斯倒在沙发上看何修收拾桌子,看他先拿走皮卡丘的碗,放在一边,又把妙蛙种子的碗摞在上面。

何修做什么事都是这样的,平静、有条不紊,学习是,说话是,就连收拾桌子都是。

叶斯突然问:"你最大的秘密是什么?"

何修的动作停顿了一下,侧过头看着他:"嗯?"

"到我了。"叶斯说,"问你最大的秘密是什么。"

何修放下手里的东西,在他旁边的地上坐下,过了一会儿轻声说:"我之前和太岁起过冲突。"

"什么东西?"叶斯大声问,扒着沙发沿凑过来,怀疑自己听错了,"你招惹过他?"

"嗯。"何修低声说,想了想,"反正⋯⋯我本来去堵他们,是想和他们讲讲理。但那个人很讨厌,说理说不过非要动手,我⋯⋯我就报警了。"

叶斯笑得把沙发上的抱枕都扔了出去,笑了一会儿突然觉得不对劲:"你一个人,去堵一群人？"

何修"嗯"了一声："巷子帮我一起堵的。我站在他们面前，他们左右和后面都是巷子。"

叶斯笑得险些晕过去。

何修说完这番话，回头看叶斯歪在沙发上笑得两边脸颊都红了，突然勾了勾嘴角。

不算什么大事，但这事压在他心里一整年，现实世界高考前还写在秘密纸上，本想高考后一把火烧了就翻篇，最后没投进箱子里。

何修是个谨慎周密的人，不想让任何人知道那件事，于是用左手写了那行字，投进箱子之前突然想起来，自己很久之前有次考试实在太无聊就用左手写了作文，后来还被印刷出来了，整个年级人手一份。就是这个原因，他在最后还是放弃了，没把卡片投进去。

但现在看叶斯倒在沙发上乐得发抖的样子，何修突然觉得心里特别轻松，好像绑在脚腕上的一块大石突然没了，一下子就能跳很高。

"你别笑了。"何修说道，"笑得我都想笑了。"

叶斯不知是被何修报警戳中了笑点，还是被他伙同巷子一起去堵人戳到了笑点，笑得猛咳嗽，根本停不下来。好不容易等叶斯终于笑完了，他揉揉太阳穴，撑着一丝清醒问他："你呢，你最大的秘密是什么？"

"暴毙预警。"SD冷漠无情的声音突然在脑海里响起。

叶斯在心里"哼"了一声："别自作多情了，我最大的秘密跟你没有关系。"

SD更冷漠地说："哦。"

叶斯撑着沙发坐起来。他实在很晕，又觉得很通透，就是那种从里到外都通透的感觉，大概人在放声哈哈大笑之后总会有些释然。

叶斯看着何修说："我最大的秘密是，其实从高一开始，我就很羡慕你。"

"我？"何修愣了一下，这个回答他完全没有想到。

"嗯。"叶斯舔着嘴角，看着自己有些发红的手心说道，"虽然你不合群，没有朋友，也没人了解，但其实所有人心里都很清楚，你是一个有未来的人。"

何修平静地看着他："你没有未来吗？"

"我不知道。"叶斯说，过了一会儿又低声重复，"我真的不知道。但我……想有。"

客厅里安静了一会儿，投影的电影还定格在没播完的某一幕，叶斯扭过头看着遮得死死的窗帘。

一只手突然落在他的头上，劲还不小，跟某天半夜何修睡蒙了时玩命揉他头一样的劲。

叶斯还没反应过来就又被一通狂揉，直接把他脑子里那点惆怅全揉没了。

"会有的。"何修攥了一下他的手，又很快松开，说道，"一定会有的。"

"同桌。"叶斯猛地回身，"认识你真好，我特别特别感激让我莫名其妙和你做了同桌。"

"嗯。"何修顿了顿，伸手捋了捋他的后背，"我也是。"

他们原本想及时收住，结果两个人都没收住，你一罐我一罐地把剩下的可乐就着巧克力全部喝了，然后排队上厕所，一个在里头时，另一个在外头等。

155

叶斯拍厕所的门:"快点啊,同桌。"

"马上。"何修在里面说,"别催我。"

叶斯靠在门框上,手机突然响了一下,他把手机拿出来。

是叶老爹的微信消息。

"家长会终于开完了,你们各科老师也太能说了,我的酒局都不得已推了。你们胡主任说你是年度进步最大的学生,想和我一起回家做一个简单的家访,你没在家捣乱吧?"

这条微信消息太长了,在手机上基本占了整个屏幕,叶斯努力睁着眼睛看,但越睁眼就越有重影,看了半天也没看懂。

"对了,你跟何修一起回的,那个孩子也在我们家吗?"

这条叶斯看懂了,回了一个"嗯"。

"那就行,正好你们一起。我跟胡主任现在从学校打车回去,大概七八分钟,你们给主任提前泡上茶,切点水果什么的,不要太寒酸。"

又好几行文字出现在屏幕上,叶斯现在的意识不足以支持阅读二十字以上的内容,索性放弃了,把手机又揣回裤兜。

"开门啊。"叶斯拍厕所门,"我憋不住了,我还一趟厕所都没上呢!"

"来了。"何修在里面洗了手,把门拉开,"你去吧。"

叶斯风一样钻了进去。

他专心致志地上厕所,不知怎么回事,上完了好像头反而更晕了,就像那股晕乎劲刚才一直被压着,这会满世界都只剩下晕。

他洗了把手,晃晃悠悠地走到浴缸旁边,感觉一眼深一眼浅,想伸手摸摸底在哪儿,还没反应过来,脚底下一滑,"咣"的一声就摔浴缸里了。

叶斯吓了一跳,吼道:"同桌,救我!我掉河里了!"

"啊?"何修本来正躺在沙发上晕着,一听连忙站起来晃晃悠悠地跑过来,推开厕所门,"你在哪儿呢?"

"河里。"叶斯从浴缸里伸出双手双脚,吼道,"救我,我不会游泳!"

"来了!"何修跑到浴缸旁,犹豫了一下。

他感觉这好像不是河,河里似乎也没有水。但叶斯吼得太真实了,他脑子里一团乱,就跟着栽进了"河里"。

"你使劲游啊。"叶斯感觉喝下去的可乐都到嗓子眼了,又说,"我淹得水都灌进肚子里了。"

何修不想游,脑袋太晕了。

"没事,我们就漂一会儿吧,等我睡醒了再上岸。"

"那也行。"叶斯摸了一把何修的后脑勺,"漂着吧。"

一个浴缸,两个大小伙子,一个挤着另一个,没一会叶斯就感觉自己要被挤吐了,于是他歪了歪身子,让何修调整了一下姿势,两个人都沿着浴缸两侧的角度倾斜着躺在缸里。

"我唱歌给你听吧。"叶斯闭着眼睛说,"今天河里好热啊,都没有风。"

"行。"何修也闭着眼睛,打了个哈欠,"唱吧,我陪你唱。"

公寓门锁响了一声,叶父推开门。

"主任请进,这是我给叶斯租……"

整个公寓一片漆黑,窗帘挡着,仿佛是从外面的光天化日隔绝出来的另一个世界。只有满屋子的烤鱼味,墙上投影出一个爆炸头女人扳着另一个女人的肩膀,两脸狰狞。

在视觉和嗅觉的双重冲击下,胡秀杰险些没站稳,往前迈一步又踩到一个被捏瘪的易拉罐,要不是叶父在旁边扶了一下,她就直接滑倒了。

叶父感觉头皮发麻:"主任,你稍等一下啊,可能是两个孩子简单地聚了个餐,刚才发微信还好好的,我去看看。"

他说着开了灯,走过去拉开窗帘,又把窗户也打开了,然后看着一地数不过来的易拉罐,顿了下,喃喃道:"男孩子简单聚餐,很正常。那个,主任你先找个……能坐的地方坐一下,我去看看他们两个是不是睡着了。"

胡秀杰的表情明显受到了从业生涯以来最大的惊吓。她环视了一圈周围,难以置信地问:"叶斯真的是跟何修一起回来的?"

"嗯。"叶父犹豫了一下,"你们校方不是一直说何修这孩子多好多靠谱多正经吗?我这一看……"

叶父话说到一半不好意思说了,胡秀杰的脸色开始发青:"何修确实是特别好的孩子,今天的事……算了,我跟你一起找他们,可别已经跑出去玩了。"

叶父叹气:"这确实不好说,叶斯这孩子一直……"

洗手间突然传来一声叶斯的怒吼:"我想要,怒——放的生——命——"

叶父的脸一白,立刻往洗手间走去:"坏了。"

胡秀杰铁青着脸跟上,叶父推开门,一眼就看见了浴缸里躺着的何修跟叶斯。

胡秀杰看不懂,但她大受震撼。叶斯还好,何修正儿八经地穿着校服衬衫躺在浴缸里的样子,她做梦都没想过。

叶斯继续吼:"我想要,怒——放的生——命——"

何修闭眼轻声接唱:"就——像飞翔在辽阔——天空——"

叶父"哎"了一声,小声道:"何修唱歌比我儿子在调啊,有文艺范儿。"

胡秀杰用活见鬼一样可怕的眼神制止了他接下去的评论。

叶斯接着唱。

何修轻声继续和。

叶斯猛然睁开眼:"我们配合得真默契啊!"

何修"嗯"了一声,也努力睁开眼,目光穿过叶斯,落在了背后的两个大人脸上。

两秒钟后,何修默默地坐了起来,推了一把叶斯:"醒醒。"

"啊？"叶斯使劲睁着眼睛，"退潮了吗？"

何修看了叶斯一眼："快上岸。"

叶斯先出了浴缸，何修在后面跟上。

叶斯走到门口愣了一下，看着父亲："合着是你来捞的我啊？"

叶父张张嘴，不知该说什么。

胡秀杰深吸一口气，终于爆发："你们在家里疯什么？！高三了心里有点数没有？！你们还是学生，闹什么闹！"

叶斯皱眉："你好凶啊。"

胡秀杰又吸一口气："我跟你没法说！让你爸修理你！何修，你给我出来！"

何修叹口气："主任。"

"哟，原来这儿有个清醒的啊。"叶父笑了，指着何修，"那你跟着唱什么唱？"

何修有些无奈："有点晕，但没叶斯晕得那么投入。"

叶父乐了好一阵，乐得胡秀杰恨不得用眼神把他杀死，才伸手在自己儿子脑袋上搂了一下："行了，看你这德行也没法家访了，赶紧洗洗进屋睡觉！"

叶斯就听明白了"睡觉"两个字，"哦"了一声，便转身要往卧室走，走了两步突然又停住脚步，回头看着胡秀杰，犹豫了一下："你……长得挺像我妈的。"

胡秀杰先是愣了一下，然后看见叶父瞬间白下来的脸色。

"睡觉了，儿子，走，爸跟你回屋。"叶父扯出一个笑脸，搂着叶斯的肩膀往里走去。

叶斯脚下打飘，其实也不知道自己说了什么，他就觉得特别困，困得六亲不认。

爷俩进屋后没一会儿，叶父出来了，顺手把门虚掩上。

"不好意思，主任。"叶父的脸色有些沉重，"叶斯的妈妈走得早，叶斯刚出生就……孩子要面子，怕大家觉得他不一样，所以我之前也没怎么太叮嘱。"

胡秀杰沉默了一阵："入学填表格的时候，叶斯是填了两个家属的。前两天校对资料时他的联络人又只填你一个，我以为是他懒，还没来得及找他……怪我也没想到……"

叶父哭笑不得："填过两个家属？可能是拿我之前给他找的保姆的身份信息随便填的吧，这孩子有时候真的特别气人。"

胡秀杰顿了顿："等之后有时间我找他再聊聊，之前我对叶斯这个孩子也确实关注不够，我该跟您说对不起。"

叶父闻言如释重负："那就太谢谢了，主任，今天白跑一趟，我送你回去吧。"

"没事，我先送何修回学校。"胡秀杰叹口气，又瞪了何修一眼。

何修看着地板平静地说道："我写检讨。"

"你知道就好。"胡秀杰气得咬牙切齿，"之前就是太惯着你。"

两个人刚转身走了两步，里面卧室的门又开了，叶斯躺在床沿上努力伸胳膊拉着门，指着何修笑。

"妙蛙。"

158

"嗯。"何修看着他，忍不住又挑起了嘴角。

叶斯指着他笑道："我皮卡丘和你妙蛙永远是好朋友！"

何修的眼神柔和下来："嗯！永远是好朋友。"

"好朋友啊。"叶父感慨地叹了口气，"我还没听过这小子幼稚地喊过和谁是好朋友。"

胡秀杰也觉得有点好笑，想笑又憋了回去，转而瞪了何修一眼："什么乱七八糟的？赶紧回宿舍。"

"嗯。"何修说，又回头，"明天早上来写作业啊，我买沙瓤的西瓜。"

"好！"叶斯挥起拳头在空中晃了晃，而后彻底倒回床上。

第九章
那年夏天的人仰马翻

星期六是个艳阳高照的大晴天,拉面店门口不知打哪来了只大黄狗,可怜巴巴地趴在门口,蹭进门槛里吹风扇。老板一出来骂它就飞快地挪出去,老板走了它又蹭进来。

叶斯坐在空调底下叼着根棒棒糖做数学卷子,何修坐他对面,低头写检讨。

"我说——"叶斯把棒棒糖从嘴里拿出来,"你这检讨要写多少字啊?"

"三千字。"何修轻轻地叹口气,活动了一下手腕,"胡秀杰说从来没罚过我,罚就罚个狠的,还让我在检讨里一并反思下自己上高三以来做过的所有出格的事。"

叶斯低头笑了好久:"那可不少啊。"

"可不是。"何修也笑了,"老马竟然把我玩游戏的照片直接放在家长会上,他倒是不管我,可胡秀杰气坏了,让我把打游戏的事也一并检讨了。"

"给我看看。"叶斯摁着桌子凑过去,倒着看一纸的字。

"不该向枯燥的生活和没有挑战性的学业提出反抗。"叶斯读了一句就想笑,使劲憋着,继续念,"不该被游戏里的森林树海、日光旷野所诱惑,不该去游戏里找寻令人在枯燥的高三真正开心起来的情感体验。"

叶斯读不下去了,狂拍桌子笑道:"胡秀杰能被你气死。"

"但她没办法反驳我的话。"何修勾起嘴角,"每一个字都是事实。"

"何必呢?"叶斯唏嘘了一声,"胡秀杰这是折磨自己啊。"

"她没真生气。"何修想了想,"可能一开始有点生气,但后来就好了,不然她也不会把你放过去。"

"对哦,奇怪了。"叶斯边继续算题边说,"她这次真的大发善心。"

何修看了叶斯一眼,没好意思说——你差点把人家认成妈了。

"同桌,你辛苦了。"叶斯叹了口气,"两个人犯错一人背锅,你写检讨,我写完数学卷子借你抄。"

"好。"何修笑笑。

这周的练习卷题型比较基础,几道大题都按套路出牌,叶斯一步一步往下算,到最后都算出来了，和答案一对，一样。

他心里有点美。

叶斯突然想起什么："你那个游戏里的风景很漂亮吗？"

"嗯。"何修在给检讨收尾，"有时候我连任务都不做，就在地图上到处跑。有一片高山星海是我的最爱，天黑的时候站在山尖上，漫天都是星光，往下望是云，在云很缥缈的地方有一簇村庄的灯火。"

"听起来很有意境。"叶斯感慨地靠在凳子上。

何修勾起嘴角："我每次拿到新的服装都会跑到那儿去截屏留念。"

叶斯笑着没说话，喜欢看何修说起游戏时候的样子，冷冰冰的学神眼里会放光。

"给我来个截屏吧。"叶斯说，"穿上你最喜欢的服装，再摆个最酷的姿势，然后截屏发给我。"

何修犹豫了一下："干什么？"

叶斯心里盘算着何修的生日，漫不经心地说道："没见过啊，见识见识呗。"

何修叹口气："行吧。"

图片发过来后，叶斯看完愣了一会儿。

风景比他想象中更美，光影交叠，星云融汇，穿着深蓝色披风的小人站在高高的崖顶，两只手搭起来架在眉毛尖上，眺瞰着另一端缥缈的村庄。

叶斯一个晃神，觉得那就是何修，站在云端孤独地看人间热闹的何修本人。

他本想找人搞个十字绣或者相框之类的，但这会儿忽然又觉得不能太草率，于是很郑重地保存了原图。

写完作业两个人并排坐着啃了一会儿西瓜，那张截图在叶斯的脑海里挥之不去，于是他又掏出手机设成屏保。虽然横屏变竖屏，视野被截掉一大面，但仍然很有意境。

"晚上客人多。"何修说，"明天上午你来，我们过一遍磁场那块的知识点。"

叶斯连忙点头："没问题。"

八月的白天很长，叶斯回去的时候都七点多了，天仍然亮着。

英中南边有一条小巷，里面全是小精品店和手工店，叶斯拿着那张图问了好几家，做糖画的、沙画的、十字绣的、图片的、马克杯的，听完老板大致描述成品效果，他都感觉不太满意。

叶斯又看着手机上那张图，总觉得这个礼物做出来应该有动态效果才好看，毕竟漫天的星光怎么能是死的呢。

叶斯叹了口气，给宋义吴兴发了条消息，约他出来打球。

食堂前的小操场是专门用来打篮球的，除了校队的会在体育馆里打，大家都更乐意在户外玩。周末几个场地都爆满，还是（3）班一伙人看见叶斯过来才让了半个场，勉强有位置。

吴兴这天难得睡醒了，左胳膊戴了一只纯白色的护腕。叶斯懒洋洋地跟他们过了两

161

个球，突然觉得不对劲，"哟"了一声："怎么戴白色的护腕啊？"

"对啊。"宋义愣了一下，"才反应过来，你之前不是说打球一下子就脏了，死都不戴白的吗？我们早就说白色好看来着。"

吴兴打了个很假的哈欠："打你的球得了，问么多。"

"有情况啊。"叶斯突然来了兴致，用手腕把球夹在侧腰，"最近你都不怎么跟我和宋义混了。"

"没有。"吴兴叹了口气，一脸无奈，"就是上次帮了一个女生小忙，然后她送了个小礼物感谢，就这样。"

"篮球赛你上吗？"吴兴扭头看着叶斯。

叶斯摇摇头："不太想上。宋义也走了，我跟班上的其他人都不熟，打起来没意思，而且班里首发队应该刚好够人数。"

吴兴点点头，又朝叶斯勾勾手指："来斗牛。"

"算了。"叶斯把球扔给他，"我歇会儿，前两天摔了一跤，还有点疼。"

这次摔得很奇怪，白天没什么感觉，一到下午就开始刷存在感。而且这天早上起来比昨天严重了，听他父亲说可能是昨天掉"河"里又摔一下的缘故。

叶斯叹了口气，天已经有些黑了。他站在树荫下，趁没人注意伸手揉了揉。

哟——

一摁也疼。

篮球赛在即，报名参赛的几个班都很拼，叶斯坐在树底下用手机刷题，吴兴跟宋义一对一。直到晚上九点多，三个人才饿了一起出去撸串，走之前球场上依旧爆满。

"罗翰他们练了一下午。"宋义打着哈欠，说道，"我下午去澡堂子路过操场，那时候才三点吧，他们就在那儿了。"

叶斯"嗯"了一声："大翰很在意这次球赛，我估计他奔前三使劲。"

"要是你上了，应该能冲一把第一。"吴兴说。

"我不上。"叶斯笑笑，"一个人跟一群不熟的人打真的没意思。"

宋义揉了把有些疲乏的眼睛："哎，让学神跟你一起上啊，学神不是说比我打得好吗？"

"他不一定愿意。"叶斯顿了顿，"学神活泼都是私下的，肯定不想参与这事。"

宋义闻言莫名其妙了一阵，好一会儿才"哦"了一声。

"你想说什么？"叶斯瞟着他。

宋义嘟囔："你是他肚子里的蛔虫啊？什么都知道。"

叶斯"哼"了一声："我当然知道。"

叶父这次回来一直没走，说要等到星期天叶斯返校上晚自习了再走，下个星期五晚上再回来。

"以后我周末都在家陪你。"叶父笑着给叶斯盛饭，"你们老马说了，很多家长都在以未来的名义牺牲眼下陪伴孩子的机会,这是世界上最傻的事。"

叶斯看了他一眼:"傻?"

"是我转述的。"叶父笑得有点不好意思,"你们老马原话说的是'本末倒置'。"

叶斯勾了勾嘴角:"看出我们老马的思想高度来了?"

"看出来了。"叶父笑呵呵地道,"我十分叹服。"

叶斯笑了笑,没说话。本来他吃烧烤吃饱了,但还是勉为其难地就着叶父炒的番茄炒蛋又吃了一碗饭,吃完就倒在沙发上揉肚子。

"爸给你求了中成药,很养心。看你最近开始吃糖了?这可不行,学习压力大也要控制。"叶父念叨着,"饭后一小时我给你煎药,你每个周末回家喝两次,喝一个月先试试看。"

叶斯点点头:"行。我最近身体好了很多,已经很久没心悸了。"

"是吗?"叶父的眼睛一亮,在沙发上搓了一下手,"那好哇!你这么说爸心里特别高兴。"

叶斯笑了笑,拿过书包进屋:"以后周末晚饭都你做,我不想吃外卖了。"

"行,我下个星期在家里做火锅。"叶父在客厅里高兴地说道。

晚上十一点。

叶斯看了一眼时间,觉得睡前还能再做一套数学的选择题和填空题,于是铺开演算纸和练习卷,用手机给自己计时。

"其实你学习起来还挺像样的。"SD 突然上线,在叶斯脑海里懒洋洋地说道。

叶斯专注地看着试卷,平静地回答:"在初二犯病听到大夫和我爸说那番话之前,我也是考过第一名的。"

SD 没再说话了,卧室里只有笔尖划过纸张的声音,到五十分钟的时候叶斯停下笔,放弃了两道实在没有思路的题,其他的他都做明白了,也能和答案对上。

他用手机给那两道不会的题拍了个照,打算上网搜搜解题思路,就听见父亲在客厅喊他出去喝药。

"来了。"叶斯活动了一下手腕站起来,来到客厅,从父亲手中接过那碗近乎黑色的药汤。

这个药叶斯从小到大喝过很多次,并没有什么用,而且喝起来又苦又腥,就跟上刑一样。

叶斯皱着眉"咕咚咕咚"喝了一碗:"过两个月再去医院看看吧,说不定心脏好了呢。"

"你愿意去医院吗?"叶父惊喜地道,"以前每次去都说没有起色,爸以为你灰心了呢。"

叶斯拍拍父亲的肩膀:"我也想活,想好好活着。"

"好,好。"叶父激动得不知该说什么,端着碗在原地转了个圈,然后才进厨房。

叶斯掏出手机给何修发了条消息："干什么呢？"

何修回得很快："刚要下班，今天客人超多。"

叶斯式表达——超多。

叶斯忍不住扬起嘴角："我喝了一碗超苦的东西，现在无敌想吃你之前带的那个红豆大福。"

何修没回。

过了两分钟，手机又一声响。叶斯掏出来一看，何修发了张图片，是手心里捧着红豆大福的特写。

"刚好买到最后一个，替你吃了。"何修回道。

叶斯回了一个发怒的表情，又忍不住笑出来。

笑完他躺在床上打算睡觉，"混子大队"群又振动起来。

宋义特意提到了叶斯："我刚才听大翰的室友在走廊疯跑，问怎么搞的，他说大翰出事了！"

叶斯一下子坐起来："啊？"

宋义："好像是打球摔了一下，不知道严不严重。"

吴兴："我室友和他一起打的球，说盖帽没控制好，落地把脚踝崴了，好像有些严重，现在去医院了。"

叶斯对着那几行字愣了一会儿。

打球受伤其实特别正常，大伤小伤都常见。那些天天打篮球的男生，没有几个是十根手指头都直溜、脚腕没崴过的。就算伤重一点，养养也就好了，大男生没什么好叽叽歪歪的。但这次不一样，篮球赛已经到眼前，罗翰拼命想带班级拿名次。他不仅是体育委员，也是新（4）班球队首发的核心，没他（4）班基本歇菜。

叶斯握着手机，正想给罗翰发个消息，罗翰的电话就打过来了。

此事已经是晚上十二点多，他应该还在医院，这个时候打电话的目的可想而知。

叶斯犹豫了一下，还是把电话接起来。

"叶神——"罗翰声音里带着哭腔，"我脚崴了，上不了场了。我们班首发不够，你能不能上去打一场？"

叶斯有些为难，不上场的原因挺多，一个是他不喜欢在其他人的呐喊和注视中打球，再一个他确实和新（4）班球队里的人都不熟。而且，他私心觉得赛前疯狂练球是个挺分心的事，有那个时间不如学习。但他也不好意思拒绝，毕竟实在难以想象一个一米九四的汉子在医院抱着手机哭是什么样。

电话里还有护士劝说的声音，罗翰似乎在誓死护卫对自己手机的使用权，"嗷"了一声："就一场，只要能从小组赛里出线就行！半决赛我应该就能上场了！那些替补真的只能替补，首发必须得再找一个，叶神！求你了！我在医院给您磕……"

"得，得，得。"叶斯长叹一声，按着太阳穴，"别磕头，吓死我了。"

"你答应了吗？"罗翰抱着手机号啕大哭，"对不起，叶神，我特别对不起你，我知道你现在一心向学……"

"行了。"叶斯无奈地把手机拿远了点，叹气，"我答应了就肯定把这个首发的位置给你补上，你赶紧听护士的，把手机放下吧。"

"谢谢！"罗翰捧着手机呜呜地哭，"我真的不是道德绑架你，我……"

说不出来了吧？这不是道德绑架，这是什么？！

罗翰不知是真的词穷了还是被护士控制了，电话断了。

叶斯叹了口气，重新躺回床上，翻了两个身又气乐了，闭着眼笑了好一会儿。

服了啊。

"你要上场？"何修一边往切好的水蜜桃块里倒冰块，一边问，"罗翰伤得怎么样，严重吗？"

"他说小组赛如果出线了，后面他就能上。"叶斯嘴里塞着水蜜桃，一嚼汁水四溢，边吸边说道，"如果他没诓我，那估计就是普通伤，养个半月差不多。"

"他要是诓你了呢？"何修问。

叶斯"啐"了一声，又叉起一块水蜜桃塞进嘴里："那就不好说了……这桃真好吃啊。"

"早上去买的，回来一直在冰块里放着。"何修笑笑。

叶斯犹豫了一会儿："我只是随口一问啊，你是不是不太愿意上场？"

"嗯。"何修低头翻着书，"我不习惯让太多人盯着看我的表现，而且……在班里除了你，和别人都不熟。"他也没有去熟悉起来的欲望。

"明白了。"叶斯叹了口气，"果然啊。那我自己上吧。"

何修笑了一下："你没问题的，叶神。"

昨天说要一起过磁场的知识点，大多数时间都是何修说叶斯听，偶尔何修会遗漏一些地方，或者说错，叶斯就立刻补上，然后何修再追加几个相关的考点。

这种方法用久了，两个人都很默契，效率很高。但叶斯这天听了一半就从凳子上站起来，左右脚换了换重心，手按了一下桌子。

"怎么了？"何修停下写公式的手，看着叶斯，"还疼？"

"嗯。"叶斯皱眉，"我感觉越来越严重了，要不还是去医院看看吧。"

"我跟你去。"何修立刻说，"你等我和老板请个假。"

叶斯的情况倒是不急，出发之前还拖着何修去买昨天没吃到的红豆大福，买了四个，只赏给何修一个。

"这是报复。"叶斯一脸嚣张地看着何修，"不服就馋着。"

何修被叶斯幼稚的行为弄得哭笑不得，把被施舍的那个揣进书包："这个也给你留着晚上当消夜吃，行了吧。"

叶斯哼了哼没出声，吃了两口还是又塞给何修一个。

165

医院挂号什么的手续挺烦的，叶斯坐在大厅啃那只馅料爆炸的红豆大福，看何修拿着他的身份证和银行卡到处跑。

"我给你挑了个前面人少的专家号挂，就是有点贵。"何修说，"晚自习老马要占一节课讲两道重点题，最好还是别错过。"

"没事，我爸昨天刚给我转了一笔生活费。"叶斯问，"现在能进去吗？"

"前面只有两个人，等一小会儿。"何修挨着叶斯坐下，手里还攥着他的病历本。

叶斯瞟了一眼，病历本上那端端正正的"叶斯"两个字，笔锋顿挫，有点帅。

"你左手写字什么样啊？"叶斯突然想起昨天说的事，"左手也能写得这么好看吗？"

何修看了一眼病历本："差不多，我从小就双手交替写字，只是当人面很少用左手。"

"哪天写两个字看看。"叶斯说。

"叶斯——"护士站在门口喊，"叶斯在吗？"

"来了！"叶斯举了下手，"同桌，快，把我搀进去。"

何修忍不住笑道："看见大夫的一瞬间就病重了。"

"是。"叶斯严肃地点头，"得对得起这个专家号。"

专家是个四十多岁的秃顶男大夫，听叶斯描述了事情的经过，脸色很平静地让他转过身，在他的伤处按了一下。

"哎哟——"叶斯叫，不是装的。

"这么疼？"大夫挑了一下眉，低头写了几行字，把那张单子撕下来，"去拍个片子吧，看看有没有骨裂。"

"骨裂可还行……"叶斯笑了笑，拿着单子又去排拍片的队。

等到结果一出来，叶斯跟何修一起傻眼了。

"还真裂了。"大夫叹口气，用小棒棒指着灯板上挂着的片子，"你看这儿，这道白的就是裂痕，但你裂得非常轻，也就一两毫米吧，不仔细看就一个白点。"

"那要怎么办？"何修皱眉问，"需要住院吗？要开刀打什么钉子吗？"

"住院？开刀？"大夫惊讶了一下，摆手，"不用，不用。他这个啊，别剧烈运动，睡觉侧身或者趴着，平时坐着的时候重心前倾，懂了吧？"

大夫亲身示范了一下。

"养两个星期就好了。"

何修长吁一口气："谢谢大夫。"

"那我能打篮球吗？"叶斯皱眉问，这才是他最关心的问题。

大夫摇头："最好不要。你这个骨裂确实没什么大事，小跑小跳还行，但打球各种动作和冲撞，延误痊愈不说，万一又摔了呢？"

"对。"何修严肃地点头，"不能上了，肯定不能上。"

叶斯张张嘴，叹了口气。

两个人往外走的时候叶斯又觉得好像不怎么疼了，但跟何修提了两次球赛的事，都被无情地拒绝。他唉声叹气想再商量一下，走过楼梯拐角，冷不丁一抬头，余光里好像看见一个穿着英中校服的人闪过。

那身校服再闪过的时候，叶斯从楼梯缝隙里看到了那人走路的样子，虽然只有两秒钟，但有种眼熟的感觉。

"看什么呢？"何修拉了叶斯一下，满脸都是郁闷，"回去上自习了。"

"哥，我骨裂了。"叶斯一言难尽地咂嘴，"你比我还生气。"

"我没生气。"何修闷声道，顿了顿又说，"你要非履约，那球赛我上，你别上了。"

"啊？那也行。"叶斯愣了一下，"对啊，可以你上。"

"但我不能白上。"何修看着他，"从明天开始你帮我复习英语。"

"怎么复习啊？"叶斯发蒙。

"我要练口语。"何修想了想，"我读BBC，你速记，能记多少记多少。"

叶斯皱眉："意义是？"

"考察我发音是否标准。"何修一本正经。

"行吧。"叶斯叹口气又笑了，"你这人真够奇怪的。"

叶斯跟何修是踩着预备铃声冲进的教室，叶斯刚坐下，就感觉罗翰躁动不安地在后头拱来拱去，试图找机会戳他一下。

"干什么？"叶斯回头。

罗翰小心翼翼地问："那个事……"

"知道。"叶斯说，"肯定把首发给你凑齐。"

"谢谢叶神！"

叶斯满脸冷酷地转回头，又对何修挑了挑眉。

"谢谢同桌。"叶斯用口型说。

何修笑了笑，也用口型说："不客气。"

听老马讲题听到一半，叶斯突然皱了一下眉，又扭过头。

难怪刚才就觉得哪里不对劲，角落的位子空着，简明泽没来。

平时班里缺个谁叶斯从不放在心上，但简明泽没来，他一下子想起刚才在医院楼道里看到的那个身影。当时觉得眼熟，现在想想，那个人的走路姿势确实和简明泽有点像。

但那个医院离拉面店近，离学校有些远，也不算综合水平最好的医院，简明泽看什么病非要去那儿看啊？

"后排的两位——"老马停下写字的动作，"漫画书可以先收一收，神也可以先回一回。接下来我要讲一种神仙解法，包你们二位听了不后悔。"

班里立刻传来低低的笑声，叶斯回神，何修也掏出草稿纸，甚至还拔开了笔帽，很给面子的样子。

老马笑："当然要是你们听了觉得我这种解法是俗物，也别拆台。"

叶斯笑了笑，把桌上所有跟数学没关系的东西全收了起来。

两道题讲了五十多分钟，叶斯回神后听得挺认真，何修也是，还在草稿纸上不停地写着字。

"老马这算神仙解法吗？"叶斯小声地问何修。

何修想了想："算是，启发了我一种'玉皇大帝解法'，我试一试然后再去和老马讨论。"

叶斯听了险些笑出声。

"好，这就是这两道题了。逢大考碰上这种函数复杂程度不合理的情况，要想办法对原函数进行变形，一定会有捷径。高考的数学考察的是技巧和思维，不是玩命计算。"老马舒了口气，看了一眼时间，"还有几分钟下课，我问一下，体育委员，我们班篮球赛首发的阵容确定了吗？"

罗翰"啊"了一声，由于脚崴了站不起来，只能坐在那回答："名单没有变动，就是我上不了了。"

老马点点头："情况我已经知道了，那么谁替你呢？"

罗翰在后面踢了一脚叶斯的凳子，班级里半天没人出声，前面的同学纷纷回过头来。

"叶神……"罗翰小声道，"不是说好了吗？"

老马笑着看叶斯："叶斯上吗？"

"我上。"何修从草稿纸里抬起头，平静地盖上笔帽。

班里安静了一瞬，然后炸了，老马也愣了一下。

何修把"玉皇大帝算法"捏在手上："我上，首发，暂时只上小组赛一场，后面的看大翰脚踝的康复情况再决定。"

班级里吵得根本听不清任何一句完整的话，叶斯突然勾起嘴角，心里生出一种说不清道不明的得意。他举了一下手："老师，我会辅导学神练球的，你放心地把他的名字写上去吧。"

何修看了他一眼，叶斯依旧笑眯眯的："'宇宙级大杀器'，学神出击！"

"出击。"老马笑着点点头，"那就先这样，大家下课吧。"

下课铃声刚好打响，整个教室又议论开了。

何修追着老马往办公室那边去讨论题，叶斯就厚脸皮赖在座位上竖着耳朵听大家的八卦。

"大翰，让我进一下。"一个低低的声音突然在身后响起，叶斯刚才出神，都没反应过来有人从他身边经过。

罗翰抬头："小简，你怎么才来啊？"

"睡过头了。"简明泽笑了笑，"你的脚踝还好吗？看班级群里都在说你脚崴了。"

"啊，养养就没事了。"罗翰侧过身让简明泽进去，简明泽很体贴，小心翼翼地贴着桌子蹭进去，没有碰到他的脚踝。

简明泽经过的时候，叶斯非常确定自己嗅到了一股气味。

不是消毒水，而是一种微妙的味道，有点像那些检查身体的金属器械。

这股味儿很难说是不是真实存在，叶斯记得小时候自己排斥这种味儿哭着不去医院的时候还被父亲骂过，之前问宋义他们几个也都说闻不出来。

如果要定义"无助"是一种什么味道，这大概就是叶斯第一时间能想到的。

他立刻回头看了简明泽一眼，黑眸平静中带着审视，简明泽被他看得愣了一下。

"怎么了？"简明泽低声问，露出好脾气的笑容。

叶斯看了他一会儿，摇摇头："没事。"

"小简，你吃辣条吗？"罗翰从桌肚里掏出一包巨大的辣条，"这个是新出的，麻辣牛蛙口味。"

"你吃吧。"简明泽笑笑，"太咸了，我吃不惯。"

"哦。"罗翰又拍了叶斯一下，"叶神，来一口吗？"

叶斯根本没回头，埋头趴在桌上表达了自己对这种食物的鄙夷。

上课铃声响前一分钟，（4）班的精英们已经提前回到了教室。沈霏拿着一摞白册子站在前面，说道："我发一下大家的体检本。这是我们高三第一次体检，目的是让大家了解自己的身体情况，在这一年冲刺中合理饮食，万一有什么问题也提前知道，争取在高考统一体检前把问题解决。"

体检本都是新的，沈霏从第一排走过来，走到哪儿发到哪儿，发到叶斯这里时她头也没抬地放下两本。

叶斯回了下头，发现她放了一本在趴着睡觉的罗翰面前，又在那摞体检册底下摸出一张轻飘飘的白纸，看起来和体检册一样大小，放了简明泽的桌上。

叶斯飞快地一瞟，发现白纸背后透过笔迹，是一个非常简单，简单到有些傻气的笑脸。

沈霏发完后直接转身发下一组，简明泽抬头看着她在空中晃晃悠悠的马尾，轻轻勾了一下嘴角。

何修刚好回来，叶斯低声问："上次你说提前一天晚上看到简明泽来英中，是胡秀杰带他进来的吧？"

"嗯。"何修抬眸，"怎么了？"

"没事。"叶斯犹豫了一下，还是摇了摇头。

发体检册应该是许杉月这个生活委员的活，沈霏抢了过来，而且故意把简明泽漏下了。

简明泽是胡秀杰带来的，沈霏给简明泽特殊关照，肯定是她母亲让的。也就是说，胡秀杰知道简明泽的病情。

如果是小病，就不至于让教务处主任知道了。

叶斯好像一下子猜到了简明泽为什么在高三关头跨省跑来别的学校借读两个月。他默默地掏出手机输入刚才那家医院的名字，看前两条广告。

H市医大附属三院，虽然是三甲医院，但在H市绝对排不上第一梯队。但三院有一个全国数一数二的强势科室，治肾病，再具体一点说，在治疗肾衰、尿毒症和肾移植方面，这个医院有很多大牛专家。

一种背后发凉的感觉沿着脊柱蔓延，叶斯默默往后靠了一下，向后瞥去，看见简明泽一边补抄刚才那两道题的过程一边披上了一件薄外套。

盛夏的晚上，所有人都觉得热，下课小超市冰柜前不动用武力根本挤不进去，简明泽却在这种时候披上了一件薄外套。

"怎么了？"何修突然用胳膊肘碰碰叶斯，"想什么呢？"

叶斯没回答，何修以为他做题又做烦了，手伸进口袋里摸了半天，摸出一块糖。

这次是颗薄荷糖，叶斯不太喜欢薄荷味，但这会儿吃倒觉得有些清爽，忍不住勾了勾嘴角。

何修是个好同桌，口袋里一直揣着零食，无论什么时候都能摸点好吃的出来。

叶斯拉过一张演算纸飞快地画了一只机器猫，在口袋那里写上"HX"两个字母，推过去。

何修勾了下嘴角，很幼稚地在机器猫头顶画了一根竹蜻蜓，在旁边拉了个箭头，写上"YS"两个字母。

幼稚。

叶斯嫌弃地看了一会儿，又忍不住笑出来，随手把纸折了，跟之前何修答应给他五百万或盖城堡的字条一起，塞进钱包里。

四节晚自习下课后，首发阵容的人要一起去小操场练球。何修也去，叶斯背着包跟着，边走边用手机软件刷题。

"树底下有蚊子，不然你先回去。"何修看了叶斯一眼。

"不。"叶斯晃着一根手指，"我得在旁边盯着。"

罗翰一瘸一拐地笑道："叶神，你做教练吧，帮大家调整调整战术。"

"脚崴一下赚死你算了。"叶斯瞪他一眼，打个哈欠，"行吧，我勉为其难地指导一下你们。"

球场上哪个班的都有，还有不少校队的。

叶斯走过来一路被各种人打招呼，有的隔得太远他看不清脸，只好一边点头一边走到（4）班提前占好的场子，然后拍拍手说："新（4）班首发队伍跟去年比变动挺大的，大家这周还是以磨合熟悉彼此的路数为主，等周五抽签结果出来了，我们再看具体战术。"

大家点头答应，罗翰跑过去问："学神习惯什么位置？"

何修想了想："控后。我传球和观察比较在行，投篮不太行。"

"没问题。"一个高个板寸头说，"那让辣条顶我的大前锋，学神去辣条的控后，我顶大翰的中锋。"

叶斯仔细想了半天也没想起这个板寸头叫什么，倒是能想起他的外号，叫"刺猬"。

"辣条"就是原来（4）班的人，大名叫卫龙，叶斯觉得就冲这个名自己这辈子都不会揍他，因为一看到他就想笑。

罗翰一脸严肃地点头："行，那暂定辣条大前锋，托托小前锋，学神控球后卫，磊哥得分后卫，刺猬中锋，有问题吗？"

"没问题。"被叫作"磊哥"的男生笑了一下，"就是有点紧张，要让学神给我做球啊。"

罗翰"哎"了一声："大家先磨合，今天队内二对三走两拨，学神和磊哥先一组看看配合，不行再换学神跟辣条，各二十分钟。"

罗翰的组织能力很强，没几分钟新（4）班的首发小队就练了起来。叶斯找了个视角最好的大树底下坐着，本来想背一百个英语单词，结果没忍住看了场上一眼，然后就挪不开视线了。

何修打球和他平时做事一样，沉默而锋利。他刚跟磊哥打配合，在最需要商量讨论的时候偏偏一句话都不说，看起来冷酷到极点。

但从叶斯的角度能清楚地看见何修一直在观察，他在观察磊哥的动作，一个突进的意图，一个后撤，都被他看在眼里，然后尽力配合。

"刺猬"起跳投篮，球在球筐上弹开了，何修起跳在底线拿到球，然后迅速往外圈拉线。托托和"辣条"上来两人包夹，何修一边沉稳地运着球一边观察磊哥的位置，等磊哥撤到三分线，何修将球从左手交到右手，背转身晃过前面两人，直接把球传出去。

"刺猬"立刻去防磊哥，在他的身高压制下，磊哥犹豫了一秒勉强起跳三分，球在篮筐上撞了下，又弹开了。

罗翰拍拍手："何修的节奏不错，磊哥可以再稳一点。"

叶斯轻轻地叹了口气。

很漂亮的一次突围底线传球，但何修一开始想的并不是让磊哥拿这三分。"刺猬"的身高压制太明显，何修在把球传出去的一瞬，等托托和"辣条"放开他，就又朝磊哥伸出手。

可惜磊哥没往这边看，光想着三分球了。

叶斯咂咂嘴，觉得如果是自己跟何修打配合，就不会出这种乌龙。他会潇洒地起跳接球，在那两个家伙回身包过来的一瞬间在空中把球回传给何修，何修直接上篮，球就在他们强强联手之中跳一出优雅的空中回旋曲，然后冲刷入篮。

唰的一声，在月色下映出一道橙色的光辉。

叶斯忍不住给自己鼓了个掌："牛啊！"

场上跑动的几个人停了，罗翰拧眉回头看叶斯："没进就没进，叶神不要讽刺队员。"

"哦。"叶斯收敛表情，冷酷地低头继续刷手机，"你们继续。"

自从开始好好学习，人好像就变傻了。

叶斯想想自己刚才的行为，被傻得打了个哆嗦，恨不得给自己两个大嘴巴子。他有些尴尬，想去小卖部给大家买几瓶饮料，结果一转身，发现食堂门口那棵树底下站着两个人。

一男一女，女生是沈霏，她的身材和马尾简直是英中的招牌。

男生……

叶斯眯了眯眼，仔细分辨了下那人的身形，忍不住咋舌。

是简明泽。

"这个给你。"沈霏笑着把手里一沓胡秀杰签好的假条递给简明泽，"我妈说你要是平时去医院什么的来不及找她，就直接拿假条出入，如果不够再跟我说。"

"嗯。"简明泽低头看着手里的假条，"帮我谢谢胡主任，也谢谢你。"

"不用谢。"沈霏笑得眉眼弯弯，"还有啊，你要吃低盐食物，我妈让你以后去最后一个窗口打饭，那个阿姨看到你会给你专门准备。和大家的都一样，就是少盐清淡，用动物蛋白代替了植物蛋白，是你爸爸希望的。"

"嗯。"简明泽依旧低着头，好像除了"嗯"和"谢谢"，不会说别的。

"个人隐私我不会跟别人说的。"沈霏顿了一下，"加油啊明泽，好好养身体，好好学习。下次考试跟（4）班的同学比比看。"

简明泽的脸红了："大家都很优秀，我只希望成绩不要掉队就行了。"

"你没问题的。"沈霏顿了一下，"我妈说你在你们市实验中学是前五名，上次答我们分班考卷子身体不太舒服还考了三十七名，很厉害的。"

沈霏走后，叶斯也无声地转身走进小卖部，站在门帘后又往外看了一会儿。

简明泽目送着沈霏进了女生宿舍，才把那沓假条揣进兜里，慢吞吞地往回走。

叶斯叹了口气，说不出心中是什么滋味。

这个人应该是没在现实世界出现过，虽然叶斯高三分班考之后就走了，但他知道（4）班一直是五十个人，没多过。

脑世界里的蝴蝶效应、脑电波场效应会改变一些人的命运轨迹，这是 SD 说的。但叶斯无从得知这些人的命运是会变好，还是会变差。

如果他的想法和行为真的会带来这么大影响，那么即便不从系统规则考虑，他也希望能让更多人变好。

简明泽之前又是什么样的命运？

一帮男生练完球刚好踩着三栋的门禁，呼啦啦地往回走。何修跟叶斯走在最后，何修手里还拿着叶斯买的那瓶饮料。

"感觉怎么样？"叶斯笑眯眯地问。

何修顿了一下："还好。"

比他想象中自然一些，大家的注意力都在球上，还是挺让人自在的。

何修想了想，又说："其实跟人配合打球打好了也挺愉快的，要是你也上就好了。"

"是啊。"叶斯感慨，"我们会更默契。"

"嗯。"何修点头。

罗翰本来一瘸一拐地走在前面，突然回头说："打个球你们还要挑个同桌啊？"

叶斯指着他："你倒是找别人来给你首发啊，找不到就闭嘴。"

罗翰"嘿嘿"笑了两声，单腿蹦过来，说："叶神，我开玩笑呢，你别生气。"

叶斯看了他一眼，放慢脚步，等前面人都走远了，才低声问："你同桌现在住校吗？"

"谁？小简？"罗翰想了一下，"他今天办了住校，但现在没有缺人的寝室，就给他办了单间。他说他爸妈还没想好要不要让他住校，宿舍先申请下来，住几天试试。"

"哦。"叶斯问，"知道他在哪个屋吗？"

"哎，好像是三楼。"罗翰皱着眉，"三零……三零几来着？"

"三零二。"何修突然说，"我路过总务处听见的。"

"哦，对。"罗翰拍拍手，还没拍两下就被叶斯用胳膊肘不轻不重地撞了一下。

"别老光想着篮球赛，你这个体育委员，关心关心我们班新来的男生。"叶斯皱眉说，"人刚来住校，东西都不全，你就不会给买两个水壶、毛巾被子、牙膏洗发水什么的，给送送温暖？"

"啊？"罗翰蒙了一秒，"这是体育委员的活吗？我以为这是生活委员的活。"

叶斯恨不得踹他一脚："你让许杉月来男寝室送温暖啊？"

"哦！"罗翰一拍脑门，"我懂了。"

罗翰是个行动派，回自己寝室一吆喝，两个室友就跟他一起往小超市去了。

叶斯站在自己寝室门口看着他们热热闹闹地下楼，轻轻出了口气。

"你看出什么来了？"何修突然轻声问道。

"嗯？"叶斯愣了一下，"什么看出什么？"

"看出简明泽生病了。"何修压低声，"家长会那天我问了胡秀杰一句，胡秀杰跟我说了实话。但这事男生只有我，女生只有沈霏知道，胡秀杰让我们暗中关照简明泽，也暂时别告诉其他同学。"

叶斯完全没想到，一时间不知该说什么。

何修又叹口气："但也瞒不了太久，大家迟早要知道的。好在简明泽心态很好，跟主任说他就想配合治疗，然后学习不落下，等三个月后手术成功，他就能开开心心地回去准备一模了。"

"一模……"叶斯走了会儿神，咬牙问，"所以……什么病？"

"慢性肾衰竭。"何修低声道，"这半年恶化得挺严重的，现在是在三院找了一个全国知名的专家出方案。三个月后做肾移植手术，在那之前就要常规频检和透析，然后提前一个月入院。"

叶斯心里好像被人挖了一下："肾移植，所以有……肾源……"

"有。"何修点点头，"他很幸运，配型成功了。"

叶斯瞬间松了口气，几句话的工夫感觉出了一身汗，再一恍惚后，突然觉得鼻子一酸。

"你……"何修顿了一下，有些不知所措地抬起手，碰到之前又收了回去，低声问，"哭了？"

"没有。"叶斯深吸一口气，把鼻腔的酸涩感压回去，侧过头放空几秒又觉得在何修面前没必要，于是低声说，"有点想哭。"

"好了。"何修伸手在叶斯的肩膀上拍了拍,"他的情况目前还是很乐观的。我只是没想到你竟然这么快就看出来了,你……在这方面很敏锐。"

叶斯没说话,不知该说什么,脑子一时有些乱,于是推开门进了寝室。

"你可回来了!"沈浪正在地上转圈,一见到叶斯猛拍了下大腿,"温晨呢?温晨是不是跟宋许去过生日了?"

"啊?"叶斯还没从那股鼻酸劲里缓过劲来,被问蒙了一秒才说,"好像是,第三节课间听他们在商量了。"

何修补充:"要去一个叫'ENLIGHTEN'的餐厅。"

"啊,对!就是那个!我早上听温晨念叨了。"沈浪急得搓手,"这个傻瓜打电话不接,发短信不回!"

"你找他干什么?"叶斯皱眉问。

"突击查违禁电器啊!"沈浪哀号,"底下贴通知了,你们没看见啊?现在查高一那边,最晚也就半个小时吧,就到我们这儿了!锁着的柜门都打开查,大妈有钥匙。"

叶斯还是没听懂,查就查吧,温晨也没什么违禁电器啊。

何修突然叹口气:"明白了,得想办法把他叫回来。"

叶斯回头:"嗯?"

何修不知从何说起,沈浪小声说:"这小子没事,但宋许有个小锅暂时放在他这儿!"

"啊——"叶斯愣了一会儿,"被查到会怎么样?没收,被班主任骂几句?高三了总不会给处分的。"

"不是,你周末不住校不知道。"沈浪直拍大腿,"那个小锅意义非凡,宋许他奶奶不是没了吗?那个小锅是他奶奶之前来学校看他,领他去超市一起买回来的!是他的宝贝!"

何修叹口气:"浪哥在这里留意检查小组的动态吧,一直给他们两个打电话,别停,我翻出去看看能不能找到人。"

"我也跟你去!"叶斯立刻说道,把书包往凳子上一扔,"走走走。"

何修的脚步顿了一下,看着叶斯:"我要去ENLIGHTEN。"

叶斯拽着他就往外走:"去就去啊,管他enlighten(启发),还是enlarge(放大)、endeavor(努力)、encounter(遭遇),就去找个人啊。"

何修被他拉着,第一反应是看来叶斯背单词背到en-词缀了,想笑又感到迷茫。

"来回飞跑,你能行吗?"何修有些犹豫。

"我是老弱病残吗?"叶斯咬牙切齿,"快点,等会儿检查的人过来了!"

翻窗出去的时候叶斯差点把玻璃踹了,何修刚一落地,就被他攥住手刮大风一样呼呼地往外跑。

过了熄灯的点,整个校园一片静谧,只有两个人错乱的脚步声踏在地上,又逐渐趋于相同的节奏。

晚风在耳边拂过，何修清了下嗓子："那个……"

"等会儿说。"叶斯提起一口气，又提了速，"必须要救温晨，别的都还好，要是因为这事被通报一次，他爸真的会揍死他。宋许也一样，这个锅不能被没收！"

多么正义的宣言。全心全意为了室友而着想的叶神。

何修突然有点想笑，又觉得心情飞扬了起来。

叶斯心里好像有股憋着的火，大概是因为听说简明泽的事让他心里难过，这会儿知道温晨和宋许即将"大难临头"，自己又能帮一把，就铆着劲一定要在检查老师到之前找到人。

"进餐厅就找一圈。"叶斯气喘吁吁地说道，"就一圈，找到人就算，找不到人我们便回去，在检查小组来之前强行把他的柜门踹开，把里面的东西藏起来。"

何修担心地看着叶斯的后脑勺："那个柜门……"是铁的。

"往死里踹！玩命踹！"叶斯咬牙切齿道，"你现在就给沈浪发消息，让他先踹着。"

何修叹口气，边跑边给沈浪发了条消息，带着若干个错别字，把寝室老大的精神传达下去。

"你慢点跑。"何修又忍不住说道，"小心你的伤。"

叶斯完全听不进去，满脑子都是温晨那个小可怜被逼着检讨，还有宋许站在宿舍仓库门口幽怨地看着被没收的小锅的画面。

两个人从北门出去后就变成何修跑在前面，抓着叶斯拐进一条小巷子，七拐八弯后看见了那家餐厅。

墙是石头的，有点古韵，门口竖着一个用LED（发光二极管）灯管绕起来的牌匾，灯管弯成"ENLIGHTEN"的字样。

"这吃什么的？"叶斯皱眉。

"美式烤肉吧，有驻场乐队的。"何修说。

叶斯其实很少来这一类餐厅，兄弟几个都喜欢撸串，唯一一次是很久之前好奇陪父亲应酬过一次。

推开厚重的木门的一瞬间，叶斯差点被摇滚乐队的激情演奏给掀出去。灯光幽暗，卡座里那些吃饭的人跟着音乐摇头晃脑，还有不少外国人，比一般餐厅要吵闹很多。

"我服了！"叶斯吼了一句，但根本没听见自己的声音，于是深吸一口气又吼了一句，"这什么破餐厅啊？"

好多美式音乐餐吧都这样，但何修没解释，知道出声了叶斯也听不见，目光飞快地掠过乐队和客人。

餐厅为了营造那种调调，光线实在太昏暗了。强劲的贝斯几乎要把人的心脏都掏走。何修走了两步，下意识地回头看了叶斯一眼。

"你的心脏……"

"什么玩意儿？！"叶斯皱着眉大吼，"你说什么？我听不见！"

"我说——你的心脏——"何修提声回喊,喊了一半放弃了,摆摆手继续找人。

赶紧找完赶紧走,这是何修的念头。

叶斯也是这么想的。他感觉从这个地方走出去耳朵和嘴至少得伤一个。

一首歌唱完,一阵欢呼喝彩声落后,虽然还是人声鼎沸,但世界总算安静了一些。

何修飞快地搜寻,视线扫到舞台旁边,眼睛一亮:"找到了!"

温晨和宋许就坐在舞台侧面的那张桌子吃饭,肉点得不多,桌上有个小号蛋糕。

主唱甩了甩自己皮夹克上叮当作响的铁环,拉过立麦说道:"接下来这一首,让大家真正嗨起来!"

"不妙!"叶斯绝望道,"他们又要来了,我们赶紧叫人!"

何修闻言点头,试图拉着叶斯快步冲过去,结果刚走了两步他就不走了。

"温晨!宋许!"叶斯咬牙切齿地蹦着喊:"看我!看我!"

他玩命地往高了蹦,也顾不上身上有伤了,一边蹦一边挥手。

何修正要默默往旁边退开两步,叶斯就猛地回头,在昏暗中找了半天,找到后一把攥住他,带着他一起往高了举:"看我们!看我们啊!"

何修扭头看叶斯一眼,也跟着不要形象地往上蹦。

何修喊:"温晨!"

叶斯喊:"宋许!"

他们喊了不知道多少声,嗓子都喊哑了,终于在宋许不经意一偏头,看到了这边疯狂上跳下蹿的两只"地鼠"。

宋许拉了温晨一下,温晨回头看过来,惊讶地瞪大双眼。

四个人往回走的时候谁都跑不动了,叶斯有点虚脱,伤处还痛。

"那个……学神、叶神。"温晨咽了口口水,"谢谢你们啊,还专门跑来找我们。难为你们了……"

叶斯累得一个字都说不出来,走路都懒得挪脚。

何修的神色平常:"你们生日出去玩没什么,但以后把寝室柜的钥匙备份一下,我们寝室没人会乱翻你的东西,就是以防下次再出现这种紧急情况。"

他们很快就回到宿舍,在楼背面翻了窗。

检查小组来之前,603 四个人里三个都在床上各干各的,只有温晨在底下开柜收拾东西,把宋许的小锅稳妥地藏好了。

何修坐在旁边打游戏,正指挥小人在地图上肆意奔跑着。叶斯看书看累了,就对着何修的屏幕放空大脑。

"怎么还不来啊?"沈浪突然拿手机看了一眼,"都过十二点了,十分钟前不是就说进三栋了吗?"

"可能是要一层一层……"叶斯话正说一半,走廊里就听宋义边跑边喊,"奔走相告!十二点抽检结束了!只到四楼!我们幸免啦!"

叶斯猛地翻身坐起来，捶了下床："怎么这样啊？！说不查就不查了，玩我们啊！"

沈浪也立刻骂开，坐在床上用哑铃敲枕头，一下一下把总务处到抽查小组全部骂了一遍："害我担惊受怕一宿！"

温晨爬上床，过了一会儿又小声说："谢谢大家。"

何修闻言从游戏里抬头，平静地看过去："没什么可谢的。"

"就是。"叶斯说，"一个寝室的相互关照，万一哪天我柜里也有不可见人的东西，你们不也得去满世界找我？"

沈浪指着他："你现在就把你那件屁股上印着皮卡丘的睡裤扔了，我保证不会发生这种情况。"

"滚！"叶斯笑骂，抬脚在空中做了一个虚踹的动作，"皮卡丘比你们都可爱。"

叶斯收回脚，又看了何修一眼，伸手在他肩膀上撞了一下："你不算，妙蛙种子也很可爱，能和皮卡丘打个平手。"

何修勾起嘴角："你没忘啊，我还以为你都忘了。"

"没有。"叶斯打了个哈欠，"忘了一部分，重要的都没忘，我们聪明人都是这样的。"

沈浪发出一声逼真的呕吐声，吓得叶斯差点把枕头扔出去砸他。

温晨笑呵呵地看着他们，等他们闹够了，才下床把灯关了。

灯关了之后，热闹的三栋就一瞬间归于安静，静得能听见外面知了的声音。

叶斯的被子突然亮了一下，他伸手摸进被窝里，在刚才亮的地方摸到了自己的手机。

罗翰建了一个三人小群，群名叫"关爱新同学小分队"。

罗翰："来和叶神汇报下，给小简买了毛巾被一条、暖壶一个、矿泉水两桶、牛奶和酸奶若干、小夜灯一盏。跟班长齐玥大人说过了，从班费里出。"

叶斯回了一个汉字表情"可"。

过了一会儿，罗翰又发了一条信息："对了，小简问我是不是老马让的，我直接说了是你提的。"

叶斯："啊？别说是我……"

罗翰："我已经说了啊，你又没说不让说。而且小简点头说他猜到了，你是不是之前就背着我们关心小简来着？从实招来！"

叶斯对着那行字愣了一会儿，没有回复，片刻后收起了手机。

何修轻轻把手伸过来敲了一下他的枕头，于是他又掏出了手机。

何修私聊了他："简明泽其实很敏感，你今天晚自习回头看了他两次，他大概有察觉吧。"

叶斯回了一个"啊"字，不知该怎么说。

不仅回头两次，其实他还有意无意地偷听到了简明泽和沈霏的对话，不知是不是也被发现了。

手机又振动了一下。

何修:"睡吧。不用太担心他,未来的事情没人说得清,但一直走下去总有出路。"

叶斯看了那两行字良久,没再说话,伸手敲了敲何修的枕头。

何修无声地笑,也伸手过来敲了叶斯的枕头。

第二天早上,罗莉给大家发了一套英语随堂卷,下课后课代表把印好的答案发下去,让大家自己核对。

何修发现叶斯每道题的括号里都端正地写着一个答案,题干下还用铅笔淡淡地圈出另一个答案,有的和旁边一样,有的不一样。

叶斯拿到正确答案后直接塞进桌肚,然后对比着卷子左边看右边,边看边查笔记,在旁边写标注。

宋许的英语一直不行,拿着卷子四处张望了一圈,发现温晨不在,于是转过来把卷子往叶斯面前一铺:"叶神,解释一下完形填空第五题呗。"

"我不会。"叶斯看了一眼自己用铅笔勾起的错误答案,"我的本质仍然是个学渣,不要问我。"

宋许"嘿"了一声:"别装了,我们都什么交情了!"

"什么交情?"叶斯一脸冷漠地瞪他。

宋许被瞪得一愣,半天后摸着鼻子转回去,嘀咕:"怎么救完人就把人忘了呢?什么毛病。"

何修忍着笑低头看漫画没吭声,过了一会儿,叶斯在旁边拉了一下他的袖子。

"嗯?"何修收敛笑意,平静地看过去,"什么事?"

叶斯指着那道自己刚好也弄不明白的题,小声地道:"快点,我又要装学渣了,配合我。"

何修把漫画放下,指着A选项说:"这里是with引导的非谓语结构,动名词表主动,过去分词表被动,可以看下笔记。"

"哦,哦。"叶斯点点头,皱着眉把何修那本薄薄的英语笔记翻开。

"我说……"何修微笑着看他皱眉思考,低声问,"说好的装学渣,可你每天还是在卷子上写正确答案,为什么不干脆装得像一点?"

"别吵。"叶斯回避何修的提问,使劲盯着笔记。

何修看了叶斯一会儿,突然说:"如果你单纯只是想让我讲题,直说就可以了。"

说什么呢?乱七八糟的。

叶斯皱着脸琢磨了一会儿,没琢磨明白,便低头继续看完形填空。

课间操叶斯请假了,他的伤要好好养着,至少半个月不参加跑操。但他也不想一个人在教室,就到小卖部买了两瓶可乐,站在树荫底下等何修跑完。

(18)班先跑完,宋义小跑过来一把抢走叶斯手里的一瓶可乐,二话不说拧开就灌,灌了一半才看见叶斯目光如刀地盯着他。

"怎……怎么啦？"宋义把可乐放下，"这瓶有毒？你给耗子准备的？"

"给你学神准备的。"叶斯懒洋洋地往远处（4）班的方阵指了一下，"你什么毛病？是给你的吗？抢过来就喝。"

"叶斯，你够了啊。"宋义也瞪眼，"一天到晚就知道给学神买水，再这样我们就绝交了！"

"滚，滚，滚。"叶斯推了宋义两把。

宋义根本没动弹，低头在手机上点了一个美女给他看："哎，你看这个！"

叶斯无语地瞟了一眼："拿走，没兴趣。"

"那这个呢？"宋义执着地换了个美女。

"拿——走——"叶斯说，"我现在一心学习，看到这些东西都觉得是在浪费我的脑细胞。"

宋义长叹一声："你现在真的就只知道学习了啊？唉，你有同桌带你学习，都没人带我学习。"

叶斯瞟了他一眼："沈霏和许杉月她们都是学霸，怎么不见你往上努努力？"

"哎哟，我得多努力才能够上她们啊？"宋义嘀咕，"还是努力散发我的男子气概吧。"

叶斯同情地看了他一眼。

何修从远处跑了过来，伸手："我的可乐呢？"

"啊？"叶斯愣了一下，下意识地把自己那瓶没拧开的递过去，"给你。"

何修拧开直接仰头灌。

三个人边说边笑地往回走。

"哎，前面是不是那个尹建树？"宋义突然用胳膊肘撞撞叶斯，指着不远处的公告板。

叶斯往那边瞅了一眼，是有一伙穿着高一校服的男生围在公告牌附近，但看不清是谁。

"别往那边去了，要打铃了。"何修站起来说道。

"就看看。"叶斯拨开挡在前面的宋义，笑嘻嘻的表情淡去，往那边走。

确实是尹建树，站在公告牌前面，旁边围了一圈高一的男生，凑在一起。

叶斯往那边走的时候突然想起来，前两天高一开学摸底考，估计是成绩出来了。

每次成绩出就有那么几个嘚瑟的，但真正的学神从不嘚瑟，甚至连自己的分都懒得去看，比如他的同桌。

一堆人围一起，叶斯走到外面没有立刻进去，站在原地听尹建树在说些什么。

公告牌右上角确实贴出了高一摸底考试的成绩，尹建树第一名，叶斯直接去看最右边的总分栏。

高一还没分文理科，尹建树理科六百八十六分，文科六百五十二分。

叶斯砸了一下嘴，由衷地替新一届高一感到悲哀。

"尹哥六百八十六分啊，真厉害。"竟然还有人吹捧了一句。

尹建树满意地看着成绩："还行，这次理科只比第二名高了九分，还是有点压力的。"

叶斯心想：有人问你压力了吗？就会给自己加戏。

听了两句吹嘘，叶斯有些听不下去了，打了个哈欠转头想走，不料尹建树突然往左跨了两步，指着左上角的英中荣耀榜说道："看见没？我们杨主任说这个星期就把我的照片加到荣耀榜上去，每考一次第一，就往前挪一名，我早晚把现在的榜首给顶下去。"

叶斯的脚步骤然停顿，而后面无表情地转身。

尹建树指着何修的照片："这个何修是不是当时刚上高一就被贴到左上角了？就因为中考和摸底考试都是高分第一名吗？不是我说，那个年代的英中也太草率了吧，这不是偏心吗？"

"没事啊，尹哥，超过去。"一个男生笑嘻嘻地说，"高三明年就毕业了，再说连着两年理科状元都不是我们学校的，明年估计也悬。"

"尹哥不是想跟高三的沈霏学姐交朋友吗？进度怎么样了啊？"

"就是啊，尹哥。"

尹建树"唉"了一声："学姐的事好说，但何修这人你们少提，别说得像我和人家多大仇似的。我只是私下里觉得啊，这小子上次在球场就特别不讲理，这种人就不配在荣耀……"

"你是不是没长耳朵？"叶斯突然出声，拨开最外边的两个人，里面的人同时回头看他，然后不约而同地往旁边让开。

这会儿叶斯没有任何平时嘻嘻哈哈的玩笑表情，嘴角紧绷，黑眸中冷意逼人，眼角眉梢都透着一股子上高三后很久没出现过的狠劲。

叶斯随手把可乐瓶子往旁边一扔，还剩大半瓶可乐的瓶子砸进垃圾桶里，连带着整个单薄的桶身都晃了晃。

"我好像跟你说过，离高三的学姐和英中的荣耀榜远一点，不要打扰高三的学姐学长学习。"

叶斯站定在尹建树面前，二人之间不过一拳的距离，只要再往前一步就能把对方顶个跟头。

尹建树盯着他："我不记得了，你说过吗？"

"说过。而且我可以再帮你回忆一下。"叶斯说着，余光里宋义跟何修已经过来了，何修似乎要开口劝他，而宋义已经挽起了袖子。

这种时候，还是宋义比何修靠谱一点，何修就只知道劝架，根本不知道这个尹建树有多过分。

竟然又想把何修的照片抠下来！

说了也不听！天天活在幻想里！还在背后辱骂他！

叶斯的手比脑子快，脑子反应过来自己没压住火的时候，已经把尹建树给锁住了。

外面围着的男生一下子散了，宋义本以为会有冲上来帮忙的，再不济也得有人上来拉架，结果没有，一伙人散开后开始疯狂比嗓门。

"高三的打高一的了啊！"

"保安！老师呢？！高三的打人了！"

"有没有人管管啊？！"

宋义简直惊呆了，原本准备冲进战斗圈，但因为无怪可打而尴尬地待在原地。

何修走过来，低声说："算了。"

叶斯被何修拉着犹豫了一下，但没想到尹建树寻着机会挣开他，红着眼挥起拳。

叶斯差点没躲开，幸好何修一只手攥住了尹建树的手腕。

"够了。学校禁止打架。"

"禁止我打架不禁止他，是吧？"尹建树抹了一下嘴，"我从头到尾有没有招惹过你们？我想跟沈霏交朋友，沈霏都没说什么，就你们一天到晚跟疯子似的……"

尹建树的话没说完，余光里瞟到什么，身子直往后歪，然后一屁股坐到地上。

"干什么呢？！都给我住手！打人的给我抱头蹲下！"一个男人愤怒的吆喝声挤入战局。

宋义清了一下嗓子："高一的主任来了。"

叶斯瞬间双手抱头，转过身子，跟何修并排站着。

何修原本一只手插在兜里，看了叶斯一眼，犹豫过后也不太熟练地抱住头。但他看叶斯没蹲下，于是自己也没动。

宋义抱头站在一米外。

"别紧张。"叶斯小声地在何修旁边哼哼，"我跟这人是老相识了。"

"哦？"何修松了口气。刚才他有一瞬间的担心，毕竟出了同年级这个范围，能护着他们的老师很少，甚至都不认识几个。

叶斯"嗯"了一声："他是上一届高三新下去高一当主任的。高一的时候，我跟他们高二的起了冲突。高二的时候，我跟他们高三的有过节。这回我又教训了他新带的高一学生，算'大满贯'了。"

何修偏过头，震惊地看着叶斯。

"别紧张。"叶斯又叹口气，"我对他的套路超熟，抱头这个仪式一定要走，还好这回你在，胡秀杰百分之百会帮着我们。"

何修仍然一脸震惊，甚至罕见地瞪圆了眼。

宋义在旁边帮腔："学神，你别紧张，叶神和我罩着你。"

何修满心复杂，还没来得及说话，高一的主任已经站在了面前，是个四十多岁的男人，国字脸，戴着黑框眼镜。

"杨主任好啊。"叶斯抱着脑袋懒洋洋地打了个哈欠，"好久没见了，杨主任，新高一带得还舒服吗？"

"又是你！叶斯！"杨主任气得两条眉毛恨不得拉上手，先小跑过去把已经在地上"装死"超过一分钟的尹建树给扶了起来，关心了一通。

"我没事，主任。"尹建树被他扶着站直身子，按住自己的太阳穴，睁了睁眼，"我没事，还能上课。"

杨主任听得直瞪眼："是不是脑震荡了？你晕吗？"

尹建树说："我……"

"宋义！"叶斯突然大叫，手伸向面前的空气，茫然地瞪着眼睛，"宋义，你在哪里？我看不见你了！"

"叶斯！我在这儿啊！你看看我！"宋义立刻痛心疾首地抓住叶斯的手，"你看不见我了吗？你真的真的看不见我了吗？！"

叶斯悲痛地长叹道："我的眼睛！My eyes（我的眼睛）！"

"够了！"杨主任怒吼一声，喊得整个小操场都回荡着他的声音，教学楼里甚至有几扇窗户开了一下，有看热闹的人影在后头闪过。

何修怀疑叶斯是专门来折磨他的，双手抱头这个姿势很难忍住不笑，平时还能掐自己大腿，这会儿总不能掐自己的头皮吧。

他抱了一会儿实在太想笑了，只好松开手，有些无奈地拉了叶斯一下。

叶斯瞬间收回戏，面无表情地往回蹦了两下，在何修旁边重新站好。

"主任——"叶斯说，"不好意思，我刚才只是把他胳膊控制住了。以我这么多年的经验来看，他要是说自己胳膊肌肉拉伤我勉强接受，但他要是说脑震荡了，那可能是被他自己脑袋里的幻想给撞的，跟我没有关系。"

宋义在旁边摆手："没有关系，没有关系，叶神这方面很专业，童叟无欺。"

杨主任深吸一口气，太阳穴疯狂跳动，正要恶狠狠地说一句什么，就见旁边那个全校师生无人不识的何修，终于没忍住似的肩膀颤抖了一下。

"哈——"何修"哈"完迅速憋回去，但是紧紧扣在裤缝的手和抖动的肩膀却把他暴露无遗。

他有些无奈地看了叶斯一眼。

叶斯确实是来折磨他的。他一直是该大家一起笑的时候死活笑不出来的孤僻小孩，现在却总在不该笑的时候死都忍不住。

"你也……"杨主任指着叶斯，又指着何修，半天都说不出话来。

直到远处小跑过来一人，叶斯瞟了一眼，松口气，拉了一下何修的校服。

胡秀杰来了。

"怎么回事？"胡秀杰瞪眼，目光在几个人身上挨个扫过，最后落在叶斯身上。

在叶斯的记忆中，前两年胡秀杰把他"赎"回去的时候总会先劈头盖脸骂他一顿，然后再把他带走。他对这种解决办法没什么异议，反正他脸皮厚，也习惯了。

但此时似乎有些不同，胡秀杰瞪了他一眼，又瞪了何修一眼，然后看向杨主任。

"什么情况？"

"还能什么情况？"杨主任指着叶斯，"你跟我都连续两年处理这种事情了，还能有什么情况？你们叶斯又把我们年级的孩子给欺负了。"他一边说着一边把尹建树往前面拉了一下，"这是我们今年的市状元，摸底考试第一名，一个学习挺好的孩子，叶斯也要来挑事！"

"话不能这么说。"胡秀杰看了尹建树一眼，深吸一口气，"叶斯也是爱学习的孩子，而且叶斯这学期一直在帮助其他同学。杨主任，我们去办公室说吧，别站在操场上，解释不清。"

杨主任闻言，惊讶地瞪着眼睛。叶斯比他更惊讶，抬头看着胡秀杰。

何修轻轻拉了一下叶斯，叶斯又把头低下了。

"走，去我办公室。"胡秀杰看了他们两个一眼，"你们都过来。"

总教务处在高三这一层，办公室门口火速围上来不少学生，大多都是高三的。

叶神依旧是那个凶狠嚣张的叶神，但不知是不是因为这学期以来帮着同学做了不少事，那层让人不敢靠近的"结界"好像被往里推了推。

当然还有更多是冲着何修来的，何修进教务处，听起来就足够劲爆。

"情况就是这样了。"叶斯面无表情地重述完情况，"尹建树狂过头了，天天在背后把我同桌当靶子也就算了，还阴阳怪气说什么球场上不讲理。球场上和他针锋相对的是我，关我同桌什么事？"

"球场上他没帮你？"尹建树瞪着眼睛指着叶斯。

叶斯皱眉："指谁呢？"

"你……"

"叶斯！"胡秀杰皱眉，"好好说话。"

叶斯收回眉间的戾气："好不好好说话的，反正就这么回事了。你们给我开处分也行，怎么都行，但跟我同桌没有关系。"

胡秀杰正要说话，何修说："有关系的。"

"有什么关系？"杨主任立刻看着他。

叶斯也皱起眉，拉了一下他的校服。

何修想了想："之前在球场上，我也羞辱了尹建树同学。"

他顿了一下，才又说："还有我那张照片……仔细想想，可能也无形中挫伤了尹建树同学的自尊心吧，刺激了他虚荣心的膨胀，所以从侧面来看，我是尹建树同学狂妄自大惹怒叶斯的教唆者。"

门口来凑热闹的吴兴本来没怎么睡醒，听到这里努力瞪了瞪眼睛，抬手从人堆里捞过一个人，疑惑地道："我怎么觉得学神在骂人啊？"

简明泽看了这个陌生人一眼，点点头："嗯，是在骂人。"

叶斯别过头看着窗外，过了一会儿没忍住笑了几声。

何修偏头看他，也勾勾嘴角："情况就是这样了，要处分的话就一起吧。"

"这个……"杨主任沉默了半天，而后咬牙说道，"那就一起处分！这种事情太恶劣了，两个高三的学生联合起来欺负一个高一的新生,还是向来表现好的尹建树同学,而且只是为这些捕风捉影的原因,这都是什么风气?必须遏制!"

胡秀杰皱眉道:"杨主任这样也太武断了,叶斯不说,何修他……"

"他的处分报告我来给校长打!"杨主任一拍桌子,"胡主任,我知道你要护着自己年级的同学,高三了还背上处分也不利于升学,但这些情况是要由校长来考虑的,上不上报是我自己的选择!我们年级的孩子严格来说什么都没做错,凭什么受这种欺负?"

尹建树随着他的话语挺了一下腰板。

叶斯皱着眉,视线扫过去,有些厌恶地道:"别不饶人啊,我说过了闹事的是我,我同桌还拦了一下呢,一起处分什么啊,何修也背处分?他是要冲状元的人,疯了吧,处分他?"

胡秀杰满脸难色地看着何修,想要何修为自己解释一句,但他就像没看见,只是平静地站在原地。

"无所谓。背着处分不能推自主招生而已,我不需要自主招生加分。"

何修说着顿了一下,又看向尹建树:"高一理科总分扣掉六十多分,连基础知识都不扎实,飘两个月就会被后面的人追上,从第一名掉出前十、前一百名只是一转眼的事。你瞄着高处想要前进无可厚非,但你说话确实太让人讨厌了。"

"确实。"胡秀杰吁了口气,看着杨主任,"这事双方本质都有错,我们这边两个学生都勇于认错了,大家相互赔个不是,后续各自带回去收拾,这样最好。"

"老师——"门口突然响起一道平和的声音。

吴兴顿了顿,察觉声音是从自己胳膊底下传出来的。一转头,被他搭着的那个小兄弟有些艰难地从他胳膊底下挣脱了出来,往里面迈了一步。

简明泽清了一下嗓子,说道:"那个,可能有一个闹事的前提,没有被提到。"

"什么前提?"胡秀杰皱眉看着他,"这事跟你也有关系?"

"跟我没关系。"简明泽慢吞吞地说道,"我只是听沈霏提起过。新高一有个第一名,狂得没边,天天在回宿舍路上堵她,追着她要加好友,还一副'我想跟你交朋友是你的荣幸'的嘴脸。"

办公室里安静了一瞬,胡秀杰一脸震撼:"沈霏?你们班的沈霏?"

叶斯一下子想起来,"啊"了一声,立马站直了:"对,你姑娘沈霏。"

胡秀杰的表情瞬间凝固,回过头紧盯着尹建树。

吴兴颇感震撼地把简明泽拽回去,小声说:"兄弟,我好一阵子没见过老胡这样了,牛啊。"

"他确实烦到沈霏了。"简明泽轻声叹气,"太烦了,我也烦这种人。"

杨主任表情尴尬地看着尹建树:"建树,什么情况?他说的是真的吗?你慢慢说,老师们听你解释。"

"你好好说。"胡秀杰深吸一口气,顺手拿了一张凳子过来坐下,又看了叶斯和何修一眼："你们几个先回去，晚点我再找你们。"

"哦。"叶斯抿着嘴巴转身，从后面推着何修一跳一跳地往外走去，走了两步又回过头，看热闹不嫌事大地说了句，"我说过，让他离高三的学姐和英中的荣耀榜远一点，不要打扰学长学姐们学习，警告过两次还犯，也真的不能怪我教训他。"

宋义跟着叹气："老师，那可是你闺女啊，你闺女啊！老师！好好想想！"

"闭嘴！快走！"杨主任皱眉骂道。

"走了！"宋义边说边跟着叶斯和何修撤出办公室。

围观群众溜得快，叶斯跟何修慢悠悠地往回走。

"刚才把沈霏的事忘了。"叶斯叹口气，转头问何修，"你也忘了？"

"没忘。"何修说，"但我看见简明泽在外面了。"

"什么意思啊？"叶斯愣了一下，"我怎么有点不懂你？"

何修看了叶斯一眼："想看看简明泽会不会替沈霏说这件事。如果他不说，到校长室我们再说也来得及。"

"啊……"叶斯感觉自己的思路有点卡壳，平时何修给他讲那种复杂的大题他好像也没这么卡壳过，像是听懂了点，但脑子里还是犹如有一团糨糊。

何修停下脚步："直说的话，就是想验证一下简明泽的人品。"

"你这人……"叶斯瞪圆眼，又把声音降下来，"这么无聊呢？"

何修笑了笑，说道："日子太平淡，观察和验证也是一种乐趣。"

叶斯无话可说。

有些人，每天埋头看漫画、打游戏，但对老师黑板上写的和周围人脑子里想的，一清二楚。

叶斯"啶"了一声："反正这事一闹，他就算考到天上去都别想上荣耀榜了，解气！"

"你这么在意荣耀榜？"何修看着他。

"啊？"叶斯想了想，"也没特别在意，就是觉得你的照片贴左上角挺好看的，而且我都看三年了，也习惯了。"

叶斯说完话继续架着何修一蹦一蹦地走着。

何修沉默着看向叶斯，发现他一丁点不对劲都没察觉，只得轻叹一口气。

叶斯说漏嘴了——三年。

虽然何修早就猜了个七七八八，但听这家伙突然说漏嘴，还是觉得有点想笑。

何修说道："那你努努力吧，让我也看看你的照片。"

"我也想啊。"叶斯突然来劲，"一列是不是五个来着？我争取上个第六名，这样我们的照片可以并排。"

"第二也行，挨着。"何修笑着说。

第十章
来啊，穿红白的球衣啊

上午课间操出的事，下午第三节课下课后通报批评就贴在公告栏上了。别的没提，就批评了思想不正、影响女同学学习这件事，女同学是谁也没提，批评的话足足写了一张海报。

（4）班的人站在公告前一边乐一边读，叶斯回头看了一眼，简明泽和沈霏也在。

沈霏长叹一声，笑着对简明泽说："我本来不好意思跟我妈说，好像利用是老师的孩子这身份就可以乱告状似的。谢谢了。"

简明泽微微勾了勾嘴角，笑眯眯的："不客气。"

"你们知道吗？胡秀杰今天在办公室差点抬脚踹尹建树。"宋义搭着吴兴的肩膀说道。

吴兴的眼睛往上翻着，努力回忆："上次挨过胡秀杰踹的是哪位仁兄来着？"

"（16）班的一位'壮士'。"宋义感慨，"当时的场景，我毕生难忘！"

"尹建树家是有背景的吧？"吴兴小声说道，"听说胡秀杰气头上时忘了，后来被杨主任拼命拦住，是小王校长下来调解的。"

人堆里异口同声、失落地叹了口气。

何修回头看叶斯，叶斯正笑眯眯地掏出手机给批评报拍照。

"你要干什么？"何修问。

"发贴吧啊。"叶斯说，"万一他不来看公告牌，总得想办法让他知道吧？他现在肯定蹲在贴吧看大家怎么说这事。"

何修挑挑眉，发现叶斯不光撸起袖子打人，也是有点计谋的。他笑道："你还挺聪明的。"

"那必须。"叶斯伸出一根手指晃了晃，高深莫测的劲有那么一瞬间好像真和皮卡丘一模一样。

叶斯说："之前只是烦他，但他竟然一屁股坐在地上装头晕，我也是大开眼界了，必须发到贴吧上。"

何修忍不住笑道："叶神有原则。"

"那是。"

下节是体育课，首发几个队员凑在一起训练。叶斯坐在树荫下进行场外指导，阳光透过树叶的缝隙落在脸上，他舒坦得眯了眯眼，屁股底下还坐着何修给他去小超市买的小坐垫。

　　皮卡丘的，虽然是盗版的，但他坐着也觉得心情分外美好。

　　叶斯发现何修无论做什么都能全神贯注，这两天和几个队员磨合了几次，现在跟"辣条"和磊哥配合得都很不错。叶斯看了一会儿，索性喊罗翰组织（4）班的跟一起上体育的（3）班打一场。

　　何修的观察力在拉开架势五对五时体现得更加淋漓尽致。叶斯本来只是漫不经心地在旁边看，看了一会儿后不由得认真起来，专心致志地盯着何修的动作。

　　这哥们儿非常擅长揣摩人的意图，来回过了三四个球之后，他就已经摸透了（3）班常快攻的几条线，那边球员一动，他就知道球要往哪里传。跑动换防、出手断球都相当果断，而且连细微的侧头都不用，只靠余光就能知道自己这边几个人的位置。

　　叶斯看得心里直痒痒，想上去过招。他伸手在自己的伤处按了一下，然后叹口气。

　　还是疼，不张狂了。

　　恨啊，要是能跟何修一起在阳光下痛痛快快打一场球多好。

　　叶斯不知道自己叹了多少口气，就感觉阳光没一开始那么明晃晃了。罗翰和（3）班的体育委员友好地击了个掌，然后两班队员挨个撞肩，以示友谊训练完美落幕。

　　对班那五个人依次走向何修，然后和面无表情的何修对视两秒，又依次微笑着转身离开。

　　叶斯在树底下笑得恨不得捶地，何修像是有感应似的突然回头，叶斯迅速抿起嘴，还在嘴上做了个拉拉链的动作。

　　忍住别笑。

　　何修无奈地叹口气，叹完又忍不住勾了勾嘴角。

　　"还有两分钟下课，我们来商量一下队服吧，定做的话要尽快下单了。"罗翰把大家都喊到一起，站在树下商量，"我这两天在网上看了看，同城有一家还不错，一百七十元一件，料子特别好，透气吸汗，大家觉得行吗？"

　　"价格差不多都能承担，主要是样式，有图吗？""辣条"问。

　　"有。"罗翰笑了笑，"这个我跟老马也商量了一下，我本来想要统一白色，但老马说想让你们各自选择，最后定下来两到三个颜色，每个人都有抒发个性的空间。"

　　"还能这么玩？""辣条"笑道，"我从来没见过球衣不一样色的队。"

　　叶斯说："老马就这样，让你们抒发个性，但也要整体协调。"

　　"牛啊！叶神跟老马说的一样。"罗翰竖了竖拇指，"到时候我会搞一个能代表我们（4）班的小图标，颜色我们就定两种吧？"

　　"我喜欢红的！""辣条"立刻说。

187

"白的，白的！"磊哥和托托几乎同时举手，然后在空中击了个掌。

"刺猬"说："红白我可以，学神行吗？"

罗翰说："学神穿白的吧，适合你，你平时也天天穿白的，好看。这样就辣条和刺猬穿红色的，剩下的穿白的，有意见吗？"

"有。"何修犹豫了一下，"我想穿红的。"

"你穿红的干吗？"叶斯"哒"了一声，"穿白的啊，朋友，你穿白的多帅。"

何修想了想："替你上场，应该穿你平时喜欢穿的颜色。"

罗翰抓了一把头发："你们结拜吧，赶紧的。"

叶斯勾勾嘴角："那给我也带一件吧，我要白的。"

"随你，随你。"罗翰听见铃声响，飞快地说，"大家回头把想要的尺码发给我哈，我拉个群。"

一队人散了后，叶斯从兜里掏了半天，才掏出一张纸巾递给何修擦汗，问道："你要几号球衣啊？"

何修想了一会儿，摇摇头说："其实我没什么太喜欢的数字。不然就……1号吧，习惯了。"

"我看行。"叶斯说，"永远第一。"

"你呢？"何修看他。

"我无所谓啊。"叶斯双手插兜里，胳膊底下夹着那个皮卡丘的坐垫，打了个哈欠，"我让店主随便给我弄个数就行，没那么多讲究。"

吃完晚饭溜达回去的时候，叶斯发现前门围着一圈人。他站在后门口抻脖子看了两眼："他们干什么呢？"

温晨回头小声道："你们的批评通报，贴在我们班门口了。"

"啊？"叶斯挑了一下眉，"对啊，我们也跑不了。"

宋许叹口气："但跟尹建树一比就显得很浮于形式，别往心里去。"

叶斯没往心里去，但还是去看了一眼。一张A4打印纸上，标题是加粗放大的"批评通报"四个字。措辞比想象中激烈，痛批他跟何修遵循自己的意志定义同学、无视校纪等一系列行为。

"应该是杨主任写的。"何修几眼扫过全部内容，平静地说，"胡秀杰虽然也常常激动，但说话比这上面写的有条理，这批评通报简直在无逻辑地痛骂。"

"同意。"叶斯说道，"新高一的学生不理智，主任也有点儿护短。"

晚自习打铃没多久，老马就夹着一摞卷子进来了。他一脚都已经踏进门槛，余光里突然看到什么，又收了回去，站在班级门外。

班级里鸦雀无声，精英们如常看着桌上摊开的资料，但其实不少人都竖着耳朵。

叶斯晚上坐在靠门那边，探身出去看一眼，发现老马仔仔细细地把批评通报看了一遍，然后竟然抬手一撕，直接把纸给揭了下来。

胶布从墙面上被揭起来时发出短促的一声响，不大，但在静谧的走廊和教室里还是显得有些突兀。

有人抬头往外看了一眼，老马就那样拿着那张纸走进来，站上讲台，然后随手团成一团了。

"既然批评通报贴了，今天上午的事我简单总结一下。"老马的表情很严肃，"叶斯、何修，你们站起来。"

干吗？搞这么真。

叶斯看了何修一眼，还是很给老马面子，马上站了起来，而且自我感觉站得比较直。

老马说："高一的那个孩子思想不端正，说话做事都欠妥当，尤其是危害到了我们自己班同学的利益，这种时候如果你们看到了却装没看见，才是最可怕的。所以这张纸上通篇扯的那些鬼话，我非常不赞同，也希望大家不要理会。"

班级里安安静静的，叶斯抬了一下头，发现老马正在看自己。

"要批评的是解决问题的这种方法。"老马严肃地说道，"尹建树在背后说何修坏话、影响我们班女同学学习，你们可以来和我沟通，我再去找他们班主任委婉地聊。每个人都有判断是非和伸张正义的权利，拳头不是解决事情的合理方法。"

"我们知道了。"叶斯说道，"下次注意。"

老马严肃的脸上浮现一丝满足的笑意，感慨道："听听，我们叶神多懂事，简直乖得不像话。"

班级里哄堂大笑，何修没忍住也笑了两声，叶斯转头瞪了他一眼。

"你们坐下吧。通报告示是我撕的，杨主任要问就让他来找我，但以后不要再让我听到这种事了。"老马又说。

放学的时候叶斯看了何修一眼，何修转身对简明泽说："你跟我们一起回宿舍。"

"啊？为什么？"简明泽愣了一下后立刻勾起嘴角，"我这么快就被集体吸纳了吗？"

"胡扯什么？"叶斯一脸嫌弃地看他，"早上在办公室说得挺爽的吧？知不知道江湖险恶啊？最近一段时间都跟我们一起混吧。"

星期五晚自习，罗翰去学生会抽签，回来的时候全班同学从书本里抬起头，有点紧张地盯着他。

几个首发队员都绷着劲，也没人敢问，生怕问出来是个可怕的数。毕竟看罗翰面无表情，总感觉事情没有那么简单。

叶斯在脑海里把这几天搜集到的各班首发情报过了一遍，肯定打不过的就是（18）班，五个首发都挺强，而且实力均衡。其次跟（3）班、（10）班可能会不相上下，剩下的应该都没太大问题。

"几班啊？"叶斯先问了一句。

罗翰看了他一会儿："十……"

所有人都吸了口气。

罗翰又说："二。"

"辣条"瞬间把手里捏着的笔扔了出去，笑骂："（12）班就（12）班，你故弄什么玄虚？吓死我了，还以为碰上（18）班了。"

罗翰叹口气："我也没想到能碰上文科班，小组赛没什么悬念了，大家尽兴发挥吧。"

叶斯笑笑，这样挺好的，稳稳晋级，估计之后罗翰的脚踝就好了。

他又下意识地揉了一下自己的伤处，不知道那时候能不能好利索，他有点心痒。

罗翰把抽的签用一块磁铁摁在黑板上，又说："球衣也到了，在学校的快递柜里，我课间去拿。"

叶斯对那身球衣没有太大期待，毕竟他也上不了场，纯粹是想给何修备一件白的才入伙。

"球衣要到了。"何修突然小声说道。

叶斯挑眉："我听你的意思好像有点期待？"

"嗯。"何修笑笑，从笔袋里拿出一颗桃子味的苏打气泡糖弹给叶斯，说道，"比赛那天你也穿球衣吧，反正你算半个教练。"

"幼稚。"叶斯撕开包装把糖扔进嘴里，"穿呗，穿了还能一起合个影。"

叶斯想了想，又说："何修选手观察敏锐，跑动积极。但比赛那天本教练还希望你多和队友语言沟通，毕竟不是谁都像你那样会揣摩的。"

何修一本正经地点头："教练说得对。"

罗翰抱着一摞球衣回来的时候，叶斯感觉班级里那些女生比首发队员还要激动。

齐玥坐在第一排，直接站起来走到台上拍照片，然后发到班级群里。于是（4）班的精英们就罔顾背后的摄像头，纷纷掏出手机开始欣赏队服。

球衣白的、红的都有，齐玥一开始没看出来是两种款式，以为大家的都不一样，于是就每件都拍了往群里发。叶斯右手算着题，左手边的手机没完没了地振动。

叶斯原本也没想点开，直到前面的温晨猛地回头，表情有些复杂地看着他。

"嗯？"叶斯挑了挑眉，"有事说事，别瞅我。"

温晨的神情更加一言难尽，又看向何修。

何修拿起手机往下滑了滑，轻轻地吸了口气。

"那个——"何修碰了碰叶斯的胳膊肘，"你们三个买白色球衣的，他们两个之前在群里是不是报的一个18号，一个25号？"

"是吧，我没注意，怎么了？"叶斯头也不抬地说道。

何修沉默了。

最后一张照片是件白色球衣，上面印着一个硕大的0。

店主竟然随机出了这么个数字。

叶斯拿起手机，飞快地往下看聊天记录："怎么还给我搞了个零蛋呢？这不是咒我考不好嘛。"

"零是不太好，不吉利，要不你改一个？"何修说着从笔袋里掏出一只红色的记号笔，"改一下吧，改个 100、150 的都行，实在不行你改个 750，高考满分。"

叶斯刚好拿到自己那套衣服，拆开包装闻了闻，发现没什么味，挺满意。

"那改呗。"叶斯无所谓地接过笔，"750 也太扯淡了，反正我也不上场，画个别的吧。"

叶斯几下改完，把笔扔回来，然后趴在衣服上吹了吹："就这样吧。"

何修抬头一看，叶斯画了个有点蒙的颜表情——0.0。

他不知道叶斯是怎么想的，可能就是随手一涂，但那个由于后涂改而无法居中导致视觉效果有些滑稽的"0.0"非常洗脑，一整个晚自习，他无论打游戏还是看漫画，眼前都是那个符号。

"哎。"叶斯突然放下笔，神神秘秘地撞了撞何修的胳膊肘，"今天晚上我有事出去一趟，可能很晚才回宿舍，你自己回去啊。"

"嗯？"何修愣了愣，"干什么？"

"处理一点私事。"叶斯说。

何修下意识地皱了一下眉："一个人去吗？"

——我不能跟着一起吗？

叶斯"啊"了一声，低头在草纸上画着数学式子说："对啊，只能我一个人去。哎呀，我晚点就回宿舍了……"

何修闻言沉默，过了一会儿，"哦"了一声，低头继续看漫画了。

叶斯潦草地写了两行数学式子，扣在旁边的手机振动了一下。他没立刻去看，又写了一道题，才漫不经心地拿起来。

吴兴："哪儿集合啊？"

宋义："除了我们和简明泽还有谁啊，女生要叫吗？"

叶斯看了何修一眼，飞快地打了一行字。

叶斯："小简会叫沈霏，去科技楼一楼吧，光线好。"

吴兴："行，我跟宋义放学先跑出去买东西，你要什么色的？"

叶斯："有什么来什么，多买点，有钱。"

吴兴："好！"

叶斯放下手机松了口气，何修坐在他旁边一动没动，一直保持着同样的姿势看着漫画。虽然他平时也经常一坐入定，但叶斯还是能敏锐地察觉他的情绪不对劲。

气压很低，一页漫画他看了好几分钟，眼珠子都不动一下的。

叶斯叹口气，拍了拍何修的肩膀："同桌啊。"

何修抬头看他："嗯？"

叶斯叫他："妙蛙？"

何修依旧没太多的表情，只是语气稍微松了点："什么事？"

"哎呀。"叶斯无奈道,"就这么一点儿大的小事。"

一点儿大,又是一个叶斯爱用的神奇表达词汇。

何修有点想笑,但那股气还在胸口憋着。他看了叶斯一眼,沉默着把头扭了回去,又掏出了游戏机。

放学何修自己走的时候还是没怎么说话,只是跟叶斯说了句"注意安全,早点回宿舍"之类的。叶斯非常乖巧地点头答应,感觉自己就算在老马面前都没这么给面子过。

何修一走,温晨立刻回头,小声道:"那个,叶神,你们关系也太好了,什么时候回宿舍还要交代一通啊。"

"毕竟早晚都混在一起啊。"叶斯吁了口气,想了想,"学神要是突然神神秘秘地要出去一趟,我肯定也会问的。"

"那他要是不告诉你,你也会不爽吗?"温晨探究地看着他。

"肯定啊。"叶斯皱眉,"对了,你晚上要是没事的话就一起跟我们出来,我们要背着何修干一番大事业。"

"一起来吧,温晨。"简明泽在后座站起来,笑着说,"很好玩的,我之前在我们学校还没这么玩过。"

沈霏站起来背上书包:"走吧,女生这边我跟许杉月都去,回来再给大家传达精神。"

叶斯心算了一下:"周一就比了,一个周末够准备吗?"

沈霏"嘿"了一声:"叶神,你是不是还指望我们班女生跳个舞啊?"

"那倒没有。"叶神笑了笑,又补充道,"其实你们能做个合格的背景就可以了。"

沈霏立刻翻了个毫无校花风范的白眼。

简明泽笑得扶住了腰。

这个行动是叶斯提前两天筹划好的,其实也没有多大的事,就是想给(4)班的球赛做两块啦啦队牌,顺便再给何修单独做一块。

科技楼就是做化学和生物试验的楼,但存在的形式感超过使用价值,后来顶层就变成行政楼,一楼和二楼打通,举架高得不像话,被大王校长脑袋一热弄成个生态园,到处是茂密的室内园林和大植物。

一楼一直不锁门,而且一直亮着灯,是他们商议的最好的处所。

叶斯一伙人到了没多久,宋义跟吴兴就过来了,两个人一起抬着几大块两三米长、半人高的泡沫板,往地上一扔,扑得到处是灰。

叶斯捂着鼻子嫌弃地往后退了两步:"怎么还有股味儿啊?"

"别嫌弃了,少爷。"宋义叹气道,"小超市就这几块,都在这儿了,我们今晚赶工做出来吧。"

"行。"

叶斯鼓着腮帮子大致构思了一下,大的泡沫板有三块,两块红的一块白的,适合写口号。到时候可以用胶带贴一点气球和亮片什么的,醒目就行。还有好几块小的泡沫牌,比 A4 纸长一点，适合做一个人举过头顶的那种牌子。

"那就这样吧。"叶斯整理好思路，拍拍手，"三块大的，沈霏、许杉月、小简画一块给（4）班的，吴兴、宋义和温晨画一块给这次的球队，首发和替补的名字都写在底下。小的牌子我们男女生分一分，拿回去以宿舍为单位扩散下，愿意写的就随便写写。"

"我看行。"宋义点头，"那你干什么？"

叶斯勾起嘴角，眼里闪过一抹神采："我负责给学神的这块大牌子。"

"你一个人啊？"简明泽愣了愣。

"别人不懂我同桌的品位。"叶斯说。

说干就干，几个人在空地上把几块大板子铺开，拿纸大概画了画草图，发到群里大家一敲方案，很快就定了下来。

叶斯没画草图，独自站在角落的位置里，拿着手机一张一张地翻图。

这是何修第一次参加集体活动，虽然他嘴上不说，但叶斯能感觉到他心里的期待和紧张。学神这个家伙，外表看起来冷冰冰的，其实心里埋着几根小火柴。

现在小火柴点燃了，燃起一簇颤抖的小火苗。

叶斯的眼睛一亮，打了个响指。

"给我来套彩笔。"叶斯吹着口哨朝宋义伸出手，"要黑的、黄的、红的、蓝的、绿的……"

宋义"啪"的一声把一个大盒子拍在叶斯手心。

"你干什么？"叶斯瞪着眼吼道。

宋义也吼道："我给你来个二十四色的！无耻！"

"你才无耻！"叶斯吹着手心吼回去。

"滚！"宋义吼回来，又伸手非常蛮横地从盒里抠走了唯一的一只紫色彩笔，埋头在红色的板子上画下长长的一道线。

叶斯指着他："我感觉你这张板子是在侮辱我们班的球队。"

"滚！"宋义怒目而视。

另外两张板子一张走简约大气风，靠许杉月的书法取胜。另一张走涂鸦酷炫风，靠宋义那令人不敢恭维的审美。

两张板子进度很快，只有叶斯最慢，另外两张齐活的时候，叶斯才刚刚用黑色彩笔勾完轮廓，还没上色。

他一开始是蹲在地上画的，后来觉得自己手抖，就跪在地上，最后不知不觉已经完全趴在地上，脸贴着板子小心翼翼地上着色。

"你画的这是什么啊？"宋义困得眼睛眯了起来，"我都看出重影了，已经十二点多了啊。"

"你们先回去睡觉吧。"叶斯说着又看了简明泽一眼："小简，别熬夜。温晨，你也回去，正好和我错开时间。"

"行。"温晨顿了顿，"那我跟小简一起回去吧。"

简明泽说:"这么晚了,尹建树他们肯定不会蹲我了,反而是几个女生不安全。"

温晨笑笑,说道:"那我们先送她们回去,然后我跟你回去。"

宋义一脸严肃:"你们都住三栋好不好?就你们这智商是怎么留在(4)班的?"

"啊?"温晨愣了愣,"忘了。"

沈霏和许杉月笑得弯下了腰,沈霏回头看着趴在地上专心上色的叶斯:"叶神,早点回去啊。我们先把这两块板运回教室藏起来,周末没人来教室。门给你留着,钥匙放在讲台桌里,你记得锁门啊。"

"行。"叶斯答道。

其实叶斯刚才就想嘲笑温晨自己胆小还要罩别人,但上色这事太难了,尤其是用这套颜色很生硬的彩笔,他连呼吸都屏着,生怕控制不好力度把色上重了。

人很快就走了,科技楼只剩叶斯一个人。他专注地上完颜色才长吁一口气,然后拔开黑色的记号笔,开始思考写什么字。

"三点了哦。"SD突然在脑海里连上线,打了个哈欠,"不得不说,你这种掏空身体却不学习的行径非常傻,极度不利于唤醒成功。"

"高三很长。"叶斯少见地耐心,大概是专注思考让他没有精力斗嘴,"我在按照自己的计划追赶大家,但我无法确定究竟能不能成功。能确定的是,何修第一次参加集体活动,如果不帮他留下一个美好的回忆,我会真的遗憾。"

SD叹了口气。

叶斯说:"来吧!"

"来什么?"SD愣了愣。

"电我啊!"叶斯张开双臂,"来电我吧!正好我困死了!"

"你有毒。"SD笑出声,过了一会儿清清嗓子,"电也要花钱的,说过多少次了,别把自己太当回事。"

叶斯"嘿嘿"笑了几声,然后突然有了灵感,潇洒地在预留在板子正中间的位置写了一行字:十万伏特!学神出击!

"幼稚死了。"SD嫌弃得声音都打哆嗦,"我后悔大半夜来看你。"

"谢谢夸奖。"叶斯勾勾嘴角,伸了个懒腰,在地上坐得四仰八叉的。

"画好啦。"叶斯看着那块板子,勾勾嘴角,"我可真是个天才啊。"

叶斯一个人把板子运回教室,又锁了门,等折腾完准备回宿舍的时候都快四点了。

他疯狂咂着嘴,饿得前胸贴后背。在筋疲力尽的后半夜饿成这样,他就会有疯狂咂嘴的冲动,根本停不下来。

空旷的校园里回荡着叶斯咂嘴的声音,他咂了几声,突然被自己戳中了笑点,狂乐了一通,一边往宿舍楼小跑一边挺不客气地骂了自己一句。

"叶斯吗?"何修的声音突然响了起来。

在何修出声前,叶斯就看见翻窗的地方站着个人影了。本来这深更半夜的,有个人站在那里是件挺恐怖的事,但何修是背靠墙站着的,两只手举着游戏机,这个姿势叶斯太熟悉了,所以完全没被吓着。

他挑了挑眉,心里"咯噔"一声,但转瞬一想东西都放教室了,手也洗过了,应该没留下什么线索。

"你怎么在这儿?"叶斯走过去,脚步突然顿了一下,"你……不会是在等我吧?"

"嗯。"何修犹豫之后还是点点头,把游戏机塞回壳子里,挂在手腕上,"本来是睡了,但今晚温晨和宋许回来得太晚,他上床的时候我醒了一下,就睡不着了。"

"这样啊。"叶斯说,"哎,你其实没必要等我,我还能让谁给害了吗?"

何修勾勾嘴角:"没有特意等,就是……没在月亮底下玩过游戏。"

叶斯皱眉:"你玩过,之前半夜吃烧烤你也玩游戏。"

何修看着他:"我换了皮肤,这个皮肤还没见过月亮。"

"哦。"叶斯恍然大悟,"懂了。"

翻窗的时候叶斯在前,何修在后,叶斯手撑着窗台起跳的时候感觉伤处又疼了一下,而且肚子饿瘪了,严重影响发挥。他在窗台上绊了一下脚,有些踉跄地落了地。

"没事吧?"何修单手撑着窗台,翻身一跃,潇洒地落了地,在月光下特别帅气。

叶斯看愣了两秒,然后"啊"了一声,心想自己大概饿昏了,这种动作自己也能做出来,有什么好震撼的?

"你是不是饿了?"何修说,"刚好像听见你肚子在叫。"

"是啊。"叶斯叹气,"明天早上要大吃一……"

"给你这个。"何修突然在他面前摊开手心。

叶斯一把抓过来:"你居然有夹心巧克力?"

"嗯。"何修想了一下,"我也有点饿,走之前带了两块,刚才我吃了一块。"

"牛啊,同桌。"叶斯已经撕开袋子连着啃了两口,浓郁的花生酱和糖分在口腔里炸开,在这深更半夜里简直是人间珍馐。

何修笑笑,说道:"你慢点吃。"

叶斯又咬一口:"行。"

两个人慢悠悠地往回走,何修左手的手腕上挂着个沉甸甸的游戏机,右手随意地揣在裤兜里。

宿舍的走廊很长,两步一个窗户,有窗的地方会有月光,没窗的地方就隐匿在一片昏暗中。

何修偏过头去,看着叶斯的侧脸从有光的地方隐进黑暗,又走进月光,又走出,一步一步,光影好像在他的脸上切换了无数个来回。

"看我干什么?"叶斯吃完了巧克力,把包装袋随手扔进垃圾桶,而后舔了舔嘴角。

何修笑着收回视线:"没事。"

星期一整个上午，高三年级的走廊里都洋溢着一股躁动，听鞋底撞击地板的声音就跟以前不一样，毛毛躁躁的，大家的心都已经飞到下午的球赛上了。

中午打铃后叶斯没立刻冲出去，而是越过何修把后门推开，听外面跑过的人叽叽喳喳地议论球赛。

"你准备好了吗？"叶斯看着何修。

何修"嗯"了一声："也没什么，不是打（12）班吗？稳妥出线就好。"

"唉。"叶斯叹口气，"我可能已经习惯你这个大装神了，竟然觉得听起来没什么不对的。"

"本来就没什么不对。"何修勾了勾嘴角，"你也要穿球衣。"

"穿。"叶斯把他的肩膀往外推了推，又拉回来，"穿，然后合影，满意吗？"

"满意。"何修说，非常坦率地笑了笑，"很满意。"

篮球赛的时间定在下午两点，（4）班和（12）班抽到的场地是在球馆内。

叶斯吃完午饭回去刚往床上一躺，某个微信群就响了起来。

宋义："哥几个，别睡了，带上口号牌提前去占地方吧。"

吴兴："有什么好占的？睡觉。"

宋义："球馆同时打两场，文科不参赛的班全来看（12）班，一共有七个班的观众。看台的好位置就那么一小片，我听说别的班都去抢地盘了。"

叶斯看到"别的班都"这四个字，火速从床上坐起来。

两张连在一起的床晃悠一下，何修仰头看他："怎么了？"

"我出去一趟。"叶斯说着已经手脚并用地开始下梯子，踩了两个横秤之后猛地一蹦，"咣"的一声落地，地都震了震。

叶斯骂了一声："脚心都踩麻了。"

"你干什么去？这么急！"何修也坐起来，扶着栏杆下床，"我跟你一起。"

"甭了！"叶斯连忙摆手，甚至还往上蹦了一下，还没落地就已经往外冲了出去。

何修的眼睛一花，感觉叶斯在空中使了一出凌波微步。

"私事！别跟着我！"叶斯话吼到一半人已经冲了出去，剩下半截是走廊里的回音。

回音还没落完，寝室门"砰"的一声，被叶斯带上了。

何修僵在梯子下半的地方静止了一会儿，而后又缓慢地爬了回去。

他按照原来的姿势躺下，过一会儿才缓缓翻个身，脸朝墙瞪着眼。

"那个，学神——"温晨艰难地张了张嘴，"别多心。"

何修闭上眼："睡觉。"

"什么情况？"沈浪摘下耳机，皱皱眉。

"没有。"温晨小声地说道，"可能是……天热了，大家都上火，有点躁。"

沈浪"啊"了一声，大大咧咧一乐："上火就喝凉茶啊。"

温晨没忍住，一下子笑了出来，笑了两声又看向何修。对面床上那道身影躺得直直的，直得有些僵硬。

何修感觉自己是有点儿生气的，放在刚开学的话，叶斯这样做他觉得完全没问题，毕竟过去"两年"他们都是井水不犯河水。但现在不一样了，他们一起听过乡村摇滚，一起看过鬼片，还一起跳过"河"……

叶斯居然有事瞒着他，太不把他当兄弟了。

何修猛地掏出手机，给叶斯发消息。

何修："需要我去帮忙吗？"

叶斯过了足有五分钟才回了两个字："不用。"

何修："哦。"

过了一会儿，何修又发了一条："中午还回来吗？"

叶斯这回过了十分钟才回："不了。"

好的，挺好的。

叶斯过一会儿又回了一条："下午见吧。"

何修深吸一口气，脑海里却突然闪过一个想法。

中午不回来，下午就直接要去比赛场地了。

何修猜想，叶斯可能是在给整个（4）班球队准备一些惊喜，那他作为球队的一员，"被保密"也很正常。

但很快，何修又觉得自己不能有这种错觉。不然下午去了球场发现叶斯什么都没做，或者更惨，"私事"还没处理完，人都没来，那失望可就大了。

何修深吸一口气，努力放空思绪，用力闭上了眼睛。

"哎哎哎！干什么？！"叶斯伸手指着隔壁班几个正试图凭借自己瘦小的身材骑着栏杆翻越到（4）班领域的男生，喊得整个球场都回荡着他愤怒的声音，"你们干什么？！我来占地盘你们也敢偷？"

栏杆上骑着的那几个男生晃了一下，不是被吓的，是被震的。

叶斯一嗓子喊出来也被自己吓了一跳。他深吸一口气，抬头环顾天花板。

"3D立体声增强啊。"

宋义乐得站不住，乐了一会儿又板起脸指着那边："吃水不忘挖井人啊，是（4）班给你们拿回来的比赛，还跟（4）班抢地盘，人性呢？"

等人从栏杆上翻下来转身走了，叶斯才哼了两声，一屁股在看台第一排坐下了。

沈霏在上面喊道："叶神，我们的场地圈住了！可以歇歇！"

叶斯叹口气，抹了把汗，看着加油牌左下角抱着吉他的皮卡丘，又看到右下角顶着篮球的妙蛙种子，心情很好。

想了半天后，他掏出手机给何修发了个皮卡丘的表情。

何修中午迷迷糊糊睡着了一会儿，醒来的时候看了一下手机，发现收到一个叶斯在之前对话结束后很久又发来的表情——皮卡丘招牌表情。

起床铃声突然响起，楼道立刻就有声响，罗翰推了一把603寝室的门："走了！"

"来了。"何修说。

（4）班的球队是提前二十分钟到的，进去的时候场馆里几乎坐满了，甚至有女生膝盖上放着一堆零食，俨然把比赛当成运动会，还有人凑在一起自拍。这会儿也不用管有没有人查手机了，大家都明晃晃地拿着手机，拍照声此起彼伏。

那股热烈劲很有感染力，就算本来有些没精打采，走进去也会跟着为之一振。

"同桌！"

何修正寻找着（4）班的场地，就听位于左后方的叶斯大叫了一声。他猛地回头，叶斯一只手撑着栏杆直接翻过来，落地的时候轻巧潇洒，跟那天半夜翻窗时判若两人。

"我在这儿呢！"叶斯兴奋地叫道，往这边走的时候都是蹦着走的，他已经换好球衣，歪在左侧的"0.0"有种说不出的萌。

何修本来刚才一肚子闷气，看到这家伙就没了，就只剩下笑。

"你跑哪儿去了？"何修问。

"来占场地。"叶斯说，"一帮没开眼的非要跟我们班的人抢地盘，女生占的地盘他们也抢。"

"那你抢到了吗？"何修笑着问。

"当然！"叶斯往后一指，"视野最佳，妥妥的。"

"来，来，来，商量战术了。"罗翰扯着嗓子喊，"叶教练！别显摆了，过来！"

几个人很有仪式感地围成一个圈，只有何修在外围。罗翰两手分别搭住左右两边兄弟的肩膀上，把头一埋，小声说："一会儿，我们的战术是……何修，你进来啊。"

"我就站这儿听吧。"何修露出一个礼貌的微笑，"没事，我能听得见。"

罗翰叹口气："行吧。"

罗翰在那故弄玄虚说些没用的话时，叶斯笑呵呵地跑过来搭住何修的肩膀，低头往他怀里抱着的球衣上扫了一眼："穿红色也帅啊，肯定是不一样的感觉。"

"你穿白色也好看。"何修认真地看了叶斯一眼，"很干净，又很有活力，你本来就白，穿这种亮的颜色就……"

"得，得，得。"叶斯直乐，"我感觉你能吹出来一篇作文，省了吧。要不然我还要回夸你穿红色也热情似火、冰火两重天什么的，多俗啊。"

何修被他逗得笑了几声："我还没穿呢。"

他出来的时候罗翰催得急，只来得及穿上球裤，上衣没来得及换，就穿着平时的衣服跑出来了。

这会儿要换了，何修突然觉得有点下不去手。

"你干什么呢？磨磨蹭蹭的。"叶斯坐在何修旁边，"球衣破了？"

"没有。"何修一咬牙,抓着脖领子一下子把衣服脱了下来,然后迅速套上球服。

整个动作只用了两秒,他里面其实还穿了件跨栏背心,但还是觉得有点难受。

何修前后调整了一下球服,不确定地回头看叶斯:"行吗?"

"啊?"叶斯愣了愣,过了一会儿才说,"行啊,没什么不行的。"

罗翰招呼大家准备上场。

叶斯站起来,在何修后背上一拍:"去吧,同桌!我给你加油!"

何修"嗯"了一声,把手里拿着的衣服往凳子上一放,跟着队伍走上去。

从看台到场上其实特别近,但何修踏出去的第一步,就立刻被几乎掀翻整个场馆的呐喊声狠狠地震住了。

各班的人都在狂喊,但感觉(4)班的人喊声最大。竟然也有人喊他,女生喊何修,男生喊学神,喊的人还不少。

罗翰去跳球,何修站在自己的位置上,下意识地回头往看台那边看了一眼。

叶斯刚撑着栏杆翻回去,像是有感应似的,突然回头,然后两只手拢到嘴边吼了一嗓子:"同桌,冲啊!"

何修心里大定,不知该怎么回,过了一会儿,有点傻气地伸手指了一下他,指完又觉得自己傻得没边,但他们班级很快就又是一阵狂喊。

他感觉很缥缈、很蒙,整个开场都是蒙的。

"何修,防人!""辣条"突然回头吼了一声。

何修猛地回神,发现球竟然在(12)班手里,"刺猬"竟然没跳到球。他发现这一点的时候,(12)班已经发动了一轮快攻,(4)班的都一盯一追了上去,只有他没动。

何修在心里骂了一声,感觉头皮都有点火辣辣的,立刻拔腿就追。

然而追不上了,(12)班开场拿到球进行了一轮快攻,迅速突破(4)班的防守,一个头发有点黄的男生三步上篮拿分。

计分板一翻,(12)班拿了全场第一个进球。

何修的余光迅速瞟了一眼另外一个场,两队还在胶着中。

他觉得浑身都有点不得劲,站在场上僵硬了两秒,不知道自己该做什么。

"同桌,别慌!你是最棒的!"叶斯咬着牙蹦上凳子,又弯腰一把从旁边不知谁的人手里抢过一块小的手牌,"稳住!稳住!"

何修一回头,发现那是一块粉色的牌子,上面写着"帅哥,你最棒!",还画了个竖大拇指的图案。

他忍不住乐了,心里先轻松下来,而后才听到刺猬喊道:"走走走!"

"刺猬"抢到了篮板,迅速带球过来,被两个人咬得死死的。何修立刻上前隔开一人,让刺猬拉开几步距离,往篮下进。

(12)班的水平太差,真算得上会打球的就三个,有两个是完全强行凑上来的。(4)班发动快攻基本没悬念,何修防的那个人被挡住后不知该怎么突围,左右试探,怯生生的。

"学神也打球。"那个人还迅速说了一句废话。

何修没吭声，一如既往地冷漠。

拿回两分把比分拉平后，刺猬和磊哥配合，磊哥三分线外起跳，篮球平滑入网。

得分。

（4）班又是一阵欢呼。

何修跟着跑动，（12）班太弱，他反而觉得自己被绑了手脚一样。之前队内自己组织训练他会主攻断球快传，但像（12）班有的人拿到球后会有几秒钟的犹豫，（4）班的人谁在附近直接伸手断球，毫无压力，他反而打不出节奏了。

前半场打完后，比分领先十八分，何修在心里默默算了一下自己，助攻……算是三次吧，进球……零。

难受，局面是好的，但他个人有些窒息。

"别太拘着了。"叶斯好像没什么郁闷的感觉，眼睛依旧很亮，等何修一下来就把拧开的水递过去，"跟（12）班打这场没什么悬念，这是非常好的五个人配合练习的机会，你可以主动一点。"

"嗯。"何修说，仰头喝了口水。

有点难，开场因为他丢分之后，就一直没起来那股劲。

"下半场会有惊喜。"叶斯在旁边蹦了两下，像有多动症，等何修把水喝掉半瓶，又猛地从兜里掏出个什么东西一下子拍过来。

何修下意识地伸手去接，手心里什么东西硬邦邦地硌了一下，一看，是块白桃味的糖。

"加油啊。"叶斯揉揉他的肩膀，"难得参加一次集体活动，支棱起来，我给你拍小视频发朋友圈！"

"好。"何修终于笑了笑。

下半场开场之前，场馆里好像把冷气开足了一点，有一台落地的风机被放在上场的路上，何修从那儿走过，脚踝凉了一下，虽然只有两秒，但一下子感觉精神不少。

"有惊喜啊！"叶斯拢着嘴喊道。

何修回头冲他笑了笑。

下半场（12）班换人了，上来的是个生面孔，右耳垂上有一排耳洞，但是没戴耳钉。

何修对这人毫无印象，以前他从没和（12）班的人有过任何交集，之前罗翰给大家总结（12）班球员特色时也完全没提过这人。

这人跟何修位置相同，但拦人的姿势很僵硬，和刚才的队员水平没什么区别。

"辣条"快攻，进到对方三秒区的时候原本犹豫徘徊的打耳洞的球员突然身形一晃，背转身直接绕过何修，冲进去劈手断球，转眼球就到了他手里。

"辣条"被吓一跳，还没来得及喊回防，就感觉余光里一道红色"嗖"的一下冲了出去，紧紧地追咬。

何修跑得感觉脚底下都生风了，在三分线之前终于超过半个身位，转身要断球的瞬间余光里突然察觉对方左脚停顿，脚尖微妙地在地板上蹭了下。

就那么一下，何修几乎是下意识的，脑子还没反应过来，人已经跳了起来。

砰！

篮球撞击上手心的瞬间，带来一阵极强的震动，何修盖帽的时候还用余光迅速观察了一下（4）班这几个的位置，果断把球拍向磊哥的方向。

磊哥在大后方，起跳在空中双手接球，落地直接扭身切入无人区，在三分线外起跳，得分。

从盖帽到（4）班得分，好像只经过了两秒钟。

而后是铺天盖地的欢呼声，何修在欢呼声中听到了叶斯的声音："巴啦啦！超神！"

叶斯很激动，激动得跳上凳子，把自己偷偷叫何修的外号都吼了出来，班级里的女生一通乐，男生纷纷困惑地仰头看了他一眼。

叶斯吼完一嗓子感觉自己前胸后背都湿透了，低头一瞅，被宣传为超级透气的球衣竟然贴在了身上。

他也不知道自己哪儿来的这股劲，明明是没有悬念的比赛，就算（12）班突然搞上来一个秘密武器也依旧没什么悬念，但他仍然想要看到何修秀两发。

何修发光的时候格外有魅力，他本就该在人群中发光，无论是在荣耀榜上，还是此刻在球场上。

叶斯突然回头："来，来，来，把我们的法宝抬上来。"

下一轮（12）班快攻已经开始了，球在打耳洞的球员的手里。何修这次十分警惕，目光紧锁在对方身上，余光里是篮球，一下一下地击着地。

对方笑了笑，说道："刚才大意了，以为你猜不到。"

何修不说话。

对方又说："要是晃一下，你还能盖吗？"

何修依旧没说话。

对方骂了一句，猛地向左前方突破，何修立刻出手，对方迅速把球晃过，从背后换手，又从右侧突进。

何修反应很快，迅速咬上来，没让他突破。

"也能。"何修说。

对方使劲瞪着何修。

这人确实挺有实力，比（12）班的其他人强了不少。两个人僵持半天，中间对方传过一次球，跑动后球又传了回来，再次僵持。

人群中突然传来叶斯的一声吼："何修！别犹豫！断球！"

余光里，（4）班人群中好像突然多了一块牌子。

本来是有两块，一块球队，一块好像是（4）班，何修没太仔细看，但这会儿突然多了一块，还是挺明显的。

何修心里倏地有了某种预感，猛地回头。

叶斯一个人高举着一块两三米长、半人高的巨大牌子，白底，左下角是一只抱着电吉他的皮卡丘，右下角是一只顶着篮球的妙蛙种子，中间画了很酷炫的闪电符号，左边写着"十万伏特"，右边写着"学神出击"。

叶斯高举那块巨大的牌子过头顶，还左右晃了晃，喊道："何修加油！"

何修突然听到了一声自己的呼吸，有些粗重，但好像充满了劲。

对方趁着何修回头的一瞬间要从他左手边突破，擦身而过的瞬间，他当机立断回头伸手断球。对方已经往前跑了一段距离，他追着，身子使劲前倾，伸手断球。他甚至能感觉到自己上半身和地面的距离飞快缩短，终于在要控制不好重心的一瞬间，手碰到了球，猛地一拍。

何修一个跟跄，跟跄着往前跑，把球拍到了自己手里，然后直接往对方篮下冲。

（12）班的人迅速回防，但何修这回根本没往两边看，连余光都没有。

他感觉自己脚底下有风，身体越来越轻，像是能往上踏步，马上就要飞起来了。

"同桌，灌篮！"叶斯挥舞着牌子咬牙狂吼，手腕酸痛都要废了，但仍然使劲举着，把牌子举得全场最高，生怕有人看不见似的。

冲入篮下的时候，何修身边已经没人了。他直接带球一跃而起，甚至感觉自己在空中蹬了两步，明知道不可能，但仍然觉得仿佛正踏着风向上，能冲破篮球馆，一直飞到很高很高的地方。

《灌篮高手》里看过的他都忘了，他的思绪一片空白，只能隐约感觉自己借着蹬地的力量在空中拧身，靠近篮筐前甚至做出了一个小小的后仰。

头发丝在空中扬起，又落下。

世界只剩下近在眼前的篮筐，以及远得好像在天边炸响的叶斯的那句"加油"。

砰——

何修左臂带着篮球划出一道嚣张的弧线，干脆凌厉地切进了篮筐。

好像是篮球先掉到地上，然后他才落地。

落地时何修是蹲着的，脚踝麻了，但麻的感觉很快就被全场爆炸式的尖叫冲刷掉了。

何修还没来得及站起来就回头往看台上看，叶斯高举着皮卡丘和妙蛙种子的牌子在椅子上蹦，挡住了一整片视野。

"啊！！！"叶斯感觉自己的大脑是空白的，什么都说不出来，就只能和大家一起吼叫，用最直白粗暴的方式吼出心里的狂热，"啊！！！啊！！！"

"啊"了不知道多少声，吼得嗓子像要着火似的那么疼，叶斯才嘶哑着吼了一声："同桌！厉害！"

（12）班已经对（4）班狂得分习以为常了，虽然刚才这一下是有点猛，但大家还是比较平静的，已经拿到球迅速组织下一轮快攻。

但何修又傻站在那里不动了。

全场的人都跑到对面去，只有他傻傻地站在人家篮下，就那么直勾勾地盯着看台，看着叶斯狂摇那个巨大的牌子。

　　应该是叶斯一笔一笔画的，叶斯画皮卡丘的时候喜欢把皮卡丘的一边耳朵稍微折一下，这还是何修高一时有一次在办公室看到叶斯练习卷上的画发现的。后来他又陆续看到几次叶斯的涂鸦，所有的皮卡丘都折着一只小耳朵，很有特色。

　　何修突然想起来什么，手伸进裤兜摸了摸，摸出一张之前罗翰随手给他的纸巾。

　　他迅速折了个小耳朵，举起来冲叶斯挥了挥。

第十一章
嘿哈只是一种执念

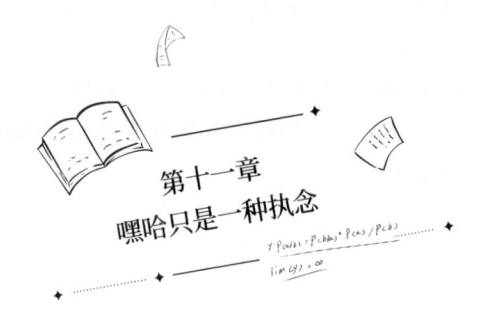

"学神干什么呢?"宋义挤过来用胳膊肘撞了撞叶斯的腿。

叶斯皱着脸,因为太过困惑无意识地把牌子都往下放了,等何修恢复跑动好一会儿才"哐"了一声:"或许是古代某些将军巡查兵营的动作?"

宋义瞟他:"你说的是败军投降的动作吧?"

叶斯"啊"了一声:"那我就真猜不透了。"

"可能是想表达被你的幼稚打败。"宋义撇撇嘴,强行把自己的衣服下摆揪起来挥了挥,"皮卡丘,你赢了,我投降。差不多这样。"

"滚。"叶斯骂了句,但眼眉含着笑。

他看着场上突然开始活跃跑动的何修,感觉从里到外都洋溢着一股满足劲。

"何修,加油!"叶斯又把牌子举高,响亮地吼了一声。

比赛最后十分钟,何修火力全开,已经从控卫位置上脱开,不断把节奏带快,想尽一切办法断球、组织进攻、得分……

叶斯看着那道身影,一个恍惚觉得不是何修,那股朝气太蓬勃了,和印象里仿佛是两个人。但那人每次打下一次漂亮的助攻或者得分后稍稍勾起嘴角的样子,又和何修平时没什么两样。

裁判吹哨时,(4)班比(12)班足足高了三十多分。具体是三十几叶斯没刻意留意,就看何修连跟球员拥抱握手都没有,直接奔着看台跑过来。

叶斯放下板子,捶了捶手臂——啊,酸。

兴奋的时候感觉不到,这会儿放下才感觉那种酸麻感一股脑地涌上来,他两个膀子架在空中没完全收回去,自我感觉非常像只要飞飞不起来的鹌鹑。

何修猛地冲到看台底下,手撑住栏杆一翻,直接翻到看台第一排前边,(4)班的同学发出声音。但他没有下一步动作,而是停在叶斯面前,犹豫了一下才问:"牌子是你自己画的吧?"

叶斯还在兴奋中,使劲拍着何修的后背说:"好看死了吧?"

"超好看！"何修长叹一声，"我从来没看过这么好看的画。比艺术展里那些都好，那些名画都没有你这个色彩漂亮，主题鲜明。"

叶斯得意地看着何修，说道："那是！我趴在地上一点一点画的，说鬼斧神工都不为过！"

"巧夺天工！"何修说，"辛苦了。"

"不辛苦。"叶斯兴奋地拍了怕旁边的空位，"坐这儿。"

"行。"何修一屁股就挨着他坐下了。

叶斯突然想起什么，手伸将何修裤兜里的那张纸巾拽了出来。

"啊——"叶斯留意到那个小耳朵，之前离得太远，只能看见何修摆弄了一下，但没看见是小耳朵。

叶斯一下子明白过来，猛地指向自己的牌子。

"是因为这个耳朵？"

"对。"何修笑，"你画皮卡丘的时候不是喜欢折耳朵吗？"

"是……"叶斯愣了愣，感觉心里有点茫然，过了一会儿又皱眉问，"你高一、高二有看到过我画皮卡丘吗？"

"有。"何修点头，"在办公室看卷子时看到过。"

"这样。"叶斯又忍不住问，"看来你那时候也没我想象中那么冷漠啊，那为什么……"

叶斯话说到一半停了。他想问"那为什么每次我说'嘿'，你都只敷衍地'嗯'一声，连句'哈'都不肯回"。这件事困扰他整个高中，现在依旧是不解之谜，简直成了执念。

叶斯就想听何修"哈"一句，不冲别的，就单纯想得到一次他的回应，热烈一点，让人能有勇气再尝试向前迈进一步那种的。

虽然两个人已经是好同桌、好朋友，但叶斯最初那点执念一直留着，时不时想到就会觉得有所缺失。

"你想说什么？"何修看着叶斯。

叶斯犹豫了一下，感觉问这种事有点没头没尾，而且当成正经事问出来很奇怪，他自己都解释不清那股坚持的意义何在。

"没事。"叶斯叹气，"折腾一天，累得脑子有些木了，自己都不知道自己在说什么。"

"辛苦了，辛苦了。"何修连忙伸手摁住叶斯的胳膊揉起来，揉两下又突然想起刚才叶斯说的是累脑子，于是又分出一只手去按他的太阳穴。

叶斯差点笑出声："我们今日份的犯傻额度又透支了，收。"

"收。"何修严肃脸配合。

"何修！"罗翰在底下玩命地喊道，"能不能合群一些？快点过来啊！女生们求你来个合影！"

（4）班球队一堆人笑得直不起腰，一个个勾肩搭背，连成一堵人墙。

"我们班同学都来吧？"齐玥站起来招了一下手，"都来吧，把加油牌都拿下来，大家来合影。"

"走。"叶斯站起来。

"我要拿着。"何修说,抢在叶斯伸手之前把牌子拉到自己这边。

叶斯瞪了何修一眼:"这是我的牌子。"

"但这是给我的。"何修一脸认真,又把牌子往这边拽了点,"上面那么大'学神'两个字,你没看见吗?"

叶斯笑得一屁股又坐回到凳子上,等大家都下去了,才在何修前面一蹲一蹲地往前走。

队形排了半天,何修跟叶斯站在最后。何修对牌子的摆放位置纠结了很久,最后决定他跟叶斯一左一右托到自己下巴的地方,这样镜头里能露出牌子上的绝大多数内容。

"老马不在吗?"叶斯突然想起来,喊了一声。

人堆里不知道谁回答道:"下午去市里开调研会了。"

齐玥把相机交给别班的同学,小跑到前排蹲下,拍照的人喊道:"(4)班!"

大家一起喊:"出击!"

何修的喊声挺大的,这让叶斯有点意外,他一直觉得这种集体喊口号拍照特别傻,就只跟着张了张嘴,以至于旁边那家伙喊出来的时候还吓了一跳。

人群散后何修四处看了一圈,叶斯正想问"你找谁呢",何修就把手举了起来。

"宋义。"何修喊道。

宋义刚从另一边回来,眉毛一挑:"哟,学神叫我啊?"

"嗯。"何修点头,从兜里摸出自己的手机,"你能给我们仨合影吗?"

宋义愣了两秒,飞快把对面两个人加自己数了几遍,搓搓手:"我有些受宠若惊啊,但我们合影我来拍不好吧?叶斯脸最小,让叶斯站前面拿手机吧。"

何修蹙眉,似乎在努力消化他的意思,消化了一会儿后恍然大悟:"哦,你误会了。"

叶斯使劲憋着笑,听何修一本正经地指着加油牌给宋义解释:"是我,叶斯和这块牌子合影。"

"你——们——过——分——了!"宋义猛地一把抢过手机,吼道,"都站好了!"

何修站到了牌子后面中间靠右一点点的位置,离妙蛙种子比较近,然后喊叶斯过来。

"我要拍了啊。"宋义面无表情地说,"好了。"

"这就好了?"何修愣了愣,走过去拿过手机,发现这家伙竟然在一晃的工夫连续拍了四五张一模一样的。

画面上他跟叶斯挨着一起站在牌子背后,叶斯笑得像朵花,是刚才被逗的,而他看起来有点拘束。

"要不再来一次吧。"何修想了想,"我努力笑一笑。"

"加拍要加钱。"宋义面无表情地又接过手机,不耐烦地冲牌子后面吹了声口哨,"快过去,赶紧的。"

"好。"

何修回到牌子后面，叶斯左手搭在牌子上边扶着，右手在胸前比了个"耶"的手势。

"拍好了。"宋义看了一眼照片，"这回挺好的，都笑了。"

"我笑了吗？"何修拿过来看一眼，还真是，自己两边嘴角都扬起来了，神情看起来很愉悦。

叶斯把牌子靠在一边，跑过来看照片："我可真帅啊。"

何修点点头："是的。"

"要点脸。"宋义说。

叶斯嘿嘿一乐，又把照片放大了一点，移到何修脸上："你也好看。"

何修点了一下头："嗯。"

"你们必须立刻夸我一句。"宋义满脸冷漠地用胳膊肘撞了叶斯一下，"不然你会立刻失去我这个朋友，马上！"

"你长得特别可爱。"叶斯连忙说。

宋义冷着脸又看向何修，何修愣了一下，然后说："很有福相。"

"这还差不多。"宋义长叹口气，"走了，走了，还有课呢。晚上问问他们要不要出去吃一顿庆祝下？"

叶斯睨着他："你跟我们庆祝，还是跟（18）班的庆祝？"

"当然跟你们啊。"宋义呸了一声，"我的精神在（4）班，才这么一会儿你就忘了？"

"我想去洗澡。"何修夹着巨大的牌子边走边对叶斯说道，"等会儿你跟宋义他们去食堂吧，我回宿舍拿上东西冲个澡。"

叶斯点点头说了句"行"，转瞬又说："带上我，我也出一身汗，你看看我这衣服。"

他说着揪了揪球服，走出来这会儿被风一吹，没有在里面那么难受了，但还是能感觉到身上黏糊糊的。

何修脚下一顿，过了一会儿又说："那要不我还是放学后洗吧。"

"也行。"叶斯大大咧咧地一点头，"那我就再忍忍。"

回去就只有一节化学课，球赛偏巧碰上这天学校的空调有点问题，叶斯坐在座位上感觉热得分分钟要蒸发。前半节还能集中注意力听一听，后半节脑子里都是信号错乱花屏的感觉。

离下课还有几分钟，叶斯扯下一张纸，潦草地写下一行字：冲回宿舍拿东西三分钟，冲进澡堂两分钟，五分钟后我必须要光着膀子站在水龙头底下！

何修回复："祝你成功。"

叶斯皱了皱眉，更潦草地写了几个字："你也来，不然晚自习我会嫌弃你。"

铃声刚好打响，叶斯毫不客气地大力推了何修一把："冲！"

何修按着桌子扭过头想说什么，叶斯一巴掌拍在他的肩膀上："麻利点！冲！我要热化了！"

叶斯已经顾不上了，感觉自己直接把何修从凳子上推出了后门，何修跟跄那一下他就一把拖住何修，从冲食堂的大军里杀出一条血路，玩命地往外跑。

"你……慢点……"何修在后面说道，"我踩到别人的脚了。"

"别人也踩我了！"叶斯吼道，"快点！"

何修没法子，只能把心一横被他带着飞跑，一路上好像踩了无数人的脚，也被无数人踩过，跑出人堆的时候感觉自己两只脚都要没知觉了。

"你知道踩踏事件是怎么发生的吗？"何修试图说理。

叶斯飞快地回了句："闭嘴！冲！"

他们挤出一条一百来米的路之后就和大部队分拨了，这会儿几乎没人回宿舍，叶斯脚下又加了一把速。何修感觉比上次找温晨还快，脚几乎倒腾不过来，鞋底下踏着风似的，"呼呼呼"就从一幢幢楼面前飞了过去。

回宿舍到冲进澡堂，真如叶斯预料，只用了四分钟。

叶斯站在换衣室长吁了口气，眉眼舒展开："我们真牛啊。"

"是你自己。"何修有些无奈地竖了竖拇指，"你跑得比兔子都快。"

"那你是兔子。"叶斯瞪着他，"刚才跑的时候我感觉到了，你有点跟不上我。"

何修愣了愣，过了一会儿侧过头去小声叨叨了一句，然后笑了出来。

叶斯也跟着乐了半天，感觉是球赛那股劲还没过去，一点小事就能傻笑半天。

他深吸口气："行了，洗澡，洗澡。"

"嗯。"何修收敛笑意，垂下眼，看了一眼自己手腕上的号码牌。

九十六号柜，叶斯是十八号柜。

叶斯拎着自己的筐："走！"

"嗯。"何修拿着自己的东西往里面走。

叶斯隔了两步之后跟上，没再说话。

澡堂里面是格子间，但是每个格子没有门，只有两边是挡住的。

这会儿里面没人，何修走到最里头自己平时喜欢用的那个格子直接进去了，然后才问道："你用旁边这行吗？"

"啊……没什么不行的啊。"叶斯走进隔壁，"都一样。"

何修"嗯"了一声没再说话，过了两秒钟，何修打开了水龙头。

叶斯一把拧开水龙头，没调好水温，被喷出来的冷水打了个激灵，赶紧又关上了，骂了一句。

隔壁只有哗哗的水声和洗澡时动作摩擦的细微声响。叶斯站了一会儿，不确定何修有没有听见自己骂的那句，只感觉何修完全没有停下来问问他怎么了的意思，而且听起来洗得挺着急，这会儿应该已经冲完头发了。

叶斯又打开了水龙头，但水压开始不稳，水龙头断断续续地喷出几个大水花，砸得他头皮生疼。

他又小声骂了一句，勉强抓过洗发水的瓶子，挤了一大坨出来，然后一股脑揉到脑袋顶上一通狂搓，搓得迷迷糊糊之后才伸到水龙头底下，把水开到最大，在水流的暴击下冲掉了泡沫。

何修突然平静地问道："有事？"

"没事。"叶斯闷闷地回。

何修那边的水关了，犹豫了一下："水龙头不好用吗？要不换一个。"

"嗯，我去试试别的。"叶斯呼出一口气，一把拎起自己的筐，转身走了两步又绕回去，猛踹了一脚下面的水管，"咣"的一声响。

"垃圾水管！不出水！"叶斯骂道。

何修顿了顿，隔着一块板平静地说道："那你就换一个。我先洗完就下去等你，太渴了，想去买瓶可乐。"

叶斯边快步往外走边点头："行啊，我渴死了，给我也买一瓶！给我来瓶凉茶！下火的那种！"

"行。"何修点点头，"我知道。沈浪今天刚好提了一句。"

新隔间的水龙头总算是正常的了，叶斯三下五除二地赶着时间把澡洗完，出来的时候头发都没太擦干，湿漉漉的还滴着水。

"洗完了？"何修看到他，顺手把凉茶递了过来。

叶斯揣起手机："你的可乐呢？"

"喝完了。"何修说，"太渴了，几口就没了。"

叶斯"哦"了一声，单手挑了拉环，仰头，一口气全灌进肚子，凉茶的味道他不怎么喜欢，还没有气，但这会儿他正需要。

"回去放东西吧，还有半个多小时。"何修说，"还来得及去食堂买点炒面、关东煮什么的。"

叶斯却随手拿起何修放在旁边的洗澡的东西："我帮你拿回去吧。"

"嗯？"何修看着他，"那我去干什么？"

"你去校门外给我买个手抓饼，行吗？"叶斯吧唧了一下嘴，"饿死了，想吃手抓饼加肉松加火腿加蛋加烧烤酱，再来一杯手抓饼隔壁的酸奶。"

何修一下子笑了出来："从这里去手抓饼店得十五分钟，还要买东西，再回来上自习，你怎么不让我跑死算了？"

叶斯厚着脸皮立刻接道："可我给你加油加了一……"

"我没说不去。"何修勾勾嘴角，"那你把东西拿回去吧，回教室等我，给我留一下后门。"

"好啊。"叶斯连忙点头。

叶斯拿着两个人的东西往回走，站在宿舍门口等何修消失在视线范围内才进去。

何修是踩着晚自习铃声进来的，屁股刚落到凳子上，老马就从前门进来，还往后门看了一眼。

何修回了一个歉意的眼神，把手里拎着的东西放在叶斯的腿上。

一个塑料袋里分着两个小袋，是两套饼。酸奶是用小布兜单拎的，没被手抓饼蹭热，跑了一路还有点凉。

"吃吧。"何修低声说，"火腿没了，我让他少刷了点酱，正好没什么味，可以自习吃。"

叶斯"嗯"了一声，抬头看老马一眼，老马有些无奈地点头，于是叶斯掏出一个饼把袋子解开。

手抓饼挺好吃的，肉松很香，还掺着点脆脆的海苔碎，但叶斯吃着吃着就忍不住留意旁边。

何修拿了另一个饼，一边翻开漫画书一边咬了一口。漫画皮和瓤都换了，皮变成《数学竞赛题库》，瓤变成《航海王》。

情怀党啊，专挑这些古早级作品看。

叶斯感慨地叹了口气，匆匆几口把饼咽了，酸奶也两口吃完，然后掏出卷子开始写。

写卷子的时候叶斯又忍不住回想这天篮球赛上何修的那一记灌篮。

SD突然飘上线："我听说一件事。"

"什么？"叶斯心烦意乱地问道。

"我听说，有个上高三还天天注意力不集中、开小差的小朋友，可能快活不过高考了。"

叶斯反应了两秒才明白过来是这家伙又在吓唬自己，顿时咬牙骂了一句："快滚啊。"

这声"快滚"没控制在意念里，叶斯骂完才意识到自己骂出声了。

前面正收拾桌肚的宋许有些诧异地回头看了一眼。何修的手动了一下，但没问什么。

教室里安静一会儿之后，何修才在脑海里平静地问道："叶斯刚才是在和他的系统说话吗？"

BB半天都没上线，何修知道她不大情愿被套话，于是叹口气说："你可以不理我，但你要是认识叶斯的系统，就跟那个系统说一声，别总惹叶斯生气。"

BB憋了好半天终于没憋住："不管叶斯到底有没有系统，你管得也太多了吧？"

"他是我同桌啊。"何修说着，突然想起什么，"如果我们泄露天机就会死，但如果是被人猜到了呢，承认也会死吗？"

"如果猜到的人很笃定，就算否认也阻止不了，那就不会死吧。"BB叹气，"别问我，我是一个傻子系统。"

"大家把手上的东西放一放。"老马突然说道。

何修便停下和BB的对话，叶斯也正好算完最后一道数学填空题，闻言抬起头。

"今天的球赛我听说了，打得挺漂亮的，班群里发的那些照片我都看见了。"老马笑着叹口气，"有点遗憾没跟你们一起，下一场我肯定去。"

罗翰举起手："下一场六进三我就能上了，老师，你可以当我的啦啦队后援会会长。"

齐玥立刻回头笑骂了一句"无耻"。

老马乐道："行，就这么定了。"

"我下一场不用上了。"何修低声说，"突然觉得参加球赛也挺好。"

"是吧。"叶斯看了何修一眼，勾起嘴角，"我就说，你之前还不信。"

"没不信。"何修伸手摸了摸放在他桌子和墙中间的加油牌，"就是比想象中更好。"

老马继续说道："六进三放在周五下午五点半，之后两场决赛在星期天返校前的下午。占用大家一些周末休息时间，但希望大家能理解。"

"能理解。""辣条"说，"其实有球赛就好了，就是打个放松高兴，本来也不是为了逃课。"

大家纷纷附和，老马松口气，又说道："今天去市里统一调研了，目前我们英中高三的复习进度是最快的，最快意味着你们也比其他学校的学生累一点，希望大家挺住。月底二十八号、二十九号两天期中考试，希望大家忙活球赛的同时也适度紧张起来。"

老马说完事，大家继续上自习。

叶斯在草稿纸上写了下日历，二十九号是星期五，考完第二天就是何修的生日，他还没准备好礼物呢，甚至连送什么都没想好。

叶斯按了下手机开关，屏幕亮起，壁纸还是何修的那张游戏截屏。

"大翰拉群了。"何修低声说，"你看一眼。"

叶斯点开群，群名是"小组赛后小猪小牛小羊肉"，约等会儿放学后去吃烤串。

他没什么意见，随手回了个"要去"，何修紧跟着他回了"OK"的表情。

叶斯对着两个对话框气泡看了一会儿，轻轻地叹了口气，随后把手机揣了起来。

事情有点多，距离期中考试还有一周多的时间，给何修的生日礼物还没想好。

"又要考试。"何修突然皱皱眉，"我好像有一个月没认真学习了。"

叶斯本来有些心不静，一下子乐了："你还知道啊，你看了一个月《灌篮高手》，都看完了。"

"明天再开始补救吧。"何修说，"你还陪我吗？"

"陪。"叶斯点点头，"肯定要陪的，我的基础知识也不扎实，一起吧。"

何修笑笑："太好了。"

叶斯没再说话，低头写题，可心里还在琢磨着，其实真要让他掏心窝子说——不说别的，就说最近一段时间，跟宋义和吴兴比起来，他确实更愿意跟何修待在一起。

一开始是新朋友愿意多了解，后来能一起学习了，而且重要的是何修人好，又总是莫名跟他的需求合上拍，一来二去，就真成了好朋友。

这样也挺好的。

晚上去吃烧烤的不止球队的，还有好几个替补队员、宋义、吴兴，以及四五个女生。

烧烤摊被一伙人包圆了，凳子都不够坐，叶斯又去书铺找实哥借了几张出来。他一进一出也就几分钟，那边一群人已经把老板家塑料膜下盖着的所有肉都捧到炉子上去了。

老板唉声叹气地赶人："都起来，起来，烤不下！得分拨！"

没人听他说话，大家嘻嘻哈哈地不知道在说什么，笑声此起彼伏。

烧烤摊挂着几个泛着黄光的小电灯泡，被一大群学生围着，叶斯一眼就看见了何修。

何修站的位置离大家有点远，神情依旧淡淡的，没太多笑意，看他出来才扬起嘴角挥了挥手。

叶斯抡起手上的塑料凳子，也朝他挥了挥手。

"全是灰，你是不是有问题？"宋义跑过来一把抢过凳子，"大哥，你快坐着去吧，让你干点活能把大家都害死。"

叶斯推了他一下："我帮老板烤串去，你们吃。"

"你不吃啊？"宋义愣了愣。

"我边烤边吃。"叶斯笑道，"吃最热乎的一批。"

大概是人多太闹，老板把烤炉往旁边挪了挪，四个灯牵了三个到人堆那头，就只剩下一个瓦数最小的在炉子上。

"串哥也跟大家唠会儿嗑去吧。"叶斯走过来随手抓了把孜然往炉子上撒了撒，吁了一口气，"今天大家可高兴了，你也别光傻站着给我们烤，去和大家说说话。"

"你们是不是球赛赢了？"老板笑道，"赢了也不能瞎叫，说了一万遍我姓陈，不姓串。"

"知道了，串哥，去吧。"叶斯搬了一张小凳子一屁股坐在烤架前，"哦，对了，给我拿瓶雪碧，要冰的。"

"泡沫箱里的现在都不怎么冰了。"老板说，"我给你上小超市拿去。"

叶斯点头："行。那就再给我带一盒巧克力，问小超市老板他知道，俄罗斯的那个！"

他说着把另一张塑料凳放在自己身边，也没招呼旁边站着的某人，就那么默默用夹子翻着烤炉上的肉串。

何修走过来在他旁边坐下："你怎么了？"

"嗯？"叶斯笑着看他，"没怎么啊，帮大家服务一把，犒劳犒劳打球的功臣，还有那些陪我画牌子的大好人。"

何修松口气："我还以为你有心事呢，今天晚上回来好像就有点不正常。"

"没有。"叶斯笑笑，拿起一根烤好的牛肉串递给何修，小声道，"快点吃，别让他们看见叶神给你开小灶。"

"哦。"何修配合地压低声音，"那叶神能先撒些盐吗？你还没撒盐呢。"

叶斯险些笑破功，拿着盐罐来回扬了几把，又拿给何修："好吃吗？"

何修咬了一口："好咸。"

叶斯乐得拍了拍大腿："吃你的得了，哪儿那么多讲究？！"

何修没再说话，低头吃得挺来劲的。老板刚好买了雪碧和巧克力过来，全部堆在叶斯旁边的凳子上。

何修给叶斯开了雪碧："别光顾着吃糖，吃点肉。"

"我不急。"叶斯连着往嘴里扔了好几块糖，"跟你说，这个巧克力的甜度让人清醒。我先吹着晚风思考一会儿人生。"

"别又清醒过头了。"何修说，"上次跳'河'还行，这回要是指着烤炉要赴火焰山，我真不陪你了。"

叶斯笑着咳嗽了几声："我抓着你，你敢不赴？"

那边越来越热闹，沈霏跟罗翰猜拳输了两次，简明泽撸起袖子替沈霏上阵。宋义跟吴兴笑在一起，老板刚才来收了一拨烤好的串送过去，几秒钟就被大家拿空，只剩下一个光秃秃的盘子。宋义就傻了吧唧地用铁扦敲盘子，还拉着许杉月非说敲架子鼓给她听。

好好一个安静的夜晚，整条街都被这帮人给闹坏了，天地间只剩下那几股混在一起的张扬放肆的声音，以及近处烤炉里发出的咝咝的噪声。

挺闹的，又挺让人心静。

叶斯看一会儿远处，不知不觉一盒巧克力就吃完了，他感觉自己有点报复性吃糖，低头又开了一罐雪碧，趁机偏过头看何修。

何修最近打游戏好像遇到一个难关，哦，好像不是，是这个地图出现了这个游戏里最至高无上的一件材料，叫什么勇者之心，是个炼顶级武器必备的材料。

反正不管是干什么的，想要，努力就是了。

晚风热乎乎的，从烤炉旁边吹过，叶斯觉得自己的眼睛被热气熏得都有些模糊，整个人发软。他喝了第二罐，又开一罐，发现何修还在专心致志地打游戏。

何修特别帅，这点叶斯早就知道了。高一刚入学的时候，他听说女生在贴吧纠结新晋校草该选他还是该选一个叫何修的中考全市第一名的家伙，结果进了随机分配的班级后一看名单——他们在一个班。

叶斯还记得那天因为父亲执意陪自己报到，紧接着又要飞走谈生意，所以他被迫无奈地提前三个小时去报到。进教室的时候一个人都没有，他一头扎进去走了两步才发现不是没人，靠窗户组第一排坐了个人，不过穿着白衣服，坐在白亮的日光里就神奇地隐形了似的。

叶斯还记得何修回过头来平静淡漠地看他的那第一眼，那一眼，他就觉得这家伙确实是个大帅哥，和自己不相上下的那种，不算女生们没见过世面。

咫尺之间那对安静沉着的眉眼和记忆渐渐重合，叶斯又开了一盒巧克力。

所以，两年前……哦，不，三年前，他第一次见何修，他们说话了吗？

哦，说了，他当时看见大帅哥还是挺惊喜的，十分热情地"嘿"了一句。而且那时候他拎着书包，本来想等大帅哥热情回应一声就走过去和他做同桌，或者拉他到最后一排一起混。

结果那人看他一眼，又很快把视线移开，挺闷地说了句："嗯。"

然后叶斯就茫然地独自跑到最后一排去了。

再之后就有了曾经连续三年的井水不犯河水，一个高冷，一个火爆，在各自擅长的领域纵马驰骋，无数次见面里，也还是第一次见面那老一套。

"嘿——"

"嗯。"

"嘿！"

"嗯。"

"嘿！！！"

"嗯。"

叶斯挺泄气的，也不甘心，大概算是高考前发病最遗憾以外最不甘心的事了。

"你慢点喝啊，别喝太多了。"何修一边专注地盯着屏幕一边说，"我看你这么会儿工夫开了好几罐了，想半夜跑厕所吗？"

叶斯看着他："你真关心我啊。"

"因为你是我的好同桌啊，我们是皮卡丘和妙蛙种子。"何修百忙之中抬头对他笑了笑，又低头继续看游戏机了。

叶斯干巴巴地扯了扯嘴角。

——是啊，我们是好朋友，是皮卡丘和妙蛙种子。

烧烤局散伙时已经很晚了，一大帮人就那么明目张胆地集体跑到围墙外，再一个一个互相帮助着翻进去。

几个女生里许杉月最灵巧，托着齐玥、沈霏她们过去，到自己时却有点艰难。她被上面的人拉着手翻到一半脚下踩空了，挂在半空中喊道："谁在我下一个？往上推我一把。"

宋义红着脸僵硬地拖着她的腿往上举了举，勉勉强强把人弄上去了。

然后就是男生们，翻墙就像下饺子似的，一个个身手敏捷，"扑通扑通"就翻了过去，最后剩下他跟何修两个人在墙这边。

叶斯有些迷糊，这巧克力甜度过瘾，就是有点上头。他喘了两口粗气，搭着何修的肩膀说："你——先过去。"

何修为难地看着他："我先托你上去吧。"

"少废话！"叶斯抬手就在何修的肩膀上抽了一巴掌，没使劲，"让你先过就先过，你过去之后看我给你们表演一出天外飞仙。"

宋义在围墙另一头乐："你快过来吧，让他表演，我们都想看。"

叶斯勾勾嘴角："去！"

何修无奈，只好踩着墙上的两块破砖利落地翻过去，翻过去后正要喊叶斯别动，他去看看能不能跟保安说一声开下门算了，就听墙那边的家伙一蹦，然后两只手扒上墙头，下一秒，脑袋还真探过来了。

"牛啊。"吴兴啧啧感慨。

何修也松了口气，正想说赶紧回宿舍，却见已经翻到墙上的叶斯没有要下来的意思，而是腿一跨骑在了墙上，还调整了一下姿势，就那么笑呵呵地看着底下。

两个黑眼珠干净得泛着水光，满脸都是天真无邪的笑容。

和那天说掉河里喊人来救的时候一模一样。

何修心里"咯噔"一声。

身后十几个同学还没来得及走呢，就见叶斯骑在墙上指着何修大喊了一句："你！新来的！"

大家不约而同地停住脚步。

何修："呃……"

叶斯瞪了瞪眼睛，指着人群里最帅的那张脸："给你一次机会，我说'嘿'，你说'哈'。你听到没有？！"

何修还没来得及想明白这是什么神奇的指令，就见叶斯竟然踉踉跄跄地在墙上站起来了。

围墙确实挺宽的，有二十多厘米厚，站稳了没问题，但问题是叶斯站不稳，来回晃。

"我就一个残念！"叶斯指着他，"我喊一声'嘿'，你敢不敢回一句'哈'？啊？敢不敢？！"

何修整个人是蒙的："为什么要回'哈'？"

"江湖规矩！"叶斯在墙上跺脚，"江湖规矩！懂不懂？"

十几个同学一个都不吭声，大家好像都被震惊得脑子没了，就那么张着嘴看看叶斯，又看看何修。

何修无奈地说道："我不懂江湖规矩，什么嘿哈的……但你如果坚持，我可以配合。"

"真的？"叶斯努力瞪大眼睛，指着他，"嘿！"

"哈！"何修大声叫了一嗓子，挺不含糊的，又立刻说道，"下来吧。"

叶斯的拳头在空中挥舞："嘿！哈！嘿！哈！嘿！"

"哈！"何修实在无奈，"叶卡丘、叶神、嘿哈大将，下来吧，你要把保安都叫来了。"

叶斯打了个嗝："满足！"

他低头看了看，晕乎乎的，一时难以丈量自己和地面的真实距离，就只看见何修站在旁边挥着手，于是就放心地直接往空中一踩，"走"了下来。

何修下意识地伸手扶了一把叶斯，没让他落地的时候直接栽到地上。

几个女生笑得都站不住了，许杉月抹了把眼泪："叶斯也太逗了吧。"

"别说出去。"何修叹气，"要面子的，千万别说出去。"

十几个同学说着话走在前面，叶斯被何修扶着跟在后面。

叶斯根本不知道自己要去哪儿，脚下一直在跟着何修走。

走了两步，叶斯突然又挺直胸膛："嘿！"

"哈！"何修简直服了，感觉自己像个傻子，夜空中最亮的那个傻子。

"新来的！"叶斯神气地说，"对了这个暗号，往后三年老大就罩你了，知道不？"

何修愣了愣，有些惊讶地偏头看了叶斯一眼。

往后三年？

何修突然想起刚入学的时候。叶斯穿着件红色T恤，一脸没睡醒的样子走进教室，一开始似乎并没有发现他，他就得以明目张胆地盯着叶斯看。结果叶斯突然回头了，跟他"嘿"了一声，吓了他一跳。

何修没交过太多朋友，不知该怎么友好地回复一声难得不想忽略的招呼，所以他"嗯"了一声。

"新来的，你听到老大说话了没有？"叶斯有点不满。

何修连忙说："听到了，暗号是'嘿'和'哈'，以后你罩着我。"

"嗯，这就对了。"叶斯终于满意地勾了勾嘴角，走了两步彻底走不动了，索性停下脚步。

"老大走不动了，带老大回去睡觉。"叶斯打着哈欠说道。

何修深吸一口气，低声说："我要怎么带你回去睡觉啊？你要不先站直，让我搀着你。"

叶斯嘟囔道："少废话，快点带我回去睡觉。"

刚才走在前面的人这会儿都没影了。大家都玩得迷迷糊糊的，女生们也困了，竟然都没人回头看一眼有没有人掉队。

四下没别人了，何修深吸一口气，低声哄小孩似的说道："你先站好，不然我们就得在这儿站一宿。"

叶斯没动弹，过了一会儿才问："到没到家啊？你老大要困死了。"

何修低声说："我们没有在移动，难道你都感觉不到吗？"

叶斯抬了下头："啊？感觉什么？"

"没什么。"何修叹了一口气，慢慢地转了个身，说道，"那行吧，老大，我们离家已经不远了，现在听我口令横着走，我说一就横着迈你的右腿，说二左腿跟上，一、二、一、二……这么来，听懂了吗？"

叶斯竟然挺给面子，皱着眉仔细琢磨了一会儿："螃蟹？"

何修如释重负："对，螃蟹。"

"螃蟹我会啊，我可是帝王蟹。"叶斯兴奋地吼了一嗓子。

何修突然预感不好，下一秒，就见叶斯左腿绕过右腿横着往右一迈，原地扭了个还珠格格请安的麻花腿，然后重心猛地一沉，箍着何修胳膊的那两只手往下一拉，两个人同时失去平衡。

在空中要摔不摔的那几秒里，何修感觉自己已然苍老了十岁。

这种程度的重心失衡他应该是能站稳的，甚至还能确保叶斯也不摔。

但前提是叶斯把他的手还给他，他需要两条胳膊来保持平衡！

倒地前的最后关头，叶斯终于把手撒开了，但也晚了，何修直接左侧身子着地摔在地上，余光里看见叶斯像是要向后倒下来，立刻伸手垫在了他的背后。

何修被叶斯压得手差点断了，"嗞"了一声，皱眉道："你怎么总想不起来自己还有伤啊？"

叶斯没吭声，摔下去后好像找回了点脑子，但没找回记忆，茫然地四处看了看，然后手撑着地站起来，自己晃晃悠悠地往宿舍那个方向走去。

何修刚才摔下去的时候一整条胳膊在水泥地上蹭得火辣辣地痛着，手也被叶斯给压麻了，他甩着手快步追上去。

叶斯转头看着他，嘟囔道："大半夜的我们在外面晃什么呢？打上课铃声了吗？"

何修一言难尽地看了叶斯一眼，不想说话，只默默地搀住他。

两三百米的路走了十几分钟，好不容易到宿舍门外。何修艰难地压下门把手，把人给弄进去。

何修去刷牙洗脸，然后小跑回来，拿湿毛巾在叶斯脸上蹭了两圈，又给他倒了一小瓶盖的漱口水，轻声说："含嘴里，等会儿吐出来，别咽。"

叶斯眯着眼看看那个小瓶盖，嫌弃地扭过头嘟囔了句"杯子太小"，然后手脚并用就往床上爬。

何修只能叹气解千愁。

不漱就不漱吧，希望不会蛀牙。

叶斯比刚才在校门外灵活了不少，上床上得挺顺利的，几下就翻到床上去了。

何修在底下轻声说了句"赶紧睡觉别玩手机"，下一秒就听见他躺下的声音。

还挺听话的。

何修松了口气，轻手轻脚地把自己的东西放好，然后攀上梯子。

屋里很暗，他一直爬到最顶上一级才发现他的床已经被占了，叶斯根本没去自己那边，而是在他的床上睡得四仰八叉的。

何修简直被气乐了，站在梯子上乐了好一阵，然后横跨到叶斯那边，在他的床上躺下。

其实他的头也有点沉，在暖洋洋的地方坐了两三个小时，回来又一惊一乍搞了一身汗，这回刚躺下眼皮就沉得要死。

胳膊火辣辣地疼，他刚才去盥洗室的时候看了一眼，胳膊上擦破了两道皮，但不太严重，简单洗洗也没再渗血。

何修昏昏沉沉地躺了不知多久，感觉自己的呼吸变重了，估计是这天又是打球洗澡又是来来回回地折腾，有些感冒。

他艰难地翻个身，感觉墙是凉快的，于是就贴着墙很快睡了过去。

叶斯准备起来上厕所的时候寝室里一片漆黑，伸手不见五指，只有三道不同的呼吸声。

他摸索着床就下去了，一秒钟都不能多耽搁，一路小跑到厕所，把事办利索了才缓过一口气。

困劲更强了，他一路上都是闭着眼睛回来的，进屋后直接上床，刚把身子往床上一

217

躺就感觉不对劲，床上好像多了一坨什么东西。但他困得眼皮都睁不开，愣一会儿后，缓缓摸索着自己的床躺下了。

　　第一道舒缓的起床铃声响起时，603寝室另外两张床上的人都日常没动弹，但叶斯跟何修却仿佛心有灵犀似的同时醒了过来，一前一后缓缓地睁开眼。
　　何修一脸惊恐和震撼，他脑袋正靠着叶斯的脚。
　　叶斯则震惊地看着近在咫尺的那两只脚，大脑陷入了长达三秒钟的空白。
　　两分钟后，第二道起床铃声响起，这回声音比刚才轻快了不少，叶斯背后床上的沈浪嘟囔着翻了个身。
　　何修回过神来，带着满脸的疑问，手脚并用地往自己的床上爬。叶斯在后面帮了他一把，抱起他的腿往前推，他的额头差点撞到床上，身体在床板上撞出一声沉闷的巨响。
　　"早啊，你们醒了？"沈浪被巨大的声音吵醒，眯着眼嘟囔道，"大早上的，你们打架玩呢？这么大动静，咣当咣当的。"
　　"打什么架？他撞到床板了而已。"叶斯说着，手指着何修那边。
　　何修瞪着他，头发乱得不像话，就连衣领子都乱七八糟的。
　　他大概能想到前因后果，估计是叶斯半夜起来上厕所回来习惯性就回自己床上了。两个都不怎么清醒的家伙，头就那么靠着对方的脚睡了一宿。
　　但明白归明白，早上睁眼的画面仍然过于惊悚。
　　先去洗漱的叶斯闭眼长叹一口气，把嘴里的泡沫吐了，然后用手接着水龙头里出来的凉水飞快往脸上拍，一直拍到额头旁边的头发全部湿透，才关掉了水龙头。
　　宋义在里边上完厕所出来："哎，你今天醒这么早啊，正好一起去食堂吃早餐？"
　　"行。"叶斯说，"你是不是洗完了？"
　　"对啊。"宋义愣了愣，"不是，你昨晚是不是没换衣服啊？怎么皱巴巴的？"
　　是没换，穿着睡了一宿，衣服都睡出褶子了。
　　叶斯感到一阵窒息，立刻说道："走，走，走，直接去吃饭。"
　　"啊？那书包呢？"宋义惊讶道。
　　叶斯说："我的书包昨晚就没拿回来。"
　　等跑出宿舍一路往食堂而去，看到校园里一拨一拨的学生，叶斯才感觉喘过两口气来。
　　"你吃什么啊？"宋义往打菜的地方瞄了一眼，"原来赶早来这么丰盛啊，包子都有七八种馅，太奢侈了，我得给吴兴发条消息。"
　　叶斯跟着他一起排队，想了想，也低头给何修发了条消息："先去食堂了，特别饿。"
　　叶斯有点担心何修生气，毕竟前一阵为了准备惊喜单独行动过好几次，何修好像都挺不高兴的。
　　他把手机放在两只手上来回倒，倒了第二个来回的时候，何修回复了："好，正好帮我带点蛋糕什么的吧，我再睡一会儿。"

听起来语气挺平静的,也没提昨晚的事。

叶斯感觉有些焦虑,打包包子的时候也没看馅,随便指了几个,坐下来咬一口才发现点到了不喜欢的韭菜馅。

三个包子,两个都是韭菜肉,还有一个是纯素包。

叶斯长叹一声,把拿的豆浆几口喝了,然后百无聊赖地趴在桌上等宋义吃完。

"你怎么了啊?"宋义一边把他盘子里不吃的包子夹进自己的盘里一边瞟着他,"一大早上情绪就不对,昨晚不是挺嗨的吗?你还在围墙上跳舞了呢。"

"什么?"叶斯难以置信地扭头,"我又干奇葩事了?"

"什么叫又?"宋义茫然道,"你之前干过什么我不知道的奇葩事吗?"

叶斯怏怏地扭头朝着食堂窗户那个方向趴着:"没有。"

宋义低头咬了几口包子,又嘿嘿一乐:"不过昨天学神跟你'嘿哈'了。"

"什么?"叶斯猛地坐直身子扭过头,"什么嘿哈?"

"就是你逼他的,后来他就'哈'习惯了,回去一路上都跟你'嘿哈嘿哈'的,两个傻子。"宋义一边说一边乐,"我还录小视频了呢,给你……小心点!我新买的二手机!"

叶斯点开那个小三角,把自己的耳机插上,然后紧张地看着界面。

画面里黑灯瞎火的,宋义还手抖,视频里只能看见两坨黑影晃啊晃的,晃得叶斯都要吐了。终于,其中一个原地蹦了一下,伸手指着另一个,响亮地"嘿"了一声。

叶斯被自己吓得打了个哆嗦,鸡皮疙瘩都起来了。

何修很快就"哈"了一声,能听出来语气有些无奈,但并不敷衍,是那种心甘情愿、还带着一点真诚的"哈",可以打到九点五分的"哈"。如果能听现场,估计就有十分了。

小视频就十秒不到,叶斯反反复复看了三遍,竟然觉得有点上瘾。他看了一眼埋头吃饭的宋义,默默把这段视频发给了自己,然后又从宋义的手机上删除了。

"给你,你新买的二手机。"叶斯把手机扔回他怀里,心情好像突然好了点,抬手伸了个懒腰。

"学神今天怎么不来一起吃饭啊?"宋义问道。

叶斯不露声色:"没起来,困。"

"哦。"宋义点点头,像想起什么似的突然又嘿嘿一乐,"昨天篮球赛你举那个牌子,你们都火了知道不?贴吧看没看?"

"啊?"叶斯愣住。

宋义点开贴吧:"我看了几楼,挺有意思的,我昨天回去半夜一点多还看了两个小时。"

叶斯瞪大眼睛:"真假?"

"真的,你不信回头自己看看去。"

叶斯是打算看看,但不是现在。他想等下午,或者晚上,反正把心绪稳一稳,再抱着看热闹的心态去瞅一眼。

叶斯缓过来些了,就有饿的感觉。他看一眼自己盘子里被宋义抢的乱七八糟的东西,拿着饭卡重新排回队伍里，想再买点东西吃。

　　这会儿食堂上来人了，几列队都特别长，七拐八弯，叶斯甚至不知道自己排的到底是哪个窗口，前面等待着自己的是包子还是面条。

　　他扭头看向窗外。

　　窗外，简明泽贴着旁边另一栋小灰楼的楼根走过去，手上拎着书包。

　　叶斯看了他两眼，几秒钟后，又一群学生嘻嘻哈哈地过去了，男生女生都有。

　　叶斯转回头，前面最后一个人端着餐盘走了，打饭的阿姨看着他："包子还是馅饼？"

　　"馅饼都有什么……"叶斯话说到一半突然顿住，猛地回头往窗外看去。

　　简明泽走到一个墙根停住，迟疑着回头看了一眼，身后跟着的人群里立刻有人吹了声口哨，骂了句什么，简明泽便往里头偏僻的地方拐进去了。

　　叶斯立刻转身从队伍里出来，一路往食堂门外小跑出去。路过宋义，他手一提，把正吃得喷香的宋义直接拎起来。

　　宋义脚下磕磕绊绊，跟着跟跄了足有四五米才找到平衡，边跑边骂道："又干什么？一天到晚的，当你朋友都能去当特种兵了！"

　　"闭嘴。"叶斯从前门跑出去直接往刚才那个墙根绕，"小简让人堵了。"

第十二章
未来一定会有的

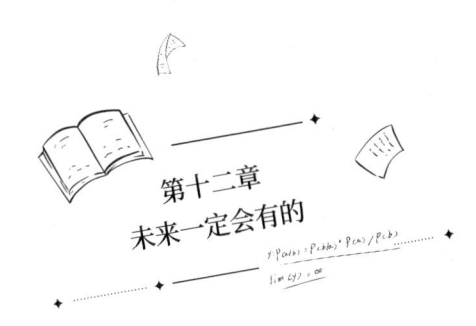

叶斯跑过去的这会儿工夫，把可能找简明泽麻烦的人在脑海里过了一遍。

最有可能的是尹建树，上次简明泽一句话翻转局势，尹建树很可能直接把仇记到简明泽身上。但刚才人堆里并没有他，而且看校服明明是已经离校的上一届高三的款式，所以叶斯猜测也可能是别的男生找来的人。

一开始他根本没往那方面想，但那些人身上的痞气太重，真要是上一届高三的混混，上学的时候都不肯穿校服，就更没理由穿着校服跑回来拍照。

食堂旁边有栋三层灰色调的小土楼，是英中几十年前刚建校时的楼，早都要拆了，但挂着施工的牌子一直没动。楼后面的墙体上爬着藤蔓，底下是英中少见的泥土地，特别脏乱，还是个监控死角。

拐过两个弯，面前就是那条逼仄的通道，一眼就能望到里面。

叶斯眯了眯眼，一共有八个人，简明泽被堵在里面。有个男的估计是这伙人的老大，正点了根烟含在嘴里，冲简明泽嘟嘟囔囔说着什么。

宋义撸起袖子就要往上冲，叶斯伸手拦住。

"等一会儿。"叶斯看宋义一眼，比个"嘘"的手势。

他想再看看，至少得搞明白是谁，为什么想要找简明泽的麻烦。

叼烟的那人眯着浮肿的眼，抖抖烟灰，一张嘴就是一副难听的公鸭嗓："你就是那个连肾都快没了的啊，就你这样的，还想巴结校花？"

简明泽的目光在那群人身上逐一扫过，然后落回叼着烟的男人身上，尽量平静地说："听不懂你是什么意思。"

"哥，他说他不懂我们是什么意思。"一个男的乐了两声，给旁边人递个眼神，一圈人都笑了。

不需要跑到这帮人面前，叶斯也能想象到那一个个不怀好意的眼神，带着猥琐和世人皆与我合污的粗鄙的自信。

这种渣子他见得不少，想到就觉得很烦。

221

"听不懂是吧？"叼烟的男人把烟从嘴边拿下来，吐出一口混乱的烟圈，上前去一把推在简明泽肩膀上，"那我帮你回忆回忆。"

简明泽的身体很弱，被推一下就往后退了两步，叼烟的男人跟上来兜手照着他的脑袋又是一巴掌。

"啪"的一声脆响，平时打在谁身上叶斯都不会觉得太严重，但简明泽不行。一个已经开始准备换肾的人，在叶斯心中就是个玻璃娃娃，走路都不能太颠簸的那种。

叶斯拍了两下手，在狭小的空间里带出回音来，围着简明泽的人同时回过头。

大多数人看到他后都皱着眉一脸迷茫，但有两个挑了挑眉毛，其中一个就是叼烟的那男人。

叶斯估计的没错，是英中的人从外面找来的混混，既然有特意跟这群混混的老大提过他，那十有八九就是尹建树干的。

叶斯扬声说道："各位跑到英中来欺负一个老实学习的孩子，过分了吧？"

他的语气很平静，缓缓走向那群人。

有几个人皱着眉，不太愿意让地方，但估计是看到他身后的宋义一脸杀气和撸起袖子露出的膀子，才勉强放他过去了。

简明泽看到叶斯明显松了口气，但转瞬又皱眉，小声道："你别牵扯进来了。"

叶斯没回答，强行挤在简明泽和叼烟的男人中间，面上看不出喜怒，只是盯了他一会儿才问道："尹建树找你来的？是拿钱的，还是他在你们那里还有人情？"

对方挑了挑眉，又把烟头塞回龇着黄牙的嘴里："关你何事？"

叶斯眼中闪过一抹嫌恶，偏了一下头又转回来："拿钱的话我们私下把这件事结了。要是人情就比较麻烦，你不可能轻易放手，就要闹大。"

男人笑了笑，无所谓的样子："你想怎么闹大？"

"你是这个学校的老大吧？"女生里有个板寸头的盯着叶斯，"这个废人的闲事你也管？"

宋义骂了一声："你说谁呢？"

叶斯看了宋义一眼，用眼神示意他别急，又转过身平静地对那个板寸头女生解释道："我不是老大，只是个普通的学生。他也不是废人，也是普通的学生，跟你们这种人惹不到一块儿去。"

叶斯的余光捕捉到宋义惊讶的眼神，但什么也没解释。

老马上次说，拳头不是解决事情的正确方法。虽然他并没有要做听老师话好好学习天天向上的乖宝宝的意思，但他觉得老马说的还是有点道理的。这一年对他来说至关重要，不到紧要关头实在没必要惹麻烦，而且他也不想让老马失望。

老马总是对他笑呵呵的，哪怕是刚开学那时，在最后一个考场，也从来没用别的老师看烂泥一般的那种眼神看过他。

叶斯在心里无声地叹了口气，听见预备铃声响起便皱眉道："不管怎么说，今天他我先带走了。你要是有不满，下次直接来找我，或者直接让尹建树自己来找我。我叫叶斯，在高三（4）班。"

叶斯说完这话，视线越过面前几个混子，突然发现刚才过来的那条路上多了一道身影。

何修单肩背着书包路过，看到这边皱了皱眉，摘下书包随手扔在墙根，十指交错在一起活动了一下手腕。

叶斯蓦地有点想笑。

神奇的同桌反应——他现在遇事能不动手就不动手，何修则反过来了，看见摩擦就想冲上来。

"这位同学——"大姐头冷笑一声，"我们不是学生，不看你脸色，这人你带不走。"

"我要是非要带他走呢？"叶斯皱眉看着她，"尹建树让你们干什么？也无非就是打一顿恐吓几句，犯得着这么上心吗？"

何修朝这边走过来了，叶斯有些烦，他不想让何修跟这种人打交道，想赶紧把事结了，然后回去该上课上课，该打游戏打游戏。

简明泽看了叶斯一眼，叶斯点点头，示意他跟宋义先走。

结果两个人还没迈腿，叼着烟的男人突然说："那你呢，一个学校的老大，对着个浑身是病的插班东西，犯得着这么上心吗？"

叶斯原本算是平和的表情瞬间锋利起来，猛地回过头盯着男人："你再说一遍。"

气氛突然紧张起来，一伙人凑近，提着嗓子喊开。

"干什么？"

"给你们几个小兔崽子脸了，是吧？"

宋义也火了，挡住简明泽，一把推在那男人身上。

男人一拳砸上宋义的胳膊："少跟爷动手动脚的，就你们这些小渣子我见得多了。"

他说着上前一步，跟周身充满冷意的叶斯对视，片刻后说道："尹和我交过底，我知道我不能真把这小子打出什么好歹来，真打出问题来我也晦气。"

宋义震惊地看了简明泽一眼，简明泽没吭声，而是偏过头，看着墙上烂绿色的叶子发呆。

"闭上你的嘴。"叶斯恼羞成怒地一把提起男人的衣领，拳头攥得骨节突起，"世界上怎么会有这么多你们这种健康的人渣？健康给了你们还不如拿去给流浪猫狗。"

"呵。"男人不在乎地笑道，"对啊，但我们这种人有未来啊，我们混日子，也能混到九十多岁。不像你要护的这个人，还什么好好学习的学生，就他能活到高考吗？"

沉闷且重的一拳突然出现在他的脸颊边，他说到一半的话也瞬间噤声。

叶斯眼前一花，发现何修不知什么时候过来了，带着一身戾气，仿佛得了胡秀杰的衣钵。

他喘着粗气，感觉自己即将喷薄的怒火被这一拳压了回去。

何修没有继续动手，而是右手向后在叶斯的胳膊上握了一把，转头在他耳边说道："别

223

生气,别冲动,我来了。"

叶斯猛地吸一口气,理智终于回来一些。

刚才那一瞬间,听到男人说那些可怕的话时,他只感觉一股从未有过的怒火从身体内狂涌而出,理智和冷静,还有老马的那些话,在那股火面前被轰得连渣子都不剩。

他气得发抖,只想把什么顾虑都扔下。

但这会儿他冷静下来了,就觉得前心后背都是汗,真要是跟这群人闹事,拿了处分,影响到高考,后果不堪设想。

好在还有何修。

叶斯指着那伙人,咬牙道:"我不想把事情闹大,告诉尹建树我会去找他,滚。"

宋义扯着嗓门吼道:"再不滚我喊保安了啊!我们英中的保安无处不在。来人啊!保安大哥!大哥!"

男人狠狠地指了叶斯一下:"我记住你们了。"

"我也记住你了。"叶斯盯着他,两个通红的眼眶衬得眸子里一股锋利的狠劲,"也记住你说的话了,你等着。"

等人都走远,宋义才透口气:"讲那么多理干什么啊?又不是女生。叶斯,你现在都被学神给……叶斯?"

宋义用胳膊肘撞叶斯的时候发现他在发抖,不是那种细微的神经紊乱,而是整个人抖得很厉害。他垂着头,头发遮住了眼睛,让人看不出情绪,只能看见汗水顺着发尖滴落。

四周突然变得静谧无比,只有他的喘息声。

"怎么了?"宋义一下子严肃起来,伸手握住叶斯的肩膀,"你是不是哪里不舒服?早上没吃第二轮就跑出来,低血糖了?"

"你先走。"何修皱着眉拉了宋义一下,把他从叶斯身边拉开,又看简明泽一眼,"你们先回去上课,第一节数学课,帮我和叶斯跟老马请假。"

"义哥,你先走。"叶斯低着头说,抬手在宋义身上揉了一下,"回去说,先带小简上课去。"

"啊……"宋义动了动嘴,半截话头卡在了嗓子眼里,"行吧,那……先走就先走呗,还义哥……你别说,义哥还挺好听的。"

一直没说话的简明泽被宋义逗得扯了扯嘴角,好像松了口气,走的时候又担心地回头看叶斯一眼,叶斯的脸色很白,冲他摆了摆手。

两个人离开后,这个僻静的死角里就连最后的动静都没有了,只有深深浅浅交错在一起的两道呼吸声。

叶斯的呼吸声越来越短促,随后他慢慢地躬下背,双手撑在膝盖上,感觉有汗水滴落。

"为什么会这样?"叶斯在脑海里问SD,"这不是我的脑内世界吗?我的心脏病不是被你设定封住了吗?那怎么我现在又心悸了……"

"放松,深呼吸,把你的思绪排空。"SD飞快地说,"封住了你的先天性心脏病,但即便健康，人的情绪大起大落还是会给心脏带来负担。刚才那家伙踩在你脑袋里绷着的那根弦上了，你要让自己快点冷静下来，冷静下来歇一歇就好了。"

叶斯没有再回应，闭上眼睛努力喘着气，放空思绪。

一只手突然搭上叶斯的头，很轻柔，在他的头上摸了摸，而后又顺到后背，就那么从上到下一下一下地缓缓捋着。

何修蹲下来拆开一块巧克力送到他嘴边："低血糖加动肝火，肯定很难受，把这个含着。"

叶斯连嘴唇都在发抖，抖着把那块巧克力抿进嘴里，甜味立刻化开。两秒钟后，他感觉心跳好像稳了一些，那股眩晕感没了。他动了动手指，拉住何修的衣服。

系统没骗他，确实不是真正的心悸，只是个连锁反应。

"那个人碰到你的逆鳞了吗？"何修的声音很平静，伸手架着叶斯，缓缓让他站起来，然后说道，"把他说的话忘了，渣子就是渣子，为了渣子一番话而胡思乱想不值得。"

虽然叶斯只弯了一会儿腰，但站直身子的那一瞬间还是有种恍然感。阳光直接晃在头顶，干热、刺眼。他看着握住自己两边肩膀的何修，何修的眼白很白，所以才显得眼珠格外黑，和他对视时烦乱的心会静下去一些。

叶斯盯着他看了一会儿，突然把头低下。

"同桌——"叶斯闷声说，"我心里好烦。"

"你闭上眼。"何修平静道。

叶斯"嗯"了一声，闭上眼："做什么？"

"想象一下，你那颗扑通跳动的小心脏。"何修的语气很轻，"一颗红通通的小心脏，下面吊着一根绳子，绳子的另一端是个竹篮，竹篮里有两块拳头那么大的秤砣。"

叶斯用心感受着，何修说的话很有画面感。神奇的是，他的心跳随着何修的话慢慢平静下来，但一下一下跳得比刚才重，好像真被两块死沉的秤砣坠着一样。

何修继续说："现在，你伸手轻巧地把绳子取下来，把那一篮秤砣提在手上。现在全部的重量都在你手上。"

过了好一会儿，叶斯"嗯"了一声："在手上了。"

何修从他手中接过，猛地往自己肩膀一按："现在分给我了。"

不知是不是错觉，叶斯感觉手上好像真的突然一轻。他一下子抬起头，有点茫然地看着何修。

何修笑着说："你现在没事了，没有东西压着你，你可以放松地喘两口气，晒晒太阳。"

让他一提醒，叶斯才恍然意识到后背已经被上午的阳光烤得暖洋洋的，一阵风吹过，人瞬间透过气来。

叶斯愣了好一会儿，过了不知多久才猛然回过神。他舔了一下有些发干的嘴唇，问道："你在哪儿学的这些？"

"没有学。我感觉你心事很重，就想办法帮你排解一下。"何修说，又有些不好意思，

225

"是不是很幼稚？"

"是很幼稚。"叶斯点头，"但我好多了，真的，奇效。"

何修的眼睛一亮："真的吗？"

"嗯。"叶斯拍了拍他的肩膀，也突然乐了，"反正我心里的秤砣现在你肩上了。"

"是啊，压死我了。"何修叹了口气。

"啊……真是……"叶斯忍不住又低头一通乐，乐完了下意识地勾起嘴角。

叶斯揉揉肚子："出校门补个早饭吧，你吃过了吗？"

何修吃过了，但他面不改色地跟着揉揉肚子："没有，我快饿死了。"

"那正好。"叶斯更加有兴致，"我们去吃个煎饼吧。"

"可以。"何修点头，"再来一碗红豆粥。"

叶斯"哒"了一声，扬起手，何修跟他击了下掌。

两个人往能翻墙的地方走去，叶斯原地屈腿往上一蹦，双手勾住围墙顶，人挂在上面往上翻。他的T恤被托起来，露出一截紧实的腰，在阳光下泛着一层淡淡的独属于少年的光泽。

叶斯很快就翻了过去，等何修也翻过来，他突然想起什么，笑眯眯地冲何修喊："嘿！"

"哈！"何修又忍不住乐了，"你真挺有毛病的。"

"那你不也回了嘛。"叶斯瞪眼。

"都有毛病，谁都不差。"

何修笑着推了他的肩膀一下。

"学神推了校霸……"他笑道，"神奇啊。"

叶斯点头："是啊，英中特色。"

校门外有一家绿豆煎饼，老板比较懒惰，不经常出摊，所以能不能吃上完全随缘。

很幸运，他们随到缘了。

老板把熬好的绿豆面糊舀一勺倒在巨大的炉盘上，然后用一个带把的小木条一样的东西飞快旋转着把面糊摊开，转了两圈就转成一张又薄又大的饼，散发出令人愉悦的绿豆和小麦混杂在一起的香味。

叶斯深吸一口气，感觉很有食欲，有些期待地看老板在饼上刷酱。

"你担心的事——"何修突然看着他低声说，"不会发生的。"

"嗯？"叶斯心里一颤，抬头看他，"你说什么？"

何修收回视线，看着那张巨大的煎饼低声道："不管你在担心什么，都不会发生。你很健康，即使以后的事有无数种可能，都能一直走下去的。记得我说过吗？未来一定会有的，我们都会有的。"

叶斯愣了愣，卖煎饼的老板突然问道："你们吃辣吗？"

"吃！"叶斯飞快地回道，然后又回头看着何修。

何修说完那句话就没有动静了,专心致志地看着老板做煎饼,像是什么都没说过。

叶斯深吸一口气,点头:"必须有。"

绿豆煎饼很香,夹着鸡蛋和油条,半个煎饼吃下去就感觉人活过来了。

叶斯跟何修并排站在围墙底下,谁也不说话,各自专心致志地吃。叶斯吃完后从兜里掏一把纸巾出来,在里面拨一拨,抽出带小耳朵的把嘴一擦,然后满足地叹了口气。

"走吧,回去上课。"叶斯说。

何修看一眼时间:"第一节要下课了。"

"那就直接去找老马。"

叶斯灵巧地翻过围墙,到顶上后没立刻下去,而是坐在上面晃着两条腿等何修也上来了,再两个人一前一后地一跃而下,落在满是树叶的松软泥土上。

叶斯说道:"简明泽耽搁不起,这件事得直接找老马,我想不到更好的解决办法。"

"加一。"何修点点头。

"报告!"叶斯大大咧咧地站在老马的办公室外。

何修平静地说:"报告。"

几秒钟后,门被打开,老马一脸无奈地出现在门口:"你们——"

"我们又来了,老师。"叶斯笑着挤进去,在空荡荡的办公室里四处看了一圈,"小简没来找您吗?"

"找过了。"老马叹口气,"明泽一下课就来和我说了今天早上的情况,但不是为了他自己,而是让我不要怪你们逃课。他说你也不舒服,你现在怎么样?"

"我好了。"叶斯连忙点头,"就是被傻子气得有些眩晕,吃套煎饼就没事了。"

老马叹口气:"你们坐下吧,我们商量商量这件事如何处理。"

"我们商量?"叶斯愣住,指了指自己跟何修,"这事还有我们参与的空间吗?"

"有。"何修替老马点头,又掏出手机,"我让小简也过来。"

老马的办公室有个小冰箱,他从里面拿出冰可乐,又给抓了一把瓜子。

"还真有这玩意儿。"叶斯拿起一个瓜子磕开,舒服地跷起二郎腿,"老师,行啊,你挺会享受。"

"给你们准备的。"老马笑笑,又叹口气,"要不给你放一天假去医院看看吧,高三了,小毛病也别不放在心上。"

叶斯愣了愣,看着老马意味深长的眼神,突然明白过来,把瓜子皮吐了。

"上次家长会我爸说什么了吧?别听他的,他一把年纪了还没我靠谱呢。"

老马被他气乐了,摆摆手:"行,那你就在学校好好上课,下周要期中考试了,好好复习。"

"我尽量。"叶斯闻言严肃起来,"我尽量不做那个在(4)班名次排出前五十名的尴尬哥。"

老马闻言摆手:"这倒无所谓,你多写写过程,总不可能考得太差。"

叶斯无语了，余光里突然感觉何修好像在冲自己笑。他一扭头，却见何修正满脸严肃地对着办公室角落的盆栽。

叶斯也朝那个盆栽看了两眼，没看出什么问题来。

可能是宇宙哲学深奥，不是他这种学渣能看明白的。

"报告。"简明泽的声音响起，推门进来，"老师。"

"进来吧。"老马站起来，给简明泽搬了一张一看就软乎乎的椅子，"明泽，有不舒服吗？"

"没有。"简明泽笑了笑，"其实没什么事，还没被怎么着叶斯就来了。"

"你们叶神是我见过的最有神通的一个学生。"老马笑着说，又正色道，"这件事情老师已经知道了，尹建树这个孩子品行问题太严重，我的意思是由我向校长建议先让他休学，然后我们再和他的家长接触交涉，但也要征求你们三个的意见，尤其是你，小简。"

"这么严重，直接休学？"叶斯惊讶地挑眉。

"这件事情的性质很严重。"老马说着皱起眉，"今天的事万幸叶斯路过看见了，万一没看见呢？万一看见的是其他胆小的同学呢？明泽的身体开不起玩笑，真要被不明不白的人打一顿，就是性命攸关的大事。"

简明泽顿了顿："其实……我没有一定要把尹建树怎么样的想法，但确实要保证这种事不能再发生，我离手术期很近了，离高考也很近了，哪一样都耽误不起。"

叶斯愣着没吭声，老马看了他一眼，又看向简明泽，点头道："那就这么办，我去找校长聊。我做班主任的，保护自己的学生才是第一位的。"

"谢谢老师。"简明泽对老马鞠了一躬，又转过来对着叶斯跟何修挑起嘴角："叶神、学神，我就不谢你们了，你们帮了我太多次了，我们是朋友。"

"是朋友。"何修点头说。

叶斯跟着点点头，片刻后，又犹豫道："今天那个渣子说的那些话……"

"都是在瞎说。"简明泽笑起来，小眼睛里有一股坚定，"这些想法，刚生病那会儿我都有过，我那时候想的比他说的还要难听得多呢，但这些都是心魔。无论手术结果怎么样，前方有什么在等着我，我现在都得咬紧牙关走下去。"

何修微微偏着头看着叶斯的侧脸，叶斯愣怔地看着简明泽，两只手无意识地攥紧。

简明泽温和地笑笑，垂眸说："除非上天拿走我的性命，不然我不会放弃人生。我要活下去，要考R大。尹建树是好是坏都与我无关，因为我只在意自己的人生，你明白吗？"

叶斯过了好一会儿才轻轻地点了一下头。

老马叹口气："你们每个人都不一样，但都是非常好的孩子。这件事有老师处理，你们排除杂念，回去该看书看书，该吃饭吃饭，去吧。"

"嗯。"简明泽点点头，看了叶斯跟何修一眼，"我先走了，去物理老师那儿问道题。"

叶斯二人并肩往外走的时候，看见简明泽一如往日般沉稳、平和地走过拥挤的走廊，走到尽头往老师的办公室那一侧拐了个弯，仿佛这天什么都没发生过。

事情没有闹大，叶斯心里那股震撼却无法描述，尤其是简明泽看着他对他说出"我不会放弃人生"那几个字的时候。

叶斯突然垂下头，摸了一下眼角，指尖留下温热的触感。

何修看着他："怎么了？"

"没事。"叶斯深吸一口气，又笑了，"被我们小简同学帅到了。"

"他是很厉害。有些人就是这样，看起来温和甚至怯懦，但心里的强大旁人很难想象。"何修点点头，又叹气摇头道，"但我没觉得他帅，最多算睿智……你觉得他帅吗？"

"啊？"叶斯被问得一愣，皱眉道，"你的关注点很奇怪。就算他长得不帅，但现在夸一句帅难道不觉得很应景吗？"

何修不赞同地摇头："我说话只为了表达真实的想法，不会为了应景。"

叶斯张张嘴，又茫然地把嘴闭上了。

两个人走到后门口，叶斯突然又想起一件事来："快期中考试了，你要装模作样复习一下吗？"

"要。"何修点点头，"打算今天晚上开始去宿舍的自习室复习。我要把数学所有公式和重点题型分模块再梳理一遍，物理和化学也要做类似的整理，你一起吗？"

"行啊。"叶斯眼睛一亮，"我正……正想说也复习一下，那就一起吧。"

"好。"何修勾勾嘴角。

一天的课下来，叶斯忍不住回了好几次头。简明泽听课很认真，但偶尔身体撑不下去就会趴在桌上，再起来的时候仍然专注。

早上发生的事，好像真的对他毫无影响。

叶斯看着简明泽觉得心口发热，像有一股劲在使劲地撞，想要冲出来，学习效率也比以前高了不少。前三节晚自习他做了一套理综试卷，课间都没上厕所，拿耳塞塞住耳朵，隔绝教室里走动、说话的声音。

第四节课正好对答案。这套题难度算偏高的，叶斯小心翼翼地算着分，算到最后，发现用自己的正常水平答下来有一百九十五分左右，如果算上因为马虎丢分的两道选择题，就上两百分了。

黑板上的倒计时显示距离高考还有二百九十天。

这个数字让人很有安全感，至少不会觉得未来毫无希望。

何修一直低头打着游戏，叶斯看了一眼时间，距离放学还有二十分钟，这才意识到身边这个人坐在那里专心致志地打了将近四个小时游戏，比他这个自己掐时间考理综的都专注。

叶斯忍不住凑过去："到底玩什么呢？"

"啊？"何修专注地盯着屏幕，正操控小人放箭射击远处的一小拨怪物，闻言紧张地扭头看了他一眼，"嘘——"

叶斯无语地砸了咂嘴。

229

何修操纵着小人从几个怪物背后绕到高地，躲在一块大岩石下。风吹过，怪兽突然回过头往这边看过来，小人"嗖"的一下蹲进草里。

"你得小心点，不能让他们发现。"何修低声说。

"哦。"叶斯恍然大悟，看着紧张得瞪大双眼的何修，突然忍不住低头拍着自己的大腿一通狂笑。

"别笑。"何修有点局促，皱眉说，"我马上就要拿到勇者之心了，看到他们守着的洞穴了吗？我怀疑勇者之心就在里头。"

"哦。"叶斯点点头，默默退回自己那边，撕下一张便利贴，写了"笨蛋"两个字，把便利贴有胶的那一面朝外按在右手手心，然后舒展胳膊伸了个懒腰。

胳膊伸过何修后背时，他动作自然地拍了一下："你都驼背了。"

何修小声地说了句："我明明坐得很直。"

简明泽在后头笑起来，叶斯回头看他一眼，比了个"嘘"的手势。

叶斯正无声地嘿嘿乐着，突然感觉身后有人，于是猛地回过头。

老马就站在后门外，正一言难尽地看着何修打游戏，看了一会儿屏幕，又看到何修后背上贴着的一张写着"笨蛋"两个字的字条。

老马的嘴角抽了抽，瞪了叶斯一眼。

叶斯紧紧抿着嘴不让自己笑出来，在底下踢了踢何修。

"马上好。"何修说，他紧张地换上炸弹箭，准星瞄准远处最后一头怪兽的眼睛，一击即中。

"呼——"何修把游戏机放在桌上，伸直胳膊，叹息道，"终于全部消灭了，这是我最后一支炸弹箭了。"

"是吗？"老马突然在背后说。

何修身子一僵，下一秒，旁边的叶斯、后面的罗翰和简明泽都忍不住笑出声。

他瞪着叶斯。

叶斯笑得最没形象，一脚把前面的温晨连人带凳子蹬出去好长一截。

"哈哈！"叶斯捂着肚子，"同桌，你太可爱了吧！"

"好了，好了，都收收！"老马从怀里抽出一小沓数学竞赛试卷放在何修的桌上，用手指敲敲他的桌子，"今晚写完，明早送我办公室。"

"这有四套。"何修皱眉道，"这样我没时间睡觉了。"

老马神色平静："白天睡吧，我知道你不听课，各科老师这学期都跟我反映过很多次了。"

叶斯笑得恨不能抽过去，特别想指着何修说"你也有今天"，甚至想给他拍个大头贴。

何修面无表情地把几张数学卷子折起来，放进书包里，仿佛刚才什么都没发生。

"我来说一件事——"老马从后门走到前门，又站在讲台上，"高一（2）班的尹建树同学，经过校方和他本人以及家长的沟通，暂时休学了。今天早上发生的事我知道在学校里已经传遍了，现在你们都有手机，东一个贴吧西一个论坛的，学校不可能堵住每个同学的嘴。所以我干脆把这件事的官方处理结果和大家说一下，以免有人一直来回猜。"

老马顿了顿继续说道："我很庆幸，今天早上我们班有同学刚好路过事发地，幸好这位同学不怕事、愿意为同学仗义出手，否则今天就不是一个学生暂时休学这么简单。"

叶斯被说得脸上有些热，明明没多大的事，也没闹出什么来，但老马三番两次直接点他的名字，把他搞得不好意思了。

"还是那句话，高三只有一次，生命也只有一次。希望大家遇事能够冷静，在冷静的基础上能拉彼此的时候就拉彼此一把，你们坐在一个教室里，都是比亲兄弟姐妹更亲的一家人。"老马说着笑了笑，"叶斯，小简的爸爸来了，等会儿放学你来一趟办公室，何修也来。"

"啊？"叶斯张大嘴，"干什么？"

"我爸可能想谢谢你。"简明泽在背后低声说，"他刚发微信问我你爱吃什么，我让他多买了点巧克力什么的，你还爱吃什么？"

"不用了吧！"叶斯震惊得瞪大双眼，指着简明泽，"我告诉你，别跟我来这套啊，要不然下次我不帮你了。"

简明泽低头闷笑，何修也笑。

"放学快溜。"何修说，"你快跑，我帮你殿后。"

叶斯松了口气，对他比了个OK的手势。

尹建树这事说大不大，说小也不小。各班人陆陆续续都听说他被休学了，但似乎没多少人议论八卦。高三的都在忙着准备篮球赛和期中考试。至于高一的，和高三如同生活在两个平行宇宙，彼此什么样谁都不知道。

叶斯倒是课间去高一那边晃过两次，在高一（2）班前后门走两圈，确实没见到尹建树，只见到左边靠窗第一排有一张空桌子。

他还抓了两个（2）班的男生问了一下，那个空座果然就是尹建树的座位，是他之前考第一名后特意要求的，还说不能有同桌，不想学习的时候被打扰。

"我觉得他就是在学你。"叶斯厌恶地皱眉，"我头一次见到这样的人，属癞蛤蟆的吧，太恶心了。"

"无所谓。"何修平静地说，"他模仿的这些都很莫名其妙。其实我那三……两年最后悔的就是一个人占了两张桌子，没有同桌。"

叶斯"哼"了一声："那你后不后悔当时没第一时间跟我'哈'啊？"

"特别后悔。"何修真诚地看着他，"这件事我错了，叶神，别再拿这事取笑我了，我是笨蛋。"

"你还知道啊。"叶斯得意地挑了挑眉。知道何修已经看破他正要偷偷贴他身上的字条，于是厚着脸皮把手缩了回来，揣进兜里。

他手心里那张写着"笨蛋"的字条这会儿是贴不出去了，但必须要在打上课铃声之前贴出去！"

何修叹气道:"你什么时候开始养成给我背后贴字条的习惯了？"

"就这两天。"叶斯扬起嘴角,"好玩着呢,不要打扰我的兴致。"

"行吧。"何修无奈地看了叶斯一眼,"随你了。"

六进三那场球赛打得很激烈,叶斯跟何修坐在底下扶着"(4)班出击"的加油牌,到离比赛还有五分钟结束的时候罗翰下来问他们要不要上去跑一跑。

何修扭头看过来,叶斯犹豫了一下,摇了摇头。

罗翰说道:"比分基本定了,上去玩玩呗？你们不是还没一起上场过吗？"

"伤还没完全好。"叶斯笑眯眯地说,"要不学神上去玩玩吧。"

"那我也不去了。"何修立刻说,"上次只是替大翰,我对打球没有那么大瘾。"

罗翰点点头就回去继续打球了。

何修看着叶斯,低声担心道:"还痛吗？再去一次医院吧。"

叶斯摇摇头:"别打扰我看球,嘘。"

等何修叹着气目视前方,叶斯才飞快地扭头看了他一眼。

其实他也想跟何修一起打球,传个球,击击掌什么的。

叶斯叹口气,在裁判吹哨的那一刻起身拽起书包:"我爸回来了,今晚直接回家,周末不一定去面馆。"

何修也站起来:"一起出校门吧,我也回家一趟,周末有事就微信联系。"

叶斯点点头:"嗯。"

"酥皮芝麻糖还没吃完呢。"何修笑笑,"我星期天带我妈做的玉米面小贴饼回来给你吃,蘸甜杏酱,特别松软。"

叶斯一脸正气地点头:"来半打,谢谢。"

(4)班的人都在忙着庆功吆喝,观众席少了两个人都没人发现。

操场上人声鼎沸,越往校门外走越冷清,叶斯跟何修并肩走到校门外,叶斯突然问:"所以你……周日回来？"

"嗯。"何修点头,"周日下午两点半的车,五点进H市,刚好赶上晚自习。"

两个人都没吭声,就站在校门口。

过了好一会儿,叶斯叹气说:"行吧,那你别忘了给我带小贴饼回来,听起来就很好吃。"

"会的。"何修笑笑,"我再看看家里有什么别的好吃的,全部给你带回来。"

"行。"叶斯也笑了。

何修每次说起家里的好吃的,平时那种疏离感就没了,笑起来很温柔。

"那我走了？"何修看着他,抿了一下嘴唇,"我去车站坐车,和你反方向,拜拜吗？"

"拜拜。"叶斯点头,又突然往前走了两步,"路上保重。"

何修伸手在叶斯的肩膀上拍了拍："过两天就回来了。"

"嗯。"叶斯重重地点头。

叶斯一直看着何修走远，才把书包往肩膀上一挎，埋头快步走到街角，拉开如实书铺的门，一头扎进去。

"来啦。"实哥坐在一把新买的摇椅上眯着眼看他，"叶神这学期变化不小啊。"

叶斯本来直接往里走，听到他这话又两步退了回来，眯了眯眼，问他："什么变化不小？"

"那股警惕的、不好惹的劲好像没了。"实哥想了想，"我疯了吧，竟然觉得你看起来有点学生气了？"

叶斯皱眉："我本来就是个根正苗红的好学生。那个……除了上次卖我的那些，最近还有没有什么新的学习资料？"

实哥费劲地回忆着："上次……上次你好像把热门的几个系列都买走了啊，这么快就写完了？"

"有一个系列还没有写完，但那个不急。"叶斯四处环望一圈，"其他的都看完了，也做得差不多了……你的眼睛怎么了？"

实哥的眼睛瞪得像鹌鹑蛋那么大："我没听错吧？"

叶斯"啧"了一声，踢踢旁边一摞捆好的英语听力书："再给我找些题做吧，最好是围绕知识点出题的那种。"

"行吧。"实哥叹口气，走过来弯腰在一摞书里翻了翻，"还要基础的吗？"

"不需要。"叶斯歪头想了想，感觉这事有点神奇，"我同桌按头给我狂补基础知识，天天拉着我灌输知识，我感觉自己的脑袋上插了个漏斗，他天天拿着成吨的知识往里倒。"

"那这同桌挺好啊。"实哥竖了个拇指。

叶斯嘿嘿一乐："我也觉得特好。"

实哥翻了半天，翻出来几本浅蓝色书皮的练习册，挺厚的，有数学、英语和理综。

"一往无前——"叶斯读了一遍封面上的字，"没听过这个系列啊。"

"今年新出的，但我看几个学生家长都来找，说是不错。"实哥麻利地抖开一个大塑料袋把书装好，"你回去做做吧，不行就再来找。哦，不用给钱了，上次你给的钱够再买两轮了。你等我系统里登记一下就行。"

叶斯随意地点头："谢了。"

实哥的电脑出了点问题，库存系统卡住加载不出来，他开始乒乒乓乓地试图用摇晃显示器来解决故障。

叶斯在旁边百无聊赖地站着，东看看西看看，后来视线定格在一旁放着的菜篮子上。

"别动我买的菜啊。"实哥余光瞟到他，"我晚上还要给朋友做一桌饭呢。"

"抠死你算了。"叶斯瞟他一眼，顺手摸了个鸡蛋出来，在手里转着。

实哥买的是那种很精致的有机鸡蛋，小小一只，蛋壳摸起来还挺光滑的。叶斯想到那个物理常识，用力攥了攥，鸡蛋果然没碎。

他笑呵呵地把蛋托在手心，举到阳光下。原本只是随意一玩，但明媚的阳光直接透过蛋，他几乎看见了鸡蛋里面的样子。

叶斯愣了一下："这是什么神奇的蛋啊？对着光看还能看见里面。"

实哥飞快地瞟了他一眼："大少爷没常识吧，新鲜的鸡蛋壳表面有很多小孔，是透光的。"

"这样吗？"叶斯把蛋在阳光下转了一下，又走到后面厕所去，关上门关上灯，在漆黑一片里打开手机闪光灯，照向鸡蛋。

"哇。"叶斯有些惊艳地看着周身透出光，映出里面仿佛宁静熔岩般质感的蛋身，感觉突然想到了什么。

他迅速打开灯跑回外面，把手机壁纸对着阳光举起来。

何修的小人穿着那件他最喜欢的衣服，站在山川抬头仰望星辰和云海。

叶斯在阳光下晃动着手腕，那张图片就跟着动了起来，光线在屏幕上闪闪烁烁，星海仿佛也流动起来。

叶斯突然愉快地打了个响指，拎着练习册，又顺手从菜篮里把剩下的那兜鸡蛋全部拿出来。

实哥面无表情地抬头："把我的鸡蛋放下。"

"一起买了！"叶斯说，"有急事，先走了！"

第十三章
瓢泼大雨时我会去接你

叶斯知道有蛋壳画，在鸡蛋底下开个小洞，把蛋黄、蛋白倒掉，清洗干净，剩下一个完整的空壳，然后在上面作画。

他之前其实也不是没想过，蛋壳画、剪纸画、软陶，连十字绣他都琢磨过，就是一直没定下来要选哪种。因为他觉得那张图很有意境，画在什么上都衬不出来那种感觉。但这天实哥给了他启发，如果把画好的蛋壳底下完整地截掉一块，放在一个灯架上，里面探进去一个小灯泡。灯亮起来的时候，小人仰头看着的星空应该也就亮了。还可以把底下的托架弄成可以转的，这样何修闲着没事可以拨着蛋壳玩，星空和小人都会跟着飞快地转。

真是个天才，他简直想捧起自己的脸亲两口。

叶斯回家后把衣服一脱，穿着一件黑色的小背心，一只脚踩在凳子上，左手按住一颗鸡蛋，右手拿着电锯嗡嗡嗡地就开始改造鸡蛋。

一筐鸡蛋很快就废了，他把冰箱里的蛋掏空，开始第二轮。

"我说——"叶父端着水果站在卧室门口，话音刚起，电锯接触鸡蛋，瞬间飞起一片白色的蛋壳沫子，里面的蛋黄、蛋白淌出来。

叶斯把电锯关了，皱眉看着那个黏糊糊的壳。

这已经是锯得最好的一次，但还是有点歪，边缘很不整齐，有一块往上裂了，估计熬不到画完就会彻底稀碎。

桌面已经没法看，场面非常惨烈。

叶斯气得脑袋疼，手一捏，"咔嚓"把壳捏碎，又拿起一颗新蛋。

"我说——"叶父清清嗓子，赶在叶斯按动电锯开关前飞快地说道，"你是不是就只想把鸡蛋大头那边完整地截掉一圈？"

叶斯回头看他，拿着电锯的那只胳膊扬了扬，用肩膀抹掉脑门上的汗："你有办法？"

"我可以试试。"叶父赶紧把果盘放下，"但不能用这种大电锯，这个太难控，要用小刻刀。"

"一圈圈割啊？"叶斯瞪大眼，用手掌侧面比画着在蛋壳上磨了磨，"是这么割吗？"

叶父点头："我小时候看村口做蛋雕的就是这么弄的。"

"行吧。"叶斯叹口气，"我知道了，我自己来，不用你上手。"

叶父"嗯"了一声，把果盘拿过来在桌子左右比画了一下，最后只好放在窗台上。

"儿子啊——"叶父看着叶斯的后脑勺，"你是不是……"

叶斯抬起头："怎么了？"

"没事，你搞吧！"叶父连忙说，转身往外走了两步，又觉得不稳妥，原地脱下拖鞋，赤着脚静悄悄地又走了回去。

叶斯正用左脸蛋和肩膀头夹着手机接何修的电话，一只手拿电锯一只手拿美工刀，皱着眉琢磨这两个东西到底用哪样能完美地割开一圈蛋壳。

"我下车了，再转一趟公交就进家门。"何修那边听起来有点吵，"你干什么呢？"

叶斯困惑地看着电锯，过了一会儿才说："学习。"

何修的声音听起来很愉悦："哦，对了，我就是想跟你说，我周末作业好像落在你书包里了，你回头帮我找找。"

"哪科啊？"叶斯夹着手机艰难地往旁边看一眼，书包掉在地上，上面盖了些黏糊糊的蛋液，他有点不想打开。

"六科。"何修说，"写完作业之后塞错书包了，还有整理的期中考试知识点，你别给我扔了啊。"

"行吧。"叶斯叹气，"同桌，你这日子过得有点蒙啊。"

"是有点。"何修在电话另一头轻叹了口气，"那我挂电话了啊。"

"挂吧。"叶斯说着，等电话里传来忙音，把手机往床上一扔，又咬牙切齿地打开了电锯。

小刻刀这个太考验手的稳准度了，叶斯还想再用电锯试一次。

弄完蛋壳还要画画，画完之后还要做一个小灯架，还要弄电线什么的。下个星期六就是何修的生日，在学校肯定不能搞，所以也就这一个周末。

叶斯咬着牙想，要是做不好，就管父亲要钱给何修买个市面上最贵的游戏机，然后装作什么都没发生过的样子，也很完美。

天才的计划啊……

叶斯割了一宿的蛋壳，到三四点的时候，第一个完美的蛋终于割好了——其实也就切掉半厘米那么宽的一小圈，让鸡蛋能立在桌子上，也能放进小灯泡。

叶斯双手捧着那个轻飘飘的蛋壳，坐在台灯底下忍不住满足地咧开嘴，余光突然捕捉到旁边穿衣镜里有个人捧着个蛋壳露出傻子般的笑容。

叶斯暗骂了一句，小心翼翼地把蛋壳放在架子上，又把那些打出来的鸡蛋封上保鲜膜放进冰箱。

三十多个蛋，够他和父亲吃好几天了。

画画的部分就相对简单,叶斯小时候学过画,算不上专业,但画个加油牌、蛋壳什么的还是绰绰有余。只不过不能用普通颜料,会把光封死,要用透光性好的染料。

"深蓝的夜空中挂着一轮金黄的圆月,下面是一望无际的山谷,山尖上站着一只猫,哦,不,站着一个何修同学。"

叶斯靠自言自语让自己打起精神,小心翼翼地用细针勾画出小人的轮廓,然后用毛笔蘸着染料一点点往上铺。他给何修画了个很圆的后脑勺,还在脑袋顶上画了往上翘的头发尖,一看就是个聪明的家伙。

被风吹起的披风右下角用浅金色的颜料写了不透光的几个英文字母。

From Yekachu(来自叶卡丘)。

叶斯创作兴致大发,又擅自把天边若隐若现的村庄改成一栋城堡,是价值五百万的城堡。

"我这辈子要是死了……"叶斯认真地盯着蛋壳,手腕细微地抖动,笔尖下带出一颗颗闪亮的星星,对 SD 说道,"就是活活幼稚死的。"

"我很欣慰你对自己有清醒的认知。"SD 打了个哈欠,"话说下周四的期中考试……"

"有数。"叶斯的说话声很小,怕影响自己手上的动作,"做完礼物就开启死亡学习模式。"

SD 好半天都没说话,等叶斯终于上完最后一点染料,把漂亮的深蓝色星空蛋壳放在旁边晾干,听见 SD 在他的脑海里感慨地叹了一口气。

"突然有点羡慕你们人类了。"SD 说。

"我主要羡慕何修。"叶斯认真地端详着堪称艺术品的蛋壳,"有我这么好的同桌。"

小灯架的部分很好做,叶斯拆了一个小时候父亲送自己的小夜灯,里面的灯泡刚好是那种暖色调又不过分发黄的颜色,灯泡的形状像毛笔头,能够完美地放进蛋壳里,蛋壳也能和底下的灯座固定好。

小夜灯的灯座是用做旧黄铜风格的金属弯出来的,搭配一个蛋壳有些不伦不类,但叶斯上下左右看了几遍,觉得还是能看习惯的。

通上电,星空亮了起来,叶斯按着蛋壳轻轻一转,穿着 Yekachu 斗篷的小人仰着脑袋和那片夜空一起飞快地转起来,光和影在蛋壳里波动,把一簇光辉透过星空影影绰绰地散发出来。

点亮了一个有些困倦的清晨。

"搞定!"叶斯猛地一拍桌子,"天才叶斯一宿搞定了史诗级生日礼物!妙蛙即将抱着灯感动落泪,一辈子铭记皮卡丘这个好朋友!"

"睡觉吧,儿子——"隔壁卧室传来叶父沧桑的声音,"熬了一宿,你的心脏还要不要了?"

"我的心脏已经好了!"叶斯喊了一句,揉揉酸痛的鼻梁,猛地扑到床上。

干活的时候没觉得困,身体挨上床的那一瞬间就累得再也爬不起来了似的。

叶斯用最后的力气在床上滚了一下，滚到正中间，然后把被子拉一角过来盖在肚皮上，迷迷糊糊中好像叶父进来了，轻手轻脚地把一桌子染料收拾好，又帮他把被子拉到肩膀，拉严窗帘，遮住了可能会影响睡觉的阳光。

窗帘一拉，刚才忘记关掉的蛋壳灯就成了屋里唯一的光源。叶父对着那个蛋壳灯愣了足有十几秒，过了好一会儿才屏住呼吸弯下身子，仔细地端详了一遍。

蛋壳搭配黄铜灯架，可真丑啊。

难以相信这玩意儿是儿子一宿做出来的。不，应该说，难以相信儿子一宿不睡觉就为了做这么个玩意儿。

儿子是没钱给朋友买礼物了吗？

叶父轻手轻脚地把灯关了，想了想，给叶斯卡里转了两千块钱。

叶斯一觉睡到第二天傍晚，睁眼起来先是迷迷瞪瞪地回了何修一天里陆续发来的十几条微信消息，然后才想起来作业还没写。

叶父把他的书包清理干净了，他晚饭吃了番茄炒蛋、蛋炒饭和厚蛋烧，然后铺开作业开始学习。

何修的作业确实全部在他的书包里，还有那份密密麻麻的知识点。

叶斯实在想不明白何修到底是什么时候整理的，明明白天不是在看漫画就是在打游戏，只偶尔玩累了扯过纸来随手写两笔。

于是就有了这厚厚的一沓复习资料，看完包上六百分的那种。

"竟然落在我书包里了。"叶斯一边誊写着知识点一边自言自语，"自己写完也不看，也不知道写这些有什么用，全便宜我了。"

叶父敲了敲门："吃西瓜吗？"

"吃。"叶斯点头，把学习资料往旁边推了推，腾出一块空地放盘子。

"学习啊，儿子。"叶父感慨地叹口气，"你现在能考多少分？"

叶斯想了想，觉得没必要跟父亲撒谎，毕竟他对那些分数和排名没概念。

"五百三四十分吧。"叶斯心算了一下，又说，"我以前基础还不错，虽然荒废了几年，但恶补起来也还成。"

"五百四十分——"叶父点点头，"我了解过，五百四十分差不多能上重点本科了。"

叶斯摇头："我得往六百八十分以上使劲。"

"那么高啊？"叶父震惊，"你要考哪儿去啊？"

叶斯淡然地勾起嘴角："P 大，医学院。"

"你要学医？"叶父震惊之余又严肃下来，"为……你是不是想……"

"嗯。"叶斯平静地写着化学方程式，"我现在的想法是能上就行，但如果有得选，我以后想攻心脏外科方向，希望能让这个世界上少几个心脏病的家伙。"

叶父抬手在叶斯的后背拍了一下："儿子长大了，我以前觉得你能不把人打进医院我都烧高香，没想到现在都开始计划救死扶伤了。"

叶斯笑笑没说话，等叶父起身走了，又平静地翻过一页卷子，继续埋头写起来。

之前何修跟家里纠结报建筑还是报金融专业的时候，叶斯也想了一下自己的未来。虽然说能够活到高考后的概率仍然很渺茫，但既然何修说未来一定会有，他就忍不住先幻想一下。

前两所大学不是说考就能考的，每年有实力考上的人其实不少，但最后真能去上的没几个。很多时候结果不只看人，也要看天。

P大医学院比P大的基础录取分数线低，而且在本省招生指标还算多，上一届最后一个压线录取的是六百七十四分。那些选专业的书他也翻过，经济、法律、建筑、土木，他都没什么兴趣，只有看到"医学院"三个字时，心里好像有盏小灯泡亮了一下，仿佛有种微妙的宿命感让他想要往那个方向使使劲。

叶斯轻轻呼出一口气，而后打开抽屉，掏出一个硬壳笔记本，翻开，在首页写下自己的目标。

期中考试，真实水平要冲刺五百五十分。数学是他的强项，希望能考到一百二十分。然后希望期末考试能再提三十分，考到五百八十分。至于之后，就等一月份全省一模看看大致的排名再做规划。

叶斯在本子上写下几个时间节点，画了一条横线，另起一行写下"P大医学院：六百八十分"。

又起一行，写下"活下去"。

最后一行：争取大学里跟何修做对门。

叶斯勾勾嘴角，感觉心情很好。

手机振动起来，是"混子大队"群有新消息。

宋义："明天决赛三队打两场，抽签结果出来了，（12）班先和（6）班打，赢了的和（4）班再打。"

叶斯："嗯。"

宋义："你们来不来看？"

吴兴："看吧，要不在家待着也没什么意思。"

叶斯犹豫了一下："我不去了，快考试了。"

宋义发了一屏幕的问号表示震撼，叶斯懒得多解释，直接关掉群消息提醒，然后点开何修的对话框。最后一条是他刚才睡醒的时候发的，回复了何修中午发来的消息，说自己刚睡醒，何修回了一个"皮卡丘睡午觉"的表情包。

叶斯敲下几个字："我有点无聊，你干什么呢？"

他敲完又删掉，觉得很没事找事。

何修肯定没交过这么烦人的朋友，不会跟他绝交吧？

交友不易，叶斯叹气。

叶斯学到后半夜，又躺在床上听英语，快到早上才迷迷糊糊睡过去。再醒来时，是被窗外轰隆的雷声和雨声吵醒的。

叶斯猛地从床上坐起，窗外的天阴沉沉一片，暴雨如注，整个世界都飘摇在一片震耳欲聋的雨声中。

他睡出一身汗，手有些软，拿起手机一看——下午五点十分。

屏幕上显示一排未读消息，最上面一条是五分钟前学校发来的："H市重度雷暴天气预警，高三年级今晚取消返校自习，明早正常上课。"

然后往下是班级群、球队群、"混子大队"群，说的都是暴雨突袭取消球赛的事。

叶斯直接找到何修的对话框，何修十五分钟前给他发了一条消息。

何修："雨太大了，车还在高速上没进H市，感觉晚自习要迟到。"

叶斯又看了一眼时间。

何修本来说下午五点能进H市，但四点五十五分还在高速上。

他知道晚自习取消了吗？

叶斯给他回了条消息，然后下床找水喝。

叶父正在小屋和生意伙伴打电话，看叶斯出来冲厨房指了指。他走过去打开冰箱，看见父亲煮好了的绿豆汤。他偷偷舀了两勺糖进去，用勺子搅拌开，然后猛灌了一气。

肚子饿得都有点瘪了，冰箱里有不少保鲜膜封好的蔬菜和肉，估计老父亲是想等他起床涮火锅，结果他一直没醒。

不过这回好了，晚自习取消，也不用着急了。

叶斯突然想起什么，掏出手机看了一眼，何修没回消息。

他又发了一条："进H市了吗？"

何修依旧没回。

他便直接给何修打电话，信号好像很不好，何修接起来说了几句，断断续续的，他就听见了"开不动"三个字，又听见了"等着"，然后就彻底失去了信号。

叶父走过来扬着嗓子喊："晚上吃火锅行吗？你们学校发没发放假通知？我听说别的学校都发了。"

"发了。"叶斯说，"我得出去一趟。"

"这么大雨，你上哪儿去？"

"我同桌坐大巴从他家那边回来，车好像在快进H市的高速上抛锚了。"叶斯说着已经抓起外套，又顺手拎了叶父的车钥匙，"我去找找他。"

"我跟你一起。"叶父连忙把车钥匙抢回来，在叶斯的脑袋上打了一下，"小兔崽子，考驾照了吗？就明目张胆地拿我车钥匙。"

"快点，快点！"叶斯着急得拎起两把大伞，"何修估计在大巴上干等着呢。"

雨大得可怕，叶斯印象里这么大的雨只在小时候见过一次，撑着大伞都没用，风一吹，雨立刻就把身上淋了个透。

叶父把车从车库里开出来，叶斯钻进副驾驶座，带着一身的水，进车收伞的时候车座也瞬间湿了半边。

轰隆一声，又是一声巨雷。

"你再给何修打一个电话。"叶父皱眉道，"怎么这么大雨啊？别真出什么事。"

电话拨过去半天都没通，最后直接响起挂断音。

"直接去找人吧。"叶父系上安全带，"那条高速我总跑，估计就是在309那一段停了，那里路况不好，总看见超载的大客车出各种故障。"

车子引擎轰的一声，在瓢泼大雨里开出一条路，猛地蹿出去。

街上一辆车都没有，世界很安静，只有大雨。

叶斯透过车窗看着外面水雾弥漫的世界，心里发慌。

"你别急。"叶父把雨刷调到最大，"大巴车就算停在高速上也没什么，司机都有经验，把警示灯摆在车子前后，就算是这么大雨隔一两百米也能看见。"

叶斯"嗯"了一声，也知道不会有什么事，但就是觉得心里像有什么在抓似的。

"再开快点。"叶斯说，"今晚就让何修住我们家吧。"

叶父点头："让他睡你屋，明天早上我送你们返校。"

"别了。"叶斯连忙摆手，"我洁癖，我睡沙发就行。"

"你们两个大小伙子自己折腾去吧。"叶父叹口气，"我本来还要飞X市，结果……这天气。"

高速应急车道上停着一辆大巴车，车上坐满了人。

雨声轰鸣，天际又一道巨雷滚过，轰隆隆碾压过耳膜。车上的人一阵惊呼，然后叽叽喳喳又吵开了。

这趟线何修坐了数不清多少次，总是出问题，不是空调坏就是爆胎，这天全赶到一起了。大雨加爆胎加空调坏，车里闷热到一种境界，还混着各种人身上难闻的气味。

何修紧了紧抱在怀里的书包，对着车窗外被雨雾完全模糊掉的世界叹了口气。

叶斯给他发过几条消息，他都收到了，但是回复不了，发出去的都变成红色的小感叹号。

司机也联系不上客运站，刚才顶着雨下车在紧急停车的位置前后摆了警示灯，然后就躺在座位上闭眼小憩，还劝大家淡定，要等雨小点才能联系客运公司派人来接应。

这些倒是无所谓，主要是……

何修拉开书包拉链，看着保鲜盒里那金黄色的小贴饼叹口气。

闷久了，小贴饼可能会馊。

"看着挺好吃的。"旁边的胖大叔突然说，"你要吃吗？"

何修洞察他的言外之意，冷漠地把保鲜盒又塞回书包，塞到最底下，把拉链拉好。

"给朋友带的。"何修冷漠地说道。

"哦。"大叔点点头，又烦躁地拿起电话开始狂打。

电话隔音不好，就连何修都能听见根本没打通，但大叔还在狂骂对方不接电话。

这趟大巴上人员很杂，平时老老实实地坐车还行，但一出点什么事就立刻能开起一场令人窒息的吵架大会。

何修揉了揉已经快被熏得失灵的鼻子，从书包里掏出游戏机，刚打开，游戏机屏幕就闪起低电量提示，然后自动关机。

何修终于没忍住低骂了一句，把游戏机收起来，看看手机电量还有百分之十八，有些茫然。

按这个雨势，等大巴车联系上客运站保不齐得晚上七八点了，再折腾回H市，手机肯定没电。

雨后不好打车，靠路边拦车的话估计也很难，能不能回得去都是个事。

小贴饼肯定没法给叶斯吃了，母亲说一定要在晚上八点之前吃掉，或者放进冰箱。

浓浓的失望感涌上心头，何修心烦地靠在靠背上，闭上眼，闭了一会儿又睁开眼，看着车窗外水雾迷蒙的世界。

透过被雨水不断冲刷的后视镜，他感觉后面好像有一辆打着双闪的小汽车靠近。开近了之后能看出是辆黑色车子，在大雨天里开得很缓慢，缓缓靠近。

何修叹口气，有那么一瞬间他竟然希望那辆车里坐着的是叶斯。

他心烦地闭上眼，过了一会儿又睁开眼，却发现那辆车没走，在客车后面停下了。

何修一愣，心里突然产生一种近乎白日梦的预感。

手机在他手心里振动了一下，又收到一条叶斯的消息。

叶斯："你发不出来能收到吗？你是在这辆丑不拉几的蓝色客车上吗？"

何修猛地抱着书包坐直。

蓝色！客车！丑不拉几的！

是这辆！

何修抻着脖子往后瞅，就看见一把巨大的黑伞出现在雨中。从大客车最后一扇窗路过，一直往前走到他的窗子底下，伞往上一扬，叶斯在伞下抬起头来。

何修自己都感觉自己的眼睛一下子亮了，隔着玻璃傻乎乎地使劲拍了拍窗。

叶斯在雨里使劲挥手，冲他喊话，他听不清，但他知道说的是"我来接你了"这五个字。

"让我出去。"何修立刻站起来。

大叔有些不忿地瞟他一眼："你怎么能联系上你家里人啊？"

"我用心灵感应。"何修根本控制不住疯狂上扬的嘴角，从大叔身边挤出去，背对一车看热闹的眼神。

"师傅，开下门。"何修站在台阶上，尽量用平静的语气说道。他的余光看见叶斯已经撑着那把超级可爱的大黑伞从车前面绕过来，站在门口等他了。

司机看他一眼，按了下按钮，一声撒气声中，车门缓缓打开。

叶斯用伞卡着门口，没让雨吹进来把何修淋湿。

"快过来！"叶斯在雨里眯着眼睛喊道。

何修立刻两步并作一步从车上蹦下去，车门立刻在身后关紧，叶斯伸手用力地把他往伞下一拉。

"缘分啊，同桌。这都能找着！"

"你来接我吗？！"何修听见自己兴奋的声音。

"对啊！"叶斯吼着说，拉着他往后走，"我爸开车来的，先上车再说。"

雨太大了，两个人都浇得透心凉，何修感觉雨水顺着自己后背往下淌，衣服都贴在身上，但他仍然觉得特别来劲，好像一点都没湿。要是有游戏里小人的那个小箭篓，他都能给叶斯表演一出雨中射鸟。

就是兴奋，他从来没这么兴奋过，轰隆隆的雨声突然变得带感，两个人紧紧地挨着往车那边走去。

叶斯在雨声里吼着问："你衣服湿没湿？"

何修看了一眼顺着自己胳膊往下淌的水："没有，你往自己那边打打。"

"你周末都干什么了？"叶斯兴奋地问。

"吃饭、睡觉、打游戏！"何修挨得更紧，"你呢？"

"学习，学习，学习！"叶斯吼道，然后在雨里笑得呛起来，"我的生命里只有学习！"

一整个昼夜颠倒的周末，因为在大雨里远离H市的高速上跟何修撑着伞一起走的这一小段，突然变得特别明朗。

那种兴奋劲就像要过年似的，不，比过年还来劲，过年其实没什么意思。

叶斯拉开车门让何修先进去，然后自己收了伞一头扎进去，"砰"的一声把车门关上。

两个人都湿成落汤鸡，伞上至少有一盆雨，车后座立刻灌得全部是水。

"你们快擦擦！小心感冒！"叶父丢过来两条毛巾，抬手把暖气打开，车里顿时响起空调呼呼的风声。

何修说了句"叔叔好"，便开始抹头发上的水，又擦了擦露在外面的胳膊。

叶斯其实湿得更厉害，毕竟还有从车里走到大客车那一段，基本上从头湿到脚，反而没有擦的必要了。

"我感觉我正在长蘑菇。"叶斯说，"赶紧回家，吃火锅前我得先洗个澡。"

"好嘞。"叶父麻利地发动车子，笑着说，"何修急坏了吧？等进市里有信号了给家里报个平安，今晚就在我家住。"

"谢谢叔叔。"何修立刻说，又犹豫了一下，"火锅？"

"对。"叶斯又兴奋起来，左手揉着自己的肚子，右手拉了一把何修，"晚上就在家里吃火锅吧，下雨就不出去吃了。"

"火锅就行。"何修连忙点头，心里十分满足。

他扭头看了一眼车窗外哗啦啦的雨，感慨地叹了口气。

感觉雨也变得好看了起来。

车子进 H 市区之后雨好像小了那么一点点，叶斯看着车窗外感慨："江的水位又要涨了。"

何修点头："嗯，每次暴雨后都要涨。"

"等天晴我们去骑车吧。"叶斯笑眯眯地说，"等考完期中考试。"

"雨后天晴江边的空气特别好。"叶父在前面说，"我小时候下完大雨就特别喜欢去村里的河边玩，到时候我也跟你们去，我们仨可以搞个江边野餐。"

车厢里安静了一会儿，叶斯皱皱眉："你平时又不在市里，跟着凑什么热闹？"

"多陪陪你。"叶父说，"你们老马让的。我都想好了，就下周，我推掉一整趟行程呢。"

叶斯张了张嘴，半天都没说出话来。

何修偏过头，发现叶斯面无表情地靠在后座上，望着窗外的雨帘打哈欠。

叶父兴奋地透过后视镜观察儿子的反应："高兴吗？爸可会野餐了，肯定把你伺候得舒舒服服的。"

"我好高兴啊。"叶斯毫无感情色彩地张张嘴，"你看，我满脸都写着高兴。"

叶父无限向往地搓了搓方向盘，随手打开车载音响，沙哑奔放的男嗓音顿时充斥整个车厢。

熟悉的旋律在车里响起，叶斯感觉那股倒霉劲散去了一点。他下意识扭头看何修，发现何修也正在看自己，一双沉静的黑眸似乎在强压着激动。

片刻后两个人同时扯起嘴角，何修无声地笑了好一会儿，又轻轻叹口气。

"谢谢你来接我。"何修看着他说。

叶斯得意地挥挥拳头："你要知道，你的同桌会在一个万众瞩目的情况下出现，身披金甲圣衣来接你！"

何修有点想笑，但心里很感动，点点头："因为我的同桌是叶神。"

"那是！"叶斯吼了一嗓子。

叶父嫌弃地回头看他们一眼，抬手把音乐的声音又往上调了几个格。

上楼的时候叶斯说自己内急，让他们在后面慢慢走，自己跑回屋迅速藏起蛋壳灯，又给父亲发了一条消息："不要提礼物的事。"

叶父的回信是伴随着钥匙声一起进来的："何修快过生日了啊？"

叶斯回了一个高贵的"嗯"字。

"叔叔，我帮您弄火锅。"

何修换了一双妙蛙种子的毛绒拖鞋，叶斯本来已经进屋了，探头看一眼又走出来，从鞋柜里掏出一双皮卡丘的换上。

"不用，你去屋里坐会儿，火锅没什么好弄的，我们三五分钟就开饭。"叶父说着突然想起什么，"你吃厚蛋烧吗？"

何修被问愣两秒，连忙点头："吃的。"

"辣椒炒蛋、番茄炒蛋、蛋花汤、香椿煎蛋，这些都吃吧？"

何修茫然点头："都吃的。"

叶父憨厚一笑："那就好了，我家最近鸡蛋特别多，帮着吃一点儿，过了今天就得扔了。"

叶斯有点紧张，坐在沙发上一边心不在焉地摆弄手机一边往两个人那边瞟。好在何修并没有起疑，只是点点头。

窗外的雨声和火锅沸腾起来的冒泡声融在一起，屋里很快就弥漫着诱人的香味。鸳鸯锅一半是辣的，另一半是番茄味的，旁边摆了满满当当一桌子的菜和肉。

主角还是肉，鲜红带雪花纹的大片肥牛堆在一起，看一眼就让人忍不住流口水。

叶斯用胳膊肘赶着何修进里面坐，自己一屁股坐在他旁边。

"你喝可乐还是雪碧？"叶斯问。

叶父在冰箱里翻了一阵："汽水都没了，只有我冰的菊花茶。"

"那我喝中午的绿豆汤吧。"叶斯说，"明天物理要讲磁场方面的知识点，喝茶怕晚上睡不着。"

叶父有些难以置信，站在原地愣了好一会儿才看向何修："那你喝什么？"

何修想了想："我陪叔叔喝茶吧。"

肥牛片下进火锅不用几秒钟就打着卷飘起来，叶斯伸筷一捞，满满一筷子肥牛全部放进何修碗里，想一想又顺走一片，蘸过香油碟扔进嘴里，然后靠在凳子上发出一声满足的长叹。

"同桌吃肉。"叶斯催着何修，"这肉超好吃，我从小就只吃这家的肥牛。"

"他从小到大只对他家的肥牛满意。"叶父笑呵呵地举起杯子跟何修的碰一下，"这么多年也没变，一个大小伙子挑剔得很。"

"谢谢叔叔。"何修有些拘谨地跟叶父碰了杯，看他干杯，自己也仰头干了。

"好孩子。"叶父笑着又给他倒一杯，"你们吃你们的，不用管我的进度。"

"不用管他。"叶斯撞了何修一下，"吃你的肉，他吃火锅就只爱看着锅煮，都不怎么吃。"

何修"嗯"了一声，低头发现自己的碗不知什么时候已经被叶斯给填满了，小山一样的肉堆在一起，他赶紧夹两筷塞进嘴里。

叶父准备了五斤肥牛，架不住两个饿坏的大小伙子猛吃，吃到最后叶斯看着火锅里浓稠的汤说道："我感觉还能再下一绺面。"

"我吃不下了。"何修连忙说。

叶父嘴上说不用管他，但时不时就主动提出干个杯，何修稀里糊涂就喝了七八杯，就算是冰茶也不能这么喝，被火锅的热气一熏，头昏脑涨的。

"我给你们下面。"叶爸打了个嗝，"九点多了啊，你们吃完饭就洗洗睡觉，明天早上六点半起床,我送你们上学。"

"好的。"何修点点头。

说不吃,面条煮好后何修看叶斯大口大口地吃,忍不住也吃了一小碗。番茄锅底越煮越香,浓郁得让人上头,配挂面有一种朴素而奢侈的香味。

吃到最后,何修感觉自己撑得有点想吐,但还是把剩下的最后一根面条捞进了嘴里。

"香吗?"叶斯拍拍他的腿。

何修点头:"香。撑不住了,睡觉吧。"

叶斯也点头:"你先洗,我得躺会儿消消食。晚上我睡沙发,你睡我床行吗?"

"我睡沙发吧。"何修说,"没那么多讲究。"

"少废话。"叶斯在他腿上一拍,"洗澡去。"

何修进浴室后,叶斯就躺在床上消食。他撑得都有点大脑空白了,也不知这天怎么回事,那股兴奋劲儿一直延续下来,连吃肉的时候都像是在比赛,跟没吃过似的。

"叶斯——"何修站在门的另一侧喊他,"有牙刷、毛巾什么的吗?"

"都在洗手盆底下的柜子里。"叶斯喊道,"衣裤也有新的,你随便拿!"

"好。"何修说。

里面没声了,但透过浴室门没什么用的毛玻璃能看见一个绰绰约约的影子。

叶斯盯着浴室门,听见里头何修翻完东西往里走的动静。

"我说——"卧室门突然被推开,叶父探头进来,"何修带来的小贴饼我放冰箱里了啊,你们明早吃行吗?"

叶斯被叶父突如其来的动静吓得在床上蹦起来在空中翻了个身,又砸回床上。

"干什么呢?"叶父也吓了一跳,"发疯了?"

"我的小腿肚抽筋了。"叶斯咬着牙说,脸埋进枕头里,两条腿配合着在床上蹬了蹬,"别理我,让我自己挣扎一会儿。"

叶父松口气:"估计还长个儿呢,回头你买点钙片吃。"

叶斯机械地在床上伸腿:"知道了。"

"毯子什么的在沙发上铺好了。"叶父说,"少什么来我屋拿。"

叶斯一声都没吭,直到父亲走了,他才猛然翻过身。

SD在脑海里啧啧感慨:"惊吓吗?"

"闭嘴。"叶斯咬牙切齿。

他抬手把自己的头发抓乱了,然后拿出手机。

何修周末录了十几段英语让他听听,找找毛病。他之前只随手放了一段,根本找不出错,感觉比考试听力还标准。但确实挺适合用来练听力的,可以速记,对听力提升很有帮助。

这会儿叶斯没有心思速记,只想找点事做,于是戴上耳机,点击播放。

何修平静的声音在低弱的电流白噪声中响起,仿佛一个沉稳的英国绅士。

"This attitude, that nothing is easier than to love, has continued to be the prevalent idea about love in spite of the overwhelming evidence to the contrary. There is hardly any activity, any enterprise, which is started …"（这种认为世间最容易的事就是爱的观念，一直是最普遍的看法，哪怕有压倒性的证据表明事实恰恰相反。几乎没有哪项活动，哪项事业，刚开始是……）

叶斯听了两句，感觉不像是平时英语听力播放的那些衬衫的价格是几镑十几便士，而是像首诗似的。他正想往回拖一下进度条，就听何修突然换上中文，用和刚才一样平静的声音在耳机里说道："这是弗洛姆《爱的艺术》的选段，非常适合用来做听力练习。has continued to be（一直是）、in spite of（尽管）、to the contrary（恰恰相反），这几个都是平时听力题经常出现的短语。至于prevalent（流行的、普遍的）这个词有一点超纲，但去年一模考到了，也可以留意下。"

学神精神闪闪发光。

叶斯立刻拉开床头柜翻了纸和笔出来，把刚才何修说到的那几个短语记下来，又在嘴里念叨了几遍。

浴室里的水声停住，何修用干毛巾把头发上的水分擦干，穿着一条叶斯的睡裤和自己的黑背心走出来。他原本还有些不好意思，推开门却发现叶斯正趴在床上戴耳机跟读英语，读的那一段就是他之前给叶斯录的。

叶斯读得不太连贯，但很认真，头顶常年竖着的呆毛都软乎乎地趴下去了，全神贯注地陪着主人一起学习。

读完一整段，叶斯才抬起头摘下耳机："你洗完啦。"

"嗯。"何修仍然有点不好意思，背转过身，右手拿毛巾按在头上，靠大力搓头发来缓解心里的焦虑，"你读英语吗？"

"跟着你随便读读。你口语好，我也挑不出什么毛病。"叶斯叹口气，把那张纸又扯过来，"第二段里头那个，pre……preva什么玩意儿的，那是哪个词啊？你给我写一下。"

何修"嗯"了一声，右手按着头发，左手接过笔在纸上随手写下那个单词，又顺手标注了释义——

prevalent：流行的、广传的。

"这个意思啊。"叶斯拿着纸看了看，又啧啧感慨，"你左手写字可以啊，感觉比右手写的还要帅气。"

"不是同一种字体。"何修笑笑，"小时候学书法，右手练楷书，用来考试写作业。左手练行草比较多，随便写着玩的。"

叶斯咂咂嘴，这话要是别人说，他会立刻给对方打上"爱装"的标签赶出去，但何修说，他就一点脾气都没有，只觉得口服心服。

"太强了。"叶斯深吸一口气叹出，在那张纸上弹了弹，又感觉这个字体看着有些眼熟。

"你去洗吧。"何修说，"我没用太多热水。"

"好。"叶斯随手把东西收了,"我就冲一下。"

折腾到晚上快十一点,两个人才躺下。何修躺在叶斯的床上,卧室门虚掩着,能透过缝隙看到客厅沙发一头,叶斯放脚的那头。

叶斯的心情好像不错,一只腿伸平,另一只腿抬起来搭在沙发背上,还哼着完全听不出来的曲调。

何修的手机在枕头底下振动一下。

叶斯:"你睡觉了吗?"

何修立刻回:"还没有,你呢?"

叶斯:"也没有,我还在回味今天的大雨和火锅,感觉周末一下子变得好充实,发生了好多事。"

何修忍不住勾起嘴角,在叶斯的床上翻了下身,然后回复:"为什么要来接我?我又不是回不去。"

外头沙发"嘎吱"一声,叶斯把沙发靠背上搭着的那只脚放下来,也翻了个身:"因为你都失联了啊,我很烦别人失联,不回我消息我就想火速找到你,看看你到底干什么。"

何修无声地对着手机屏幕笑了笑,过了一会儿发了一个妙蛙种子的表情:"睡觉吧。"

叶斯很快回了一个皮卡丘:"晚安!"

何修:"晚安。"

折腾一天又吃了火锅,困意很快来袭,叶斯没一会儿就躺在沙发上睡了过去。

后半夜又下起雨来,这回没有雷声,就是简单粗暴不做作的大雨,哗啦啦的。雨下了一会儿,客厅里的空调开始工作,发出低低的换气声。

叶斯突然梦回现实世界,就在高考前离校那天,他双手插着兜,吊儿郎当地穿过长长的走廊,从混子(18)班一路走到精英(4)班,在自己曾经混了两年的教室门外驻足。

何修穿着干干净净的校服白衬衫,站在讲台上,手上捏着那张熟悉的毕业生字条,停在秘密箱缝隙上空,没松手。

何修回头和他平静地对视,然后把字条收回来夹进书里,转身走了。

梦里和真实情景不太一样,现实世界里,何修最后还是跟他说话了的,结果梦里变成擦肩而过。叶斯茫然地看着那个高高在上的英中传说的身影消失在走廊尽头,心里突然涌起一阵莫大的怅然感。

一晃都三年了,他主动打了无数次招呼,但一直只能得到不咸不淡的回应。

高考后大家估计也就彻底分道扬镳。大人们都说高考是一道人生的门,踏过这道门,有些人和自己就再也不是一个世界。

无所谓。

他本来就是个不知道人生会在什么时候突然停止的家伙,跟英中之光本来也不是一个世界的人。

叶斯有些自嘲地勾了勾嘴角,留给(4)班空荡荡的教室最后一个无谓的苦笑,然后扯起书包往外走。

走到校门口，他低头看见那张字条掉在地上。他随手一捞，捡起来捋平看了一眼。

"高二暑假，摆平'太岁'的是我。很爽，不后悔。"

字体嚣张，下笔顿挫，看似潦草，但又有一种别致的笔韵在里面。

客厅的空调突然加大了送风的风力，叶斯的耳朵尖一动，睁开了眼。

睁开眼的一瞬间他就已经意识到自己刚才是在做梦，现实世界的回忆已经不是第一次出现在脑世界的梦里了，梦中梦，他已经慢慢习惯了，没什么大不了的。

窗外雨声哗然，衬得客厅格外安静。叶斯摸出手机看了一眼，凌晨两点十四分。主卧的门虚掩着，次卧的门也关着，何修跟父亲应该都睡得正熟。

叶斯打了个哈欠，翻身准备继续睡，然而刚闭上眼，突然觉得心里一惊。

他猛地坐起来。

晚上听英语整理的东西被他睡前随手塞进书包里，书包就扔在沙发旁边的地上。

叶斯下地摸黑把那张笔记找了出来，没开客厅灯，就用手机屏幕的光照着又看了一遍何修写的字——

prevalent：流行的、广传的。

叶斯猛地闭闭眼，那个"的"字和刚才梦里字条上"的"字完全重合，没有一丝不同。

行草很多字下笔都很独特，这个"的"字就是例子，至少叶斯从来没看别人这么写过。虽然两张字条上只有这一个重复出现的字，但就这一个字，基本已经能够验证他刚才心里那个可怕的猜想。

他猛地站起来，瞪着那张字条长达十几秒，而后又有些茫然地坐回去。

"在想什么？"SD平静的声音突然出现在叶斯的脑海里。

叶斯茫然地看着虚掩的卧室门，突然想起刚开学时何修在作文里写："我曾偏执轻狂地认为，自己知道人生的最优解是什么。那时如果有人问我是否后悔过，我会回答，从未。"

那时他问何修是不是有秘密，何修只囫囵地拿上课偷看漫画这件事搪塞过去了

"何修是不是从现实世界里回到脑世界的？"叶斯在脑海里问，突然又乱了，"等等，不对，这是我的脑世界？他怎么会进来？他就算有系统也应该是进入他自己的脑世界，还是说我们出现了什么奇奇怪怪的脑电波并线？"

SD没有说话，过了一会儿轻轻地叹气："我不能回答这个问题。脑电波场的存在会改变很多人、很多事，但有些轨迹的改变是主动选择。真真假假，你要有自己的判断。"

叶斯茫然地靠在沙发背上，感觉自己前心后背蒙了一层冷汗。

雨夜仍旧寂静，他有些迷茫地看着自己摊开在膝盖上的手掌心。

叶斯想不通何修为什么会进入脑世界，他确实是个当之无愧的精英人士，必定对社会有所回报，是系统会选择的目标。

但何修看起来没有任何问题，没有疾病，也没有危险思想，他为什么被系统选中？

如果说这一次何修有什么变化，那就是不像从前那么循规蹈矩了。

还有太岁……原来当年高二暑假是有人提前摆平了太岁，才导致他和太岁那一架没打起来。但……何修当时为什么会去找太岁的麻烦？

叶斯猛然想起何修说他招惹过太岁，试图劝服无效，还去报了警。

现在想起来他仍然有点想笑，但笑过之后又是更深的茫然。

太多谜团了，叶斯感觉自己的脑子里装满问号，晃一晃都能从耳朵里飘出来几个。

叶斯完全听从本能地站起来，赤着脚，无声地走到卧室门口，推开虚掩的门，在黑暗中摸索着坐在床前的凳子上。

何修正睡着，那道熟悉的呼吸声让人很心安，叶斯就那样坐在椅子上看何修。

黑漆漆的，其实也看不清脸，就只能看见被子下身体随呼吸有规律地起伏。

叶斯坐了一会儿，感觉有很多想问的，但似乎没什么去问的必要和立场。就像他此刻坐在这里，不知道自己想干什么。

叶斯突然回身轻轻拉开一点窗帘，让月光透进来一些，照在何修脸上。

闭着眼的何修无意识地皱起眉。

这家伙干什么呢？大半夜不睡觉，坐在他床头看着，怪吓人的。

叶斯一进来何修就听到声音了，但没好意思睁开眼，怕吓到他。本来以为他是进来拿什么东西，结果似乎不是，就那么坐在凳子上疑似盯着床上瞅，瞅了半天也没有下一步动作。

梦游？

住校的时候没发现他有这毛病啊。

叶斯心焦地转身往外走，脚下一个没留神，一下子踢在了床尾。

嗷嗷嗷！

叶斯瞬间痛得流出泪来，不用开灯他都能感觉到自己此刻肯定憋红了脸，小脚趾传来一阵剧痛，痛得他恨不得原地抱起自己的脚蹦两圈。

叶斯猛地一回头，发现何修已经睁开眼，正一言难尽地看着他。

他遏制自己想要抬脚的冲动，双手毫无预兆地平举起来。

叶斯把眼睛闭上，深吸一口气，学着僵尸在房间里来来回回地走了起来。

本来要说什么的何修不得不闭上嘴，茫然地看着他。

叶斯来来回回地走着，像走进迷宫的苍蝇一样到处撞，其间顺次撞到了床头柜、书架、衣柜和地上的凳子，撞了不知多少次后终于摸到门口。而后他就那么闭着眼淡定地用脚拨开门，用僵尸步走了出去。

何修原本只是有些困惑，此刻脸上的困惑几乎能写成一本书。他费解地坐在床上上半身前倾，目送叶斯在方厅又来来回回兜了几圈，终于找到去往客厅的门，顺着门又走了几个闪电轨迹，最后回到沙发旁。

叶斯脚又踢到沙发腿上，两只平举在身前的胳膊神经兮兮地抖了抖，然后僵硬地扑通一声倒回沙发上。

客厅很快响起何修之前没听到过的呼噜声。

吭哧吭哧的，有点夸张，像猪叫。

何修感觉自己无论是在现实世界里，还是在脑意识世界里，加起来都没这么困惑过。

他茫然地伸手按住卧室的门把手，看了看躺在客厅沙发上的那家伙，又茫然地把门关上了。

大概是因为少了周日晚自习的铺垫，星期一早上教室里乱糟糟的。每周回家一次的住校生背着大包小包直接来教室，东西全部堆在走道上，一眼望去和火车硬座车厢有得一拼。

沈霏收作业时每走一步都要跨越障碍，十分艰难。

"叶神，你们快交作业。"沈霏站在叶斯的桌子旁边，眼神扫过后面简明泽，小声地问他："不是不能吃咸的吗？"

简明泽把茶叶蛋咬掉一半，剩下一半扔回塑料袋里，笑笑，说："没那么绝对，我嘴里实在没味，太难受了。"

沈霏点点头，叶斯把自己跟何修的作业写好名字后放她手里那一沓卷子上。她低头看一眼，感慨道："叶神的作业越来越用心了。"

叶斯现在卷子都做三遍，第一遍自己掐着正常考试时间快速做，第二遍查教材补漏，顺便琢磨一下别的解法，第三遍则参考何修的答案，把自己想不到的解题思路补充上去。

其实一开始这么干很浪费时间，但也不知什么时候开始，大概是何修往他脑袋里灌基础知识灌得差不多了，量变积累出一点点质变，他发现自己对这种操作越来越娴熟。

第一遍的试卷填写率越来越高，以前何修卷子上那些奇奇怪怪的解法他只能偶尔看懂一两道，现在基本能看懂，除了极其刁钻的要上网查。

沈霏低头清点这一组的卷子，突然想起什么，压低声说道："我妈说自主招生快要开始报名了。"

周围的人闻言都停下手头动作，叶斯也抬起头。只有何修没什么反应，依旧专心致志地盯着游戏机。

小人被巨龙两爪子拍得血条闪烁，何修迅速找到一块大石头，趴在石头后面打开行囊一通狂吃。

"自主招生不是明年三月吗？"许杉月困惑地问道，"上一届是高三下学期才开始的吧？"

沈霏"嗯"了一声："但上一届准备不充分，好几个冲击顶尖高校的最后都没拿到加分，今年学校想提前圈定名额，给要推那几个大学的同学每周末补课。"

叶斯看了何修一眼，发现对方仍然没有反应。

"我能参加自主招生吗？"他在脑海里问 SD，"假如能拿到英中推荐名额。"

"可以。"SD的回答很果断,"但就和高考规则一样,在自主招生的考场上,我对你做出的所有属性调整都会关闭,你只能凭借自己的真本事考试。而且系统任务是高考被排名前二的学校录取,也就是说,如果你获得其他学校的推免和加分也是没用的,必须是前两所。"

叶斯点点头。

"我们班应该至少有一半都在补课范围内。"沈霏说,"最终推免名额会按照这学期期末考试排名顺次往下给,但期末考试之前,大家都是种子选手,所以待遇是一样的。"

"能补课真的太好了。"张山盖如释重负地叹了一口气,"无论对自招有没有帮助,我都觉得我们该补课,实验中学、六中、二十七中,他们早就开始周末补课了。"

沈霏闻言摇摇头:"也不能这么说,我妈说那根弦不能绷得太早,万一没坚持到高考就开始状态下滑就糟了。"

"你们看何修——"温晨小声说道,"没见他绷过弦。"

"松得都要耷拉到地上了。"叶斯叹口气,手按着何修的肩膀蹭了蹭,"同桌,别玩了,今天物理要讲那道电磁综合的旷世大题。"

"我会听的,老师不是还没来吗?"何修紧张地看着屏幕,"我感觉我要拿到勇者之心了。"

叶斯:"呃……"

——你上周就是这么说的。

叶斯听课听一半突然又走神了。

如果何修真是从现实世界里进来的,那看漫画、打游戏种种行径就很合理。毕竟本来就是学神,而且人家大概率已经走过一轮高三,更没什么可担心的。但不合理的就反而是跟学习沾边的行为,比如无比认真地在考前复习知识点,每天的作业都写得非常细致,甚至会记录作文构思的过程。

叶斯突然想起什么,手伸进桌肚掏出一大把卷子。

何修平时上下学懒得背书包,作业就塞他这儿,老师批完的卷子发下来也不看,从他手上交上去又发回他手里,时间一长就都攒一起了。

叶斯按照时间顺序大概排列了一下,从第一张往后翻。

差不多刚开学那阵,何修的作业卷子写得很敷衍,大题一般就画几条波浪线代表过程,最后出现一个突兀的计算结果。然后突然有一天,作业卷上开始出现过程,密密麻麻几乎填满所有空白,一直延续到这天。

中间也有变化,比如最开始何修会列出每一步计算,最近则在步骤上比较精简,多出的空白处他会写各种不同的解法。

仿佛……循序渐进……

"你上课又溜号了。"SD在他脑海里不满地吐槽,"说好的这周要开始死亡学习模式呢?"

叶斯没回答SD的问题，而是犹豫着问道："何修……知道我的情况吗？"

SD停顿两秒，换上公事公办的语气："第一，我不能回答你昨晚关于何修是不是从真实世界进入脑世界的问题。第二，假设何修是，他也同样没有资格获知你是不是。"

"但他可以猜。"叶斯立刻说，"其实我学习方面的漏洞很多，可他一直不抓，我就放下心暴露得越来越多。之前我以为是他本来就对别人的事迟钝，但万一不是呢？万一他一直看破不说破，只是想要帮我学习呢？"

"哇！"SD毫无感情地感慨，"那真是太感人了，这么可歌可泣，我要感动哭了。"

"滚。"叶斯皱眉，突然有点怒了，"不说话没人把你当哑巴！"

SD惊讶道："你知道自己在无故发火吧？"

叶斯突然有些丧气："嗯……"

"那就好。"SD松了口气，"不然我会以为昨晚你扮演的僵尸吃掉了自己的脑子。"

"闭嘴啊。"叶斯感到无限惆怅。

SD又不甘心地小声夸赞了一句："昨晚的表演精妙绝伦。"

晚自习的时候老马进来说了自主招生的事，但跟沈霏透出的情报不太一样。分班考年级前八十名的人都拥有补课的资格，也就是说，（4）班全班都能参加。

"这件事希望大家自己慎重把握，回去也和家长商量一下。"老马严肃道，"不是每个人都适合自主招生，我们自招的补课几乎和高考范围没有重合，所以对有些同学来说可能是浪费时间。"

底下叽叽喳喳地小声议论开，简明泽和罗翰商量了几句，两个人暂定都要报名。叶斯扭头看了一下左边，沈霏和许杉月也已经达成一致。

"想要参加的同学可以先站起来让我看一眼大致人数，这不代表你们的最终决定，不用紧张。"老马说。

教室里一下子站起来差不多一半的人，叶斯一眼扫过去，基本都是分班考前二十名的。他犹豫了一下，不知道自己该不该站起来。

何修放下游戏机看他一眼，发现他没动，于是低头继续玩游戏了。

"何修——"老马叹气道，"你得起来吧。"

何修用胳膊肘撞撞叶斯："你要参加吗？"

叶斯"嗞"了一声："要不先报名吧，期末看情况，不行再退。"

何修点点头，放下游戏机站起来，叶斯也跟着他一起站起来。

宣布自招补课这件事只是段十分钟不到的小插曲，但激起了不小的水花。晚自习的时候叶斯都能感觉班级里很多人心不静，报名的在躁动，没报名的也一副"压力山大"的样子。

回宿舍的路上何修突然开口道："关于自招……"

"嗯？"叶斯心里一紧，"怎么了？"

何修平静地看着叶斯："你有想参加的学校吗？"

叶斯略微犹豫，还是点头说："就……前两所吧，如果能拿到推荐资格就参加，拿不到……别的学校就不去了。"

叶斯说完这话觉得有点荒唐，无论何修看没看穿他的真实水平，以他现在的名次都不可能拿到前两所的推荐。

他突然觉得很羞愧，还有些沮丧，偏过头看着旁边高低错落的灌木。

何修点头："明白了。那这次期末我们要考进年级前十五名。"

叶斯一愣，猛然回头看他。

何修认真地解释道："上一届拿到前两所自招推荐资格的有十六人，所以期末考试考进前十五比较安全。"

叶斯摇摇头，他不是为了这个数字惊讶："我们？"

"对啊。"何修叹气，目光从叶斯垂在身侧的手上掠过，顿了顿，"就是我们，这次期末要考进前十五名。"

"你又不会有问题……"叶斯下意识地说。

"你也不会有问题。"何修勾起嘴角，"分班考不是三十名吗？这次期中应该还会往前进，如果这次能考到前二十名，期末的胜算就很大了。"

叶斯茫然地点头，不知该说什么。但他知道在那两所学校的自招考场上，他完全是孤军奋战，即使拿到资格也只是迈出了第一步。

"真正的自招要到三四月份。"何修突然抬手拍了一下叶斯的肩膀，说道，"一步一步走，一直向前看就好了。再远，也总有走到的那天。"

叶斯愣了好一会儿，而后轻轻地点点头。

何修的视线从他的手上移开，喉结动了动，又低声说："今晚我得好好复习，你跟我一起吧。"

"嗯。"

叶斯走着走着，落后了何修两步。何修一只手随意地揣在裤兜里，另一手垂在身侧。月光在地上拉出一道修长的影子，他看着那道影子有些出神，余光里是何修垂在身侧的那只手，五指自然地微微蜷缩，手指修长、秀气。

何修停下脚步回过头，叶斯赶紧小跑过去。

"困得走神了。"他欲盖弥彰地大声打了个哈欠。

何修勾勾嘴角："等会儿泡红茶给你喝，刚好从家带了些茶叶。"

或许是距离高考倒计时的百位数字从"3"掉到"2"，也或许是自招给大家心里带来了一点波动，这晚宿舍自习室的人很多。

叶斯推门进去，被里面整齐的几排脑袋吓一跳，站在门口半天才在角落里找到两个空座，刚好是对着的。

他跟何修轻手轻脚地走过去坐下，何修旁边的女生不经意一抬头，看见何修后愣了好一会儿，然后有些僵硬地低头继续写题，下笔比之前快不少，就差在头顶写上"压力山大"

四个字。

叶斯突然有点想笑，扯了扯嘴角，而后才掏出自己的物理卷子写起来。

何修坐在叶斯对面掏出一小沓白纸，一本书也没拿，神色淡定地写着什么。叶斯几次抬头，发现有文字有公式也有图例，这个神奇的哥们儿又开始默写知识点了。

十二点熄灯铃声响起时，叶斯刚好做完一套物理试卷，自习室稀稀拉拉走了一大半人，还剩一小半。

何修突然停下笔，轻轻地敲了敲叶斯的手腕。

叶斯抬头："嗯？"

何修指了一下里面。

里面是个小型讨论区，一般交流问题会去那里，自己安静学习就坐在外面。

叶斯不明所以地放下东西跟着何修往里走去，推开门看到里面还有十来个人，分成四小撮，正在讨论题目。

何修找了个没人用的小圆桌，顺手把带轱辘的小白板也拉过来，说道："我刚梳理了物理最后一道电磁结合大题的常见出题方式和答题思路，我说一遍，你帮我查漏补缺，行吗？"

电磁结合的物理大题是叶斯最近最头痛的部分。这种题综合性很强，很难拆解，经常看到一道题脑子就乱成一锅粥，不知从何下手。

叶斯还没来得及点头，就见那四撮人不约而同地抬起头，对何修露出了"饿汉午夜看串"的表情。

何修拔开马克笔，从容地在白板顶上顺次写下一排公式。

"电磁结合大题要从定理应用逻辑出发，要先搞清楚是电生磁还是磁生电。比如常见牛顿第二定律结合电磁感应现象里常考的三个定则、两个定律、一个特例。其中三个定则有……"

叶斯慌乱中赶紧扯过一张纸记起来，何修的每句话信息量都很大，脑袋要一直跟着使劲转，但他语速不快，跟起来并不会特别吃力，对于刚好想学这块知识的人来说简直畅快。

何修有条不紊地分析着可能出现的几种题型，分别讨论，说完最后一句的时候刚好写满一整个白板，叶斯也刚好在A4纸上写下最后一行，长出一口气。

爽，通透。

他一回头吓了一跳，发现自己身边围着坐了十来个人，全部聚精会神地看着白板。

学神课堂开课啦。

孩子学习老不好，多半是要废了。

叶斯不知怎的突然想到这条广告，按着自己的额头嘿嘿傻乐。

何修的表情有些无奈，似乎也没想到会招来一大帮人，莫名其妙开了个午夜小课堂。

他顿了顿，看向叶斯："你觉得我的复习有遗漏吗？还有什么要补充的吗？"

十来个人同时扭头盯着叶斯，求知若渴。

叶斯"呃"了一声，按压下心虚严肃地点头："我觉得非常全面，没什么要补充的。"

人群中有人叹口气："学神真的强，这是我听过的最强梳理，没有之一。"

"两本书浓缩成二十分钟，还没有遗漏，我只有一句膜拜不知当讲不当讲。"另一人说。

一个女生小声道："当讲，我还能加一句太牛了。"

何修没说话，大家似乎习惯他一直沉默，也没人指望他能回应什么，纷纷说了句"谢谢学神"之后就开始收拾东西。

"其实——"何修突然开口，周围的人又停下动作。

何修看了叶斯一眼，转过身去，一边擦白板一边用漫不经心的语气说道："没有两本书浓缩成二十分钟的好事，能听懂、能跟上，是因为已经有了相当的知识基础。不虚。"

四周人笑着应和了几句，叶斯没吭声，安静地从背后看着何修。

叶斯突然觉得，何修刚才那句话似乎是刻意跟他说的，只是借着大家的感慨找了一个合适的契机罢了。

何修似乎是在鼓励他，告诉他，他也可以。

叶斯低头缓缓合上笔盖，又把整理的笔记捋了捋。

何修放下白板擦转过身来，声音有些困意："回去睡觉吧，半夜一点多了。"

叶斯点点头，站起来后又扬眉笑道："今天的复习效率很高。"

"我也觉得。明晚我梳理下化学吧，你给我挑挑错。"叶斯深吸一口气，下了决心似的，"我想系统梳理一遍有机化学知识点。"

"好啊。"何修困得都要睁不开眼了，"快回去，我今晚还有任务要做。"

"什么任务？"叶斯愣了一下。

"我感觉我快要拿到勇者之心了。"何修叹气，"这回一定是在龙洞里，不可能在别的地方。"

叶斯："呃……"

他突然冒出来一个念头，何修学习这么好，不会是靠玩游戏来锻炼脑子的吧？

这样一想，带着大家复习还耽误他了。

原本只是随便感慨一句，但接下来几天，叶斯是真的被何修对游戏的虔诚感动了。

叶斯亲眼见到何修在一张白纸上画树状图，各种赋值计算，忙活了一晚上，最终用红笔圈出其中一条线路。

"这是什么？"叶斯完全看不懂。

何修说："我计算了一下，列举了所有可能，这条红色的是拿勇者之心最快的路径。"

叶斯："呃……"

他半天都没说出话来。

果然，大神都是用玩游戏来锻炼脑子的。

叶斯突然感觉自己的生日礼物送错方向了，如果给何修送一个什么勇者之心，估计他会感动哭。

而且还很省力。

蛋壳灯被他藏进一个黑色的礼盒里，锁在柜子深处，打算星期五晚上十二点送给何修。

他也跟宋义他们几个打过招呼了，星期五考完试，晚上十二点一过就庆祝生日。

叶斯吁了口气，看着前面攒动的人头勾起嘴角："好期待这个周末啊。"

"我也期待。"何修随口说，"周末之前我肯定拿到……"

"勇者之心。"叶斯翻了个白眼。

何修点点头："对。"

"勇者之心"是这个游戏最重要的一件装备，拿到它才能顺利炼出极品弩箭，不然后面几个高难度地图很难通过。

何修突然很有压力地吸了口气："你帮我排一下，我找个人少的地方先把这个守洞怪杀掉。"

叶斯一脸无语，看着何修低头扎进人堆半天后，叹了口气。

第二天要考试，晚上叶斯十二点就准时上床了。

头顶那家伙还在聚精会神地玩着游戏，叶斯忍了一会儿，小声唤道："同桌。"

"嗯？"何修盯着屏幕。

"睡觉吧，我怕你明天在考场上睡过去。"叶斯担忧地说道。

何修顿了顿，而后亮光突然熄灭了。

"好的。"何修说，"你也早点休息吧，不打扰你。"

叶斯松了口气翻身闭上眼，过一会儿又突然觉得不对劲，悄悄地抬头往头顶瞅了一眼。

何修的被子蒙过头顶，棉被下透过一层微弱的光。

他屏住呼吸，能听见被子下极轻微的按键声。

叶斯："呃……"

"不要管他了。"SD突然在脑海里小声感慨，"学习是你的战场，那个游戏是他的战场。"

叶斯心里的声音毫无感情："好的。"

SD没再说话，叶斯翻了几个身，没一会儿也睡着了。

翌日，早上起床铃声刚一响，叶斯就感觉何修拍了拍自己这边的枕头。

"嗯？怎么了？"叶斯茫然地从床上爬起来，却见何修一双黑眼珠亮亮的，跟眼下的一抹青对比鲜明。

何修把游戏机往他眼前一伸，屏幕上赫然是一颗跳动的红色宝石。

"这是勇者之心？"叶斯愣住，随即惊喜地挑眉，"你拿到啦？"

"拿到了。"何修有些拘谨地忍住喜悦，"给你看一眼，期中考试一定能考好。"

"什么毛病？"叶斯忍不住乐了，乐完又觉得有点感动，"就为这个啊，期中考试前让我看一眼这东西？"

"也不完全是。"何修勾起嘴角，"其实我就是想说，我之前没怎么玩过游戏，但这个游戏还玩得挺好，因为我用了脑子，下了功夫，功夫不负有心人。"

"功夫不负有心人。"叶斯点点头，"嗯，知道了。"

何修深吸一口气："好好考啊。"

叶斯笑道："物理最后一道大题我肯定把分拿满，你看着吧。"

第十四章
因你而亮的那盏蛋壳灯

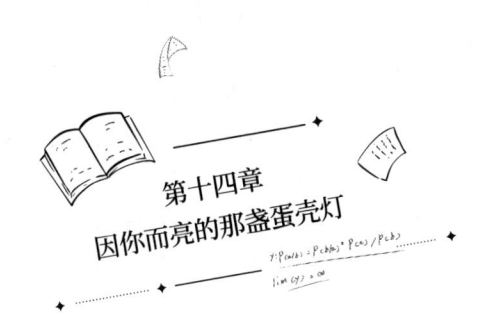

叶斯平时语文卷子练得最少，全靠上课跟着老秦的进度，但这次考下来感觉还不错，按照自己的节奏往下答题，最后写完作文还有十五分钟可以检查。

这次作文的论题是得与失，时事论据和经典论据他都准备过，自我感觉不错。

这也是叶斯第一次坐在第一考场考试，何修就坐在靠墙组的第一张桌，刚发试卷的时候他还看了何修一眼，后来开始紧张答题就没再抬头。直到写完作文，他往右前方看过去，发现何修已经答完卷趴在桌子上睡着了。

考完试四个人坐在食堂吃午饭，偶遇找不到空座的沈霏和许杉月，于是叶斯便招呼她们一起。

沈霏大大方方地笑着坐在叶斯对面，许杉月则坐在她旁边，挨着宋义。

原本正手舞足蹈学公鸡打鸣的宋义立刻蔫了，腰板挺直，一口肉一口菜地机械进食。

叶斯低头忍着笑往嘴里扒饭，吃到一半突然想起什么，偏过头看何修。

何修从考完试出来就蔫巴巴的，看神情似乎有些委顿，一路上都没怎么说话。

"怎么了？"叶斯用胳膊肘顶了顶何修的胳膊，"还困？"

何修"嗯"了一声："睡完更困了，不如不睡。"

"什么叫睡完更困？"宋义迷茫，"你考试睡觉了？"

何修有些郁闷地叹一口气："社科文阅读太长了，我看到一半就……"

饭桌众人闻言纷纷停下筷子，一个个比赛谁的眼睛瞪得更大似的。

叶斯也蒙了一会儿，把刚咬一口的蛋挞放回餐盘里："你不要告诉我你只做了一个社科文阅读就……一觉到交卷？"

"没做社科文阅读。"何修看了叶斯一眼，叹气，"不是说了嘛，社科文看到一半……"

"学神语文交了白卷？！"沈霏震撼，"一道题都没写？"

何修低头喝了一口绿豆汤，沉默不语。

"监考老师怎么就没叫醒你呢？"叶斯仍然百思不得其解。

何修的语气更郁闷："老师说他前半场在后排坐着，后来走到讲台前的时候以为我答完了。"

宋义愣了半天才说道："我竟不知如何表达自己此刻的心情。"

"加一。"吴兴咂咂嘴，"所以你现在满分应该是……六百分？"

何修"嗯"了一声，吃了一口饭又说道："争取考到六百分吧，差不多还能进前一百五，不然把班级平均分往下拉太多了。"

"争取考到六百分吧……"宋义皱眉，"我怎么感觉你说的每一个字都在侮辱我啊。"

一个话题揭过去，众人又低头吃饭。叶斯盯着何修的后脑勺看了两眼，突然有点想笑。

学神何修首次走下神坛，原因竟是考场犯困。

就为了熬夜找游戏中的那颗勇者之心。

叶斯忍不住扬起嘴角。

考试的日子过得仿佛比平时上课快，两天四科，时间"嗖"的一下就没了。

考完最后一科理综，叶斯感觉自己累得脑子都有点木。卷子一交，他刚刚跨出考场门，就开始嘟囔。

"累啊。"叶斯深吸两口气，嗅到了何修身上那股若有似无的桃子味，满足地长叹一声，"终于考完了。"

何修淡淡地笑了笑，拍了拍他的后背："辛苦了。感觉物理怎么样？"

"很好。"叶斯的眼睛亮了一下，嘴角噙着笑意说，"这次磁场所有的题我都很有把握。"

何修闻言挺开心的，又不知该如何表达，只是更使劲地拍了拍叶斯的后背。

叶斯满意地眯眯眼。

吃完晚饭照旧要上晚自习，（4）班的精英们已经从考试的氛围中挣脱出来，又回到日常复习状态。

何修本来想好好补一下这周复习落下的漫画，结果书刚翻开，他们的前班主任现语文老师老秦就板着脸出现在后门，手里攥着几张除了"何修"名字再没有任何一个字的语文试卷。

叶斯一点义气都没有，掐着大腿埋头笑出声，完全没有帮忙的意思。

何修叹了口气，很有自知之明地从后门跟着老秦出去了。

何修一走，叶斯火速回头瞅着简明泽："你真能拍照？"

"嗯。"简明泽笑着点头，"摄影是我最大的爱好，我有器材，明天可以跟你们拍一天。"

"小简厉害。"叶斯有些兴奋地搓搓手，"那你的门票我包了，那些镜头、架子什么的回头都丢给宋义帮你背着，你人能来就行。"

罗翰挑眉，压低声问："小简跟我说了，你们是要去给学神过生日吗？都有谁啊？"

"我、小简、宋义和吴兴。"叶斯想了想，"沈霏和许杉月也想去，主要宋义想叫上许杉月。"

罗翰了然地点点头，又叹气："可惜明天下午补球赛决赛啊，要不我也想去。"

"可以考虑给你留一块蛋糕，如果还有剩。"叶斯笑着说，"你们好好比，下次一起。"

"哪里还有下次？"罗翰突然有些低落，"我们就最后一年了，之后，各奔东西。"

叶斯原本笑着，听他这么说，笑容突然卡壳，就像有一根小刺在他的心脏上猛地一戳，瞬间把刚才的兴奋都漏没了。他顿了顿，转回身趴在桌上。

"这么容易就被打击到了。"SD慢悠悠地说，"脆弱哟。"

"没有。"叶斯有些闷，手攥着笔无意识地在纸上画着，"我只是觉得大翰说得有道理，很有可能这就是我给何修过的第一个，也是最后一个生日。"

SD似乎愣了一下，叶斯握着笔在纸上用力戳了戳："所以我一定要好好给他过，让他以后无论过了多少年想起来都觉得开心。"

SD极轻地叹了口气："你对他，和对其他人不太一样。"

叶斯停顿一会儿，而后缓缓从桌上爬起来，随手翻开一本练习册，神情平静。

"对啊。"他在脑海里轻轻叹息，说不清是对SD叹息还是对自己叹息，缓缓道，"我不确定他到底是不是从现实世界进来的，但我觉得冥冥之中，在这场盛大的、真实的梦境中，只有他能懂我。我看重他这个朋友，很珍惜他。他是独一无二的，难道你看不出来吗？"

何修被老秦叫走了挺长时间，直到第二节自习才回来。他刚坐下就打了个哈欠，一脸被唠叨傻了的样子。

叶斯又忍不住有点想笑，在纸上写了一句话推过去。

"怎么处理？"

何修有些无奈地回复："以后语文课必须认真听课，期末语文要考到一百四十五分，不然就让我再也看不着漫画和游戏。"

叶斯憋着笑："好严酷的惩罚啊。"

"谁说不是呢。"何修叹气，随手掏出手机想看一眼明天的天气，却发现"三口之家"的小群有未读消息。

一叶秋色："儿子，生日快乐！明天就成年了，祝你有更美好的未来。"

祖国万岁："成年快乐，每天都进步。"

上边的是何母，下面的是何父，两个人各发了一个红包，前者发的是一百八十八元，后者发的是六十六元六角。

他们家在钱上一直管得挺严，何修也习惯了，把红包收下说了句"谢谢爸妈"，收起手机忍不住又瞟了一眼旁边。

叶斯正在安安静静、老老实实、本本分分地刷题，一副心无杂念的样子。

何修突然感觉有些焦虑，把几本漫画书捋了一遍，又随手抽一本出来看，看了半天都没看进去什么。

一整个晚自习，叶斯沉迷学习无心唠嗑，甚至连一个眼神都没有给过来。何修感觉自己的心越来越凉，等到放学铃声响，他难以抑制地发出一声叹息，自己听着都觉得愁。

但叶斯好像没什么反应，只是打了个哈欠。

"我要困死了，赶紧回去睡觉吧。"

"哦。"何修垂眸收拾书包，"马上。"

往宿舍走的路上何修忍不住说："我爸妈刚才给我发红包了。"

他说完停顿一下，有些期待地扭头看着叶斯。

叶斯感慨道："你爸妈真好啊，我爸就不行，每次都要我自己开口。"

"你爸肯定也主动给过你红包，不信你回忆一下。"

叶斯露出费劲回忆的表情，过一会儿摇摇头："不，没有过。"

何修彻底停住脚步："肯定有，逢年过节，你生日，没主动给过你红包吗？"

叶斯仿佛完全感受不到他的明示，摇头说："逢年过节那叫压岁钱，生日没给过，幼稚鬼才过生日吧，都多大了。"

何修彻底不说话了。

剩下的路，何修一句话都没说。

叶斯在旁边偷偷瞟了他几次，又得意地扬起嘴角转回头，仿佛什么都没发生过。

何修的心里很沉重，腿跟灌了铅似的，沉重到往床上爬的时候都不得不中间停下来休息一次。

他坐在床上对着游戏机发了半天愣，还是不死心，咬咬牙打算厚着脸皮再提醒叶斯一下。

"那个——"何修扒着床栏往下瞅，眼看着叶斯又换上那套皮卡丘的睡衣，心头一亮，"你是不是皮卡丘的粉丝啊？"

"是啊。"叶斯撅着屁股在柜子里掏什么，随口问，"怎么了？"

"你知道妙蛙种子的生日是什么时候吗？"何修闷声问。

"我知道那干吗？"叶斯弄出丁零咣当的声音，"人龟殊途。"

"妙蛙种子不是龟！"

何修的语气低落下去，眼看着叶斯一通鼓捣之后又冲出去到走廊上追打宋义，感觉心口堵了一块一吨重的巨石。

算了，睡觉去，又不是幼稚鬼，过什么生日。

灯还没熄，何修就一反常态地躺下，面朝墙闭上眼。身后的温晨看见后小声叮嘱沈浪把放音乐的耳机插上，然后下地关了大灯，只留下叶斯那盏台灯。

何修没睡着，闭着眼睛挺到晚上十一点五十分的熄灯预备铃响起，然后才听到叶斯从隔壁宿舍出来的动静，他一边跟宋义吆喝着"就这么定了"，一边大力把门踢开。

"哟，学神都睡了啊。"叶斯大大咧咧地说，一脚又把门带上，"那就都睡了吧，考完试大家都累了。"

何修内心：我不是累的，我是失望的。

叶斯把台灯关了，又在下面窸窸窣窣不知道搞什么东西，过了好一会儿才慢吞吞地爬上床。

"睡了吗？"叶斯站在梯子上看何修。

何修没睁眼，"嗯"了一声。

"晚安。"叶斯说。

何修有点不想说话，但还是叹口气回了一个"安"字。

他在被窝里看了一眼手机——晚上十一点五十五分。

叶斯已经躺好了，并在一分钟之内完成这日的"睡前背五个单词"的任务，还慵懒地翻了个身。

何修深吸一口气，闭上眼，努力排空思绪想让自己睡着。

不知是不是提心吊胆一晚上最后又落空使得他的中枢神经受损了，他闭上眼后没一会儿意识就有些混沌，并不算睡着，大抵是介于清醒与模糊之间，只能感觉到自己皱着眉。

连着的两张床突然颤了一下，何修迷迷糊糊中感觉叶斯好像在床上站了起来，他还没来得及睁眼看，就感觉身边的床垫猛地往下沉。

下一秒，他被人推开，一个家伙强行坐在他和墙之间。

何修一脸茫然地睁开眼，看着悄无声息坐在自己床上的叶斯，缓缓地用眼神发出了疑问。

叶斯不仅人过来了，怀里还抱着一个硬邦邦的东西，坚硬的角磕着何修的胸口，有点痛。

何修一顿，瞬间感觉自己的眼睛亮了起来。

"礼物吗？"他使劲盯着叶斯。

叶斯"嗯"了一声，把东西塞他怀里。他刚要打开，叶斯突然又伸手按住了他的手腕。

叶斯有些紧张地在心里读秒，他读秒一直挺准的，但这会儿由于过于紧张，心里反而有点没底。

何修好像猜到什么，也不再说话。

叶斯感觉自己有点紧张。

十二点。他在心里数道。

"生日快乐，同桌！"叶斯飞快地说道，"生日快乐！成年快乐！"

何修的眼睛在黑暗里明亮极了，他使劲地点点头，然后快乐地搂着那个盒子。

"我能拆开看了吗？"何修小声问。

"拆开吧，拆开吧。"叶斯深吸一口气，搓搓手，"我有点紧张，希望你喜欢。"

一定会很喜欢的。何修在心里说。

何修感觉手心全是汗，在被子里蹭了好几下才小心翼翼地揭开那个盒子。

叶斯往后退了一点，给何修腾了一块地方。

何修敏锐地意识到可能是什么怕碎的东西，于是也往后退了退，就差从床上掉下去。

他在黑暗中仔细辨认着东西的轮廓，感觉有点像一盏阿拉丁神灯，但灯头很窄，看不太清是什么样子的。手碰上去，灯柱是金属，凉凉的，还挺沉。

"小夜灯吗？"何修问道。

叶斯"嗯"了一声："但照明作用不太大，就……摆着玩玩吧。"

"特别好。"何修有些激动地应道。

他感觉自己的心在胸腔里怦怦直跳，快得就蹦出来了。他下意识按了一下胸口，握着灯柱小心翼翼地想把灯竖起来。

"等一会儿。"叶斯说着，从盒子里扯出线，摸到床边的插座插好。

何修已经把灯拢到怀里，手指碰到灯头的触感，硬硬的但又仿佛很脆，像是蒙着一层染料的绸，又有点沙沙的质感。

这是……

何修突然震惊："蛋壳吗？"

叶斯"嗯"了一声，想解释一下自己灵感的源泉，但话到嗓子眼一个字都说不出来了，末了有些焦虑地抓乱自己的头发，说道："直接开灯吧，你看看。"

何修摸到开关，深吸一口气，然后"吧嗒"一声开了灯。

"学神生日快乐！"一直躺在床上的温晨猛地坐起来。

沈浪也和他一起吼道："十八岁快乐！成年快乐！！"

何修想说什么，却卡住了。

漆黑的寝室，床上的蛋壳灯里透出深蓝色的光晕，那是一片熟悉的星空，但星星比印象中更多，远处云端下是几栋城堡，山尖上披着斗篷的小人也比记忆里更努力地仰着头。

黑夜里的蛋壳灯效果非常好，星星的部分由于用了带珠光的染料，透出来的光芒格外璀璨，把整片"夜空"衬托得流光溢彩。

何修感觉自己的呼吸都屏住了，近乎呆愣地捧着那盏小灯，看着那个蛋壳，仿佛从没见过这么美好，美好得让人震撼的东西。

"它是会转的。"叶斯轻声说。

叶斯小心翼翼地伸手推了一下蛋壳，蛋壳快速旋转起来，小人的脑袋尖一圈圈地转着，整片夜空的星光都折射到了一起，在被子上投下斑驳的痕迹。

何修怔怔地抬头，斑驳的光影也打在叶斯脸上。

叶斯有些激动，但还是努力平静地给他解释这盏蛋壳灯的来源。

灯光在墙上留下了叶斯的影子，他的睫毛轻轻颤动，如同何修此时的心情。

"太漂亮了，叶神真的用心。"温晨呆愣地感慨，"太牛了，怎么想到的啊？"

"一个大老爷们还能做出这玩意儿来。"沈浪坐在自己床上抻着脖子往何修的床上瞅，末了又有点不好意思，"学神，我送了你一对哑铃，那什么，放你桌子底下了，那个白色的盒子是我的。"

"我送了一个游戏机。"温晨小声说道，"在你的书架上。是新出的，评价很高，当然跟叶神的是不能比……"

"谢谢。"何修勾起嘴角看着对面两张床上的人，"我都很喜欢，谢谢你们。"

"客气了。"沈浪大大咧咧地躺回床上，过一会儿翻个身咂咂嘴，"叶神对你也太好了吧，我那么多兄弟咋没人给我做个蛋壳呢？"

"是蛋壳灯，自己设计、自己画、自己做的。"温晨小声地纠正，"实在……太用心了。"

"你送过朋友自己做的东西吗？"沈浪突然问了这么一句。

温晨蒙了一下："没有。"

何修也扭头看过来，三个人不约而同地看着温晨。

温晨茫然地咽了口吐沫："我觉得小孩子才送手工……当然我没有说你的意思啊，叶神，你这个礼物效果真好，我之前没想到过。"

叶斯好脾气地摆了一下手，没往心里去。

何修很喜欢蛋壳灯，叶斯能感觉到。

他的双手攥着灯柱在眼前看了又看，等蛋壳灯停下来，又小心翼翼地拨一下，反反复复，看了有十分钟都没看够。

叶斯提心吊胆一周的心终于踏实了，笑着戳何修的腿："差不多行了，把灯关了吧，这个质量我可不敢保证啊。"

"啊——"何修似乎被吓一跳，连忙点头，"吧嗒"一声把开关关了。

寝室归于一片漆黑，两个人在黑暗中对坐着大眼瞪小眼半天，何修又小声感慨："真好看，是不是失败了好多次？"

叶斯笑道："失败的那些都被你吃了。"

何修愣了一下，过一会儿反应过来了，突然忍不住想笑，又觉得有些不应景，只能努力憋着别过头去。

叶斯严肃地说道："你想笑就笑吧，收到了一个小孩子才送的手工礼物，都已经这样了……"

话没说完他自己就忍不住低头乐起来，何修也乐出了声。

何修怀里放着那盏灯，小声问："那你……"

"明天我们去游乐园。"叶斯勾起嘴角，说道，"你肯定没去过吧，叶神再带你飞一次。"

"好。"何修满眼都是璀璨的光，"你说去哪儿就去哪儿，去哪儿都开心。"

"给你买草莓冰激凌。"叶斯勾起嘴角，"过生日就要去游乐园，还要吃草莓冰激凌。"

"好。"何修点点头，"我有点期待，我今晚可能期待得睡不着了。"

他说着，又忍不住摸了摸怀里的蛋壳灯，压低声说："我从小到大都没这么期待过生日。"

隔着不过十几厘米的距离，叶斯的眼睛亮亮的，认真地看着他："同桌，你开心吗？"

何修用力点头："嗯。特别、特别开心。"

"开心就好。"叶斯突然觉得心里很满足，做蛋壳、藏礼物、演一晚上戏什么的，全部在这一刻值回票价。

"那我回去睡觉了，明早见。"叶斯撑着何修的枕头站起来。

何修抱着蛋壳灯问道："明早我们几点出发？"

"九点，到游乐园差不多十点，第一拨进去。"

"好。"何修点点头，"那还有八个小时四十五分钟。"

何修卸掉学神冷漠气质抱着蛋壳灯发怔的样子实在太逗了，太让人快乐了。

"真睡觉了。"叶斯恢复矜持，自然而然地站起来，还大大咧咧地大声打了个哈欠。

"砰"的一声，叶斯砸回自己床上，立刻翻个身骑着被子："睡了啊！"

何修听见自己说："我也睡了，好困。"

叶斯极其大声地又打了个哈欠："是啊，好困。"

星期六没有早铃，整个603寝室没人主动睁眼。

叶斯睡得正沉，突然听见门一声巨响，吓得他一下子笔直地坐起来。紧接着何修也坐起来了，扭头看了他一眼。

两个人昨晚都失眠到后半夜，此刻骤然被吵醒，十分茫然。

下一秒何修猛地掀开被子，看到被窝里好端端的礼物盒子后才松了一口气，又忍不住把盒子抱到怀里。

咣！

门又一声巨响，宋义在外头扯着嗓子吼："学神大帅哥何修生日快乐！！！"

何修："呃……"

叶斯深吸一口气，咬牙骂道："滚！"

宋义委屈得又踹了一脚门："昨晚说好的大家早上在群里轰炸学神的啊，结果轰炸一早上合着你们都没起床呢。"

"起来了。"何修无奈地说道，"谢谢你们。"

"应该的！"宋义吼道，"准备出发了，再去晚点丛林漂流和过山车会排队排到死！"

叶斯被大嗓门震得浑身难受，多一个字都不愿意说，虚弱地爬下床看了一眼时间。确实起晚了，原计划九点从校门口出发，结果现在九点了，他们才刚醒。

何修也跟着叶斯下地，站在底下小心翼翼地把放在床沿的盒子抱下来，还掸了掸表面不存在的灰尘。

叶斯看见何修有些凌乱的发型突然觉得开心，一把拉开窗帘，让阳光透进来。

美好的一天开始了。

叶斯说："今天要穿得帅点啊。"

何修"嗯"了一声，犹豫一会儿后手伸进衣柜里。

"你是不是有一件皮卡丘的T恤？就是白色的那件。"何修平静地问道。

"是啊。"叶斯说，"之前去国外玩买的，怎么了？"

"我前一阵买了件妙蛙T恤。"何修顿了顿，从衣柜里摸出那件全新的叠得板板整整的T恤，普普通通的白色圆领T，只是胸口印着一只妙蛙种子。

叶斯的眼睛一亮，兴奋道："妥了，等我找找啊！"

何修闻言立刻背转过身把衣服换上。

九点二十分，迟到拖慢大家进度的寿星终于到楼下跟大部队会合了。

宋义原本叼着根棒棒糖百无聊赖地靠在柱子上，一看何修跟叶斯出来了，立刻卖力地挥手喊道："我们在这儿……你们穿的是什么？"

几乎一模一样的两件白色T恤，叶斯胸前是黄色的闪电皮卡丘，何修胸前是有些憨憨的蓝绿色妙蛙种子。

简明泽震惊："还有这种安排？为什么没通知我们？"

沈霏闻言扭头笑，用胳膊肘撞撞简明泽。

简明泽没反应过来，就见她和许杉月嘀嘀咕咕几句然后笑得倒在一起。

"这是我们603的寝服。"叶斯冷漠地道，一脸没睡醒的样子，"快走，快走，晚半个小时了。"

宋义"哼"了一声，把脚边放着的一兜子吃的拎起来，发给大家："还不是因为等你们？何修寿星也就算了，你也睡过头。"

"我请大家打车还不行吗？"叶斯说着，从塑料兜里抓出一个面包，巧克力味的。他扭头看到何修拿的是红豆味的，见两个人拿的口味不一样，便心满意足地撕开包装袋。

一行七人，一辆商务车刚好能装下。简明泽坐副驾驶座，两个女生坐在前面两个位子，后排挤了四个男生。

一上车吴兴就说："那个，我有一个朋友也想去游乐园玩，能不能带上她啊？她就住游乐园附近，直接在门口等我们。"吴兴低头揪着书包说道，"就上次送我护腕的那个朋友，卫校的，叫颜晓乔。"

"我就说有问题！"宋义立刻瞪着眼睛，用胳膊箍着吴兴的脖子，"老实交代！"

"没有呢。"吴兴挣扎了两下挣扎不开，只能认命地让他勒着，顿了顿又说，"但我确实挺欣赏她的……"

叶斯还没来得及说话，就听宋义哭了一嗓子，吓他一哆嗦，反手就是一巴掌拍过去。

"你干什么啊？"叶斯瞪眼。

宋义号出了货真价实的眼泪，手一抹想蹭叶斯身上，被叶斯用眼神恐吓只能在自己大腿上抹了抹，说道："我激动！我开心！我还觉得这个世界特别不公平！"

"毛病。"叶斯笑着骂他一句，转过身又觉得有点好笑。

难怪这阵子吴兴神秘兮兮的，不怎么主动找他和宋义玩了。

啧，原来真相是这样的。

叶斯咬了一口手里的面包，巧克力馅苦中带甜，何修又拿了一个红豆面包过来："你尝尝吗？红豆沙挺细的。"

叶斯凑过去咬了一口，又细又绵软的红豆沙在嘴里绵延开，但他刚吃过巧克力，所以吃不出红豆的甜味。

何修看了叶斯一眼："甜吗？"

"甜。"叶斯说着也给何修拿了一个巧克力面包，"你尝尝这个。"

巧克力的气味已经飘了过来，何修低头一口咬住面包。

"是不是更甜？"叶斯问。

何修点点头，咽下去又无奈道："所以你刚才应该没吃出什么甜味吧？"

叶斯乐着骂了一句："给彼此留点面子不行吗？"

两个人乐成一团。

手机突然一振，叶斯随手翻过来一看，竟然是宋义。

人就挨着他坐，有话却要发微信消息，而且还不是发在"混子大队"群里，是私聊。

宋义："你和学神的关系越来越好了，我和吴兴要退居二线了，唉。"

叶斯猛地回头，见宋义眯着眼正狐疑地看着自己。

见他回头，宋义伸出食指和中指比了比自己的眼睛，又掉转过来指向他做了个口型："我一直盯着你呢。"

傻子。

叶斯想笑又不肯笑，嘴角抽搐半天，憋出一个扭曲的表情。

周末早上完全不堵车，一行人比计划的时间还提前了十分钟到达游乐园外。大家的电子票都在叶斯手机上，叶斯去扫码，回来的时候发现队里多了一个高挑的姑娘，皮肤很白，杏眼圆脸。

"颜晓乔。"姑娘开朗地笑着跟大家打招呼，"叫我小乔就行了。"

女生很好打成一片，沈霏跟许杉月立刻逮着她脚上那双帆布鞋跟她聊开了。

简明泽脖子上挎着一个一看就很专业的单反，入园前先给大家在大门口拍了一张合照，然后说道："这些项目我统统不能玩，你们玩你们的，我负责拍照。"

"摩天轮你应该能玩吧？"沈霏笑着说，"太刺激的我也不敢玩，等会儿拍完了可以一起坐个摩天轮打发一下时间。"

许杉月笑道："那你们去吧，我可不坐摩天轮，要玩就玩刺激的。"

"没问题，我可以负责照看大家的安全。"宋义突然冒出这么一句，有些拘谨地顿了一下，"我是说所有人啊。"

"知道。"沈霏笑着说，"那先陪你们去排过山车吧，不着急坐摩天轮。"

"我看行。"宋义来了精神，"走，走，走！是爷们就坐跳楼过山车！"

八个人浩浩荡荡地往游乐园最令人闻风丧胆的项目——跳楼过山车前进。其实不用往深走，这个过山车离游乐园还有几百米的时候就能看见了，数不清的大回环，连着好几个都是在至高点九十度断崖般直直掉下来的。这会儿应该刚开第一拨，顶上的尖叫声已经要穿破整个游乐园。

叶斯感觉兴奋得脚心都有点抽筋。他从来没玩过这么刺激的项目，以前是有病不能玩，这回没病了，就算吓死也要好好体验一下。

他回头看着何修："你敢吗？"

"看着挺恐怖的。"何修冷静地抬头看一眼过山车本体，指着连续两个至高点说道，"尤其掉下来之后马上又全速推到顶上，无缝衔接的失重、超重状态会对人的心脏带来不小的挑战，可能引起眩晕、呕吐等症状。"

叶斯逐渐失去表情，何修说完一串扫兴的话后又突然勾起嘴角，胳膊在他胳膊上蹭了一下："一起飞一把呗，来都来了。"

叶斯的眼睛一亮，笑道："对啊，来都来了，十八岁生日要做点疯狂的事！"

何修沉默着偏头看一眼叶斯兴奋的侧脸，又淡笑着转回头去。

他从没想过，重来一次竟然会在成年生日这天被叶斯带来游乐园，而且并肩走在前往魔鬼过山车的路上。

人生啊……

八个人走着走着就变成四个二人小分队，沈霏、简明泽走在一块儿，吴兴、颜晓乔一起，叶斯、何修挨着，剩下宋义和许杉月两个人之间隔了一段距离，且这段距离在十公分和十米之间反复变化着。

叶斯转过去看了大家一眼，感慨地叹气。

"怎么了？"何修看着他。

叶斯勾勾嘴角："活着真好。"

"嗯？"

叶斯又用力拍了拍何修的胳膊："能活着，和大家在一起学习，一起玩，特别好。"

何修没有说话，等走到过山车排队入口的时候，他突然淡笑着说道："我也这么想，能这样活，特别好。"

叶斯看了何修一眼，感觉自己在那双沉静的眼眸中看出了一丝深意，又不知是不是错觉，一时之间他竟不知该说什么。

"好爽！"宋义拿手指头点了一下前面的人，"下一趟我们就能上了，来得早就是爽。"

"我其实有点害怕。"许杉月叹气，"我可能会喊得很大声。"

"那你坐我旁边吧。"宋义立刻说，"我不害怕，你叫得再大声我也不会笑话你。"

许杉月笑着点头："我看行。"

叶斯往前看了一眼，他跟何修在八个人的最前面，中间没人插队，前面的人是偶数，这意味着他肯定能跟何修坐在一排。

叶斯满足地"啧"了一声。

上过山车的时候工作人员走过来帮他跟何修都扣上了安全装置，一个手臂一样的东西从头顶压下来按在胸前，腰上和腿上也都压好，所有卡扣关闭后整个人几乎不能动，像夹馅面包里的果酱一样被牢牢地固定住了。

"有点刺激啊。"叶斯兴奋得左右看着，"是不是安全措施越完善，项目越危险？"

"理论上是这样的。"何修伸了伸手，发现自己还是能够到叶斯，于是放心地笑道，

"但肯定是安全的，你要是害怕就吼出来。"

"好！"叶斯点点头，"你也是，我还没听你吼过呢。"

虽然叶斯觉得是爷们不能怕这玩意儿，但听到启动提示音响起，感觉过山车开始慢慢移动，一颗心还是飞速悬到了嗓子眼。

从落座点到出发点是一小段攀升，过山车攀得很慢，慢到能听清笨重的车身摩擦底下轨道的声音，让人更加汗毛倒立。

攀到顶上的时候，四周连一栋建筑都看不见了，只有开阔的天空。脚不沾地，全部依托就只有扣在身前的安全手臂，整个人轻飘飘的，像在云端站立。

顶上的空气有些冷，不知是不是害怕的缘故。

叶斯扭头看向旁边，发现何修正看着自己，轻轻地勾起了嘴角。

身后突然响起两声短促的警笛，何修低声说："要来了。"

如同应验般，过山车猛地一震，而后一股强烈的推背感迅猛袭来，过山车带着一车的人飞速向前冲。

不知是不是学习学魔怔了，叶斯在心脏的一通狂颤之中想到了这么大的推力是为了产生巨大的加速度！

产生加速度！冲到最高点！向着这座城市！俯冲！

过山车"嗖"的一下冲上至高点。

一阵要命的失重感袭来，心脏瞬间蹦到嗓子眼，风在耳边吹着头发呼呼而过，过山车从最高点笔直地掉了下去。

"啊！"叶斯已经彻底忘了自己的座右铭，吼声直穿耳膜，"啊！啊！啊！！！"

在叶斯喊出来的那一瞬间，何修转过头来。叶斯狂吼几嗓子，好不容易等过山车连续甩过几个三百六十度大回环，进入一段相对平缓的加速区域。

"同桌。"何修突然叫了他一声。

叶斯的头发被吹成鸟窝，回过头："啊？"

何修还没来得及说话，下一个夺命断层就在眼前。

紧接着，过山车"咚"的一声！

"啊——"叶斯在扑面的风中闭眼吼道，"啊！"

"别怕！"何修也破天荒地大声喊起来，"别怕！"

谁怕了！

叶斯突然笑起来，过山车一圈一圈翻滚回环，把他的笑容扯变形，但他越笑越厉害，差点被自己的唾沫呛死。

失重、超重感一次又一次袭来，仿佛无穷无尽，但叶斯一开始那点紧张的心情全部没了。攻略里说要坐至少十次过山车才能获得坐过山车的乐趣，叶斯感觉自己已经领会到了。

在城市的最高点，天高地阔、无拘无束，在风里玩命吼。

生与死的较量，一次又一次考试的压力，全部被吹跑，都被这辆疯狂的列车在空中不知甩哪儿去了。

　　整列过山车上的尖叫声此起彼伏，叶斯甚至怀疑自己在风里大喊一声"何修，你是我最好的朋友"也不会被听见。当然，他也只是想想。

　　过山车一趟其实只有几分钟，经不住思考这种重要问题，稍微一犹豫就已经错过时机。

　　列车缓缓减速回到出发点，彻底停下时，叶斯的心脏都还像是卡在胸腔和喉咙之间。他感觉自己的手和脚都软了，因为使劲攥着安全压杆，手掌都变得红红的，跟被上刑了似的。他一转头，发现何修的掌心也是通红一片。

　　叶斯坐在座位上一通乐："你是用了多大的劲？"

　　何修无奈地甩甩手："是有点痛。"

　　工作人员过来帮大家解开安全设施，何修先站起来一步跨到旁边的地上，然后冲叶斯招手。

　　他扬着嘴角，满眼笑意。

　　"脚软啊。"叶斯叹气，"原来我这么垃圾啊，前心后背全是冷汗，人都蒙了。"

　　何修笑而不语，过一会儿突然停住脚步，深吸一口气。

　　叶斯也跟着他停住："怎么了？"

　　"太开心了。"何修深呼吸，黑眸使劲压抑着那股激动，努力平静地说道，"你感受到了吗？在最顶上，阳光特别好，空气也好。"

　　"对啊！"叶斯猛点头，"原来不是我一个人没见过世面，在城市之巅的感觉真棒啊。哎，就是你那个壁纸，蛋壳灯上那一幕，小人站在山巅一定就是这种感觉。"

　　何修连着点了好几次头，几次欲言又止，像是激动得说不出话。

　　"你说游戏里那小人站在山巅上看云看星星的时候在想什么呢？"叶斯突然问。

　　何修顿了顿："想他光荣而伟大的使命。"他随手撑着旁边的栏杆，垂眸笑着看叶斯，"其实不难受，放松下来的话感觉很爽，可惜时间太短。"

　　叶斯点头："没事，要看风景的话在哪儿都行，玩完这几个大项目就到草地上野餐去，我们准备了好多吃的呢。"

　　何修点点头，来的一路上吴兴都拎着一个大蛋糕，刚才进门的时候花钱托管到冷饮店了，估计蛋糕也是个重头戏。

　　真是让人满怀期待的一天，跟叶斯一起来游乐园，一起坐过山车，等会儿还能一起吃蛋糕。

　　晚上回去还能再仔细看看那盏蛋壳灯，早上出门太匆忙，他还没来得及仔细看。

　　何修勾起嘴角，深吸一口气。

　　以前真的白活了，从来没有体会过这么鲜活的快乐，还有源源不断的对未来的期待。

　　几个人从出口走出去，简明泽举着相机冲他们挥手："我刚才捕捉到好几个搞笑瞬间。"

　　"是不是全是丑照啊？"叶斯来了兴致，"给我看看。"

何修有些无奈，扭头看宋义、许杉月他们都跑到旁边买冷饮去了，于是轻轻拍了叶斯一下："不是说要吃冰激凌吗？"

"那边就有，你去买吧。"叶斯说。

"我自己去吗？"何修愣了一下，昨晚说那话的意思，难道不是一起买吗？

叶斯那股神经大条的气质又显露出来了，摆摆手说："我要看你的丑照，你先去吧。"

何修叹口气，叹完又乐了，并没有被这件小事影响心情。

"那行，我去买。"

卖冰激凌的地方排着队，何修走过去大致数了一下，估计得排个十来分钟。

何修绕到侧面去看菜单。游乐园的冰激凌口味种类不多，有草莓、香草、双拼三种选择，还能选择是蛋筒还是盒装。

叶斯肯定得吃蛋筒，但草莓还是香草，他有点拿不准。

队挺长的，他决定先回去问问清楚。

从拥挤的人群中穿过，何修远远地看见简明泽拿相机对着叶斯。叶斯站在镜头前说着什么，还时不时用手比画背后的过山车。

何修平时走路就没什么声音，游乐园到处是人，他靠近的时候更没人注意。

叶斯对着镜头笑道："同桌，我今天听到你在过山车上大喊大叫了。"

简明泽在镜头后止不住地笑，向来威武霸气的叶神在镜头里明显有点紧张，话也多了，这两句话反反复复说了得有四五遍。

叶斯的舌头打结："你平时真是个挺木的家伙，也就偶尔还跟我笑笑吧，别人都以为你没有表情呢。但你疯起来也特别带劲，希望你以后多疯一疯，像个十八岁的家伙该有的样子！"

何修感觉眼眶有些热热的。他微笑着站在不远处，看叶斯对着镜头即兴发挥。

叶斯其实有挺多想说的，尤其之前在过山车顶端，恨不得一股脑地全部倒给何修。但此刻站在镜头前，他又说不出什么了。

这次出来玩简明泽除了拍照还会录一个纪录片，叶斯早就想好要单独录一段放在最后，当成给何修生日落幕的一个小小惊喜。本来是想回忆一下两个人友情开始的地方，顺便夸夸何修，但此时此刻他又不想说那些了。

四周很吵，叶斯的心里却很静，静得能听见自己心跳，一下一下地，在胸腔里沉稳而有力地跳动着。

他突然挺了挺腰板，深吸一口气，微笑着看镜头。

"你刚才跟我说这样活着真好，你强调了'这样'两个字——"叶斯停顿一下，"我不知道你这句话有没有我猜想中的那层含义。如果有，我想对你说，一定一定要把握这段时光，就像我，无论时间的尽头在哪里，都会永远记住这段日子。"

叶斯感觉要把自己说哭了，鼻腔深处突然涌起的酸热让他有点狼狈，猛地吸一口气，对着镜头傻气地吼道："希望若干年后你回忆起今天这个生日还能想起我来！还有——

成年人何修一定一定要比少年何修更酷一点啊！不要做让自己后悔的事！要一直使劲向前跑！"

简明泽突然从相机后抬起头，有些犹豫地看着他："那个……"

"我没事！"叶斯咬着牙吼，把眼眶那点热意都忍回去，"我就是……"

"成年人何修——"一个平静的声音突然在身边响起，叶斯还没反应过来，何修就伸手拍了拍他的肩膀。

"成年人何修——"何修平静地看着镜头，淡淡地笑着说，"希望若干年后你仍然记得，最后的高三这一年，你听了人生中的第一场现场演唱会；第一次反抗父母的意愿；第一次代表班级参加篮球赛；第一次交了白卷；第一次穿幼稚的神奇宝贝T恤。这是你最酷的一年，希望继续保持。"

叶斯蒙了两秒，突然觉得脸颊发热，感觉丢人丢到家了。

他尴尬地瞪着何修："你不是买冰激凌去了吗？我们的秘密惊喜就这么被你戳破了！"

何修看了叶斯一眼，眼神有些许意料之中的得意，片刻后又勾起嘴角，推着他面向镜头。

"听你扯了一大通有的没的。"何修说，"一句真心实意的话都没有。"

"你让我说什么真心实意的话啊？"叶斯发愣，"刚才那些都是掏心窝子的话。"

"收回那句什么以后还能想起你的鬼话。"何修有些固执地迫使他看着镜头："对着镜头说，明年生日还陪我过。"

"啊？"叶斯顿了顿："明年我们在哪儿都不知道呢。"

"不管在哪里，都不能错过对方的生日。"何修不让他转头，"快点，对镜头说，听你说完再去买冰激凌。"

"哦。"叶斯的大脑有些空白，茫然地盯着前面黑洞洞的镜头，感受着肩膀上何修手掌的温度。

一阵风过，他之前心里那点沉重好像又被带走了，有一股不管不顾的冲动。

他深吸一口气："成年人何修，以后你每一年生日我都给你过，你也得给我过我的。"

那句"以后每一年"大概是叶斯在脑世界里说的最冲动的一句话，理智完全被涌上头的情绪淹没，说完后才觉得怅然若失。他是一个没有以后的人，承诺一时口快，到时候真要原地暴毙了自己也不会有什么感觉，但特别对不起何修。

何修是个很认真的人，言出必行。同样的，他也要求给他承诺的人能守约。

这是叶斯摸索出来的何修的脾性。

叶斯轻轻地叹口气，跟何修一起去买冰激凌，又走了好久才从沉重的心情里缓过来一些。

一滴凉凉的东西滴到手背上，他下意识地抹一把，很稠，手背上转眼又滴了一坨。

拿一路都没怎么吃的冰激凌化了。

"唉。"叶斯有些无奈地快步到旁边的垃圾箱，想把上面化掉的部分一次性滴干净，但没想到手腕刚一翻过来,冰激凌球直接掉了,只剩一个轻飘飘的蛋筒在手里。

"再买一个吧。"何修走过来,"你刚才想什么呢?"

叶斯摇头道:"不买了,等会进去排队拿着冰激凌也不方便。"

下一个要玩的项目是丛林漂流。丛林漂流其实就是激流勇进加一段漂流,刺激程度跟过山车没法比,但体验更舒坦。尤其是汗流浃背排半个小时队之后,从水上俯冲下去又顺着水流飘进蜿蜒凉快的河道,仿佛进入另一个世界,浑身湿透但格外舒爽。

叶斯扭头看着两岸茂密的树木,爽快地吹了两声口哨,又拎着衣摆往上掀了掀,说道:"我衣服全部湿了。"

"谁让你不穿雨衣。"宋义缩在塑料布里翻白眼,"这么深的河,而且还有水滑梯,你不穿雨衣还得意呢。"

叶斯闻言挑眉,探头看了一眼所谓"这么深的河"。

"人跳下去到大腿——"叶斯认真地点头,"好深啊。"

许杉月忍不住笑出了声:"宋义,你就是怕水,别装了,大家都看出来了。"

宋义的脸涨得通红:"谁说的?我这是安全意识!"

简明泽和沈霏去坐摩天轮了,剩下六个人刚好坐满一艘小船,一船人闹成一片。

船上只有叶斯没穿塑料雨衣,这会儿全身都湿了,正把上衣从下摆那儿揪起来像拧抹布似的拧水。他的衣服一揪,腰腹全部露出来,旁边的许杉月些尴尬地挪开视线。

宋义顺着许杉月的目光看到叶斯正在秀身材,立刻把雨衣撩了起来,雨衣上的水溅上去,把上衣弄湿好大一块,他顺势把衣服撩了起来。

"热啊。"宋义暗中憋气凸显肌肉线条,"好热。"

许杉月笑骂:"你是不是有病?"

宋义的身材其实比叶斯的更好,大臂和腰背都练得特别狠,明明只是个半大孩子,但手臂上的肌肉块比很多成年男人都明显,明晃晃的六块腹肌,因此叶斯平时总愿意带上他壮声势。

而叶斯更符合少年加养尊处优的少爷身份,皮肤很白,略偏瘦削,身上从肩背到腰腹再到腿,轮廓都是很顺的。虽然没有很夸张的肌肉,但抬胳膊打哈欠时腰上也能浅浅地看到腹肌的印子。

何修的注意力被旁边的动静吸引,一个没抓稳,手上拿着的小相机掉了。

小相机也是简明泽带来的装备之一,巴掌大,能防水。简明泽进不来,就让何修拿着随便记录一下这段,回去一起剪辑。

"哎,你是不是有那个……隔壁吴老二的脑血栓后遗症?"叶斯忍不住笑,懒洋洋地弯腰把小相机捡起来看了看,确认没摔坏,"好好地拿着相机突然肌无力就给掉了?"

何修没吭声,叶斯抬头看他一眼,拉了拉他的雨衣:"放松点,你不会也晕船吧?"

"没有。"何修一口否认,过一会儿又叹口气,"第一次过生日有这么多同学在,是有点紧张。"

叶斯闻言故作深沉地拍拍他的肩膀："你看这群傻瓜儿童，一个个都玩开心了，没几个记着你过生日啦。"

何修严肃地看着叶斯点点头。

"只有我记得。"叶斯又笑着指自己，也不在意何修的雨衣上全是水，拍着他的肩膀，"来，跟你的好同桌自拍一张。"

这会儿大家全在指着沿岸一种粗枝宽叶的树木讨论，没人回头注意这边。

叶斯把相机对着两个人："来同桌，我喊'十万伏特'，你喊'飞叶快刀'。"

"是不是……有点傻？"何修被叶斯逗乐，紧绷着的那股劲散了。

叶斯一本正经地点头："就是要傻，要的就是这种效果。"

何修虽然嘴上不情愿，但叶斯从三倒数到一的时候，还是乖乖地喊了"飞叶快刀"四个字。

叶斯没喊，端庄优雅，沉默是金。

何修周身的气压迅速变低，扭头面无表情地看着他："你耍我。"

"不是，让你喊你就喊啊！"叶斯笑得坐不直，手拍着小木凳上的水，"拍照喊的都是露出微笑表情的字，哪有喊'刀'的啊？"

何修满脸严肃，摊开手："给我看看照片。"

"我拿着你看。"叶斯一脸防备，"省得你给删了。"

何修满脸写着无奈。

叶斯之前没用过这种相机，翻了半天才把照片翻出来，最新的一张就是。

"好像还可以啊。"叶斯说着看了看太阳的方向，往何修那边挤过去，"刚才背光了。"

照片上的两个人，浑身湿透的叶斯站在何修的旁边，笑得眉眼弯弯。何修似乎在认认真真地喊"刀"，但没像想象中那样傻张着嘴，镜头捕捉时他口型刚刚收回来，似笑非笑地看着镜头，眉眼中透着无奈。

"我们都拍得特别像好少年。"叶斯震惊，"我那股狠劲和你那股冷劲都没了，简直两个温柔男神啊。"

何修没吭声。

叶斯感慨："我们真是帅，校草无双。"

"我也觉得。"何修突然低声说。

"啊？"叶斯一愣，随后突然笑起来，"你能不能不要这么一本正经的？"

两个大项目连排队带体验，折腾完出来已经十二点多，一伙人都饿了。简明泽跟沈霏发消息说摩天轮已经坐完大概三百三十度，还差三十度，让大家先拿着蛋糕和吃的去小公园，稍后会合。

叶斯反应了半天才想明白三百三十度和三十度是什么意思，笑着骂了一句"学习好的就知道卖弄"。

宋义马上指着他说:"别说得好像你不是学习好的似的啊,我要报警了。"

叶斯笑着没说话,偏头看何修。

何修没留意这边,而是一直往他们早上存东西的冷饮店那边看,估计是有些期待蛋糕。

H市的游乐园里有个小公园,围着湖的一大片地,是供游客发呆、拍照或野餐的。

他们去拿蛋糕的时候又买了一堆汽水,一大帮人进入小公园,发现简明泽和沈霏竟然先到了,而且还抢到最好的一块风水宝地。众人立刻桌布一铺,纷纷席地而坐。

这天天气也很赏脸,阳光特别好不说,还不算晒,坐在树荫底下吹着湖边的小风,别提多舒服。

"蛋糕是什么口味的啊?"何修看着宋义去拉丝带,有些紧张的样子。

叶斯笑着看了何修一眼:"白桃乌龙的,你肯定爱吃,做得也漂亮。"

"我一听就特别想吃,都没听过这口味,太高端了。"宋义大声地咽了口口水,把盖子揭开,大家一瞅,都忍不住"哇"了一声。

"也太好看了。"许杉月啧啧赞道,"一看就贵。"

叶斯转头看向何修,笑得十分得意。

这个蛋糕不是普通蛋糕店买的,是叶斯托人打听又自己上网搜,锁定了H市一家私人烘焙工作室。老板在法国学过烘焙,蛋糕口味都选用季节新鲜水果,而且设计得特别好看。

白桃乌龙是这一季的限定款,蛋糕坯用了乌龙茶,夹层是白桃奶油,还有桃肉。外面通体抹象牙白的奶油,柔和平整,洒几片浅咖啡色花瓣状的巧克力,一眼看上去就特别高端。

工作室平时做的蛋糕最大尺寸是六寸,这回吃的人多,叶斯强行订了个更大的,而且还要求人家大清早起来做,加了不少钱。叶父上周末莫名其妙给他转的钱买了蛋糕和两个人的游乐园门票后就没剩什么了。虽然叶斯平时一直手头宽裕,但也比较少这么花钱。不过这次他一点也不心疼,看着何修的眼睛亮起来就觉得特别满足。

"哎,先别切!"叶斯呲呲嘴,"能不能让我同桌先许个生日愿望啊?你们玩嗨了吧?连大事都忘了。"

"哦,对!"吴兴猛地缩回手,不好意思地笑道,"嘻嘻哈哈一上午,真给忘了。学神,许个生日愿望吧!"

"许愿!"一伙人开始起哄,男生女生彻底打成一团。

大家都兴奋地盯着何修,何修反而有些不好意思了。

他"嗯"了一声往前蹭了蹭,把蛋糕小心翼翼地挪到自己面前。

叶斯已经手疾眼快地点燃了那个造型"18"的蜡烛,插在蛋糕正中心。

此时艳阳高照,烛光的存在感很低,于是大家集体智障似的肩膀搭肩膀把何修围在中心,脑袋一低,强行营造出一片不算黑暗的黑暗。

"快许愿。"叶斯兴奋得搓手,"许个重要的啊!最想要什么,跟神说,神看你长得帅肯定愿意答应你。"

何修笑着点头,轻轻闭上了眼在心里默默地许愿——

神,你好,我叫何修,现在在脑意识世界里,或者说,是一场盛大的梦里。

我的同桌叫叶斯,我猜测他大概率也在这场梦里。我不知道他在现实世界发生了什么,在这场梦里有什么想做的事,但我希望无论他心里想的是什么,都能如愿。

具体点说,他平时大大咧咧的,唯一念叨过的就是前两所大学,所以我希望他能考上那两所之一,然后,要健健康康的。

何修对着"神"一通虔诚地许愿,正要睁眼,BB突然上线,在他脑海里叹了一口气:"怪感人的。"

何修没回答,轻轻地睁开眼,七个人正无一例外,一脸期待地看着他。

叶斯的眼神是最期待的,亮晶晶的。

何修突然又闭上了眼——神,我还没有说完。上面那个愿望是最重要的,请您优先处理。但如果您处理完之后还有闲暇,我希望等我在现实世界中苏醒后,下一年、以后的每一年都要和他一起过生日。

何修在心里说完第二个愿望之后猛地松了口气,睁开眼,跟大家你瞪我、我瞪你片刻,突然没忍住扶着额头笑了起来。

真是……幼稚啊……

他在脑世界里不知干了多少件傻事,这段时间格外明显,从早到晚都像在飘傻气似的。

叶斯皱着眉看他:"你许愿许好久,怕不是许了一车愿吧,神别被你给气走了啊。"

"不会的。"何修说,"我只许了两个心愿,有认真交代优先级。"

"我服了!"宋义扯着嗓子喊,"能不能吃蛋糕了?我饿得快吐了。"

"吃,吃,吃。"叶斯立刻说,"最大的给我同桌,剩下的你们随便糟蹋。"

何修笑着看大家,这天也不知怎么回事,一伙人全在喊饿。其实大家在车上都吃了不少面包什么的,这会儿也无非过去了三个来小时。

"我来切吧。"何修说,"我给大家切蛋糕。"

"当然得你切。"叶斯把塑料切刀塞进他手里,"快点!"

不知为何,何修总觉得哪里不太对,尤其是七个人都兴致勃勃地盯着他,像七匹饿狼在盯一块肉。

他拿起刀,朝蛋糕伸过去,塑料刀切开奶油,切下有巧克力花瓣的一大块。

何修把那块放进一个小纸碟里,还没来得及抬头,面前草地上的阴影突然变多了,剩下的蛋糕被人飞快往后一抽。

何修心里猛然生出一股预感,然而已经来不及了,一只手——不用回头也能感觉得出是叶斯的手,按在他的后脑勺上,猛地往下一压。

震耳欲聋的狂吼中,何修一头栽进刚切下的那块蛋糕里,眼前一黑,绵密又甜蜜的奶油沾在脸和脖子上。他从松软的蛋糕中震惊地抬起头，透过遮住眼睛的一层奶油看见叶斯笑得在草地上打滚。

叶斯一边狂笑一边咳嗽，咳得脸红脖子粗，周围的人全部嗨了起来。宋义不知从哪儿掏出一大瓶气泡水，一通丧心病狂的摇晃后开了盖，"砰"的一声，朝着何修就喷过来。

"学神，生日快乐！"

"学神，每天都快乐！"

大家七嘴八舌地叫开，只有叶斯没喊。他躺在草地上掏出手机给一脸白花花奶油震惊脸的何修连续拍了十几张照片，然后抹了一把笑出的眼泪。

"生日快乐，同桌！给你一个难忘的生日！"

何修直到此刻都没完全反应过来，不敢照镜子，感觉自己整张脸——不，整个脑袋，都散发着一股好闻的奶油味，掺着白桃和乌龙的香气，他竟然有点气不起来了。

叶斯就这么把他的脑袋按蛋糕上了？！

按就按，还让大家先把大蛋糕撤了，只把他按进切下来的、属于他的那块里？

继大雨那晚经历了前世今生从未有过的困惑之后，何修又体验到了从未有过的震惊。

震惊得说不出话来。

大家乐得一个个倒在一起，叶斯抿紧嘴巴迅速从大蛋糕上切了一块下来，抓一把奶油就抹在自己脸上，顿时也变成个圣诞老人。

"我错了，同桌。"叶斯笑着蹭过来，随手用叉子叉一块底下的蛋糕坯子，"我们吃这个。"

何修说不出话来，过了好半天，才默默舀起一勺蛋糕放进嘴里。

白桃乌龙的清新在舌尖蔓延，但他一时间有些难以分辨那股清新是嘴里的还是脸上的，整个人都很蒙。

虽然有演的成分，但大家也真的饿了，一个个埋头狂吃。

三五分钟的工夫，就有人开始打嗝，漂亮的蛋糕被一群家伙"祸害"得不像样子，剩下的奶油糊成一团。

吴兴打了个响指："来玩刺激的！"

"什么刺激的？"何修终于呼出一口气，正要伸手拿纸巾擦脸，手就被叶斯拦住了。

"都抹起来。"叶斯拍拍手说。

就跟商量好了似的，几个人纷纷在剩下的奶油上抓了几把，男生都挺放得开的往自己脸上狂抹，几个女生没那么粗暴，但也拿手指头象征性地在额头和脸颊等好洗的地方擦了两道。

八只花色各异的奶油猫，何修是奶油最多的那只，叶斯其次，剩下几人毛色不均。

"生日版大冒险，现在开始！"宋义来了精神，拍拍屁股站起来，从书包里摸出一套牌。

花里胡哨的一沓卡片，每张卡片背面都印着一行 logo（标志），还真叫"生日大冒险"。

何修没见过这种卡牌，颇感兴趣地挑了挑眉。

"是要算数吗？比如二十四点之类的？"何修问，"那个我玩过，挺有意思。"

"不是。"宋义一脸严肃，"开玩笑吧，和你玩靠脑子的，我们还有活路吗？"

"是赌运气的。"简明泽顶着一脑门奶油笑道，"二十四张牌，0到9十张数字牌，A到K十一张字母牌，剩下的三张是红、黄、蓝颜色牌。每人抽三张，根据随机事件接受大冒险。"

"随机事件是什么？"何修眼神困惑。

"喏，有个小程序。"叶斯说着把手机在何修面前晃了一下，"规则都是随机扔出来的，很公平。奶油抹脸只是为可能接受的惩罚之一做准备，更刺激的还多得是呢。"

何修不说话了，产生一种不祥的预感。

大家轮着抽牌。

叶斯拿着手机念："现在请大家看手里的三张牌，纷纷亮出手中最小的一张数字，并按照数字从小到大顺次坐。相同数字的自己决定顺序，手上没有数字的就用字母牌，既没有数字牌也没有字母牌的，坐在末尾。"

一伙人很快就开始找座位，挤来挤去的。何修拿到了一张2，一张K，还有一张红色牌。虽然他对规则还不算完全摸清，但理论上来说他同时拿到了三种类型，应该是比较幸运的。

"2"算是比较小的数字，何修便坐着没动，又往旁边看了一眼。

叶斯竟然也没动，还在他旁边。

叶斯挑眉看了何修一眼，从手里抽出那张"1"号牌往餐布上一扔："你别瞅我啊，我就该坐这儿。"

"哦。"何修笑了，也亮出自己的数字，"然后是我。"

大家很快就找到自己的位置，游戏正式开始。

"我来扔第一条规则。"宋义一拍大腿，"就用我的生日吧，2月9日，我在小程序里输入'29'。"

手机"叮咚"一声，程序AI（人工智能）自动回复。

宋义大声念："请第八位玩家对拿到蓝色牌的玩家说……"

他念不下去了，从叶斯开始查数，查到自己刚好是第八，然后又迷茫道："谁有蓝牌？"

"我。"许杉月有些拘谨地举起手，把蓝色牌翻过来，小声道，"说什么啊？"

周遭好像安静了两秒。

紧接着，大家开始起此彼伏地起哄。叶斯带头起哄得最来劲，还拉着何修的手一起在空中挥。

"哇！哦！快点！"

"宋义，你麻利点。"吴兴笑着吼了一嗓子。

宋义一个糙汉憋得脸都红了，把手机揣进兜里，小步挪到许杉月面前。

许杉月的脸也跟着红了起来，局促地抓着自己的膝盖，想挪开目光但又下意识紧紧地盯着他。

宋义使劲清清嗓子，突然吼道："你是我的小苹果，我想跳舞给你看。"

大家"嗷嗷嗷"地喊了起来，吵得湖上两只不知是鸭子还是鹅的东西扑棱着膀子飞快地跑了。

叶斯怒吼："跳！快跳！"

"跳什么跳！"宋义红着脸，扯着嗓子喊，"就只是说这句话，没有真让跳！"

吴兴眼睛都睁开了："有意思啊，快点下一个，继续。"

"下一个我来。"叶斯懒洋洋地举起手，接过手机。

这种游戏他挺无所谓的，之前玩过很多次，基本都不中招，就是人品好没办法，配合大家营造一下气氛罢了。

他随手输入何修的生日日期。

小程序AI又把沈霏和简明泽捉弄到一起。两个人背靠背夹着一个易拉罐运到远处的垃圾桶，大家全部兴奋得呐喊。

湖上的风吹拂过，格外舒坦。自在的空气少有，这天算是呼吸了个够。

"同桌——"叶斯听见自己的声音有些慵懒，张嘴打了个哈欠，"有湿巾吗？我擦一下奶油，都要黏在脸上了。"

何修"嗯"了一声，抽出一张湿巾给他。

就一个简单的小游戏，一帮人竟然玩了四五个小时。不知不觉就到了日落时分，整个城市披在一片温暖的霞光之中。有人说要回家，还有人说饿了。沈霏要回英中跟加班批卷子的胡秀杰会合，然后母女俩一起去吃烤鱼，简明泽正好和她一路。

宋义一边打哈欠一边利索地收拾地上的垃圾："你们回不回？"

"再等一会儿吧。"叶斯眯着眼看日落，想起游戏截屏里那个小人把两只手遮在眼前搭起一个小棚子，忍不住也学着摆了一样的造型，顺势对着湖上落日的倒影伸了个懒腰。

"你先送许杉月回去吧，她不是有点不舒服吗？"叶斯低声说着，看向坐在一边玩手机的许杉月。

宋义"嗯"了一声："有点突然，没好意思问到底怎么回事。"

叶斯点点头："送送人家吧，正好跟小简他们一辆车，吴兴要送小乔回去，你不用管他了。"

叶斯没说留下要干什么，何修也没问，等人都走利索了，他才扭头看向叶斯。

他笑着说："想不想坐摩天轮？四十多分钟，就当望望风了。"

"好。"何修温和地笑道，"再吃一次冰激凌吧？"

叶斯又高兴起来："再来一个草莓味的。"

摩天轮慢慢悠悠的，在里面几乎感受不到在移动。叶斯安静地坐在何修对面吃冰激凌，两个人很默契，都没怎么说话，一起看着窗外的景色。

升到最高点的时候城市全貌皆在眼前。游乐园往西边是一片还在建设中的新区，再往远就是贯穿H市的那条江，江水在落日下波光粼粼，映出江对岸繁华的城市景象，高楼大厦镶嵌在一起。叶斯眯着眼，努力辨识出英中所在的那片楼。

"真美啊。"何修在他旁边低声说，"能看到这样的景色真好。"

叶斯心里一动，默默地点了点头。他有点想趁着这个机会直接问何修是不是从现实世界进入了脑世界，又觉得没什么必要，系统有规定何修不能点头承认，道破也只能是他"通知"何修——无论你承不承认，我就是这么认为了。

心照不宣吧。

叶斯低头舔了一口冰激凌，其实他觉得自己跟何修都已经心照不宣了。

除了他搞不懂何修被拉进来的原因是什么，何修大概更难想象他。但有些沉重的事情其实不必分享，能像此刻这样一直陪着彼此就很好了。

"明天是不是要补课？"叶斯突然想起这事。

何修"嗯"了一声："老马昨晚在班群里通知了，最后定下来的时间是每周日上午九点到十二点，下午两点到五点，跟周日的晚自习连上了。"

叶斯点点头，发现自己竟然没有半点不情愿，甚至还有些期待，说不定明年三月真的能搏一把。

"晚上早点回去吧。"何修的手放在他肩上拍了拍，声音轻柔，"精心布置一整天行程，又是礼物又是蛋糕，这个星期还考试，很辛苦吧。"

"还行。"叶斯本来没觉得多累，主要是一股兴奋劲撑着，但这会儿被何修这么一说还真感觉有点疲倦了，"那回去吧，我把我爸独自晾家里一天了，回去陪他吃顿饭。"

何修点头说"好"。

从游乐园回英中正好路过叶斯家那一片区域，叶斯下车时跟何修挥手。

叶斯的手从车窗外伸进来在何修的肩膀上使劲搓了搓："明早见啊，晚上早点睡。"

"你也是。"何修立刻说，还掏出自己的手机，"回去微信联系。"

"肯定的，今天拍了好多照片呢，我整理一下发给你。"叶斯笑着收回胳膊，对上司机转过头来有些不耐烦的视线，突然有点想笑。

"走不走啊？"司机粗声粗气地说道，"让我在这儿干等啊？"

叶斯指了一下计价器，示意这是付费等待，要是放在平时他肯定跟司机吵起来，但他现在心情好，完全生不起气。

司机没多说话，缓缓地发动车子，叶斯也没磨叽，往后退一步，默许了司机的擅作主张。叶斯双手原本插在兜里，见何修扭头过来便抽出一只手冲他挥了挥。

何修完全意识不到自己正在冒傻气，下意识地伸手隔着车玻璃挥，一个来回还没挥完呢，车子已经完成启动加速，叶斯的身影迅速在视野里消失了。

司机从后视镜里看了何修一眼，有些鄙视地撇了下嘴。

何修不想说话，于是干脆当没看见。

这时，他裤兜里的手机突然振动起来。

叶斯："再说一次，生日快乐！我努力，以后每一年都给你过生日。"

何修自己都感觉到自己一下子扬起了嘴角，拿着手机打打删删半天也没发出去，末了终于想到一条可以回复的："嗯。对了，我觉得司机有点变态，故意加速后对我露出了一个幸灾乐祸的笑容。"

叶斯举着手机乐出了声，回复："一看他上学的时候就没遇见过这么好的同桌。"

何修："嗯，一定是。"

回家后，叶斯困得眼睛都睁不开了，而且还很饿，一整天吃的都是蛋糕、冰激凌，对他而言完全不管饱。刚好叶父做了西红柿牛腩炖饭，他连吃两大碗，然后飞快地冲了个澡，满足地躺上床。

空调温度适中，被子有点凉凉的，刚好中和洗澡过后的热意。他舒服得翻个身骑着小被子，又忍不住给何修发消息。

叶斯："妙蛙，你睡觉了吗？"

何修回得非常迅速："刚躺在床上，但要再玩一会儿游戏，你要睡了吗？"

叶斯："打算睡了，你拿到勇者之心怎么用啊？"

何修："进下一张图到武器铺子炼一把勇者之剑，有了这把剑就无敌了。"

叶斯："加油！我睡觉了，好困。"

何修回复了一个"晚安"的表情。

叶斯勾勾嘴角，把手机往旁边一扔，没用到三秒钟就沉沉地睡了过去。

这一觉叶斯从晚上九点睡到第二天早上八点半，睡了将近十二个小时，睁眼的时候感觉恍若隔世，好像打从出生以来就没这么精神过。

叶父赶上午的飞机，给他留了早饭，但他根本来不及吃，扯着书包就往学校跑。

自招补课是在实验楼。叶斯踩着九点前两分钟冲到教室门口，见里面已经坐满了人。实验楼里的教室只分两组，每张桌子都是那种能坐四五个人的长度。何修这回坐在第一排，身边一个人都没有，显然是给他留了位子。

给他留的位子上还摆着一份早餐，叶斯"啧"了一声，感觉美好的一天又开始了。

放眼望去，屋里全是（3）班、（4）班的，差不多各占一半，但（3）班来的人里也有不少是之前从（4）班分出去的。是以，叶斯走进去时一点违和感都没有，甚至还跟一堆想不起来叫什么但主动和他打招呼的人点了点头。

自招补课主要是两科，数学和物理。上午老马，下午老胡。老马没有别的老师那么多规矩，底下不少学生都是边听课边吃早饭，他也不管，就专心致志讲着课。

叶斯发现老马跟平时讲课挺不一样的，虽然仍旧是很有特色地抑扬顿挫、娓娓道来，但整个节奏比平时上课快不少，最近上数学课他已经都能跟上了，悲催的是这会儿又被打回双眼茫然的状态。

"所以啊，明明是司空见惯的坐标系几何题，但自招就是能把题出出花来。比如去年T大面试时考官随口问了一道题，我们英中推上去的孩子基本都折在那上头了。"

老马说着转过身，粉笔划过黑板，画出坐标轴，又一口气标了七八个点，然后在旁边写关系式和条件。

叶斯自以为参数方程这块自己学得挺明白的，但很快就意识到不对，这些关系式涉及导数、反函数、三角函数，好像把所有学过的、没学过的东西拧到一起，看完连让干什么都没看懂。

叶斯下意识地回头看一眼诸君，诸君皆困惑，一脸蒙。

老马写完最后一个条件，直接点人："何修。"

何修一脸意外地起立，叶斯注意到他的手在下面动了动，正把漫画塞进桌肚里。

老马拿起粉笔在黑板上敲了敲："算最终参数方程，一分钟，能算出来吗？"

底下一片抽气声，叶斯听到坐在后面的沈霏跟简明泽感慨："疯了吧？一分钟。"

简明泽"哎"了一声："我有时候觉得T大的自招面试是在选拔毕达哥拉斯。"

何修平静地扫过黑板上那一整列壮观的条件式，摇头："计算量太大，好几个中间过程都要分类讨论，还要交叉起来，至少要五分钟。"

叶斯闻言轻轻地叹了口气，连何修都坦言做不到，可见前两所自招通过的难度之高，真的是很缥缈的愿望。

老马看起来却一点也不失望，只是笑了笑问："那给你一分钟大致感受一下，你觉得P点是什么点？"

这次何修没有立刻摇头，沉思片刻后说道："我觉得大概率是两条曲线相切的极点。"

老马微笑道："这道题深入浅出，中间牵扯到积分和射影几何，但最后还是落回我们高中所学的参数方程体系。如果告诉你这些，你觉得最终的方程是什么？"

这次何修沉默了更久，叶斯一直掐着表，时间已经过了一分钟。

"我算不出来。"何修直白地道，"只能说直觉。"

"那直觉是什么呢？"老马笑问。

何修顿了顿："是个圆。"

后面的人都在小声地议论，叶斯听到简明泽说觉得这么难的题不大可能最后推出来是圆的方程，至少也要是椭圆。沈霏附和，还说是双曲线的可能性也很大，最近两年自招总考双曲线。

老马笑了，说："坐下吧。"

教室里安静下来，所有人都仰头看着老马。

老马说："这道题现场扔出来只给一分钟，本来就不可能真让大家算。考官其实就是想看看在有限时间内大家能分析到什么程度，或者说，进自招的都说自己身经百战，那身经百战后你们对数学的敏感和直觉到底如何。"

叶斯恍然大悟，从前别说自招了，连正经课都没听过，陡然听到这种说法，感觉自己像是什么特种兵，进了高级训练场，要开始考战场本能了。

这种感觉有点神奇，叶斯忍不住扭头看了旁边的何修一眼。

何修根本没听，又开始偷偷翻漫画。

老马努力装作看不见何修在干什么的样子,说道:"P是极点,最终结果是圆。去年我们学校有两个现场说出P是极点的,都拿了十分的加分。"

"有人说出是圆吗?"(3)班有人小声问。

"有。"老马笑笑,"但不是英中的,是省实验中学的姜睿。"

底下一片哗然。

叶斯也听说过这个姜睿,人太火了,想没听说过都难。姜睿是上一届省理科状元,据说自招时就已经跟T大数学系签约,最后三个月根本没复习高考,一直在T大的一个试验班里培训,准备冲刺国际大赛。

叶斯咂咂嘴,也不知道那位大神的国际大赛冲刺得怎么样了。

老马开始从头讲这道题。

叶斯忍不住用胳膊肘撞了何修一下,小声说:"那其实你和姜睿不相上下啊,你要是参加肯定也能签约。"

何修闻言,茫然地看了叶斯一眼,顿了顿才低声道:"我还是比他强吧。"

"啊?"

何修道:"去年他那事迹都快上电视了,据说一开始觉得是双曲线,还分析了一通理由。后来考官又引导了几句,他最后才说是圆。"

何修说完,见叶斯皱眉,又解释道:"我只是听说了这件事,没有看见过真题,我回答是圆是真的凭借推测,不是因为已经知道了答案。"

叶斯点点头,又困惑地道:"那T大为什么还给他那么好的政策?"

何修极其轻微地撇了一下嘴:"可能是错误结论也能扯出一万字的推理过程,靠口才取胜,把人家惊着了。"

叶斯闻言震惊得说不出话来,何修摇摇头,又平静地继续看漫画,随口说道:"而且那个国际大赛有建模展示环节,估计T大的团队里刚好缺这种一本正经地胡说八道的演说家吧。"

何修说完该干吗干吗了,留下叶斯缓缓抿紧嘴巴,不让自己乐出声,然后努力严肃正经地抬头继续听课。他能感觉到在提到姜睿时何修的抵触,大概是高手之间的相互鄙视,挺幼稚的,但他竟然觉得这么幼稚的何修有些可爱。

就像昨天在出租车窗后傻了吧唧挥手的时候一样可爱。

自招上一天课比平时都要累,大概是因为从早到晚灌输进脑子里的都是完全陌生且高难度的东西,叶斯挣扎着跟了一天,放学后感觉人都有些头昏脑涨的。

下午五点下课,六点就要接着上晚自习。

何修犹豫了一下:"我想去洗个澡。"

"那你去呗,你晚上吃什么,我给你买了拿教室去。"

何修笑道:"那就韩式拌饭吧,再加一瓶那个桃味的茶。"

"蜜桃乌龙茶,我知道。"叶斯点点头,一挥手,"去吧。"

星期天晚上食堂一般都没什么人，开的窗口也少。叶斯打了一份咖喱饭，两三分钟就解决了，买完何修的饭走回教室坐下时也不过才过了十五分钟。

九月初正是秋老虎肆虐的时候，叶斯刚在外面走了一阵就热得浑身汗透，坐在座位上，低头闻闻，总觉得自己馊了。

他一边帮何修提前搅拌着拌饭里的辣酱一边在心里盘算，这个时候何修八成已经快洗完了，大概率是碰不到了。

为了节省时间，洗澡的东西他临时在小卖部买了，便果断往澡堂去了。

一路都挺顺，进到澡堂的时候还不到五点半。叶斯估摸着时间，猜测何修可能已经回去了。

他快速脱掉衣服就拎着小筐往里走。临时买的澡筐是个红色的，没别的颜色了，只能凑合。

澡堂里没有水声，刚才换衣服的地方也没人，下午五六点之间一般是一天中人最少的时段。

叶斯拎起红色小筐，径直走到第二排最里面的格子间，把东西往地上一放。

澡堂这天水管好像有问题，何修洗个澡洗得很坎坷，常用的隔间根本不出水，后来换了几次不是洗一会儿没水了就是水温突变，试了半天，好不容易才找到这么一个好用的。

他趁着水温还算正常赶紧把头洗了，又飞快打一遍泡沫，冲干净后就拎起东西要走。

已经耽搁了不少时间，叶斯给他买的拌饭不能放太久，否则辣酱凝固了就拌不开了。

何修刚走两步，突然听见隔壁那一排传来一声叹息，他本以为澡堂没人，被这一声吓了一跳。

紧接着，隔壁开了水，哗啦啦的水声响起，有人开始洗澡了。

何修总觉得之前那声叹息有点耳熟，但不太能确定，澡堂里构造弯弯绕绕，回音太复杂，而且大家叹息起来都差不多，也没什么特色。

何修突然觉得自己有点无聊，于是淡然地转身，拎着东西走了出去。

第十五章
后退是为了更好的前进

何修到教室时已经快六点了,叶斯不在,只有一碗拌好的饭摆在桌上。他坐下直接吃,赶在预备铃声响起的同时刚好解决。他起身想把垃圾拎出去,迎面却见叶斯回来了。

擦身而过的瞬间,何修动了动鼻子,惊讶地道:"你去洗澡了?"

叶斯的洗发露就是这个味儿。

他"嗯"了一声。

何修闻言让开位置,说:"时间挺紧的吧,快歇歇。"

叶斯低头挤进座位。

何修扔完垃圾回来时看自习的老师已经进来了,便没再说话,跟往常一样在小山般高的练习册后稳重地掏出他的家什。

教室里很安静,只有笔尖落在纸上和翻书的细微声响。叶斯发现自己已经渐渐习惯了如此安静的氛围,甚至有点享受。

有条不紊地学习会让人感觉很充实,那种一点一点努力的感觉非常上瘾。

晚自习放学前,老马进来通知了几件班务相关的事,班长齐玥趁机问道:"期中考试的成绩什么时候出啊?"

"明天下午就出。"老马摆摆手,"你们不要太紧张,盯着一次两次的成绩没用,重要的是等卷子发下来系统地捋顺一下目前自己的薄弱点。"

收拾书包的同学们稀稀拉拉又颇统一地说了句:"知道了。"

叶斯其实从来没遇见过这样的班级,所有人都对班主任信任到了一定程度,就像对家庭关系和睦的父母一样,交流起来无比自然。

像这种班主任唠叨一句,底下人纷纷答应的情况,叶斯从没见过,但(4)班的各位显然早已经习惯了。

"去买个肉夹馍吧。"何修说道,"今晚过的几个神庙都很难,我饿了。"

"那可真是辛苦你了。"叶斯啧啧感慨,趁着何修收拾东西的时候赶紧把刚才最后看到的一个方程式在嘴里念了几遍,然后才把东西往书包里胡乱一装,"走,我也饿了。"

二人顺着人流往外走,一直走到小饭馆那条人少的路上,何修才笑着看叶斯一眼:"刚考完期中考试,这么快就回到学习状态了?"

　　叶斯闻言,眼睛一亮,紧张学习四个小时的疲惫劲好像有点散了。他兴奋地道:"我今天真的效率超高,先是突然把困扰我很久的一个三角函数难点想通了,还梳理了化学无机和有机所有的方程式,你知道什么叫所有吗?"

　　何修拍了拍叶斯的肩膀:"还真不知道。"

　　叶斯用食指和拇指在空中虚虚一捏,说道:"我写了这么厚的A4纸。自己一开始默写了百分之七八十吧,然后又查漏,最后还把参考书上那些课外延伸的有机反应式整理了一遍。"

　　"很厉害。"何修点点头,发自真心地感慨,"你学习起来效率确实很高。"

　　"跟你比呢?"叶斯立刻看他,眼神中流露出一丝期待。

　　何修认真地想了想:"单论整理方程式这块,大概不相上下。"

　　话音刚落,他就见叶斯猛地站起来在空中跳高,落地时又多动症似的浑身抖了抖,满目神采,在幽静的夜晚仿佛把这一条昏暗的小路都点亮了。

　　"叶神威武!"叶斯吼了一嗓子。

　　"叶神一直很威武。"何修笑着说,顺手帮叶斯把从肩膀上滑到胳膊肘的书包带扶了上去,"所以这次期中考试挺有把握的?"

　　"是啊。"叶斯更来劲了,"我这次真的考得超好,思路超级清晰,每一科都是。"

　　何修闻言笑着点头:"那就等明天发榜。"

　　"就等明天了!"叶斯又蹦高。

　　食堂背面的西北小菜馆无论什么时候进去都有热烘烘的肉夹馍卖。馍有酥皮和实面两种选择,里面的馅一种是腊汁猪肉,还有一种是芝麻酱牛肉。叶斯跟何修进去拿了两个不一样的,然后一起吃。

　　"香啊。"叶斯一边使劲嚼一边搓着肚子,"可惜不能吃太多,该犯困了,不然我就再买两个。"

　　"怕犯困?"何修顿了顿,"你晚上回去不会还要学习吧?"

　　叶斯点头:"嗯,刚看的几个方程式印象不深,想找几道相关的大题练一练。"

　　何修心中无端一动,看着叶斯那双很亮的眸子,突然觉得有些感动。

　　比叶斯玩命学习的何修见过很多,但看那些人学习时他会觉得有些无语,好像是看一台台没有感情的学习机器。但叶斯不是这样的,同样是刻苦,他刻苦起来一点也不死板,整个人仿佛更有活力了似的,看着他提起自己进步时的神采,就感觉那股劲仿佛也灌进了自己的身体。

　　何修咬了一口被肉汁浸泡的肉夹馍,笑道:"那我能打着游戏陪你吗?今晚努力一把过了这个地图,明天就去武器铺炼勇者之剑了。"

　　叶斯笑得更开心:"准了。"

回宿舍的那条小路上灯光昏暗，两个人慢吞吞地走着。虽然晚上仍然闷热，还有蝉声聒噪地叫，但谁都不愿意挪快脚步。

　　叶斯走了一会儿突然感觉余光里有什么东西动了一下，扭头一看，竟然是一只猫蹲在旁边的花坛里，正安安静静地看着他。

　　"是只橘猫，看起来还是只小猫呢。"何修小声说道的同时又微微皱起眉，"但是好瘦啊……"

　　叶斯点点头。

　　确实是只小猫，甚至算得上是一只小奶猫，只是看它灰头土脸的样子和有些警惕的眼神就知道是一只野猫。

　　"小野橘。"叶斯开玩笑说。

　　"野橘"静静地看了他们一会儿，突然站起来，冲二人"哈——"了一声。凶相还没露完整，很快就怂了下来，喵喵叫了两声。

　　"啊，太可爱了。"

　　叶斯立刻就要上去喂食。他走了两步又突然低头看了看手上那个酥皮的肉夹馍，而后直接把何修没吃完的肉夹馍抢过来，揪了两块没沾到肉汁的馍，又撕成小片，放在手心里伸过去。

　　小野猫警惕地闻了半天，才小心翼翼地吃了起来。

　　"它饿坏了。"何修叹息一声，"把有肉的部分也给它吧。"

　　"不能吃太咸，会掉毛。"叶斯摇头。

　　何修叹气："是野猫，有了上顿没下顿，还管掉不掉毛呢。"

　　叶斯觉得何修说的有点道理，犹豫之下还是喂了几口肉。

　　小野猫好像从来没吃过这么香的东西，吃得差点软在叶斯手里。等他们走了还在后面跟了一会儿，跟到宿舍楼外的不知哪儿才悄悄离开了。

　　"它去哪儿了？"叶斯忍不住回头张望。

　　何修摇头："跑回窝了吧。野猫一般也会有一个比较稳定的落脚处，不过我之前一直不知道英中会有野猫。"

　　英中不仅管理严格，物业和安保也非常周到，别说野猫了，校园里连只蟑螂都找不到，夏天还会每周集体灭蚊。

　　叶斯闻言出神了一会儿，轻声说："那希望它机灵点，别被保安看到。"

　　"保安不会难为它的。"何修笑笑，"还是只小猫呢。"

　　何修说"还是只小猫呢"的时候很温柔，黑眸沉静下来，带着些许温暖的意味。白天里他总是很淡漠的样子，只有和叶斯说笑的适合生动些，其他时候几乎没有多余的表情。

　　叶斯没吭声，抬头看了何修一眼，又挪开视线。

　　星期一体育课在下午第二节，第一节课下课铃声刚响，齐玥就被老马叫出去了，回来时手上多了一张 A4 纸。她一站在讲台上，原本喧闹的教室立刻就安静了下来，站起来的同学又坐回位子上，大家都猜到了她手里拿的是什么。

"我们班的榜出了。"齐玥说，"这次我们班前十没意外也是年级前十，我念一遍他们的名字，然后就把大榜贴在黑板上，大家上来看的时候别使劲挤。"

叶斯心里对自己还是有点数的，前十名想都不用想，但他也没动，安安静静地坐在座位上。

"第一名，沈霁，总分六百九十二分。"

教室里一下子炸了，众人纷纷回过头，却没有看向考第一名的沈霁，而是震惊地看着何修。

何修拿着游戏机，一脸淡定，仿佛无事发生。

齐玥顿了顿继续念："第二名，齐玥，总分六百八十九分。第三名，简明泽，总分六百八十二分。第四……"

事实上已经没什么人在听榜了。

何修没考第一名本就是惊天新闻，但更惊天的是，第二、第三……一路报下来竟然迟迟没出现何修的名字，不知内情的人集体蒙了。

"那个——"张山盖等齐玥宣布完前十名后举起手，"我弱弱地问一句，学校是不是刷新了排榜方式啊？比如在第一名前面增添了一席第零名，七百五十分拿满的那种？"

齐玥无奈地叹气："说什么胡话呢？没有的事。"

她顿了顿，眼神往下一扫，一直扫到最后一行，才抬头极为复杂地看了何修一眼。

"何修，等会儿体育课去找一下老马吧。"齐玥说，"老马让你去找他。"

"知道了。"何修淡定地点头。

人群中终于有人反应过来怎么回事了。

"学神是不是缺考了？"

"不知道能不能算是缺考。"齐玥复杂地道，"反正语文零分，年级第一百六十名，在我们班垫底了。"

本来很平静的何修听到一百六十这个数字后突然皱了一下眉。

语文交白卷之后，剩下的几科他都比平时答得更认真，按理来说应该没什么意外，成绩会在五百九十到六百分之间。现在才是高三第一学期的期中考试，记忆中这样的分数应该是年级一百二十左右的名次，怎么跑到一百六十名去了？

何修皱着眉问道："我能问一下我总分吗？"

齐玥深吸一口气，露出更复杂的表情："五百九十九分。"

底下的人反应了几秒钟，而后各种各样用于表示震惊的口头语响起，大家回头瞪着眼珠子瞅何修。

叶斯其实已经料想到这种局面了，别人越是震惊，他就越淡定，甚至还悠闲地撕开一根棒棒糖塞进嘴里，拿起手机玩了起来。

用行为告诉大家——你们这群一点风吹草动就吱哇乱叫的家伙，真没见过世面。

齐玥叹气道："数学理综都满分，英语扣了一分，可能是作文吧，你要是困惑可以去看看卷子，看看……"她艰难地咽下一口口水，"看看有没有阅错卷的可能。"

教室里一片窒息般的寂静，齐玥用一块吸铁石把成绩榜单固定在黑板上，又用手机拍了一张照片，发到班群里。

"在群里看也是一样的，省得都挤到前面来。"齐玥说。

大多数人还是愿意冲上去看榜。虽然现在的网络能解决很多问题，但有些事还是保持原汁原味更有魅力，比如拨开前面拥挤的脑袋，心惊肉跳地在一张纸上找到自己的名字什么的。

叶斯没那种追求，手机本来就拿在手里，他从朋友圈退出去，随意点开了那张图。

分班考他是第三十名，这次肯定是往前去了，他心中最理想的是能进前二十名，当然如果没那么快也无所谓，只要能在二十五名以内就基本满足期待了。

图片加载出来后，叶斯直接往中段去看，一眼扫过挺长一段，从二十名到三十名，都没有他。

叶斯愣了愣："我进前二十名了？"

一旁的何修闻言默默放下游戏机，也打开了自己的手机。

第二十名是张山盖，十九名是罗翰，再往前是许杉月、温晨和宋许，叶斯一路看到第十一名，都没有他。

再往前就是前十名了，刚才齐玥念过，也没有他。

叶斯的心突然一沉，往榜单下面看去。

三十名往后是两个分班考后刚转来（4）班的人，叶斯又往下看，终于在三十五名的地方看到了自己的名字。

叶斯，班级第三十五名，年级第三十七名，总分六百五十九分，年级退步七名。

他对着那个向下的箭头愣了好一会儿。

班级依然很吵，所有人都在讨论着成绩，但叶斯这会儿大脑有些空白。他迷茫地扫过那一行字，半天都没反应过来。

六百五十九分，比上次总分高了二十多分，年级退步……七名？

按照他跟何修的计划，这次考试要是能在第二十名到二十五名，期末考试就能努力冲前十五名，就真的有望拿到前两所的自招推荐。

但现在的情况是他又往后退了七名，按照这个趋势下去，期末考试怕是能不能留在前五十名都不一定呢。

"挺好的。"何修说，"除了语文，各科都有大幅上升，尤其是理综。语文掉了几分也正常，上次你那个作文分其实是可遇不可求。"

叶斯没吭声，又往上看了几个人，第三十名总分六百六十六分，只比他高了七分，班级第三十名到四十名这一段的分咬得特别紧，大家也不过是几分的区别。

间隔比较大的是第二十五名,和他十名之差,总分比他高了二十分,已经到了可怕的六百七十九分。

何修顿了顿,似乎想要说什么,又把话咽回去,拿起游戏机说道:"体育课,出去待着吧,别总在教室坐着吹空调了。"

叶斯没吭声,沉默地跟着他站起来往外走。

高三的体育课其实就是给大家透个气,连体育老师的影儿都没有,纯粹是自由活动。(4)班的人基本都在小操场,三五一堆扎在一起讨论成绩。叶斯跟何修在附近转了几圈,最后选择了阴凉又比较好坐的台阶休息。

两个人在中间随便找了一级坐下,何修低头掏出游戏机,把声音关掉玩。叶斯就坐在他旁边,对着空气发了一会儿呆,而后又忍不住点开手机看成绩单。

以前叶斯特别不能理解那些动不动就花一整节晚自习研究成绩单的人,看清自己的成绩就得了,管别人的干什么。但这会儿他算是能体会到那种心情了,前面有几个人,到底比自己强在哪儿了;和后面拉开多大的差距,会不会下次就被超过;如果某科某两道题没有马虎,加上失掉的分,又能在什么位置……

他有些机械而又完全下意识地算着分,算到最后大脑有些空白,不知道自己在干什么,只知道自己对着一张成绩单的照片看了快二十分钟。

其实每一科的分数都跟他自己估的差不多,甚至更好。这次期中考试跟之前不一样,之前是考完出来后使劲回忆自己写了几道大题,这次是记住了有哪几道题自己没算出来或者没来得及算。他付出了多少努力自己知道,有多大进步,自己也能感觉到。

但名次确实下降了。(4)班精英的名号不是说说的,分班考后没有任何一个人有安全感,所有人都在使劲学,跟自己较劲,跟身边的人较劲,跟错题较劲……大家都在往前冲,哪怕他也冲了,却还是在队伍里无声无息地往后挪了一段。

叶斯茫然地抬起头,不知是不是低头太久了,猛然对上白亮的日光,竟产生了一种微妙的眩晕感。眩晕过后有些口渴,放在从前他会惊慌起来,觉得自己又心颤了。但这次他知道不是,就是心里太憋屈,再加上确实有点被搞蒙了。

叶斯深吸一口气,想说什么,却觉得喉咙痛,半天没说出声来。

他扭头看向何修,却见对方低头看着游戏机,两只手快速按着,似乎在挑选什么装备。

不知是天气太热还是头顶的蝉叫太吵,叶斯突然皱起眉,觉得心里很烦。

"你能不玩了吗?"叶斯说着,无意识地攥住自己的手指,"我考砸了,你看到成绩单了吗?"

"马上。"何修没抬头,而是加快了按动的动作。

叶斯盯了何修一会儿,原本那丝烦躁突然被点着了似的。他猛地伸腿在台阶上蹬了一下,没弄出多大动静,反而把自己的脚踝硌了一下。

"你敢不敢放下游戏机?"

何修听到这儿终于停下了按键的动作,抬头有些无措地看着他。两个人目光相接的一瞬间，叶斯突然感觉自己的嗓子眼里哽了一下。他把手机往旁边一扔，太阳穴跳着痛。

原本他只是感到一点点不甘和失落，又被令人烦躁的午后和只知道玩游戏的何修点了一把火。

叶斯指了他一下："你是不是玩游戏玩傻了？你知道第三十七名是什么意思吗？我在往下掉，还自主招生，这周末的补课你自己去吧，我就在家……"

叶斯话说到一半说不下去了，猛地低下头。

挺没劲的，一个曾经的老大现在天天学习，三分五分的也要琢磨半天，因为自己考试没考好就控制不住情绪，说些小学生才会说的气话，还给最在意的朋友摆脸色看。

叶斯看着地面，声音里透出一股无力："对不起，同桌，我不该拿你撒气，我只是……"

"好啦，不气了，不气了。"何修的语气依然很平静，甚至比平时多了几分耐心，把游戏机伸到他前面，说道，"没玩游戏不管你，我给小人做了一件新的皮肤，你看看喜不喜欢？要是喜欢我就到老地方去重新截屏发给你，你换上新的手机屏保，下次肯定能考好。"

叶斯对着屏幕愣了一会儿。

他对游戏其实根本不感兴趣，但何修这么一说，就下意识地把游戏机接过来。

确实是一件新皮肤，准确地说，是套"叶卡丘"皮肤。

小人穿黄色的斗篷，斗篷是带帽子的，两只皮卡丘耳朵垂下来，其中一只还折了一下。斗篷背面画着闪电的标志，落款是"叶卡丘，继续前进"。

无论是帽子上的耳朵，还是斗篷上的独特文字，都昭示着这绝不是游戏自带的皮肤。

叶斯蒙了足足十秒，那股震惊把退步的烦闷都暂时冲没了。

他看向何修："怎么搞出来的？你写了个程序外挂？"

"说什么呢？"何修淡然地说道，"游戏里有高级道具，可以炼化各种属性的武器，也能用来自定义皮肤，总之就是万能，懂吧？"

叶斯茫然地点点头，按着小人三百六十度转了两圈，突然又觉得不对劲，猛地扭过头："你把勇者之心给炼了？"

何修点点头，而后又不确定地问道："你觉得这件斗篷好看吗？哎，你刚才一直催我，我本来在纠结那个落款是居中还是放在右边的，我……"

"同桌——"叶斯打断他，"谢谢。"

何修淡淡地勾起嘴角，轻声说："一口气吃不成大胖子。你上次只想着进前五十名，结果考了三十名，也有偶然因素。这次三十七名，我倒觉得算是稳住了。这些都是过程，距离高考还有两百多天，哪有一直往上走的好事啊。你现在觉得是很严重的打击，但其实以后回头看，都是爬坡路途中的小小跟头罢了。"

何修的声音仿佛有种魔力，叶斯一下子觉得心软下来，那点不高兴被扫空了。他吸吸鼻子松开手，又有些不好意思地擦了一下眼睛。

"刚才没哭啊。"叶斯说，"就是被气得有点想哭，但是憋住了。"

"我知道。"何修连忙点头,"叶神是巨冷酷无情的人,怎么可能哭?"

叶斯笑了:"你怎么知道我给自己的人设?"

何修勾起嘴角:"之前看到你在演算纸上随手写的。"

叶斯瞪了何修半天,终于没忍住抽了抽嘴角,笑了出来。

两个人安静地坐在一起,何修往叶斯那边挪了挪,跟他挤着坐。

"那个——"叶斯突然又干巴巴地说道,"勇者之心……用那么久时间才拿到,就炼了件衣服啊?"

"没关系的。"何修说,"虽然还有很远的路要走,失去的也总有重新拿到的一天。"

叶斯的耳朵尖动了动,偏过头看着他。

何修笑道:"勇者之心用了就用了,再努力去找下一个。管他折腾多少次呢,来日方长。"

"我知道了。"叶斯声音的有些瓮,看着自己的手掌心说道,"继续前进吧。"

何修笑道:"这游戏太耐玩了,估计要一直到高考才能通关,我玩的时候你能陪着我吗?"

叶斯点点头。

"那我肯定也会一直陪着你的。"何修说。

"行了,这还有个考了一百……我一百多少名来着?反正倒数第一,倒数第一给你垫着底呢。"何修叹口气,按了下游戏机的截屏键,发到自己手机上,嘀咕道,"实在不行我们高考后一起去当黄牛票贩子行了吧?"

叶斯被何修逗得突然笑出了声,虽然何修说的那种景象不可能存在,高考于他是鬼门关,但他这一刻听到这种话竟然不觉得紧张,反而很轻松。

"行,实在不行就去卖票。"叶斯点点头,偏过头看着何修。

明晃晃的阳光透过树叶打下来,一地斑驳,但何修的侧脸全在阴影中,沉静而温柔。

"同桌——"叶斯突然听见自己低低的声音,"你真是太好了,好得让我想疯狂揍你,怎么办?"

何修正绕耳机线的动作停顿了一下,却没抬头,听见自己镇定地笑笑,说:"我不是一直这么好吗?为什么要揍我?"

叶斯没跟他客气,在他话音刚落下的一瞬间,对着他的胳膊轻捶了一下。

"好了!我满足了!"叶斯笑着收回手,看着学神双目茫然。

"你死定了。"何修黑眸一凛,"站那儿别跑!"

"我傻吗?"叶斯轻松地大笑着,一边张扬地叫喊,一边掉头往远处跑去。

他们跑了一阵就又停下来,叶斯说道:"走吧,去看看昨天的橘猫还在不在。"

何修"嗯"了一声,跟上他。

昨天黑灯瞎火的,都没看清小"野橘"到底长什么样。叶斯在阳光下眯着眼,懒洋洋地往食堂的方向走去。

"要是还能遇见它就说明我们有缘,我就在网上买些猫粮,把它养起来好啦。"

何修放下手机查到一半的"如何衡量你在朋友心中的分量",说道:"每天都查寝,我们白天上学后还会有人检查宿舍卫生,没办法养吧。"

叶斯眯眼笑道:"它挺机灵的,可以每天来喂一喂,高考后——"他顿了一下,又平静道,"高考后如果还有机会,就把它带回家。当然,也要它愿意才行。"

何修说了句"好啊",又笑着按了按叶斯的肩膀。

昨天遇见猫的地方现在没有猫的影子,叶斯就在周边绕着喵喵叫地找。何修站在一旁,趁叶斯背对着他,赶紧低头又往下翻了翻手机。

类似的帖子有不少,何修随便点开一个,仔细地阅读回答——

"很简单啊。如果对方有一大堆朋友,但闲着没事的时候几乎都是跟你一起混,那就是最看重你了。还有就是看情绪的表达,大部分人都不会轻易表露情绪,心烦事也不愿意跟别人说,如果你朋友是这样的人,但愿意跟你说,那说明你真的很重要。"

这不就是叶斯对他的态度吗?

全中了啊。

何修立刻被这条回复说服了,而后突然听见叶斯惊喜的声音:"你在这儿啊!"

叶斯拨开灌木丛,灌木和墙之间形成了一条阴凉的通道,通道里突然迈出两只小小的猫爪,然后他们昨天看到的那只小猫把头探出来,冲着他"喵呜——喵呜——"叫了两声。

叶斯惊喜地瞪大双眼,一把托住小猫把它举到眼前:"你怎么不冲我凶啦?"

小猫的四只爪子在空中蹬了蹬。

"喵呜——"

"我完了。"叶斯深吸一口气,"我沦陷了,站这儿别动啊,我给你买点吃的去。"

叶斯把猫放下,转身走了两步又回过头,对何修说:"你别动,在这儿看着它,别让它跑了。"

说完没等他回答,就转身往食堂奔去。

"好……"何修对着叶斯的背影说,轻轻地叹口气,便坐在大理石坛边上,试探着把手放在小猫的下巴那儿,见它没有反抗,就轻轻地挠起来。

"你是怎么做到的,只见过一面就让人这么在意?"何修低声说。

小猫扭头冲他叫:"喵呜——"

何修下意识地学:"喵呜——"

小猫:"喵呜——"

何修:"喵呜——"

一人一猫对着叫,叫着叫着都有些机械了,小猫懒洋洋地躺下,把爪子搭在何修腿上。

"喵呜——"

"喵呜——"

叶斯不知道什么时候回来了，手里还拿着一个馍。

"你是要笑死我吗？还跟猫学叫唤？"

何修抬眼："回来了？"

"嗯。"叶斯把白馍揪成一小块一小块的喂给小猫，"你刚才学得不对，仿佛一个毫无感情的猫叫模拟器，你要像我这样。"

叶斯清清嗓子，拖长慵懒的调子发出一声标准的猫叫："喵呜——"

刚好路过的罗翰猛地回头看过来，用看鬼一样的眼神看着叶斯。

叶斯面无表情："别看我，练声呢，准备报考音乐学院。"

罗翰的表情更加像见了鬼，直到走出老远都还扭过头看着这边。

何修忍不住想笑，叶斯虎着脸瞪他："我都让人看见了，你还不好好学？"

"不学了。"何修乐了几声，摸摸小猫的头，"刚才也不知道怎么回事就跟它一起叫起来了，这猫大概有毒。"

"哼，说好的我们一起学猫叫，喵喵喵喵喵呢？"叶斯咂咂嘴，又撕了半张饼，揪成一小块一小块放在小猫面前，打哈欠道，"回去了，要下课了。"

何修"嗯"了一声，跟叶斯往前走一段就又忍不住回头。

小猫其实是一只很机灵的猫，知道亲近对它有善意的人，但并不会丧失警惕。这会儿看两个人走了，就把吃的含在嘴里一扭一扭地走回了藏身的通道中。

"想要养它。"何修说，"高考之后我们肯定还在一座城市，可以一起养它。"

"我负责和它玩。"叶斯一本正经地指了一下何修，"你负责铲屎。"

"可以。"何修点头，又忍不住笑了起来。

下一节课是物理，期中考试的卷子已经发下来了，胡秀杰把几道大题的详解抄在黑板上。这是她的教学习惯，每次大考后的第一节课都不直接讲卷子，而是把难题、错题写在黑板上，整整写上一节课，大家在下面自己一边整理一边看她的板书。

叶斯这次物理考得很好，大题全部自己做上了，一百一十分的满分考到一百零五分，这是在有属性提升的情况下，但如果没有属性提升，他自己也能考到九十多分，只有两道选择题不太确定答案。

叶斯利用这节课把所有科的卷子都过了一遍，对比着每道题的得分情况，在心里估算自己这次的真实水平大概能到什么程度。

之前他的目标是期中考试真实水平冲刺五百五十分，期末考试冲刺五百八十分，但几科的分加加算算，最后出来的数让他一愣——五百八十六分。

叶斯茫然地放下计算器，抽出一张纸，用笔开始重新计算。

还是五百八十六分。

叶斯想起什么，点开班群往下找，发现何修是五百九十九分，于是在群里喊了一声："有年级大榜的照片吗？"

班群里没人说话，过了十几秒，老马上线了。

老马："你不是应该在上物理课吗？"

叶斯："呃……想看一眼年级大榜。"

前边的同学有看到手机的，扭回头冲叶斯笑。

叶斯厚着脸皮又发了一句："求年级大榜，在线等，特别急。"

过了两分钟，老马一口气发了好几张图片上来，明显是临时跑出去给他拍的。

叶斯连忙说了句"谢谢"，估摸着直接点开第三张图，考五百八十六分的有三个人，排年级第一百八十五名到一百八十七名。

叶斯猛地放下手机。

"我……"他在脑海里茫然道，"我这算不算大进步？！"

SD冷静地回答："算飞升。你上次考试的真实水平大概在四百八十分，年级第三百五十名左右，这回猛提一百分，进步一百好几十名。"

叶斯使劲吸了一口气。

"你们学校比较好，前面的分数咬得很紧，后面的比分拉得比较大，所以进步才会这么惊人。"SD顿了顿，"当然，你确实本身提升很迅猛，让本系统有点震惊。"

叶斯还没太缓过劲来："但……"

他突然悟出什么，又点开班级榜的照片。

刚开始，叶斯觉得系统的所谓属性提升设定是在给他平添困扰，后来过了很久才发现两个好处，一个是能逼迫他每天极有危机意识地学习，再一个是考场上一边遵循潜意识答题、一边用自己的真实知识储备分析题目，如此高强度的用脑锻炼了他的考场综合素质，平时的学习效率也跟着提升上去了。而直到现在，他终于又感受到这个设定的另一个好处。

或许是最重要的一个好处——让人时刻自省，在高三这一年，每一刻都保持绝对冷静。

"想明白了吗？"SD淡淡地说道，"努力后真实水平提升，是你本身正在经历的。但努力后名次反而下滑，是假如你已经到了年级前几十名的水平，很有可能经历的。"

叶斯点点头："如果我保持这个势头，这就可能是我明年一模二模前后会经历的事。"

SD"嗯"了一声："我带过不止你一个要学习逆袭的人。很多人和你一样，前期冲得特别快，几十分、上百分地迅速追上来，但那些人都掉以轻心了，完全没想到在高分段爬坡的艰难，只要中间稍微松懈，到最后就会发现所剩的时间来不及。"

"我懂了。"叶斯深吸一口气，冷静地重新抓起笔，把这次的真实成绩和名次记在一个小本本上，然后继续学习。

"你不想问我之前那些人最后的结局是什么吗？"SD在他脑海里淡淡地问。

叶斯说："不想问，与我无关。"

他写了一会儿题，又说道："他们一定没有我幸运，毕竟我不止有你这一个辅助。"

"嗯？"SD顿了一下，"你是指……"

"我同桌一直在帮我啊。"叶斯说着，突然像是有什么心灵感应，一回头，果然见何修从走廊不远处回来了。

何修的表情有点不对。

叶斯感到稀奇，认识何修这么久还没看过他这种表情。

"怎么样了？"

何修闷声说："老马是逻辑鬼才，竟然说自己对班里同学的住宿生活太漠不关心，才导致我晚上不好好睡从而致使我在考场上睡着。"

叶斯张大嘴巴："他不会是要……"

"没错。"何修轻叹一声，"说以后晚上有闲心就去宿舍转两圈，看看大家都在干什么。"

叶斯瞬间脑补出每天跟室友在寝室讲鬼故事的宋义，还有自己那套可爱的皮卡丘睡衣，感到十分可怕。

何修叹气："如果期末考试我总分能到七百四十分以上，他就会打消这种念头。"

"请你务必考到七百四十分。"叶斯深吸一口气，拍拍他的手，"不要坑害大家。"

第十六章
是放在心里的梦境

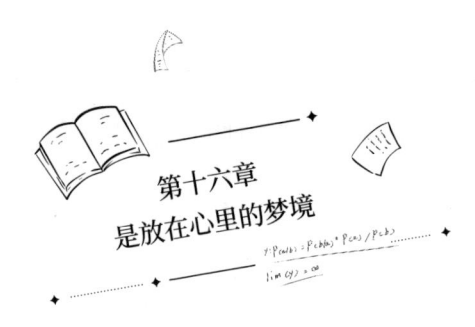

老马随时会来宿舍溜达的消息很快就传遍全班,众男生一片哀号。

叶斯晚上端着小脚盆去盥洗室洗脚的时候路过走廊,一走廊的寝室都在大扫除。

宋义他们寝室门口摆着一个巨大的纸盒箱子,里面是各种啃了一半就不要了的零食、没洗的袜子什么的,竟然还有一堆用过的卫生纸,给叶斯带来了极强的精神污染。

"我早晚跟他绝交。"叶斯捏着鼻子对何修说,"太脏了,我怎么会有这么脏的朋友?"

何修也感到窒息,他和叶斯平时其实很少泡脚,此时纯粹是不想再目睹沈浪收拾东西的现场,所以纷纷抱着脚盆躲出来。

"老马今晚肯定不会来的。"何修叹气,"他很狡猾,肯定要等大家松懈下来再突击。"

"你有什么东西要藏起来吗?"叶斯问。

何修摇头:"我的游戏机和漫画老马心里都有数,他觉得我的成绩不用担心,但每天闷闷的,开心更重要。所以也算是默许了,别的就没什么了。"

两个人都穿着睡裤,上身是几乎一模一样的黑色工字背心,一起站在盥洗室的镜子前。

叶斯接了一盆热水又掺进去些凉的,放在地上,踩在脚盆里边泡脚边玩手机。

何修也和他做了一样的事,但他没玩手机,而是前倾身体把胳膊伸到水龙头底下哗哗地冲着。

天太热了,在澡堂洗完澡回来走一路的工夫就又出了汗,睡前还要再洗洗胳膊和腿。

何修穿白衬衫校服的时候看起来有些瘦削,但脱了衣服后一身腱子肉。这会儿他的胳膊放在水龙头下冲着水,水就顺着肌肉线条撒欢地往下淌。他打完一层滑溜溜的肥皂又冲一遍水,然后拿起毛巾擦了两把。

"走吧,睡前再抓紧时间学一个小时吧。"叶斯催他。

何修"嗯"了一声,擦干胳膊倒掉水,默不作声地跟着叶斯离开盥洗室。

期中考试后,自习室的人数跟考前那一周比只多不少。

叶斯跟何修找了半天才找到两个座位,还不挨着,何修坐在叶斯左手边斜过去三四个位子的地方。

叶斯没太在意，这天放学前有一道题看到一半，趁着思路还在，几乎一坐下就翻到了那页，找到自己本来用的那张草稿纸立刻埋头算起来。

高中物理三大主题：电、磁、力，之前电磁场这块何修帮叶斯梳理得明明白白的，但他发现一旦和复杂点的受力分析综合起来，他就可能会蒙，所以这块必须再加把劲。

两道大题叶斯做了五十分钟，一抬头发现四周的人都走得七七八八了。何修不知什么时候已经坐到了他对面，只是估计怕打扰他，一直没出声。

叶斯用笔杆另一头在何修的漫画书上碰了碰，低声说："你先回去吧，我打算给自己再续一个小时。"

何修勾了勾嘴角："没事，正好我也看到关键部分，陪你续一个小时。"

叶斯看了一眼时间，已经十二点半了。

他叹口气，摸摸肚子："我有点饿，你还有吃的吗？"

"有花生夹心巧克力，还有那种花生酱夹心的面包。"何修低声说，"我去给你拿吧。"

"不用。"叶斯摆了摆手，说道，"正好我回去拿本教学参考书，吃的不就在你的柜子里吗？"

何修闻言又坐回座位上，"嗯"了一声。

经过一场浩大的卫生保卫战，各个寝室都熄灯了。

叶斯蹑手蹑脚地拉开寝室门，结果发现温晨跟沈浪根本没睡，两张床上都亮着手机屏幕光，跟半夜出来网上冲浪的耗子似的。

"没睡啊。"叶斯舒了口气，"我开下大灯行吗？找点东西。"

"您请。"沈浪戴着耳机说道。

"请。"温晨说。

叶斯乐了一阵，开灯先掏出自己要找的参考书，然后拉开何修的柜子。

何修柜子里有个小竹筐，平时囤起来的零食什么的全部在里头。叶斯记得最开始何修不怎么在寝室囤零食，最多放两块巧克力，但自从他总半夜扒着床头问"你还有吃的吗"，何修就养成每周末去超市囤一大堆零食回来的习惯。

英中寝室的柜子很奇葩，上面的柜子特别高，下面的又很矮，只能放下两双鞋，而且上面的柜子不分层，所以浪费了很多储物空间。

叶斯拉开柜门就看见何修挂得整整齐齐的衣服，校服白衬衫他有四五件，剩下的也都是各种长短袖不同的衬衫或者白T恤，摆在一起很整齐。

放零食的筐在底下，叶斯一把抓到了巧克力，又想看看有没有之前觉得很好吃的那种红豆麻糬，于是拨开衣服把头也伸了进去。

不伸不知道，一伸吓一跳——柜子深处斜立着上次球赛他画的那块皮卡丘和妙蛙种子的加油牌。

之前比赛结束后他自己把这事忘了，没想到何修竟然把牌子扛回来了，还藏在柜子里。

板子太长，必须斜着放，占了柜子将近一半的空间。

叶斯心中啧啧感慨，学神竟然还是个收集狂魔啊，什么都不舍得扔。

"叶神，你干什么呢？"温晨在床上问道，"脑袋卡里头了？需要我们拔你出来吗？"

"一边去。"叶斯说道，在筐里掏了一阵，还真让他在角落里翻到一个红豆麻糬，正心满意足要出来，余光却突然瞟到什么。

这个加油牌似乎有点不对劲。

有人动了他的设计！

柜子里黑漆漆的，叶斯用手机手电筒照着仔细看了一眼。

他的目光定在皮卡丘和妙蛙种子之间。

本来挺长的牌子，皮卡丘在左，妙蛙种子在右，中间隔了一米。牌子上的一笔一画都很艺术，处处是精心设计的，但偏偏有一根浅浅的箭头，走着不算直的横线，从妙蛙种子指向了皮卡丘。

叶斯惊讶地瞪圆眼睛，又把手机拿近了些。

大概是画的人有点心虚，箭头歪歪扭扭，下笔很浅。但画的人似乎很固执，描了很多次，一根箭头被描得乱七八糟的，像是很多条线拧在了一起。

"哇！"SD突然在脑海里上线，"好像发现了什么了不得的东西呢。"

叶斯"咕咚"一声咽了口口水，声音特别大，吓了自己一跳。他茫然两秒，突然又发现皮卡丘也被动过手脚——折起来的那只小耳朵旁边涂鸦着小小的表示睡觉呼噜符号，被描了好几遍。

梦，这是暗示吗？

叶斯仿佛躺尸了的心脏突然开始狂跳，震惊得快要蹦出来。

"咣"的一声——

剧痛从头顶传来，整张床的铁架嘎吱作响，撞得叶斯满眼都是星星。

温晨在背后惊恐地叫道："叶神！你干什么呢？中邪了吧？"

沈浪也从床上坐了起来："是中邪了！何修的柜子里是不是有什么东西卡着他头了？"

他说着从床上下来，温晨也跟着下来了，声音颤抖："好恐怖啊！叶神，你还能说话吗？"

叶斯猛吸一口气，不顾头顶传来的剧痛，一脸茫然地从柜子里伸出了头。

"你没事吧？"沈浪震惊脸，"柜子里有什么？"

"有……"叶斯语塞。

大半夜的，三个男生站在地上，其中两个人茫然地看向剩下的那个，剩下的那个茫然地盯着空气。

叶斯突然咧开了嘴，在原地使劲地蹦了两下，然后猛地转身大步走到床边，一把拉开窗帘，瞪着天上的月亮。

月亮很平静，不懂他此刻想要嘶吼的心情。

于是他又猛地一转身，快步踱到门口，来来回回走了好几圈，最后终于忍不住一拳头挥在了自己的柜子上。

"咣"的一声，整个床架再次瑟瑟发抖。

叶斯也不顾拳头有点疼，双手攥拳狂揍空气："耶！"

身后两个人同时表情僵硬。

叶斯上蹿下跳地吼，吼了半天不知道该吼什么，最后竟然吼了一连串的皮卡丘经典台词"十万伏特"，最后一拳挥向空中，几近疯狂地吼道："十万伏特！皮卡丘，继续前进！妙蛙种子是皮卡丘在这个世界上唯一的同类！他们在同一场梦里！嗷呜！"

温晨神情严肃，拉了一下沈浪的睡衣："我们……要不要报警……还是精神病院更应景？"

"衣柜里……有邪神？"沈浪缓缓扭头看向何修的衣柜，"要不我们看看里……"

"我不看。"温晨立刻往后退了一步，"我还没活够呢。"

叶斯猛地回头："你们有彩笔吗？借我一下。"

"呃……我有。"温晨慌里慌张地拉开书包，"我给你找，求求你不要把我也变疯……"

叶斯听不进去温晨在磨叽什么，抢过笔一头又扎进何修的柜子。

温晨一脸惊恐道："他……"

"画符去了。"沈浪一脸凝重，"学神的柜子里一定有什么了不得的东西，我们快点睡觉吧，把眼睛闭起来。"

"好。"温晨点点头，突然又叹口气，"算了，我去别的寝室躲一躲吧。"

沈浪："呃……"

——你还是人吗？

温晨笔袋里都是粗的荧光笔，叶斯拿了一根，有些激动地掏了掏睡裤，不知是不是太兴奋导致皮下充血，浑身都有点痒，还很烫，像过敏似的。

他一笔戳在皮卡丘的脸颊旁边，一下子拉向妙蛙种子，反反复复描了几遍，描出一根火腿肠那么粗的线。然后他小心翼翼地，在靠近蒜头王八那一侧，画了一个非常标准的小箭头。

来而不往非礼也，叶斯沉思片刻，也给蒜头王八强行上了两坨腮红，在里面分别画上了同样的符号。

两分钟后，在温晨和沈浪屏住呼吸的凝视中，叶斯仿佛什么也没发生过，斯文地整理一下何修挂着的衣服，抱起书转身走了出去。

叶斯回去时何修旁边坐了一个穿格子衬衫的男生，整个自习室都空了，就剩他们。

"学神，所以你是觉得我高二这一年数学应该多做难题，是吗？"男生抓了一下何修的胳膊问道。

何修把胳膊往回收了收，冷淡地看着面前的漫画，"嗯"了一声。

"那物理呢？物理有什么好的学习方法吗？"男生低头在笔记本上写了"数学难题"四个字，又抬头咧嘴笑，"我力学基础太差，一碰到题就只会套牛顿第二定律，别的我什么都不会。像我这样的到了高三是不是就完了？"

这种逮着机会冲上来问学习方法的不是第一次见，只是在叶斯的印象里高一、高二时发生的次数比较多，后来何修冷淡的名声远扬，也就没人愿意上来碰钉子了。

大概是这学期何修活泼了点，又参加了几次集体活动，给人可以亲近的感觉。

叶斯皱起眉，懒洋洋地靠在墙上，想做一个挽袖子的动作，但手碰到胳膊才发现自己只穿了件背心，于是改为活动了一下手腕。

男生看何修的反应冷淡，不死心地又拽了一下何修的袖子："学神，你在线吗？你觉得我的物理还能抢救一下吗？"

何修抬手把面前的漫画书合上，转过头看着他，语气平静："你刚说你会用牛顿第二定律，是吗？"

男生猛点头。

从叶斯的角度能看见何修的侧脸，从耳下到下巴那条线绷得紧紧的，何修显然已经有些不耐烦了。

何修平静地道："想要让你三秒钟之内离开这间自习室，需要一个a大于五的加速度，目测你的质量为五十五千克，也就是说，我需要在你身上打出两百七十五牛顿的力。"

男生闻言惊恐了半秒，随即又嘿嘿讪笑，说："学神太会开玩笑了，地板有摩擦呢，a=5不够。"

"是啊，我也考虑到了。"何修没有任何表情变化，"所以你可以再唠叨一会儿，等我同桌回来他能直接让你飞着出去，空气阻力比较小，就可以忽略不计了。"

"你同桌？"男生蒙了一下。

"是我。"一个阴沉的声音突然出现在身后。

男生一哆嗦，惊恐地回头，只见叶斯正冷漠地盯着他。

叶斯面无表情："你认识我吗？"

男生僵硬两秒，而后点头。

"想走还是想飞？"

"走，走，走！"男生猛地站起来，慌乱地抱起桌子上的东西掉头就跑。

直到惊慌的脚步声在走廊里消失了，叶斯才恹恹地往下拉了拉嘴角，一屁股在何修旁边坐下，嘟囔道："高三的楼层竟然让高二的小屁孩混进来了。"

何修有些无奈地笑道："上来就问怎么学能考满分，我真无法回答……"

叶斯摆着一张冷漠脸，随手撕开一袋巧克力咬了一口，把原本放在何修对面的练习册拽过来，继续写题。

何修看了一眼时间："一点了，会不会有点太辛苦了？"

"没事。"叶斯嚼着巧克力含混不清地说道，"我有睡午觉，还不困。"

何修便点点头没再说话。

叶斯写完一道题，目光在何修安静的侧脸上停留了一会儿，他突然发现何修不动了，而且表情有些僵硬。

"你看什么呢？"何修盯着眼前的漫画书，但话是问叶斯的。

"看你，觉得你学习好，脑子灵活，太优秀了。"

何修一噎，差点咳出声来，扭头却见叶斯美滋滋地收回视线，在书上随手勾了两笔："得是个宇宙无敌的家伙才能当你的好朋友。"

"呃……"何修一脸莫名其妙，又回过头盯着漫画书。

过了好一会儿，叶斯又沉入令人费解的带电小球自由跳舞运动中，突然听何修低声说："那什么样的人能当你的好朋友呢？"

叶斯抬起头，见何修正沉沉地望着自己。黑眸明亮，辨别不出情绪。

他放下笔，喉结动了动："我已经有一个希望能一起并肩前行的朋友了啊。"

何修那双黑眸突然深了，直直地盯着他，片刻后低声说："是吗？没听你说过……是什么样的人？"

"他是我的同类。"叶斯说着收回视线又翻了一页书，平静地道，"是这个世界上我唯一的同类。我……真的超级希望一直和他并肩作战。"

何修感到一阵茫然，脑海里"咔嚓"一声。他过了一会儿才反应过来，是BB又截屏了。

截屏做什么呢？记录他最紧张又最莫名其妙的一刻吗？

何修动了动喉结，片刻后还是把想说的话咽回去，继续漫不经心地盯着漫画书，却一格也看不进去了。

"我好困啊，天热真的难熬。"叶斯突然打了个哈欠，嘟囔着说，"等我跟那家伙达成共识后，肯定要逼那家伙每天给我买冰激凌才行。"

何修没吭声，收拾完东西，任由叶斯一边嘀咕一边慢悠悠地往回走。

沈浪已经睡下，温晨不知跑哪儿去了，两个人在黑暗中摸索着上床。

叶斯躺下之前突然听何修小声地说了句："每天买冰激凌，我也可以。"

他终于没忍住嘿嘿乐起来，在黑暗中盯着何修："真的？"

何修被他突然的笑声搞蒙了一瞬："可以啊。"

叶斯的手在他后背肩胛骨上一通狂拍："行啊，那就从明天开始。"

"啊？"

何修还蒙着，叶斯已经躺到床上，掀起被子熟练地一倒——仰头睡过去。

因为那句"我已经有一个希望能一起并肩前行的朋友了啊"，何修整整一宿都没睡着。

令人生气的是，叶斯这一宿睡得格外香，何修还是第一次听他整晚都在小声打着呼噜，其实不吵也不难听，但就像无时无刻不在昭示着"我睡得真的很好"，让睡不着的人有些牙痒痒。

后半夜沈浪也开始打呼噜，沈浪打呼噜像电钻，沈浪"嘎——"一声，叶斯"呼——"一声，两个人此起彼伏，何修头昏脑涨地忍了半天，最终自暴自弃地打开了游戏。

一直到第二天早上，何修一分钟都没睡着，听到起床铃声从床上坐起来的时候脑子里像有一锅粥，还一直能听到昨晚"嘎——呼——嘎——呼——"的幻听。

何修虚弱地坐在床上把脸埋在手心里，只听叶斯翻个身坐起来，精气神十足地拍了拍枕头："早啊，同桌！"

"早……"何修抬起头，"睡得好吗？"

"一般吧。"叶斯转身下床，抬头一看，何修正坐在床上一脸难以置信地看着他。

"怎么啦？"叶斯不明所以地挠了挠胳膊，"哦，对了，今天我不想去食堂吃了，我们快跑两步去学校外面赌一赌煎饼出摊行吗？"

"行。"何修叹口气，踩着梯子缓缓地下来。

叶斯一边疯狂翻衣柜一边随口说："我今天穿皮卡丘，你穿妙蛙种子吗？"

何修本来手都放在白衬衫上了，又临时拐了个弯。

"穿吧。"

何修挂出来的衣服都是白色的，有颜色的T恤都叠在柜子深处。叶斯说要换，他就不得不拨开挂着的那一排衬衫去后面找，然而脑袋刚探进去，突然僵住了。

柜里没什么光，有点暗，但他还是能很清楚地看见那个加油牌被人动过。

何修愣怔地盯着那条从皮卡丘出发"咻"地指向妙蛙种子的粗箭头，试图仔细分辨一下箭头的颜色，但好像一瞬间色盲了，一会儿看是红的，一会儿看是绿的，一会儿看又变黑的了。

有那么一刹那，何修甚至怀疑是自己听了一宿"嘎——呼——"交响乐带来的幻觉。

但紧接着，何修看见了妙蛙种子两边脸颊上被强行涂抹的腮红，还有其中可能只有他们两个人才会敏感的沉睡符号。

孤单的单箭头被发现，变成嚣张的双箭头。

在似梦似真的脑世界，每天看着和记忆中截然不同的人和事上演，但有一个人识别出了另一个人，用一左一右的双箭头，死死地将彼此联结。

整个世界仿佛都在这一瞬归于寂静。

何修上半身探进这个小小的空间里，盯着那幅已经被两个人的涂鸦毁掉设计感的加油牌，过了仿佛有一个世纪那么长，才恍惚间听到自己罢工了的心脏重新在胸腔里跳动起来，一下一下，沉稳有力，又像是被施了什么加速度，没一会儿就开始怦怦狂跳。

叶斯一直没出声，何修还没想好自己要说什么，身后突然传来沈浪一声惊恐的大叫，随即就是从床上连滚带跳蹦下地的声音。

"这柜子里绝对有邪神，你们等着，我现在去喊温晨！"

沈浪崩溃地狂奔出寝室，还把门用力一摔，传来一声巨响。

何修不得不从柜子里退出来，茫然地看着门："他怎么了？"

叶斯没说话，一屁股坐在自己的凳子上，笑得停不下来。

"你柜子里是不是有邪神啊？"叶斯说，"你怎么盯了那么久？"

何修："……"

——我柜子里有什么东西，难道你不知道吗？

何修感觉自己浑身都在发烫，轻轻地吸一口气，扭头却见叶斯这个家伙根本没穿那件皮卡丘的T恤，而是乖乖地套着校服白衬衫坐在那儿笑吟吟地看着他。

"我——"何修顿了顿，从柜子里扯出一件一样的白衬衫，"我好像是看见了什么。"

叶斯笑道："我昨晚也看见了，我的天，吓死我了。可怕吧？"

"可怕。"何修点点头，过了一会儿才拽下背心，套上了校服衬衫，而后拿着牙刷什么的走到门口又顿住脚步。

"一起吗？"何修回头盯着他。

叶斯从椅子上蹦起来："当然啊。"

两个人沉默着洗脸刷牙，用的是挨着的两个洗手盆。宿舍盥洗室挺宽敞的，每个洗手盆之间都隔着很宽的距离。

何修不知道叶斯是不是故意的，一举一动胳膊都非要撞他一下才行，撞了半天，他终于忍不住抬头看过去："干什么？"

"我说你这人是不是有点木？"叶斯懒洋洋地笑着，阳光从窗户照进来有点刺眼，于是眯起眼睛，继续说道，"看完就没点反应，是吗？"

何修看了他片刻，没说什么就收回视线，低头继续洗脸了。

叶斯这回终于忍不住骂了一句，调了调水温，把头伸到水龙头底下一通冲。

水溅了何修一身，何修并没有躲开，等叶斯洗完后才拿起毛巾盖在他的后脑勺上。

叶斯顺手按住，在头上一通轻拍。

"走吧。"叶斯带着一脑袋水汽说，"还要出去买煎饼。"

何修点点头："还有你的冰激凌。"

叶斯忍不住笑道："谁大早上吃冰激凌啊？"

何修淡淡地勾起嘴角："你吃，你每天都吃。"

叶斯笑得呛起来，一边咳嗽一边说道："行，吃就吃。"

他们是赶着最早一次起床铃声起的，这会儿还没响第二道，各个寝室的门都还关着。沈浪也不知道跑哪里去找温晨了，整条走廊都空荡荡的。

清晨的阳光格外干净明亮，透过走廊的窗格一方一方地投在地砖上。

何修偏头看向叶斯，看他脸上那标志性的明朗笑容。这天，他那双黑眸中愉悦的神情格外明显。他的心情似乎有点太好了，开始自己跟自己玩游戏，走到窗边就眯起眼，离开阳光就瞪大，一眯一瞪，像个傻子，玩得挺高兴的样子。

走到防火楼梯通道旁边，何修突然停住了脚步。

"嗯？"叶斯睁开眯着的眼睛，正要问什么，却突然感觉何修拽着他转身就往通道里走。

沉重的防火门推开发出一声悠长的"吱——",像是划开了这个沉寂的清晨。

叶斯被何修拉着胳膊,门开的一瞬身后窗户里透进来的阳光在空气中照出一个通道,通道中有灰尘在轻轻飞舞着。他看着那些灰尘,竟突然有一种岁月静好的感觉。

叶斯偏过头,看着何修的侧脸——耳下到下巴颏那条线又绷紧了。

他好笑地"哎"了一声,何修停住脚,手上一推把他推到了墙上。

叶斯咬着牙骂,骂完又笑得不行:"你手上能不能有点数?你贴海报呢。"

何修没说话,空洞的楼梯间响着两道错杂在一起的呼吸声。

他盯了叶斯半天,开口嗓音却有点哑:"什么时候发现的?"

"什么什么时候发现的?"叶斯笑着,眯了眯眼睛,"说什么呢?本皮卡丘听不懂啊。"

何修盯了他一会儿,胸膛起伏越发急促:"所以,你是,我也是?"

"看起来是的。"叶斯一本正经地和他打哑谜。

"这场……梦里,只有我们是清醒的吗?"何修问得很委婉。

叶斯"嗯"了一声:"也许……是吧。我们是彼此唯一的同类。"

何修定定地盯着他,目光波动,许久后声音温和下来:"那,就一起破局。"

"好。就一起破局。"

一道刺耳的起床铃声突然响起,叶斯"嘁"了一声,叹气道:"突然之间信息量有点大啊……唉,也不能说突然之间,反正……"他揉了一把自己的头发,"激动得过猛了,有点缺氧。"

"那就先去吃冰激凌吧。"何修深吸一口气,有些犹豫道,"吃完冰激凌……看看能不能好一点。"

他拉开防火门一条缝,把刚才进来之前两个人慌乱中随手扔在走廊地上的盆拖进来,叶斯则负责在603寝室群里找沈浪。

叶斯:"浪哥,我陪学神去看脑子了,你等会儿到防火梯外面帮忙把我们的洗脸盆拿回去,还有去上课时也带上我的书包啊。"

沈浪飞快地回复:"怎么回事?学神怎么了?!"

叶斯用遗憾的口吻回复:"他柜子里有邪门的东西,你跟温晨千万别看,等我们回头细说。"

叶斯发完这一条,顺手把群消息屏蔽掉,愉快地吹了一声口哨:"走吧,从防火梯悄悄地下去。"

何修笑着"嗯"了一声,双手插在裤兜里走两步又停下,等叶斯追上他,才继续迈腿。

清晨一晃而过,好像最后一道起床铃声就是条分割线,铃响过了,外面就从熹微的清晨一下子切换到阳光浓烈的上午。

这会儿是上学高峰期,但住校的基本都在往食堂去,是跟去教学楼相反的方向,走路迎面碰到的都是从校门进来的走读生。

叶斯懒洋洋地眯着眼睛："你说今天摊煎饼那大哥能出摊吗？"

"难说。"何修笑着，抬手在叶斯的胳膊上又拍了拍。

两个人走了一会儿，何修突然低声道："所以……"

"嗯？"叶斯扭头看他。

何修转头看向叶斯，问道："所以我是获得资格，能和一个宇宙无敌的家伙并肩前行了吗？"

叶斯看着他的睫毛轻轻地颤抖着，扬起嘴角："是啊，那我也就理直气壮地站在我那个唯一的同类身边了？"

何修点头："嗯。我会一直陪你、帮你的。"

"啧——"叶斯感慨道，"这叫什么？"

何修看着他："叫什么？"

"这叫一群人类中混进两个异类！他们只能依靠彼此！"叶斯笑得咳嗽了两声，又在他的肩胛骨上拍了拍，"妙蛙，你好！"

"你好。"何修扬起笑脸，又忍不住乐出声，长叹一声，像是要把这段时间以来的莫名其妙和担惊受怕全部叹出来。

"跟梦一样。"何修看着校门口熙熙攘攘的学生感慨道，"不，我是说，已经在梦中了。"

叶斯圈了圈胳膊："我也觉得有点不真实。"

"叶卡丘。"何修突然飞快道，然后扭过头盯着他。

"哎——"叶斯挑眉，"妙蛙？"

"是我。"何修认真地点了头。

两个人走了两步，走出校门，又同时笑得不得不停下来。

叶斯拍着何修的肩："真开心啊。"

"我也是。"何修扬着的嘴角好像一直就没放下，"我宇宙无敌开心。"

叶斯"啪"的一声拍在他后背上："可以，会说话了！"

何修又笑了起来。

摊煎饼"弟弟"没有出摊，两个人在小卖部的冰柜里抓了两根冰棍。叶斯拿了一支巧克力的，何修的是草莓的，而后站在围墙旁边一处没人的阴凉地方吃了起来。

"唉，希望不会胃疼。"叶斯吃了一嘴冰凉，揉了揉肚子，"等会儿买些面包什么的带进去吧，不买热的东西，别一冷一热真吃坏了。"

"行。"何修点头，其实他有点想去买杯热豆浆喝喝，但叶斯说不吃热的那就算了。

何修站在那儿把冰棍吃完，叶斯还剩下最后一口时，他偏过头看着叶斯认真吃冰棍的侧脸，勾起嘴角："去买面包吧，你吃什么的？"

"红豆的。"叶斯飞快地说道，"我要两个吧，加两根火腿肠，饿死了。"

何修点点头，从叶斯手上接过吃剩的冰棍杆捏在手里，想要找个垃圾桶先扔了。两个人放在裤兜里的手机同时响了一声，叶斯随手掏出来看。

"浪哥前两天说出了个新的热狗肠挺好吃的。"何修扔完垃圾回来说道，"去小超市看看吧，常吃的那种都是淀粉的，吃了也不饱。"

然而何修这句话没有得到回应，叶斯盯着手机的表情十分凝重。

何修停顿一下，唤道："叶斯？"

"完了。"叶斯猛地抓住他往路边跑了两步。刚好有一辆出租车停下，车里的学生还没开门，叶斯就一把拉开后门把人拽了下去，吼了一声，"上车！"

何修迅速上车，刚钻进去里面的座位，叶斯就跳进来一把拉上车门："师傅，市医院急救门诊，快走！"

"怎么了？"何修问道。

叶斯没回何修，呼哧带喘地对着空气发愣，何修只好自己掏手机点开消息列表。

是之前过生日的小群里沈霏发的消息。

标点和文字十分错乱，能让人感觉到满屏幕都是慌张。

"小简被车剐到，你们有人能来吗？快点，市医院急诊，我们进去了！"

独家番外
遗落的糖果

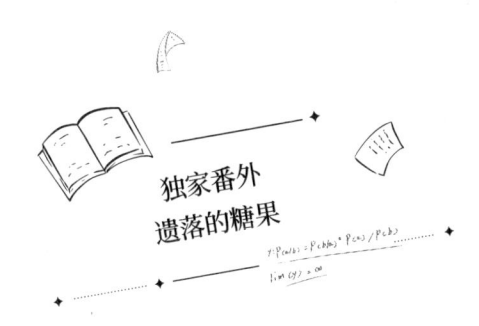

意识之外的那年，英华新高三第一场摸底考试结束。

"放榜了！"

不知是谁在外面喊了一声，全班人立刻向外拥去。只几秒钟的时间，刚还喧闹的教室倏然安静下来。

午后的教室明亮剔透，靠窗第一排伏在桌上浅眠的何修动了一下，把一只手从额头下抽出，垂在身侧轻轻地甩了甩。

他缓缓地坐起身，仰头闭目醒觉。

走廊上传来一阵脚步声。

"叶神，不看分啊？"

何修一个激灵，回头看去——空荡荡的教室，和他拉成对角线的另一端，叶斯正百无聊赖地玩着手机。

"我还用看？"叶斯吊儿郎当地哼道，"我对自己的成绩心知肚明。"

"摸底考试都不看？下个月可分班考了。"那人"咄"了一声，"那我先去了啊。"

叶斯"嗯嗯啊啊"地把人敷衍走，而后将手机一揣，站起身。

他抬眸，刚好撞进何修的视线，愣了一瞬。

同班两年，他和何修并没说过几次话，如果去掉"嘿嗯嘿嗯"的打招呼，那就更屈指可数。

说来也怪，明明没什么交情，但他们之间仿佛总有一种微妙的磁场，每次碰上都有些……欲言又止。

见叶斯不说话，何修便只点了一下头，起身从前门出去。刚到后门，却见叶斯也一下子跳了出来。两个人猛地打了个照面，彼此又都愣了一下。

叶斯干巴巴地道："看榜啊，学神？"

309

何修摇头："去趟教务处。"

叶斯走在他身边："我也去教务处，你去干吗？"

"有个从上届高三刚下来的数学老师，姓马，以后可能带我们班。"何修顿了顿，"我去拿点资料，你呢？"

"我去受罚。"叶斯打了个长长的哈欠，"胡秀杰让我体育课前找她挨骂去。"

"呃……"

年级大榜张贴在厅中，周围挤满人。

叶斯本能地抗拒和一群傻里傻气的上进生挤来挤去，但想去教务处也只能从那儿走过去。

他正无聊着，就听何修问道："这次摸底考试的题难，你考得怎么样？一个月后的分班考能留……能去哪个班？"

叶斯闻言惊讶："你也觉得题难啊？"

何修神色平静："你不觉得难吗？"

"我哪里知道难不难，我什么也不会。"叶斯撇了一下嘴，"之后去（18）班吧，这主要取决于今年理科一共分出几个班，要是有（19）班，那我就去（19）班。"

他正儿八经地回答完，却无端戳中了自己的笑点，笑得往前跟跄两步，险些栽个跟头。

叶斯抹了把眼泪，想看何修被逗笑的样子，一回头却对上他严肃的目光。

他生生把脸上的笑容给收了回去，愣道："瞅我干什么？"

"没什么。"何修挪开视线，神色依旧平淡，仿佛刚才那一瞬微妙的不悦只是叶斯的错觉。

他们路过年级大榜时，叶斯还是往榜上瞟了一眼。

他自己的成绩心里有数，只是出于对同行人的礼貌，看了看榜首的位置。

榜首果然还是何修。

叶斯咧了咧嘴："恭喜啊，又第一名，你这分也高得太离……哎，六百六十九分？"

何修没应声，叶斯"咝"了一声："我怎么记得你之前都是七开头啊？"

叶斯说着往下又瞟了一眼。如果没记错，何修通常和第二名拉开三五十分的差距，但这一次只差了危险的两分，就算题难，他这一次也明显没考好。

叶斯还没来得及看何修各科的分数，就听他若有所思地道："一百六十六……"

他回过头，见何修从大榜对角线的另一端收回视线。

"什么一百六十六？"叶斯问。

何修摇头："没什么。"

叶斯突然想起看一眼自己的成绩,边走边回头往另一端看去,然而远远地只看见了他好兄弟宋义的后脑勺,于是笑骂了一声,便满不在乎地继续往前走。

刚放榜,教务处里来了不少老师。叶斯正要进门,忽然又听何修叫他:"叶斯。"他一只脚已经跨进门,回头"嗯"了一声。

何修看着他说道:"距离分班考还有一个月,而且普通班每年也是会出黑马的。"

"啊?"叶斯被这句无厘头的话给震撼住了,尤其这还是从学神嘴里说出来的。

他"啧"了一声:"这你可就不知道了,学神,你听说是谁要带今年理科(18)班吗?是那个江湖外号'朱叉叉'的老师,关于这个'朱叉叉'啊……"

话还没完,里头突然传来胡秀杰的吼声:"叶斯!进来!"

"啊?哦。"叶斯双手插兜,朝何修耸了一下肩:"有缘下次跟你说说这位,我的准新班主任。"

叶斯丢下这句话,就把之前的事包括何修这个人都丢到了脑后,满不在乎地走进了教务处。

胡秀杰把成绩单往桌上一拍:"你自己过来看看你考成什么鬼样了?天天逃课,迟到早退!我问你,暑假是不是又打架去了?"

叶斯长叹一声,伸手挖了挖耳朵:"就放这么几天假,还好意思管它叫暑假。"

胡秀杰的眼珠子都要瞪出来了:"你再给我说一句?"

叶斯撇撇嘴:"老师,一个月后分班考试结束我就去(18)班了,你真的还有必要揪着我不放吗?"

"我是新高三年级组的教导主任,也是带了你两年的物理老师!"胡秀杰唾沫横飞,"什么叫揪住你不放?高一、高二我们就不说了,一个月后要去哪儿也不说,你就以你现在的程度出发,高三一年要怎么过?怎么追上来?你好好给我想想!"

叶斯疲惫地叹气,低头嘟囔了一句:"我这短暂得不知什么时候就停止的一生,就想这么浑浑噩噩地过。"

教务处老师和学生人来人往,太吵了,胡秀杰没有听清他那句话。她似乎也不在意他犟嘴,只是自顾自训斥着,把旧账全翻一遍,一边骂他一边又专横地给他安排高三学习计划。

叶斯挨骂技能十级,一只耳朵听着,一只耳朵还留意着办公室里的其他风吹草动。

譬如角落里的何修,冷酷之神。

他刚从一个脸生的男老师手里接过资料,还没走,又被他们亲爱的班主任老秦叫住。

老秦苦大仇深地拉着他到旁边角落里问话，和叶斯离得更远了，但他实属好奇，毕竟他从没见过任何一个老师对何修皱眉。

于是他下意识地、本能地往那边抻了抻脖子。

下一秒，耳边一阵风声，胡秀杰把卷成纸筒的讲义"啪"的一声抽在他肩上。

"我跟你说话呢，你还给我走神？！"胡秀杰的嗓门瞬间盖住办公室里的所有声音，引得外面走廊都死寂了片刻。

很遗憾，叶斯只听到了老秦几句破碎的关键词。

什么作文、一行字……不及格之类的。

但想也知道，作文不及格这种事不可能发生在何修身上，估计是老秦让他帮扶哪个语文特困生，没帮明白，所以老秦愁眉苦脸的。

所有逻辑都很完美。叶斯心满意足，又恢复了吊儿郎当的样子，低头继续听训。

胡秀杰训了他三十分钟连口水都不用喝，嗓子也不哑，还大有开了嗓后越喊越来劲的势头，实在让人叹为观止。

她喊到打铃上课，喊到教务处没别人了，甚至喊到天上哗啦啦地下起雨来。

是的，下雨了。

大雨冲刷着窗外的梧桐叶，那些在烈日下嚣张的、油亮的叶子，此时耷拉着，有些灰溜溜的。

叶斯听着她的训斥，视线溜到窗外去，片刻后，抬手轻轻抚了一下左胸口。

他的心脏最近又不太舒服了。

时不时会扯痛一下，有种猝不及防的牵拉感，而后心跳一沉，有一瞬的眼花。

叶斯那个抚过心口的动作很不经意，但胡秀杰的训斥声一下子停住了。

"你不舒服？"

"嗯？"叶斯缓缓从窗外收回视线，一反平时的吊儿郎当，语气有些低，甚至有些错觉似的低落，"怎么了，老师？"

胡秀杰皱眉盯着叶斯，盯了许久才摆手叹气道："没事，我以为你不太舒服……叶斯，老师跟你说，我说的这些话你要听进去，人生很长，无论何时都不能放弃自己，明白吗？"

"嗯。"叶斯垂下眸，点了点头，"明白的。"

这话确实没什么毛病。

如果人生很长，那确实无论何时都不能放弃自己。

如果……

外面雨声喧哗，他被骂了三十分钟都没产生任何波澜的心情在听到这句话后忽然有些低落。

"老师，我先走了啊。"叶斯嘟囔着，"你刚才说的话我一定努力记着，争取铭记到分班考，带到（18）班去。"

胡秀杰气得险些背过去："你再说一次？"

然而叶斯已经走了。

（4）班体育课。

外面在下雨，是在体育馆上的。

其他班都已经正常上课了，此刻走廊和操场上都空荡荡的，天地之间只有雨声。

叶斯一个人缓缓下楼，快到楼梯口才忽然想起忘了带雨伞。

也不能说忘了带，他根本没伞。

叶斯正要打道回府，却见楼梯口站着一个人影，高高瘦瘦的，不太熟悉，但一眼便知道是谁。

"何修？"他愣了一下。

何修挂着一把伞，伞身湿透，身上也溅了不少雨水。他明显刚从外面跑回来，但又面朝着门外，看雨发呆。

叶斯走过去往外张望了两眼："等谁呢？"

"没……"何修下意识地否认，但转瞬又顿了一下，改口道，"也算是……"

叶斯摸摸鼻子："你不出去的话，把伞借我？我去买根烤肠，饿了。"

"好。"何修立刻把伞给他，手插进裤兜，"胡老师跟你聊完了？"

叶斯不在意地笑笑，说："嗯。"

何修犹豫了一会儿，从裤兜里摸出一袋零食，塑料包装哗啦啦地响，是袋糖果。

叶斯几乎不吃糖，尤其最近心脏不舒服，看着都觉得有点难受。

他对糖也知之甚少，只不过匆匆一瞥，瞥见包装袋上画着桃子图案，散发着一种名为清新的诱惑。

何修拿了一颗糖递过来："吃颗甜的，心情会好。"

"不用了。"叶斯连忙摆手，撑开他的伞说道，"你吃你的。"

叶斯正要走进雨里，只听何修在后面问道："你不爱吃糖，还是不喜欢桃子味的糖？"

叶斯愣了一会儿："啊？我应该……都挺喜欢的吧。但我就……嗯……这会儿不想吃。"

"哦。"何修默默把糖收了起来。不知他是哪根筋搭错，觉得自己有些傻乎乎的。

叶斯在这一瞬竟觉得这位高高在上的年级榜一看起来有些失落。

他"啧"了一声，笑道："我确实是最近不想吃，最近……牙疼，你吃吧，改天再给我。"

"嗯，好。"何修立即点头，勾了勾嘴角，"有机会下次再给你。"

叶斯点点头，迈进雨里。

"希望有这个机会……我很想尝尝。"叶斯心底有个声音这样说。